10|18
12, avenue d'Italie — Paris XIII⁰

Sur l'auteur

James D. Doss, né en 1941, est un éminent scientifique, spécialiste de la supraconductivité à haute température ; depuis trente ans, il fait de la recherche au Los Alamos National Laboratory, l'un des temples de la physique nucléaire aux États-Unis. Il vit au Nouveau-Mexique, où il partage son temps entre Los Alamos et Taos. James D. Doss s'est toujours passionné pour l'écriture, les cultures indiennes et le roman policier. C'est donc tout naturellement que sont nés les personnages de Scott Paris, Daisy Perika et Charlie Moon. Quatre romans ont été publiés aux États-Unis, connaissant un succès croissant. Dès la parution de *La Rivière des âmes perdues*, la critique américaine a salué la performance de James D. Doss, le plaçant au même niveau que Tony Hillerman. La dernière enquête de Charlie Moon, *White Shell Woman*, a paru aux États-Unis en 2002.

LES OSSEMENTS DU CHAMAN

PAR

JAMES D. DOSS

Traduit de l'américain
par Alexis Champon

10|18

INÉDIT

*« Grands Détectives »
dirigé par Jean-Claude Zylberstein*

Du même auteur
aux Éditions 10/18

LA RIVIÈRE DES ÂMES PERDUES, n° 3200
LE CANYON DES OMBRES, n° 3311
▶ LES OSSEMENTS DU CHAMAN, n° 3497

Titre original :
The Shaman's Bones

© James D. Doss, 1997.
© Éditions 10/18, Département d'Univers Poche, 2003,
pour la traduction française.
ISBN 2-264-03561-7

*Pour Dick Hutson
et Fr. Richard J. Anderson*

La Harpie prépare un nid d'os brisés,
restes des corps qui lui sont servi de repas.
Elle dort le jour et vole la nuit,
en développant ses ailes de soie moirée,
noires comme le jais.

Gene W. Taylor,
Out of the Night

/pituku=pi/ aime qu'on dépose des cadeaux devant sa porte...
les chamans qui tirent leur pouvoir de lui laissent leurs offrandes,
de préférence des perles ou des bagues, devant le trou qui mène, pense-t-on, dans son repaire.

Anne M. Smith,
Ethnographie des Utes du Nord

1

Réserve des Utes du Sud
Embouchure du Cañón del Espíritu

L'œil d'or se ferme doucement... l'adieu du jour est un lent clin d'œil à l'horizon. Maintenant.
Sur les crêtes des mesas dénudées, des filets d'ombre courent lentement sur le sable d'ambre. Aussi furtives qu'un serpent, ces mornes formes glissent silencieusement sur les rochers de basalte, ondulent parmi les grappes de yuccas... l'une étend ses doigts de velours pour pianoter sur les branches décharnées d'un chêne nain; une autre dessine des images fantomatiques sur un mur de pierre lézardé.
Ce n'est que le prélude à la véritable nuit, lorsque les vagues noires submergent les falaises pour inonder le labyrinthe des profonds canyons. Les vieux du Peuple racontent à voix basse des histoires de créatures-serpents qui nagent dans ces eaux d'ébène — les anciens chantent des hymnes gutturaux et monotones pour les tenir à l'écart.
Une brume poudreuse tourbillonne autour des formes assises au sommet de la mesa des Trois Sœurs. Les sœurs de grès courbent la tête sous les étoiles... et soupirent... et dorment du sommeil éternel.

Mais tout le monde ne peut en dire autant. Le sommeil — si on peut l'appeler sommeil — vient avec des frissons et des grognements. Les rêves — si on peut les appeler des rêves — sont pleins de créatures informes et changeantes... murmures, voix moqueuses... mains diaphanes qui font des signes. Quelquefois, des doigts glacés caressent le rêveur et le tirent, haletant, de son demi-sommeil.

Ces effroyables apparitions sont bien sûr des illusions. Inspirées par une imagination dérangée... par quelque nourriture mal digérée. Ce sont les mensonges du crépuscule... les vilains tours que nous jouent les ombres... les chimères stériles de minuit. De simples fantasmes.

Sauf... quand elles sont réelles.

Ce soir-là, Daisy Perika a mangé un délicieux bol de posole gras et les borborygmes de son estomac l'empêchent de se reposer. Tandis que la corne renversée de la lune dérive dans le ciel cristallin, la femme ute se retourne dans son petit lit en gémissant. Daisy n'est pas éveillée; elle ne dort pas non plus. La vieille chamane erre dans la mer inconnue qui sépare la conscience ordinaire du sommeil paisible.

Bien qu'elle ait les paupières closes, elle voit son environnement avec une redoutable clarté. D'effroyables apparitions voltigent devant ses yeux. Des rêves, des demi-rêves.

Et des visions.

Seule dans une morne plaine de cailloux pointus... sous un ciel gris moucheté qui ne connaît ni lune ni étoiles. De noirs nuages roulent et grondent soudain... une flamme bleue crépite lorsque les doigts effilés de la foudre fondent sur elle.

Mais ce n'est pas le feu électrique qui atteint la rêveuse... un lourd et chaud liquide tombe du ciel et crible son visage de vérole cramoisie. Elle lèche une goutte; elle a un goût salé... elle frissonne et la recrache. Maintenant, le déluge écarlate est une averse de grêle... qui tambourine sur sa tête... sur ses mains... sur ses pieds.

Tapotis-cliquetis... tapotis-cliquetis...

Elle implore le Grand Mystérieux de faire cesser la pluie... l'averse infâme s'éloigne.

Mais une chose abominable s'approche... flottant, se tordant, culbutant dans les tourbillons tortueux de la nuit — telle une souche pourrie prise dans le courant d'un rapide. Elle ralentit... reste au-dessus de la femme... comme suspendue par des fils invisibles. C'est une chose morte. Une carcasse noircie, gelée... un cadavre sans yeux.

Et ce n'est que le commencement.

Ignacio, Colorado
Le lendemain

Scott Parris tourna le nez carré de la vieille Volvo vers l'allée gravillonnée du parking. Lorsqu'il descendit en claquant la portière derrière lui, Charlie Moon l'attendait sur le seuil du poste de police des Utes du Sud. Les cheveux bruns de Moon effleuraient la traverse en cèdre haute de deux mètres.

Parris serra la main que lui tendait son ami.

— Je suis venu aussitôt que j'ai eu ton message.

Le policier ute leva les yeux sur le ciel de midi. Une buse à queue rousse tournoyait à mi-hauteur. En quête d'un repas, sans doute.

Parris regarda la buse en grimaçant puis reporta son attention sur l'Indien.

— Qu'est-ce qui se passe, Charlie ?

Moon esquissa un sourire prudent.

— Entre plutôt, partenaire.

Daisy Perika était assise dans le bureau de Charlie Moon, ses mains ridées sagement posées sur les genoux. Elle attendait patiemment les représentants de la loi. Cela ne la gênait pas, elle avait passé une grande partie de sa vie à attendre. Son neveu parut.

— Scott est là, annonça-t-il.

Le chef de la police de Granite Creek, un gaillard d'un mètre quatre-vingts, paraissait petit à côté du géant Ute. Le *matukach* à la voix douce ôta son feutre mou cabossé.

— Mrs. Perika, dit-il en s'inclinant avec respect.

— Asseyez-vous, ordonna la vieille femme, comme si le bureau de Charlie lui appartenait de droit.

Ce qui était le cas, par consentement mutuel.

Les deux hommes s'assirent ; Moon sur son bureau de chêne, Parris sur une chaise en bois inconfortable peinte en vert terne. Surplus du gouvernement, songea-t-il.

Daisy Perika ferma les yeux en semblant se rappeler un souvenir évanoui.

Parris adressa un regard interrogatif à Moon ; mais le visage de l'Indien était indéchiffrable. Parris reporta son attention sur la vieille femme.

Elle ouvrit les yeux et les fixa sur la poitrine du *matukach* comme si elle voyait son cœur palpiter.

Le Blanc supportait mal le silence.

— Comment allez-vous, Mrs. Perika ?

— Mon genou m'a fait un peu souffrir, mon dos aussi, mais ça va mieux.

— Content de l'apprendre, sourit Parris. Je veux dire, content de savoir que ça va mieux.

Nouveau silence.

Parris patienta. Quand la vieille serait prête, elle parlerait.

Daisy Perika s'éclaircit la gorge et s'adressa au *matukach*.

— J'ai demandé à Charlie de vous faire venir à la réserve.

Elle soupira.

— Je suis un peu vieille pour voyager jusqu'à Granite Creek. D'ailleurs, l'air de la montagne est trop froid pour mes pauvres os.

Parris opina d'un signe de tête, attendant la suite ; il ne souriait plus et un tic nerveux agitait le coin gauche de sa bouche.

Charlie Moon esquissa un mince sourire ; la vieille semeuse d'ennuis avait refusé de lui dire, avant l'arrivé du policier *matukach*, ce qui la tracassait. Il souhaitait simplement que cela ne fût pas trop embarrassant.

— J'ai pas très bien dormi la nuit dernière, annonça Daisy en se frottant les yeux. J'ai fait un rêve.

Charlie Moon leva les yeux au ciel et fixa l'ampoule qui pendait du plafond. Tante Daisy avait insisté pour que Scott Parris fasse plus de cent cinquante kilomètres pour un rêve ! Heureusement que le policier *matukach* était patient. Et qu'il avait un faible pour cette vieille toupie.

Elle posa son regard sur Moon.

— Mon rêve me montrait ce qui va arriver, dit-elle d'une voix ferme. C'est mauvais.

Les policiers attendirent qu'elle rassemble ses pensées. De telles visions sacrées étaient censées éclairer uniquement le rêveur. La vieille chamane n'en livrerait que l'essentiel.

Daisy loucha sur la robe bleue à la couleur passée qui recouvrait ses genoux arthritiques et se sentit un peu bête. Tout avait semblé si réel, si important.

— Il y avait du sang... comme s'il tombait du ciel... comme une pluie.

Elle fixait maintenant Charlie Moon, paraissant le défier de la contredire.

— Il y avait... un mort... sans yeux. Et j'ai entendu un drôle de bruit... comme ça.

Elle ramassa un stylo bille sur le bureau de Moon et le

tapota contre une tasse en aluminium. Ping... ping... ping... Elle s'arrêta et considéra la tasse d'un air de reproche.

— Non, fit-elle, pensive. Pas tout à fait comme ça.

Parris coula un regard vers Moon.

L'Indien fixait ses bottes en cuir brut. C'était salement embarrassant.

— C'est tout, fit la vieille femme d'un ton las.

Elle aurait voulu rentrer chez elle. Elle avait froid aux pieds et ses oreilles bourdonnaient.

Parris se leva et alla s'accroupir près de la vieille. Il en était venu à la comprendre, comme un fils comprend sa mère.

— Votre vision... que signifie-t-elle?

Elle l'observa en battant des paupières, puis reporta son attention sur son grand neveu. Elle sentait bien que Charlie Moon, malgré son attitude ouverte, était mal à l'aise. Il s'efforçait d'être un homme moderne, de penser comme le *matukach,* mais il était resté un Ute dans l'âme.

— Certains qui sont du Peuple et d'autres, qui ne le sont pas, vont mourir. Et...

Sa voix s'éteignit dans un murmure rauque.

— ... la mort sera douloureuse.

Moon glissa du bureau, passa ses pouces sous son lourd ceinturon, alla à la fenêtre et regarda le ciel. On ne voyait plus la buse à queue rousse, mais deux quiscales poursuivaient un malheureux corbeau en dessinant d'étranges arabesques. Un nuage en forme de feuille dérivait au gré du vent.

Lorsqu'elle reprit la parole, la vieille femme parut presque s'excuser.

— Vous ne pourrez pas l'empêcher, ni vous ni Charlie, mais j'ai cru bon de vous prévenir.

Parris fronça les sourcils et posa une main sur celle de Daisy.

— Savez-vous qui va mourir?

La chaleur de la main du *matukach* lui fit du bien.

— Non, je n'ai pas vu leurs visages.

Des visages. Cela faisait vrai. Parris sentit ses poils se hérisser.

— Où cela arrivera-t-il?... Quand?

Daisy Perika se pencha vers le policier blanc et fit un signe du pouce par-dessus son épaule, comme une auto-stoppeuse.

— Ça commencera là-bas, vers le nord... là où le vent est toujours froid.

La chamane ferma fort les yeux.

— Et c'est pour bientôt.

Angel's Café

Des rafales de vent projetaient un mélange de poussière sèche comme de la craie et de feuilles de peuplier de Virginie jaunies contre les vitres embuées du restaurant. En voyant les feuilles mortes, Charlie Moon prit conscience que l'hiver approchait. Il était temps de rapporter du bois de la montagne. Quatre stères de pin pignon, ce serait parfait.

Scott Parris regardait une svelte serveuse blonde verser du décaféiné dans sa tasse. Il posa les yeux sur le grand policier ute, de l'autre côté de la table.

— Qu'est-ce que tu en penses? demanda-t-il.

Moon, qui avait déjà repoussé son assiette de rôti aux pommes de terre, entreprenait de couper une part de tarte aux pommes avec un des couteaux émoussés d'Angel.

— Je ne sais pas quoi penser, dit-il, les yeux rivés sur sa tarte. Tu connais tante Daisy. Elle a parfois de drôles d'idées et elle me harcèle tout le temps.

Il enfourna dans sa bouche un morceau de gâteau.

— Mmmm, fit-il.

Les ennuis pouvaient bien arriver, nota Parris avec envie, ça ne coupait pas l'appétit de Charlie Moon. Et il ne prenait pas un gramme ! Quelle injustice !

Moon s'attaqua à une autre énorme portion de tarte. L'Indien savait que son ami *matukach* ajoutait foi aux visions de tante Daisy. Ils se ressemblaient tous les deux, la vieille Indienne et le Blanc.

— Désolé de t'avoir fait venir pour ça, s'excusa-t-il.

— C'est rien, assura Parris. Ça fait du bien de s'échapper du commissariat.

Il but une gorgée de café, puis ajouta du lait écrémé en poudre et une pincée d'Aspartam.

Moon avala un dernier morceau de tarte, une demi-tasse de café très sucré, puis regarda Scott Parris.

— Ça me revient, tu ne pars pas en Basse-Californie, la semaine prochaine ?

— Ouais. Pêche en haute mer.

Deux semaines de rêve.

— Tu devrais venir.

— J'aimerais bien, soupira l'Indien, mais il ne me reste que deux jours de vacances.

Moon, qui engloutissait son salaire dans l'interminable construction de sa maison, ne pouvait s'offrir le billet d'avion. Si Scott l'avait su, il aurait payé les billets de sa poche, même s'il avait dû emprunter l'argent. Il aurait prétendu qu'il avait bénéficié d'une prime et que ça ne lui avait rien coûté. Non, impossible. Ah, s'il avait pu lui gagner l'argent au poker... mais c'était une autre histoire.

— Tu me manqueras, dit Parris.

Dommage que Moon n'ait plus de vacances.

Le Ute fit signe à Angel qui lui apporta une autre part de gâteau et un pot de café.

— Tu devrais emmener Douce Chose.

— Anne a pas mal de boulot et...

Parris esquissa un léger sourire.

— ... elle dit qu'elle n'aime pas trop l'odeur du poisson.

Bien qu'il n'ait jamais craché sur une tarte, l'Indien inspecta la sienne avant de la juger comestible.

— Elle plaisantait, dit-il.

— Non, ça m'étonnerait. Elle trouve que les poissons puent, qu'ils sont gluants.

Les femmes étaient décidément d'étranges créatures.

— Tu devrais lui demander de t'épouser. Alors, vous pourriez passer votre lune de miel en Basse-Californie... qui sait, elle prendrait peut-être goût à la pêche, elle aussi.

— Je ne sais pas... commença Parris.

Les rares fois où il avait évoqué le mariage, Anne était devenue nerveuse et avait changé de sujet.

Scott Parris contempla avec envie la tarte de l'Indien en se demandant si Angel avait des desserts à 0 % de matière grasse. À l'Aspartam. Il pouvait toujours rêver !

À la sortie de Pagosa Springs, Scott Parris quitta la route 160, s'engagea dans un luxueux complexe de golf, trouva une cabine téléphonique sous un haut épicéa. Planté sur le seuil, il fixa l'appareil, indécis, à l'écoute de voix intérieures qui exprimaient des pensées contradictoires. Finalement, le chef de la police empoigna le téléphone, hésita, grogna et raccrocha.

Il ferma les yeux, vit la voile triangulaire d'un bateau de pêche, sentit la brise marine, le poisson frais qui grillait au-dessus d'un feu de bois. L'image était floue... elle s'estompa lentement.

Parris décrocha de nouveau le combiné, sûr, cette fois, de ce qu'il allait faire. Il appuya sur la touche O, attendit la réponse de l'opératrice, lui donna un numéro à Granite Creek et glissa plusieurs pièces dans l'appareil.

Une voix de femme répondit à la seconde sonnerie.

— Worldwide Travel, j'écoute.

— Bonjour, dit Parris, qui déclina son identité. C'est au sujet de mon billet d'avion pour la Basse-Californie...

oui, c'est ça, Santa Rosalia... et de la réservation de l'hôtel...

Il revit la mer d'un extraordinaire bleu-vert, les ailerons noirs fendre l'eau, le fil de nylon fouetter les vagues. La solitude, la paix incomparable... Mais il n'avait pas le choix. Moins d'un an plus tôt, il l'avait appris à ses dépens : un avertissement de Daisy Perika n'était pas à prendre à la légère.

L'employée de l'agence de voyages tapotait impatiemment son téléphone d'un long faux ongle en plastique. Tic, tic, tic.

— Vous êtes toujours là, Mr. Parris ?

Le chef de la police ferma les yeux et fut presque surpris d'entendre sa propre voix.

— Annulez le tout.

L'employée pianota sur le clavier de son ordinateur.

— Pour l'hôtel, cela ne pose pas de problème, Mr. Parris. Mais vous perdrez trois cent vingt dollars et des poussières pour les billets d'avion. C'était une offre spéciale.

— Ah, merde ! lâcha-t-il.

Et, comme un gamin, il donna un coup de pied dans la cabine, lézardant la feuille de fibre de verre.

— Quel était ce bruit ? s'étonna l'employée.

— Quel bruit ?

Il avait mal au gros orteil.

— Vous êtes sûr de vouloir annuler les billets d'avion ?

— Oui, répondit-il en grinçant des dents.

— C'est comme si c'était fait.

Un soupir.

— Dommage. Des ennuis ?

— Oui... des ennuis.

Scott Parris raccrocha, regagna sa vieille Volvo en boitillant, mit une main en visière et regarda vers l'ouest. Le pâle soleil qui s'enfonçait dans une brume bleuâtre avait la patine d'une vertèbre polie. De lourds nuages dérivaient du nord-ouest ; l'odeur de la pluie chatouillait agréablement les narines. L'air était tiède, presque parfumé.

Il frissonna.

2

Utah, réserve d'Uintah et d'Ouray
Chambre à coucher de Sarah Frank

La fin du jour approche... à l'ouest, le ciel adopte une teinte gris foncé rehaussé de traînées noires.

Sarah n'a pas peur. L'enfant n'a peur ni du noir ni des ombres qui défilent en sifflant des menaces sous le couvert de la nuit.

Mais il n'en a pas toujours été ainsi. Avant son troisième anniversaire, tout lui faisait peur. Un bruit inattendu, un mouvement furtif, une forme étrange.

Le bourdonnement d'un taon bleu sous son nez; un lézard gris qui file sur une poutre au-dessus de son lit; une araignée topaze à huit yeux qui se balance au bout de sa toile invisible; un roulement de tonnerre, le doigt crochu de la foudre qui s'abat sur un pin de Virginie, devant sa fenêtre. Même le gentil ver dont les soixante-six pattes tricotent le long de sa socquette blanche. Aussitôt l'enfant courait se réfugier dans les jupes de sa mère.

Mais surtout, Sarah avait peur de la nuit et des affreuses choses sans nom qui défilaient dans l'ombre. Cela commençait au crépuscule avec le hululement d'un duc, ou le grésillement d'un grillon. Ensuite... sa petite chambre plongée dans le noir, une penderie avant que son père ne loue la maison. Là, Sarah voyait des ombres brumeuses miroiter sur le mur au plâtre craquelé. Elle les entendait murmurer au pied du lit et elle appelait sa maman. Après que Mary Frank avait embrassé Sarah et quitté la chambre, l'enfant se pelotonnait sous la couette et récitait une prière apprise par cœur.

> *Maintenant je vais dormir, Seigneur,*
> *Et je prie pour que Tu gardes mon âme...*

Cela faisait aujourd'hui près de deux ans, la veille de son troisième anniversaire. Sa mère était venue la border et l'embrasser sur le bout du nez; elle était partie. Sarah avait sagement récité sa prière une dizaine de fois. Elle se doutait bien qu'elle demandait quelque chose au bon Dieu, mais elle ne savait pas exactement quoi. Elle ignorait ce qu'était l'âme ou comment Dieu l'aiderait en acceptant de la garder. La garder où, d'ailleurs? Dans un coffret à cigares, caché dans un placard? Dans un pot à confiture vide, sur quelque étagère poussiéreuse?

En position fœtale, la fillette s'était souvenue du ton exaspéré de son père. Cela s'était passé dans la journée, elle s'était cramponnée à son pantalon pour attirer son attention parce que maman était occupée dans la cuisine. Elle avait renversé la tête en arrière, avait tiré la langue en faisant un vilain bruit : « Ahhhhhhhh... ! Brrrrrrrrr ! » Elle était très jeune à l'époque, et vraiment bébête.

— Écoute, mon lapin.

C'était comme cela que Provo Frank appelait sa fille chérie.

— Si tu as quelque chose dans la tête, ne tourne pas autour du pot, dis-le !

Elle n'avait pas compris l'histoire du pot; elle ne faisait pas des choses aussi stupides, mais le conseil avait porté.

— Je veux... je veux... euh... je veux monter sur tes genoux... mon papaaaaa !

— Bien sûr, mon lapin.

Son papa l'avait soulevée et elle s'était nichée contre sa poitrine pendant qu'il finissait de lire son journal. Il lui avait même lu des bandes dessinées. Charlie Brown et Snoopy. C'était simple : elle avait demandé à s'asseoir sur ses genoux ; il avait accepté.

Elle avait retenu la leçon. On doit dire aux grands exactement ce qu'on veut, car ils l'ignorent. Sarah trouvait cela bizarre ; elle savait souvent ce que ses parents ressentaient. La colère... la peur... les désirs. Elle devinait même parfois ce qu'ils allaient dire. Mais elle avait retenu la leçon.

Ainsi, le soir, elle avait demandé un cadeau d'anniversaire au bon Dieu. Elle voulait que quelqu'un vienne s'asseoir à côté d'elle quand elle dormait.

La réponse à une honnête prière est parfois si subtile qu'elle passe souvent inaperçue. Elle peut aussi être longue à venir. Elle est quelquefois soudaine et spectaculaire, comme un éclair qui enjambe la terre et le ciel. Mais la prière d'un enfant est toujours entendue. Et elle est exaucée avec cette même munificence divine qui a tissé les innombrables et flamboyantes galaxies dans l'espace et le temps. Des mondes, des dangers, des bénédictions infinis.

En attendant qu'un ange gardien paraisse à son chevet, la fillette s'était endormie du sommeil du juste.

Au cours de la nuit, Sarah avait ouvert les yeux. Rêvait-elle ? Était-elle éveillée ? Elle avait eu néanmoins l'impression que le matin était venu — une chaude lumière enveloppait sa petite chambre, illuminant le moindre recoin. La fillette s'était frotté les yeux, éblouie par les extraordinaires couleurs... et par ses merveilleux visiteurs. Elle avait essayé de les compter sur ses doigts, mais c'était impossible.

Ils étaient plus de dix.

Le crépuscule enveloppe la maison où vit la fillette ; il

flotte comme un brouillard au-dessus des collines, s'accroche dans les vallons. Si on sort, on peut le sentir... le toucher presque... comme s'il roulait entre les doigts.

Lorsque le soleil se couche, Mary Frank cherche vainement un réconfort en allumant toutes les lumières. Elle parle de plus en plus vite et se force à rire. Le moindre bruit l'effraie ; la branche de lilas qui bat contre le carreau, le léger souffle du désert qui lui caresse la nuque.

Mary se frotte les mains ; regarde la nuit envelopper la maison. Elle regarde aussi son mari qui regarde la télévision. Provo Frank est absorbé par une rediffusion de *X-Files* sur l'écran neigeux. Il bâille de temps en temps. Entre chaque bâillement, il tète une bouteille de Corona. Il s'arrête entre deux goulées et tend l'oreille. Le Ute a l'ouïe particulièrement fine.

— Le petit lapin réclame sa maman, annonce-t-il.

Mary entend alors le cri de la fillette. Saisie d'une angoisse diffuse, elle se rue dans la chambrette, repoussant les visions absurdes de serpents à sonnette sous le lit, de poussées d'urticaire, de vilains kidnappeurs entrant par la fenêtre. Elle tire sur le cordon et allume l'ampoule de soixante watts qui pend du plafond. Soulagée de trouver sa fille saine et sauve, elle pousse un profond soupir.

— Maman...

Mary pose ses mains sur ses hanches, fait mine de gronder la fillette qui s'est accoudée et cligne des yeux. Le chaton dort près du lit, dans un carton à chaussures tapissé de vieux chiffons.

— Qu'est-ce qu'il y a encore, Sarah ?
— De l'eau, murmure l'enfant en bâillant. Le petit chat a soif.

Mary soupire et hoche la tête. Mais c'est la maman. Elle va chercher de l'eau.

La lune envoie un rayon argenté éclairer le visage de

l'enfant. Sa lumière, comme le courant d'air qui se glisse par une fissure sous la fenêtre, est glacée.

Mary Frank s'agenouille près du lit et sourit à sa fille. Sarah boit une gorgée d'eau que sa mère est allée puiser au puits, sous le sol de la cuisine. L'enfant a l'air particulièrement minuscule sur le matelas de plumes mais ses yeux sont grands et brillants.

Sarah regarde la silhouette de sa mère, soulignée par la lueur bleutée de la télévision dans la pièce voisine. L'enfant cligne des yeux; elle est fascinée par les particules de poussière qui tourbillonnent dans le rai lumineux qui traverse la porte entrouverte.

— Il est grand temps que tu dormes, dit la mère.

Le petit chaton qui dort dans le carton à chaussures émet un léger hoquet.

Sarah se penche pour caresser la chaude fourrure; elle sent les côtes délicates du chat se soulever.

— Ça va, Zigzag?

Le petit chat maigre, à moitié enveloppé dans un vieux chiffon, ne sent même pas la caresse.

— Ne t'inquiète pas, sourit la maman. Il fait juste un rêve.

Les chatons, bien sûr, ont leurs propres rêves. Ils rêvent d'autres chats, de chiots sur qui cracher, de succulentes sardines à manger, de grosses sauterelles à chasser, et bien souvent d'êtres humains. Mais parfois, ils rencontrent d'effrayantes créatures. Celles-ci, naturellement, possèdent des crocs pointus et des griffes acérées... de véritables cauchemars. Et il arrive que le cœur d'un chaton s'arrête de battre... pour toujours.

Les pattes du petit chat gigotent par spasmes. Le chaton semble courir, s'enfuir. Les êtres humains présents dans la pièce n'imaginent pas les étranges expériences que les félins vivent dans leurs rêves.

— Ton chaton va très bien, assure Mary.

Elle dégage une mèche de cheveux du visage de la fillette.

— Ferme les yeux et dors.
— Je ne suis pas fatiguée, maman.
La fillette bâille.
— Ça fait du bien de dormir, mon poussin.

Depuis quelque temps, Mary a elle-même du mal à dormir. Elle dépose un baiser sur le front de sa fille.

— Tu sais où vont les petites filles sages quand elles dorment ?

Sarah sourit.

— Oui, maman... quand elles dorment, récite-t-elle avec une précision mécanique, les petites filles sages vont voir les anges.

L'enfant ajoute un détail de son cru.

— Et elles font un pique-nique avec les anges. Elles respirent le parfum de jolies fleurs et jouent avec des papillons jaunes dans l'herbe verte.

— C'est ça, des anges... des fleurs... des papillons. Dors, maintenant.

Sarah n'a pas revu les anges depuis ses trois ans mais, en fermant les yeux, elle fait semblant de sentir leur présence. Et, avec beaucoup d'imagination, elle peut même les voir. Quelquefois, en dormant, elle se promène avec eux. Elle rêve de pique-nique dans des vallées verdoyantes... de gâteaux roses et de sorbets orange... de papillons jaune d'or et de petits oiseaux qui chantent les plus jolies des chansons.

Mary Frank n'est pas pressée de quitter le chevet de sa fille pour retourner auprès de son mari qui attend, inquiet, en pianotant sur la table de la cuisine. Provo ne s'intéresse plus aux aventures de *X-Files*; il a hâte de parler encore une fois de son projet génial à sa femme. Classique pour un Ute, pense Mary. Il en parle pendant des heures comme si un déluge de mots pouvait la convaincre de la validité de son projet. Ça portera bonheur à la famille, insiste-t-il. Et au Peuple. *Son* peuple, bien sûr.

Mary a mal aux genoux ; elle s'assoit sur le linoléum. La femme des Tohono O'otam s'accoude sur le lit, cale son menton dans une main et effleure le front de sa fille de l'autre. Elle fredonne une vieille berceuse :

Fais dodo, mon enfant chéri
Les gentils anges te protègent
Et te bénissent
Laisse le sommeil venir.

La fillette se frotte les yeux de ses petits poings. Elle lutte contre l'attirance élastique du sommeil. Mary tire la vieille couverture de coton sur le menton de Sarah.
— Dis ta prière, mon lapin.

Maintenant je vais dormir, Seigneur,
Et je prie pour que Tu gardes mon âme...

Maman ne lui a jamais appris la fin de la prière ; elle la récite maintenant tout bas. Pour sa fille... pour elle-même.

Si je meurs avant mon réveil...

Mary déglutit...

Je T'en prie, Seigneur, prends soin de mon âme.

Mary attend. Une minute... deux.
Finalement, Sarah ferme les yeux. Sa respiration devient régulière, alors seulement Mary quitte le chevet de sa fille et retourne dans la cuisine où son mari patiente. Elle l'écoutera. À cet instant peut-être pourra-t-elle le convaincre de renoncer à son projet fou.
Elle est bien plus sage que lui.

Colorado, réserve des Utes du Sud

Dans un dixième de seconde, il sera minuit. Daisy Perika est suffisamment proche du sommeil pour que ses membres deviennent pesants, sa respiration lente et poussive.

Dans son rêve, la vieille chamane marche le long de la rive rocheuse du Piños; la douce brise embaume l'aster sauvage. Elle marche sur un antique sentier qui mène à un refuge paisible. Le cimetière. Les grands peupliers de Virginie et les sorbiers procurent une ombre salutaire aux ossements de ceux du Peuple.

La rêveuse s'arrête, renifle l'air matinal. Il y a autre chose que le parfum des fleurs, de l'herbe humide, ou même que les senteurs de la rivière. Oui, la terre fraîchement retournée. La chamane va lentement vers l'orée du cimetière, sous les branches d'un petit sorbier, et arrive devant une nouvelle tombe. Elle s'étonne de se retrouver là. Ce doit être important, cependant il n'y a rien d'extraordinaire... juste une tombe qui attend son cercueil.

Soudain, la vieille chamane comprend... c'est une toute petite tombe.

3

Nord-est de l'Utah

Les pneus usés de la vieille guimbarde couinaient sur le revêtement tiède. Mary Frank mourait d'envie de regarder en arrière. Tout lui semblait lointain, comme dans une autre vie. Fort Duchesne, agréable oasis de peupliers et de hautes herbes. Le complexe tribal des Utes, près de Bottle Hollow, où elle avait un bon emploi au centre de tourisme. Leur petite maison avec sa plomberie déglinguée, cube de contreplaqué et d'aluminium fourni par le gouvernement. Elle n'était que regrets et nostalgie pour les choses de la veille. Cette veille qui n'était qu'à dix kilomètres, mais qui semblait déjà passée, jaunie comme les photographies d'un vieil album familial. Familier et cependant étranger. Et... qu'on ne reverrait jamais plus.

La jeune femme essaya de chasser ses pensées névrotiques. Ils prendraient leurs vacances annuelles, rendraient visite aux amis de son mari, dans la réserve des Utes du Sud du Colorado. Puis la famille Frank rentrerait en Utah. Mary coula un regard vers l'homme qu'elle aimait ; il conduisait d'une main désinvolte. Provo avait confiance pour quatre. Et une réserve inépuisable d'enthousiasme quant à l'avenir. Il ne comprendrait pas les doutes qui assaillaient sa femme; il risquerait même d'en rire. Lorsqu'il se moquait d'elle, Mary avait envie de l'étrangler. Elle se mordit la lèvre et porta son regard sur le vaste paysage divisé par le long ruban étincelant de la route 40. Un touriste ne verrait que la sécurité d'une route bitumée traversant le bassin dénudé de l'Uintah. La femme des Tohono O'otam voyait un immense océan de terre rouge, grêlée de bouquets de sauge. Son regard erra vers le sud. Deux escarpements calcaires se profilaient au milieu des vagues bleutées du crépuscule. L'espace d'un instant, Mary hésita; la vieille Jeep avançait-elle... ou ces embarcations fantomatiques voguaient-elles vers eux à travers une mer rouge de sang?

Sarah Frank était assise en tailleur sur la banquette arrière, à moitié enveloppée dans une fine couverture en coton. Elle regardait avec de grands yeux le coucher de soleil cramoisi par la lunette poussiéreuse du break.

— Tu vois, Zigzag, dit-elle à son chat, il va bientôt faire nuit.

Elle le serra contre son cou et émit un roucoulement de plaisir.

— Quand il fera tout à fait nuit, le croque-mitaine viendra te manger!

Elle gloussa; le chaton lui lécha l'oreille avec sa langue râpeuse.

Les voix de ses parents n'étaient qu'un doux murmure; Sarah essaya de les écouter et tendit le chat vers les sièges avant pour qu'il écoute à son tour. Ils parlaient des différents itinéraires pour rejoindre le Colorado.

Sarah perçut la tension dans la voix de son père; il déplaçait son doigt sur une carte routière que sa mère avait dépliée sous la lampe de la boîte à gants.

— On prendra à gauche à Vernal.

Vernal! C'était là qu'il y avait les ossements de dinosaures. Et juste devant le bâtiment qui les abritait, immobile sous un arbre, se dressait l'éléphant laineux aux immenses défenses blanches... qui attendait qu'un enfant imprudent s'approche. Un jour, se promit Sarah, quand je serai grande, je rassemblerai mon courage et je toucherai la patte poilue de l'énorme bête.

Les voix de ses parents la tirèrent de sa rêverie. Maman paraissait inquiète.

— Je ne sais pas, c'est un grand détour.

Maman s'inquiétait pour tout.

— Qu'est-ce qu'on fera, Sarah et moi, pendant ta... ta visite ?

Il valait mieux appeler cela une visite.

— Tu m'attendras un jour ou deux à Bitter Springs avec le lapin, répondit Provo Frank avec un signe du menton vers Sarah.

— Et toi ? fit maman en lui posant une main sur le genou.

— Tu sais bien que j'ai à faire. Je dois rencontrer un homme.

Une ombre passa sur le visage de Mary.

— Et après ?

— J'irai où il habite, dit Provo d'un air mystérieux, quelque part à l'est d'Éden.

Papa rit et maman hocha la tête, mais Sarah ne comprit pas pourquoi. Les adultes étaient décidément impénétrables.

Ils croisèrent un cavalier solitaire. Sarah lui fit un signe. Le cavalier lui retourna son salut ; le cheval inclina la tête.

— Papa ! s'écria la fillette. Tu sais ce que je veux pour mon anniversaire, le mois prochain, quand j'aurai cinq ans ?

Mieux valait parler de ses souhaits à papa. Maman disait toujours que c'était trop cher ou qu'on n'avait pas la place ou que ça mangerait tout l'espace ou « quand tu seras plus grande, Sarah ».

— Hum...

Provo se gratta la tête et sourit à sa fille dans le rétroviseur.

— Laisse-moi regarder entre tes oreilles.

Long silence.

— Il fait trop sombre dans ta tête, c'est plein de roues dentées et de mécanismes. Attends une seconde! Ah, je vois des poils... quatre pattes... une queue... et ça sent mauvais. Ça serait pas un bouc?

— Non! glapit l'enfant. C'est pas un bouc!

— Ah...

Papa se gratta de nouveau la tête.

— Alors, c'est peut-être... un cheval?

— Papa! gloussa Sarah. Comment t'as deviné? Mais pas un grand cheval, un petit. Avec des taches marron, des grands yeux et une queue qui chasse les taons. Tu monteras dessus, toi aussi, Zigzag, glissa-t-elle à l'oreille de son chat.

Provo pouffa.

— Pas de problème, mon cœur. Et qu'est-ce que tu dirais d'une selle avec des parements mexicains en argent?

— J'ai pas besoin de selle, répondit Sarah avec l'aplomb d'un enfant, juste d'une couverture bleue.

Elle frotta du bout du doigt la tache blanche sur la tête noire du chaton.

— Avec des zigzags blancs.

Sarah ferma les yeux... elle voyait le poney caracoler. Et la couverture bleue avec les zigzags blancs.

Son père soupira comme si la couverture était bien plus chère que la selle avec les parements en argent.

— Bon, d'accord, concéda-t-il, va pour une couverture.

Mary donna une tape sur le bras de Provo.

— Ne la taquine pas, reprocha-t-elle. Tu sais comment elle est; on n'a pas fini de l'entendre, maintenant!

Le jeune Ute rit aux éclats.

— Peut-être que je suis sérieux.

Il avait de grands projets.

— Peut-être, ajouta-t-il avec un clin d'œil à sa femme, peut-être que les choses vont s'arranger.

S'il réussissait, il serait un héros pour le Peuple. Ils déménageraient à Ignacio. Il y trouverait, au moins, un emploi sûr dans la tribu, et par la suite une promotion. Il se perdit dans sa rêverie. Un jour, plus tard, il serait peut-être même élu chef de la tribu. Un large sourire communicatif éclaira son visage. Mary se lova contre son épaule et soupira. Elle ferma les yeux et pria pour que rien n'arrive à son homme.

Sarah, contente de sa manœuvre, se tourna pour regarder les dernières traînées cramoisies qui zébraient l'horizon.

— Neola... Tabiona... Altonah... ! fredonna l'enfant à l'oreille de son chat. Quand... oh, quand vous reverrai-je ?

Les noms des villes de l'Utah étaient bien jolis, comme les perles jaunes et violettes de son collier. Quand reviendraient-ils ? Quand les reverrait-elle ? Sarah ferma fort les yeux et essaya de voir son avenir. Au début, elle ne vit que du noir, parsemé de minuscules lumières blanches. Peu à peu, elle distingua la petite fenêtre familière... et le rideau qui séparait le présent du lendemain. Le lendemain matin, elle se vit assise en tailleur sur un grand lit avec une couverture orange. Elle vit maman, des épingles à cheveux entre les dents, en train de se peigner. Sarah ne put s'empêcher de sourire. Ensuite vint la nuit... puis un autre jour. Elle vit papa ; il était drôlement heureux... et maman était en colère après lui. Il y avait des cris... papa jurait... et maman pleurait. Sarah essaya de voir le jour suivant. Ils seraient peut-être à Ignacio, alors. Elle verrait peut-être tante Daisy. Tante Daisy n'était pas sa vraie tante, mais Sarah faisait comme si. Elle s'efforça de deviner ce que papa et maman faisaient ce deuxième jour. Impossible... tout était sombre, comme si un rideau de velours noir bouchait la fenêtre de l'avenir.

Affamé, l'aigle royal décrivit des cercles, ses yeux tachetés de jaune rivés sur la crête de la mesa ocre où quelque petit mammifère s'enfuyait au milieu des genévriers. *Kwana-ci* prit un courant d'air montant puis replia ses ailes, piqua sur le vaste canyon et, parvenu au-dessus de la mesa, les déploya afin de glisser vers la falaise rouge brun. Il battit alors trois fois des ailes pour gagner de l'altitude. Sur les rétines du prédateur se dessinait une forme grise qui courait dans l'ombre d'une souche morte de ponderosa.

Le destin du lapin paraissait scellé, mais au dernier moment l'aigle fut troublé par un cri aigu.

Kwana-ci prit un fort courant thermique et s'éleva au-dessus de la mesa. Le lapin vivrait.

Mais pour un autre animal inoffensif, le temps était compté.

Bitter Springs, Wyoming
Le City Limits Motel

Assise en tailleur sur la moquette verte, devant l'écran neigeux, Sarah mangeait un sandwich au fromage et à la mayonnaise. Il y avait un jeu télévisé. La jolie dame aux longs cheveux blonds faisait tourner une grande roue rouge et noir. Il y avait des mots et des chiffres sur la roue, mais Sarah ne savait pas lire... elle ne savait compter que de un à dix. Et zéro, mais ça ne comptait pas. Zéro était un drôle de nombre ; si on avait zéro boule de gomme, on n'en avait pas du tout. Mais maman lui avait dit que si on mettait un un et un zéro, on obtenait dix, autant que les doigts de la main. C'était ridicule, mais c'était souvent comme ça avec les adultes. Maman marchait de long en large, s'arrêtant parfois pour regarder par la fenêtre. Quand maman avait le dos tourné, Sarah détachait un morceau de fromage et le donnait à Zigzag. Le chat léchait la mayonnaise avec gourmandise, puis croquait délicatement de petits bouts de fromage. Finalement, maman s'assit sur le lit et ramassa un magazine écorné. Elle jeta le magazine et alla dans la salle de bains peigner ses longs cheveux bruns et les attacher avec des épingles.

Dehors, le bruit des pneus sur le gravier et le bourdonnement familier de la vieille guimbarde de papa couvrirent le hurlement du vent dans les arbres. Sarah sauta de joie et courut à la fenêtre, mais elle n'était pas assez grande. Elle sautilla sur place et, lorsque ses yeux arrivèrent à la bonne hauteur, elle vit papa descendre de voiture. Maman courut elle aussi à la fenêtre ; elle avait encore des épingles à cheveux dans la bouche.

— Oh, Dieu merci ! lâcha-t-elle entre ses dents.

Sarah posa le sandwich par terre et battit des mains. Puis elle ramassa le chaton et lui souffla dans l'oreille :

— Papa est rentré, Zigzag. Maintenant, tout ira bien comme avant.

Le chat, qui coucha son oreille chatouillée, se moquait du retour de papa. Sarah attendit à la porte. Quand elle s'ouvrit, papa entra en souriant ; mais maman ne riait pas. Papa souleva Sarah pour l'embrasser.

— Comment va mon petit lapin ?

Sarah gloussa de plaisir. Papa l'assit sur le lit, mais elle en glissa pour venir s'accrocher à son pantalon.

Papa voulut embrasser maman, mais elle recula et dit quelque chose. Papa se figea soudain. Maman lui cria après ; il répondit de même, et les cris éclatèrent dans la pièce.

Sarah s'effaça ; elle s'assit par terre, devant la grande télévision, et plaqua ses petites mains sur ses oreilles.

Elle vit quelqu'un remporter une jolie voiture rouge et s'efforça de ne penser qu'au bonheur du gagnant. Comment faisait-on pour rétrécir les gens et les voitures au point de les faire entrer dans la télévision? Le monde était plein de mystères. Elle n'entendit que des bribes de mots entre papa et maman.

— ... temps que tu rentres...

— Mais je l'ai vu... j'ai eu ce que je voulais... on part ce soir.

— Faudra régler la note, avant... Le chèque n'a pas marché... l'épicier a refusé ma carte bancaire... on a mangé des sandwiches froids et bu de l'eau... la gérante du motel veut du liquide... Elle appellera la police si on se sauve.

— Bordel de merde! Je t'avais dit... Je vais arranger ça... un ou deux coups de fil et...

— Ne jure pas devant Sarah... Mon père avait raison... que des gros mots et une bière à la bouche...

— Tu sais ce que je lui dis, à ton papa papago?

Puis papa sortit en claquant la porte. Maman s'enferma dans la salle de bains pour pleurer.

Sarah essuya ses larmes. Au moins, tout était calme. Elle ne voulait qu'une chose... dormir, et s'enfuir.

Le saloon de la Jarretière Roze

En colère, le jeune homme boutonna sa veste en jean légère, enfila une paire de gants sans doublure et cracha un juron indien dans le froid glacial. Il ne savait pas ce que signifiait le juron, mais ça sonnait bien et il avait souvent entendu sa grand-mère l'utiliser quand son mari rentrait saoul, quand un agneau mourait, ou quand elle laissait tomber un œuf par terre. Il lâcha un autre juron, en anglais, destiné à son épouse papago et jura encore une fois, juste pour le plaisir. Provo Frank se sentit mieux; l'air glacial lui brûlait les poumons, mais ça lui fouettait le sang. Il se sentait aussi vivant qu'un homme que sa femme ne harcelait pas sans cesse. Il s'arrêta dans le parking pour reprendre ses esprits. Le motel était à l'écart de la bretelle de sortie pour Bitter Springs, une ville de la plaine qui ne commençait pas avant un bon bout de chemin. Au sud du motel se dressait un escarpement rocheux; sur sa crête poussait une poignée de pins pignons torturés par le vent, seuls arbres à des lieues à la ronde. Au sud de l'escarpement, il n'y avait que le désert. Au nord, ce n'était guère mieux. On voyait une longue plaine moutonnante qui rejoignait la chaîne de Wind River. Provo se sentit soudain seul; il aurait voulu retourner au motel. Mais il était trop tôt pour affronter la colère de Mary.

Il avait besoin d'un remontant.

Son break était la seule voiture du parking, hormis la vieille Cadillac décapotable qui appartenait à la garce du motel. Il jura de nouveau, cette fois contre la pouffiasse qui avait fait tout un foin à cause d'un chèque en bois. Et une fois contre sa femme, pour faire bonne mesure. « Connasse de bonne femme », pesta-t-il entre ses dents. Si elle avait remis sa paie à la banque avant de quitter Bottle Hollow, le chèque qu'il avait signé n'aurait pas été refusé. Tête de pioche, foutue Papago je-sais-tout. C'était bien la fille de son père, ce peine-à-jouir !

Le City Limits Motel était situé à un kilomètre des limites de Bitter Springs. Provo distinguait les lueurs à l'est. Il crevait d'envie de boire un verre. Il songea à rouler jusqu'à la ville, mais quand il était en colère, il aimait marcher pour épuiser sa rage. Il se tourna vers l'ouest, regarda au-delà de l'épicerie qui avait refusé la carte bancaire de Mary. Il savait déjà qu'on n'y vendait pas d'alcool. La veille, quand il était entré acheter un pack de Coors, on lui avait dit que l'épicerie n'avait pas la licence. Cervelles d'écureuil ! S'appeler épicerie et ne pas vendre de bière ! Ça devrait être interdit par la loi — « Épicerie », publicité mensongère, oui ! Provo se souvint qu'un bar se trouvait quelque part à l'ouest, à deux cents mètres de l'épicerie. Il était fermé quand il s'y était arrêté la veille, mais c'était bien avant midi et il faisait maintenant presque nuit. Il lutta contre le vent violent et, en tournant à l'angle du parking, vit le néon, perché en haut d'un piquet, lui faire de l'œil. L'Indien ute se dirigea vers les accueillantes lumières qui scintillaient, roses et bleues, et, après quelques dizaines de mètres, il distingua mieux l'enseigne. Une jambe bleue avec une chaussure à talon aiguille donnait des coups de pied répétés. En s'approchant, Provo vit un arc rose sur la cuisse bien galbée. Sous la jambe, l'enseigne proclamait : « Saloon de la Jarretière Roze ».

Sympa !

Sans doute un bistrot familial. Il y avait gros à parier qu'il tomberait sur des gens disposés à parler de la pluie et du beau temps. Bof, se dit-il, morose, c'est ça ou rien. Il ôta un gant avec ses dents et fouilla dans sa poche à la recherche d'un ou deux *quarters*.

Le vent, qui avait tourné, lui soufflait dans le dos... l'aidait à avancer... le poussait vers le bar.

Le bar, comme le motel, était presque désert. Long rectangle éclairé par une simple rangée d'ampoules de soixante watts au-dessus du comptoir, lequel délimitait un tiers de la pièce sombre comme une caverne. Une dizaine de tables en bois défraîchies éparpillées çà et là ; des boxes en noyer alignés contre le mur. Au bout de la salle se trouvaient trois portes. Un peintre, avec davantage de fougue que de talent, avait dessiné Dagwood sur l'une et Blondie[1] sur l'autre. Provo trouva cela de mauvais goût. Sur la troisième était écrit : « Privé ».

---

1. Blondie et Dagwood, personnages d'une célèbre bande dessinée créée en 1930 par Chic Young et reprise par son fils Dean Young. (*N.d.T.*)

Le Ute se crut d'abord seul dans le bar avec un obèse blanc tout entier occupé à surveiller un cheeseburger qui grésillait sur une plaque, derrière le comptoir. Le cuisinier, qui se mit à émincer un gros oignon avec un couteau de chasse étincelant, se désintéressait de la présence d'un éventuel client. Provo hésita sur le seuil; devait-il retourner au motel? Il pouvait s'arrêter à l'épicerie, acheter des Fritos et de la limonade. Mary se serait peut-être calmée... ils discuteraient tranquillement... iraient ensuite se coucher... Sarah serait profondément endormie... hum! Oui, pourquoi ne pas rentrer?

Bam! Le vent claqua la porte derrière lui.

Près de la porte marquée « Privé », un mouvement presque félin attira son attention. Une femme, elle aussi une *matukach,* se leva de la table où elle faisait des mots croisés. Aussi grande que Provo, elle avait de jolis bras musclés et des épaules un peu carrées pour une femme. Ses cheveux luisants, aussi noirs que les siens, étaient coiffés en tresse, presque comme ceux de l'Ute. Sa peau d'un blanc laiteux prouvait qu'elle ne s'exposait pas au soleil du Wyoming. Lorsqu'elle se dirigea vers le bar, ses hanches ondulèrent sous sa robe de satin noir. On est loin du bistrot familial, songea Provo. Mais au moins, il faisait bon. Gras Double n'était pas du genre causant et la femme en noir, pas désagréable à regarder. Provo sentit l'arôme musqué du whisky et son humeur s'améliora nettement.

La femme alluma une longue cigarette qu'elle ficha entre ses lèvres peintes.

— Ce sera quoi? fit-elle, la cigarette au bec.

Provo gara ses fesses sur un tabouret.

— Vous travaillez ici depuis longtemps?
— C'est chez moi.
— Ah!

Elle s'accouda sur le comptoir et souffla la fumée au visage de Provo.

— Lizzie Roze, dit-elle, comme si son nom était célèbre.

— Ah, fit Provo qui se souvenait de l'enseigne. Comme une jarretière rose.

— J'en porte une. Tu veux deviner sur quelle cuisse, cow-boy ? Vingt dollars la mise.

— Plus tard, on verra, répondit Provo avec un sourire en coin.

La femme en noir fit un signe du menton vers le barman.

— C'est Sam.

— Ouais, fit Provo, impassible, je vois comment ça marche. Monsieur attire les clients... et c'est vous qui vous tapez le boulot.

Gros Sam roula un œil injecté de sang vers Provo tandis que l'autre restait rivé sur son travail. L'obèse découpait un petit pain avec son couteau Bowie ; la lame était aiguisée comme un rasoir.

Lizzie s'esclaffa.

— T'es chou. Qu'est-ce que tu prendras ?

— Donne-moi une Coors, dit Provo en tâtant la poche de son jean.

Le vent, qui avait viré au nord, secoua la bâtisse en bois. Les vitres cliquetèrent comme des dents qui s'entrechoquent. Lizzie ne broncha pas.

— C'est comme si c'était fait, cow-boy. Le premier verre est toujours offert.

— Dans ce cas, ça sera un whisky, sourit l'Indien.

Whaou, c'était un établissement de première classe !

Lizzie piocha une bouteille poussiéreuse derrière le comptoir et remplit un verre à liqueur à ras bord.

Gras Double mordit dans le cheeseburger et entreprit de dérouiller ses zygomatiques. Ses deux yeux étaient désormais rivés sur l'unique client.

Le Ute éclusa son whisky; la bouffée de chaleur qui lui réchauffa le ventre le réjouit. Il nota l'endroit dans un coin de sa tête. Chaque fois qu'il serait dans les parages, il ferait une halte au saloon de la Jarretière Roze.

Mais l'Indien ne reviendrait jamais par ici.

4

Mary Frank avait séché ses larmes. Elle installa Sarah sur un des lits, la tête calée par deux oreillers; le petit chat noir se pelotonnait contre le cou de la fillette.

Sarah regardait la télévision, mais ses yeux se fermaient. Elle se tourna vers sa mère et soupira, satisfaite. Maman avait mis sa plus jolie robe rouge ! Cela signifiait qu'elle ne serait plus fâchée quand papa reviendrait. Ils s'enlaceraient, s'embrasseraient, parleraient à mi-voix et glousseraient. Ensuite, ils diraient : « Sarah, il est l'heure de dormir » et ils éteindraient toutes les lumières. Sarah dit à l'oreille de Zigzag que tout irait bien désormais. Le chat parut comprendre; il promena sa langue râpeuse sur le menton de l'enfant.

La femme papago alla tirer le rideau. En se couchant, le soleil ne laissait qu'une traînée blanchâtre à l'horizon; une bande de nuages bas approchait. Le vent, qui s'était calmé, murmurait et gémissait en rafales. Comme une femme enceinte, songea Mary. Une neige glacée fouettait les carreaux, mais Mary ne voyait pas les flocons. Le break était toujours le seul véhicule sur le parking du motel; Provo avait dû gagner le bar à pied. Oh, il n'avait pas beaucoup d'argent, il ne rentrerait pas fin saoul. C'était le seul aspect positif de la situation, et cette réflexion frappa Mary presque physiquement; elle ressentit comme un coup au ventre. Sa vie se résumait donc à ça ? Qu'elle avait été bête d'épouser ce grand bon à rien prétentieux ! Elle regarda la petite forme allongée sur le lit. Sarah luttait vaillamment pour garder les yeux ouverts. Mary envisagea sérieusement de quitter le grand Ute et de repartir de zéro... mais il y avait Sarah, qui adorait son père... elle devrait donc prendre son mal en patience. Attendre que l'enfant grandisse... Elle reporta son attention vers la fenêtre et oublia l'idée de quitter Provo.

Il rentrerait bientôt, d'ailleurs. Il ferait comme si rien ne s'était passé. L'alcool l'aurait adouci, il affirmerait qu'il réglerait la note le lendemain et il chercherait à l'embrasser, à la caresser. Il voudrait qu'ils aillent au lit, bien sûr. Malgré sa colère froide, Mary sourit. Provo n'était pas le meilleur mari, loin de là.

Mais ce n'était pas le pire non plus.

Lizzie Roze versa le deuxième verre.

Celui-ci n'était pas offert par la maison. Provo ôta son chapeau et glissa un doigt sous le bandeau trempé. Ah, voilà ! Il déplia le billet d'un dollar et le jeta sur le comptoir d'un geste de flambeur.

Lizzie retourna plusieurs fois le billet vert, l'examina.

— Alors, cow-boy, t'es dans quelle branche ?

Provo faillit dire qu'il faisait un peu de menuiserie, mais cela lui parut trop minable. Le doux feu du whisky qui lui chauffait le ventre rendait le saloon de la Jarretière Roze des plus accueillants ; la femme, plutôt accorte, commençait à ressembler aux mannequins des magazines qu'on vendait à la caisse des supermarchés.

— La bijouterie, dit-il. Je vends des bijoux.

— Des bijoux, hein ? fit la femme comme si le sujet l'ennuyait. Quelle sorte de bijoux ?

— Du premier choix ! répondit Provo, sur la défensive. J'ai un coffret de turquoise et argent dans ma voiture. Faits à la main. Navajo, zuni, premier choix.

« Premier choix » était un terme qu'il avait entendu à la radio le matin même, en revenant de la cabane du vieux. Il essaya de se rappeler quel article vantait la publicité ; des mobile homes, peut-être. Ou des saucisses pur porc ? Dans son break, il avait en effet un carton de colifichets. L'« argent » était du cuivre chromé ou nickelé, les « turquoises » des rejets d'une usine de Juárez, ou des pierres sans valeur d'une carrière de Thaïlande.

Lizzie prit un torchon et commença à polir un verre à bière.

— Ça doit coûter bonbon, remarqua-t-elle.
— Je veux !

Provo vida son verre et savoura la douce chaleur du whisky coulant dans sa gorge.

— La qualité se paie, ajouta-t-il.
— Tu dois pas mal voyager.

Lizzie tira sa tresse par-dessus son épaule et se mit à jouer avec.

— Tu l'as dit, répondit-il avec l'assurance d'un vieux pro. Faut aller à la rencontre du client. Denver. Chicago. Miami.

De temps en temps, Provo collectait sa quincaillerie mexicaine dans les marchés aux puces d'Arizona et du Nouveau-Mexique. Les touristes visages pâles de l'Ohio et du Michigan les achetaient au kilo.

— T'es sans doute descendu au City Limits, alors ?

Elle avait vu l'homme arriver à pied ; or, le City Limits était le seul motel à trois kilomètres à la ronde.

— Tout juste, acquiesça-t-il.
— C'est la morte-saison, tu dois avoir le motel pour toi tout seul.
— J'aurais pu choisir la chambre que je voulais.
— Tu voyages seul ?
— Oui, seul.
— C'est triste, non ?
— Excusez-moi, faut que j'aille me soulager.

Il glissa du tabouret et regarda autour de lui, indécis.

Lizzie sourit. Elle lui indiqua la porte du stupide Dagwood.

Son besoin satisfait, Provo retourna s'asseoir sur son tabouret. Il y avait un verre plein devant sa place; il chercha la jolie femme des yeux.

L'obèse lui adressa la parole pour la première fois.

— C'est la tournée de la patronne, dit-il.

— Qu'est-ce que c'est? demanda Provo en lorgnant sur le liquide ambré.

— Qualité supérieure. Ça éclaircit les idées.

— Ah!... Où est... comment qu'elle s'appelle, déjà... Lizzie?

Gras Double désigna la porte marquée du mot « Privé ».

Le vent hurlait à présent; les montants des fenêtres vibraient.

— Satané vent, pesta le Ute.

— Ça vous envoie balader comme un rien, dit le barman. Ça arrive tout le temps.

— Sans charre! fit Provo d'une voix pâteuse.

Le gros était d'humeur causante, il en souriait presque. Provo le préférait mutique.

— Parole, insista l'obèse sans l'ombre d'un sourire. Il y a deux ans, ce bar se trouvait dans l'État de Washington, en plein cœur de New Princeton.

— Jamais entendu parler de ce bled.

Provo but une gorgée de whisky.

— New Princeton est une charmante petite ville. Les affaires marchaient fort avec les pêcheurs. Et puis, un gros orage a éclaté. Le vent a balayé ce bar comme un duvet de pissenlit. On a atterri à Bozeman, dans le Montana.

— À Bozeman, hein? C'était sans doute meilleur pour les affaires.

— On aurait pu le croire, répondit le barman, pensif. Mais le vent nous avait déposés sur un terrain vague dans un quartier mormon. Juste à côté d'une église. Vu la loi du pays, on n'avait pas le droit de vendre de l'alcool. De toute façon, les mormons ne sont pas de grands buveurs.

— Ça a dû être dur, compatit l'Indien.

— Je vous le fais pas dire. Mais le 12 novembre, un putain de vent du nord nous a emportés et nous a déposés ici, à Bitter Springs.

Provo promena son regard dans la salle.

— C'est pas la ruée, non plus, nota-t-il.

— Non, admit Gros Sam, mais ça marchera mieux quand viendra l'été.

Le Ute regarda par la fenêtre la nuit qui semblait s'étendre à l'infini.

— L'été arrive quand par ici ? demanda-t-il après avoir éclusé son verre.

— Le 4 juillet, paraît-il. Et il dure jusqu'au 6.

Provo avait perdu le fil. Son dernier verre l'avait achevé. Son ventre, encore chaud après les deux premières tournées, le brûlait désormais et sa tête bourdonnait. Quel imbécile de boire sur un estomac vide ! se dit-il. Il remit son chapeau pour se protéger des ampoules de soixante watts qui l'aveuglaient et fouilla dans sa poche à la recherche d'un paquet de cigarettes. Ça lui rappela l'affaire pour laquelle il était venu dans le Wyoming. Il avait trouvé le vieux, c'était gagné ! Sa foutue bonne femme, avec ses conneries sur les chèques en bois et la note non réglée, avait presque réussi à le lui faire oublier.

Il dut plisser des yeux pour voir le barman.

— Faut que je passe un coup de fil, annonça-t-il.

— La cabine est là-bas, répondit Gras Double en désignant un coin sombre, près de l'entrée.

Provo se leva et se dirigea vers le téléphone. C'était

une conversation privée, avec un homme important. Il s'adossa au panneau verni et ferma la porte de la cabine. Une lampe s'alluma qui obscurcit soudain le reste de la salle. Provo se serait cru en train de flotter dans l'espace, loin de la terre, loin des étoiles. Il trouva un *quarter* dans sa poche et le glissa dans la fente. Puis il composa le numéro de l'opérateur et attendit impatiemment.

Ignacio, Colorado
Quartier général de la tribu des Utes du Sud

Assis derrière son bureau en chêne, Austin Sweetwater, qui avait tout d'un gros crapaud assoupi, fixait d'un œil farouche l'impertinente jeune fille du *Southern Ute Drum*. La journaliste lui posait des questions embarrassantes depuis une demi-heure.

« Qu'avez-vous fait pendant votre premier mandat, monsieur le président ? »
et
« Que pensez-vous de vos chances d'être réélu, monsieur le président ? »
et
« Que pensez-vous de la popularité croissante de votre adversaire, monsieur le président ? »
et
« À quoi attribuez-vous votre chute dans les sondages, monsieur le président ? »

Il s'était senti obligé de répondre aux questions stupides avec patience, mais les dents serrées, parce que ses réponses seraient dans le journal la semaine suivante. Maudit journal ! S'il y avait moyen, il fermerait l'insupportable torchon après sa réélection. Mais les lèvres boudeuses de la jeune bigleuse s'agitaient encore, et son stylo noir était pointé vers le cœur d'Austin, tel un poignard.

— Monsieur le président, que pensez-vous de l'accusation de votre adversaire selon laquelle...

Elle hésita, s'éclaircit la gorge et continua :

— ... lorsqu'il s'agit de questions importantes pour la tribu, vous êtes à la fois ignorant et apathique ?

— Merde ! explosa-t-il. Je n'en sais rien et je m'en fous !

Ha, qu'ils impriment ça si ça leur chante !

Le président, confondu par le sourire de l'impertinente, fut soulagé d'entendre le téléphone sonner. Il empoigna le combiné en se demandant qui pouvait bien appeler le quartier général de la tribu en dehors des heures d'ouverture.

Son coup de fil terminé, Provo raccrocha avec hargne. L'astronaute ute retourne sur la planète Roze batailler avec Face de Cochon pour les faveurs de la Femme Araignée. Pourquoi je pense à ces conneries ? Je dois être vachement bourré.

Mais il n'était pas saoul comme d'habitude. Il avait l'esprit aiguisé comme un rasoir, la tête claire comme du cristal. Il se souvenait de toutes les blagues qu'il avait entendues, de tous les lieux visités. Et il ne titubait pas. L'envie lui prit de dire la vérité.

— En réalité, je suis menuisier, annonça-t-il au barman.

— Un beau métier. Je vous sers un autre verre ?

— Plus tard, peut-être.

Provo chercha la femme des yeux. Il avait envie de lui raconter ses meilleures blagues.

— Quand est-ce qu'elle revient ?

— Quand elle aura fini sa paperasserie, cow-boy, fit le barman en désignant la porte fermée.

— Je ne suis pas un cow-boy, je suis un Indien. Un Ute. Les cow-boys et les Indiens sont des ennemis jurés, comme vous devriez le savoir si vous aviez jamais vu un film de John Wayne.

— Ah, John Wayne ! soupira l'obèse. Il nous manque, ajouta-t-il d'un ton solennel, l'œil humide.

— Ouais, il nous manque. Mon préféré, c'est *Cent dollars pour un shérif*.

Provo descendit de son tabouret et tripota les boutons de sa veste.

— Hé, Lizzie veut que vous l'attendiez. Elle a dit qu'elle vous servirait un truc spécial...

Le Ute se dirigeait vers la porte.

Provo avait oublié Lizzie. Il se sentait bizarre, ses muscles, son corps ne répondaient plus. Que se passait-il, bon Dieu ? Il pensa alors à sa femme, cette tête de pioche papago. Oh, il savait ce dont elle avait besoin !

— Hé... attendez une minute, cow-boy ! lança Gros Sam.

Mais c'était trop tard, la porte s'était refermée et l'Indien avait disparu. À croire qu'il n'était jamais venu.

Provo avait déjà fait quelques mètres quand il s'aperçut qu'il neigeait. Il remonta son col. Avant d'affronter Mary, il avait besoin d'un autre verre. Il envisagea de retourner au saloon de la Jarretière Roze, puis se souvint de la planque. Il avait caché une demi-pinte d'antigel dans le break. Avec cette idée réconfortante en tête, il dirigea ses pas vers le parking du motel. Vers la demi-pinte, surtout. Il y avait néanmoins un problème majeur. Il avait oublié où il avait planqué la maudite flasque !

Rechercher une demi-pinte de whisky bon marché dans le fouillis du break, cela semblait une décision anodine.

Mais c'était loin d'en être une.

Mary Frank était plantée telle une sentinelle devant la fenêtre du motel. La neige qui tombait à gros flocons maculait les carreaux d'une pâte humide. Comme le motel ringard n'avait pas de lumière pour éclairer le parking, Mary ne voyait que la silhouette du break garé à quelques mètres de la porte. La neige cachait la rouille et la peinture écaillée de la guimbarde, tel un glaçage sur un vieux gâteau. Bientôt, la voiture aurait l'air flambant neuf.

La voix de sa fille coupa court à sa rêverie.
— Qu'est-ce que tu regardes, maman ?
— La voiture.
— Pourquoi ?
— Parce que...

Quelqu'un approchait dans les flocons tourbillonnants. Il s'arrêta à côté du break... ouvrit le hayon... se pencha par-dessus la banquette arrière... le plafonnier l'éclaira. Mary soupira. Son mari cherchait la demi-pinte de whisky qu'il avait cachée dans la roue de secours. La femme papago avait trouvé la flasque en chargeant les bagages, l'avait vidée par terre et l'avait jetée à la poubelle.

Elle se retourna pour regarder sa fille. Sarah luttait pour garder les yeux ouverts.
— Papa est dans la voiture, mon chou. Je m'absente une seconde... pour lui parler.

Sur ce, elle sortit et referma la porte derrière elle.

Le gémissement du vent couvrait tous les bruits, mais l'Indien était naturellement silencieux. Ressentant une déconvenue amère qui se mua vite en rage, il vida le contenu du break... Un carton vola, des vêtements... un livre de coloriage... une boîte de Kitty Kat. Les doigts gourds, il tripota la serrure d'une boîte à outils... Que se passait-il ?

Un rai de lumière sous la porte du motel... des bruits de pas sur le gravier...

Sarah dort à poings fermés. Elle rêve qu'elle chevauche un joli poney tacheté... au lieu d'une selle en cuir, elle est assise sur une fine couverture bleue ornée de zigzags.

Le chat ne dort pas. Zigzag entend de drôles de bruits dehors... un cri aigu, suivi d'un juron. L'animal abandonne le confort du lit, se perche sur le dos d'un fauteuil rembourré et observe le parking. Les yeux grands ouverts, les oreilles pointées.

Un bruit mat. Puis le silence.

Les poils du chat se hérissent; Zigzag dévale du fauteuil, grimpe sur le lit et se pelotonne contre la fillette. Il miaule à faire pitié, lèche le menton de Sarah. Mais la petite fille ne se réveille pas.

Peu après, le chat dresse de nouveau l'oreille. Une série de bruits, chacun détaché de l'autre, comme un tam-tam. Presque comme des coups de feu. Mais ce ne sont pas des coups de feu. Il aurait mieux valu.

Ce sont des... tapotis-cliquetis... tapotis-cliquetis.

La fillette marmonne dans son sommeil quand son père entre en coup de vent et la soulève du lit. Si elle n'avait pas serré Zigzag dans ses bras, on aurait oublié le chat au motel.

5

Leadville, Colorado

Sarah s'étira et bâilla. Elle était assise sur le siège avant du break, Zigzag sur ses genoux. Elle regarda autour d'elle. Elle occupait la place de maman, juste à côté de papa. Elle colla son nez à la vitre. Papa était dehors; il remplissait le réservoir d'essence. Il remit de l'argent à une femme, derrière un guichet, et remonta dans la voiture. Il donna un carton de lait et un gâteau au chocolat à Sarah.

— Où on est, papa?
— À Leadville.

Comme si ça changeait quoi que ce fût pour une petite fille qui n'avait pas encore cinq ans. Mais Sarah aimait connaître le nom des villes qu'ils traversaient. Et elle s'en souvenait toujours.

Elle se redressa pour jeter un coup d'œil à la banquette arrière. Quel fouillis! Maman ne sera pas contente. Elle regarda par la vitre. Maman devait être aux toilettes.

Provo Frank trouva les clés et mit le contact. Le vieux moteur toussota, puis démarra.

— Attends! s'écria Sarah. Maman n'est pas revenue.

Son père serra les dents mais ne dit rien.

— Papaaaaa! Attends maman!

— Maman est partie.
— Où ça ?

Les femmes, même quand elles sont toutes jeunes, posent toujours des questions. Des questions qui appellent des réponses difficiles. Provo essaya d'ignorer sa fille.

— Partie où, papa ?

Une pointe d'inquiétude sourdait dans sa voix. Provo hésita.

— En Arizona. À Ak Chin.
— Pourquoi ?

Provo déglutit.

— Son papa est malade. Elle est allée le soigner.
— Quand est-ce qu'elle reviendra ?
— J'en sais rien. Mange ton gâteau, merde !

Sarah singea le ton autoritaire de sa mère.

— Tu ne dois pas dire des gros mots devant une enfant.

Elle déchira la Cellophane et mordit dans le gâteau au chocolat. Hum, qu'il était bon !

— Merde ! répéta Provo, dans sa barbe cette fois.

Le grand-père papago aimait Sarah, il guérirait plus vite si elle était avec lui.

— Pourquoi maman m'a pas emmenée pour aider pépé à guérir ?

L'Indien jeta un coup d'œil dans le rétroviseur ; un véhicule de la police les suivait. Provo leva le pied de l'accélérateur et étreignit le volant à deux mains.

— Je ne sais pas pourquoi. Bon, maintenant ferme-la et bois ton lait.
— Je ne peux pas boire mon lait si je ferme la bouche.

Sarah versa du lait dans le creux de sa main pour que Zigzag boive.

— Putain de merde ! lâcha Provo.

Et pour la première fois depuis son enfance — lorsque

son jeune beagle avait été renversé par un camion —, Provo Frank eut envie de pleurer.

Bitter Springs, Wyoming

Le sergent Harry MacFie roulait sur la nationale en direction de l'ouest, mais il avait la tête ailleurs. Avant tout, il s'agissait de vérifier la plainte à la con du motel merdique. Ensuite, trois heures de route jusqu'à Cheyenne pour une réunion avec les agents de la DEA[1] qui coordonnaient une action en vue — selon leur jargon bureaucratique — « d'établir une matrice de corrélation » sur le trafic de drogue dans le Wyoming et l'Idaho. Dans l'esprit de MacFie, les flics de la DEA se divisaient en deux groupes : les étudiants bêcheurs qui croyaient pouvoir résoudre les crimes sur leur ordinateur portable, et les adolescents de quarante ans à la barbe hirsute et au jean cradingue. Ces derniers, des cow-boys en civil, avaient peut-être cinquante pour cent de chance de vivre assez vieux pour voir grandir leurs petits-enfants. Même s'il ne l'aurait admis pour rien au monde, MacFie les enviait car au moins ils se donnaient un mal de chien pour faire quelque chose de leur vie.

Le sergent Harry MacFie, de son côté, commençait sa journée en allant voir une vieille garce et son ivrogne de mari qui avait un pois chiche à la place du cerveau. Quel métier de merde ! Il aurait déjà dû être lieutenant, ou même capitaine. Il l'aurait d'ailleurs été sans cette « mauvaise attitude », comme l'appelait la direction de la police de la route du Wyoming. Qu'est-ce qu'ils en savaient, ces maudits ronds-de-cuir à la manque !

Après avoir quitté les quartiers résidentiels de Bitter

---

1. *Drug Enforcement Agency* : agence de lutte contre la drogue. *(N.d.T.)*

Springs, MacFie passa devant un camp de mobile homes, un garage Ford avec ses rangées de pick-up rutilants et un restaurant familial en faillite, les fenêtres obstruées par des planches. Le soleil, déjà haut dans le ciel, réchauffait sa nuque criblée de taches de rousseur à travers la lunette arrière de la Ford Crown Victoria. MacFie n'avait pas pris de petit déjeuner, il n'avait même pas bu son café et le creux qu'il sentait dans son ventre n'améliorait pas son humeur lugubre. Si ce maudit City Limits Motel avait été construit quelques centaines de mètres plus loin, il aurait échappé à sa juridiction et MacFie n'aurait pas eu à s'occuper de cette affaire. Il avait dix hommes sous ses ordres, il aurait pu en envoyer un à sa place, mais c'était au moins un bon prétexte pour bouger un peu. Tant qu'on bougeait, on se sentait encore en vie.

McFie se demanda négligemment si le conseil municipal avait l'intention d'annexer cette partie de la ville. Espérons, se dit-il. Ça lui éviterait un tas d'appels chiants des foutus propriétaires du motel, ces emmerdants geignards. Il emprunta la bretelle de sortie qui le conduisit, après un cercle complet, sur la route à quatre voies en direction du sud. La contre-allée était un reste désolant de la route à deux voies qui desservait cette région du Wyoming avant la construction des autoroutes. L'entretien se limitait désormais à la réfection des nids-de-poule suffisamment profonds pour qu'un sanglier s'y terre.

Le sergent, peu pressé d'affronter la colère de la vieille bique qui dirigeait le City Limits Motel, poussa un peu plus loin et engagea sa Ford dans le parking du saloon de la Jarretière Roze. Le néon scintillait encore et la jambe remuait en rythme pour chasser les papillons de nuit. Si tôt le matin, l'établissement hideux était fermé à double tour. MacFie en fit lentement le tour, inspectant machinalement les fenêtres, les portes, cherchant les signes d'un éventuel cambriolage.

Il répéta cette opération à la station Texaco, fit un

geste de la main à la jeune femme derrière la caisse. Les gens mettaient parfois une semaine à s'apercevoir qu'une fenêtre arrière avait été forcée, ou une porte de service fracturée. Aujourd'hui, tout était normal.

Résigné, Harry se dirigea vers le parking du motel. Une pancarte indiquait qu'il restait des chambres à louer, une précision inutile car Harry n'avait jamais vu le motel complet. Les touristes préféraient s'arrêter en ville. La vieille Cadillac décapotable était garée devant l'entrée, ce qui signifiait qu'Aggie était chez elle. Elle ne laissait plus son mari conduire depuis qu'il s'était mis à boire.

Harry MacFie descendit de voiture et regarda autour de lui, faisant mine de ne pas remarquer le visage grimaçant d'Aggie Stymes dans l'encadrement de la fenêtre du bureau. Son mari était sans doute en train de regarder la télévision dans la pièce du fond avec son oiseau de malheur. Aggie tenait le registre et faisait les chambres ; Billy Stymes s'envoyait une douzaine de bières par jour et ne ratait aucun jeu télévisé. Les Stymes, qui n'étaient pas connus pour leur caractère engageant, avaient une dent contre MacFie depuis une vieille affaire de vol dans laquelle Billy Stymes avait joué un mauvais rôle. Il y avait une tension palpable entre MacFie et les hôteliers depuis cet incident mais, quand elle avait un problème, Aggie appelait quand même la police de la route. Le shérif du comté, un ancien cow-boy de rodéo plus intéressé par sa carrière de chanteur que par la loi et l'ordre, ne se serait jamais dérangé pour ce qu'il appelait les « plaintes de crottes de bique des Stymes ».

La grimace d'Aggie Stymes disparut dans la pénombre du bureau ; elle ne vint ouvrir qu'au troisième coup de sonnette. Son visage était dur et impassible sous ses cheveux courts — elle ressemblait à la saillie de granit anguleuse surmontée d'une touffe d'herbe qu'on voyait derrière le motel. MacFie toucha son chapeau cabossé et esquissa son plus beau sourire. Il savait qu'un sourire chaleureux avait le don d'énerver la vieille toupie.

— Bien le bonjour, Mrs. Stymes.

Elle grogna quelque chose qui aurait pu être une observation obscène sur la mère du policier et sur le contrôle des naissances, puis s'effaça pour le laisser entrer.

L'œil bleu aiguisé de MacFie balaya le bureau spartiate. Un comptoir en Formica avec le fauteuil pivotant d'Aggie juste derrière ; sur le comptoir, un appareil en plastique pour les cartes de crédit, une caisse enregistreuse électronique, un téléphone jaune pâle avec une douzaine de touches. Un registre pour les clients. Sur le mur, derrière Aggie, un calendrier vieux de trois ans qu'elle conservait peut-être parce qu'elle aimait la photo — des palmiers, une plage volcanique de sable noir, une eau bleu limpide.

Aggie prit une Camel dans un paquet froissé, la ficha dans le trou de deux dents manquantes, mais ne l'alluma pas.

MacFie jeta un coup d'œil à la pièce du fond par-dessus les cheveux grisonnants de la vieille bique. Billy était à sa place habituelle, ses yeux chassieux rivés sur l'écran. Il tenait une tasse de café à la main. MacFie fut surpris d'apprendre que le poivrot buvait du café, il ressentit une furieuse envie de l'imiter. Il y avait un percolateur sur une petite table, derrière Aggie, et, à côté, un carton de beignets sorti tout droit de la boulangerie Easy Riser. Toutes ces bonnes choses étaient réservées aux patrons, bien sûr : les clients n'avaient pas droit à ces friandises. Un filet de vapeur s'échappait du percolateur ; MacFie renifla.

— Hum, ça sent bon le café !

Aggie ignora l'allusion.

— C'est à cause de mon appel d'hier que vous êtes là, hein ?

Le policier acquiesça, mais il contemplait toujours la cafetière d'un air envieux.

— Il fait drôlement froid dehors.

Aggie ôta sa cigarette de sa bouche, la roula entre ses doigts et la pointa vers le flic.

— Vous en avez mis du temps !

— J'ai été retardé, admit MacFie. On a eu un braquage, deux kidnappings et un tueur fou à Bitter Springs. Et comme si ça ne suffisait pas, un stationnement interdit par-dessus le marché.

Aggie resta de marbre. Soit elle n'avait pas entendu, soit elle ne se rendait pas compte qu'il plaisantait.

— Comme j'ai dit au gars du standard, j'ai encore des clients qu'ont fichu le camp sans payer y a deux jours. C'est la troisième fois, cette année.

MacFie soupira.

— L'addition s'élève à combien ?

Aggie ajusta ses bifocales et plissa les yeux.

— Deux adultes, un enfant. Trois nuits à quarante-deux dollars chacune. Avec les taxes, ça fait exactement cent trente-huit dollars et cinquante-deux cents.

MacFie sortit un calepin et un crayon de sa poche.

— Description ? demanda-t-il en léchant le crayon.

Aggie haussa les épaules.

— L'homme était brun, jeune, la trentaine. Il avait une natte. Plus grand que vous, ajouta-t-elle avec un sourire malicieux.

MacFie portait des bottes à talon compensé, c'était un secret de polichinelle. Il se sentit rougir. Maudite garce !

— Et les deux autres ?

— La femme était brune... sa femme, j'imagine. Jolie, si on aime le genre maigrichon. Et leur petite fille.

Aggie faillit ajouter « mignonne », mais se ravisa. Elle fourra de nouveau la cigarette entre ses dents et sortit un briquet.

— Avec quoi ont-ils payé ?

— Un chèque.

Aggie alluma sa cigarette, aspira goulûment et recracha la fumée au visage de MacFie.

— Un chèque en bois.

MacFie s'étonna. Aggie serait-elle devenue imprudente ? Non, elle n'était pas dans le bureau lorsque l'homme était venu régler et Billy avait pris le chèque.

— Vous acceptez les chèques d'une banque d'un autre État ?

— C'est mon motel, je le gère comme ça me plaît.

Elle passa un doigt sur une fissure du Formica et parut si malheureuse que MacFie eut presque pitié d'elle.

— J'ai appelé la banque ; il ne leur restait plus assez sur leur compte pour acheter des beignets.

La référence aux beignets peina MacFie. Il s'arracha à la contemplation de la cafetière fumante et au carton de pâtisseries. Le café était sans doute aussi amer que le cœur d'Aggie, et les beignets aussi rassis.

— Donnez-moi tout ce que vous avez sur ces clients.

Aggie s'était préparée ; elle connaissait la marche à suivre. Elle poussa une enveloppe vers MacFie. Il l'ouvrit. Il y avait une demi-douzaine de papiers épinglés ensemble. MacFie en sortit le chèque. Il était aux noms de Provo et de Mary Frank. Leur véhicule était un Wagoneer 76 immatriculé en Utah. L'adresse était Bottle Hollow, toujours en Utah. Il s'agissait de la réserve Uintah-Ouray. L'homme était probablement un Ute. MacFie songea à avertir la police indienne des trois réserves utes. Deux d'entre elles étaient situées au Colorado, et il avait un ami sur place. Charlie Moon, un brave type.

Le chèque était établi pour un montant de cent dollars.

— C'était un acompte ?

— Oui ; il disait qu'il ne savait pas combien de temps ils resteraient.

— Ils ont laissé quelque chose dans la chambre ?

MacFie s'aperçut que Billy Stymes avait levé les yeux de la télé.

— Plein de trucs, fit vivement Aggie.

Presque inconsciemment, elle dirigea son regard vers

la pièce où son mari était assis, puis le reporta sur le policier.

— Mais rien de valeur. Sinon, je l'aurais confisqué. C'est mon droit.

— Dans quelle chambre étaient-ils?

— La 11. Une bien jolie chambre.

— Donnez-moi la clé.

Aggie s'exécuta, puis ses lèvres s'étirèrent dans un sourire narquois.

— Vous voulez une tasse de café?

— Non, mentit-il, je viens d'en boire une.

Du coup, il quitta le bureau sans claquer la porte.

— La chambre 11 nous a toujours porté la poisse, dit Billy Stymes à sa femme.

Il enfourna une demi-douzaine de grains de raisin et mastiqua.

Le corbeau quitta son perchoir, au-dessus de la télévision, et atterrit sur l'épaule de Billy.

— Salut, Billy, croassa le corbeau.

— Salut, Petey.

Billy détacha un grain de raisin et le tendit à l'oiseau.

— Tiens, Petey, mange.

Le corbeau leva la tête, déglutit trois fois et avala le raisin.

— La 11, répéta Billy en élevant la voix, nous a toujours porté la poisse.

Aggie fusilla son mari du regard.

— Qu'est-ce que tu radotes, Billy?

— La poisse!

Il rougit et détourna la tête, mais il sentit le regard dur d'Aggie le suivre. Il lui picotait la nuque.

— Y me faut un verre, déclara-t-il d'un ton destiné à provoquer la pitié.

Ça ne marcha pas.

— T'as du café, si tu veux, rétorqua Aggie avec malveillance. T'auras rien d'autre tant que tu ne feras pas ce que je te dis. Et arrête de donner du raisin à ce maudit corbeau. Tu sais combien coûte un kilo ?

Billy plongea une main dans sa poche et en retira une bague d'une facture délicate.

Aggie plissa les yeux ; la cigarette pendait à ses lèvres bleuâtres.

— Qu'est-ce que c'est ?

— Argent et turquoise, dit Billy en frottant la bague d'un doigt crasseux. Elle est jolie. Je me suis dit que tu l'aimerais.

— Où t'as eu ça, Billy ? demanda-t-elle d'un ton glacial.

Il baissa la tête.

— Je l'ai trouvée, bougonna-t-il.

— Tu l'as trouvée où ?

Elle lui arracha la bague des mains. Billy ne répondit pas.

— Où ?

— Dehors.

— Où, dehors ?

— Sur le parking.

Aggie glissa la bague dans la poche de son tablier.

— C'est du toc, pauvre nouille, ça ne vaut pas un pet de lapin !

Le corbeau retourna se percher sur la télévision.

— Pet de lapin ! croassa-t-il joyeusement.

Billy fit ce qu'il faisait toujours pour échapper à la dure réalité de la vie. Il se concentra sur l'écran. Une jolie blonde, vêtue d'une nuisette en satin, était assise à sa coiffeuse. Elle appliquait avec soin du rouge sur ses lèvres pleines. Un homme parut à une fenêtre, derrière la belle blonde. Elle vit le reflet de l'intrus dans la glace et se mit à hurler.

Billy frissonna ; il empoigna la télécommande et zappa. L'écran se stabilisa sur un dessin animé.

— J'aime pas trop que Harry MacFie vienne fouiner dans nos affaires. J'espère qu'il aura ce qu'il mérite.

Aggie, qui se passait du vernis sur les ongles, ne fit pas attention à son mari. Billy n'avait rien dit de sensé depuis dix ans.

6

Réserve des Utes du Sud, Cañón del Espíritu

Le soleil s'était couché derrière la mesa et, avec la pénombre vint une douce fraîcheur.

La femme ute était restée longtemps dans le canyon de l'Esprit ; elle fut contente de revoir sa petite caravane nichée au milieu des arbres de la vaste vallée. Daisy Perika laissa le sac de jute au pied des marches. Demain, elle étalerait tout ça au soleil. La chamane avait collecté *yerba del buey*, racines d'alun, mille-feuilles, bétoines et autres plantes. Au bout de trois jours, elle moudrait des racines en poudre fine. Elle ferait bouillir certaines feuilles. Elle mélangerait le tout avec une pincée de sel, un peu d'argile, une pointe de suie. Un peu de ci, un peu de ça... Le résultat ferait d'excellents médicaments pour soigner les saignements, les maux de tête, les maux d'estomac, les rhumatismes, la grippe, la diarrhée... toutes sortes de maladies courantes. Elle vendrait ce qu'elle n'utiliserait pas aux marchands d'herbes qui venaient tous les ans au *powwow* d'Ignacio.

La vieille femme gravit les marches, grognant à chaque pas. Elle dénoua son foulard, tourna la poignée de la porte et entra dans la cuisine plongée dans le noir. C'est alors qu'elle entendit le bruit. Un très léger bruit, comme si quelqu'un... ou quelque chose... près d'elle... avait bougé. Daisy farfouilla dans sa bourse à la recherche de la petite lampe électrique accrochée à un porte-clés. Sa main trembla quand elle pressa le bouton de son pouce arthritique. Plusieurs choses se passèrent, presque toutes en même temps.

À moins d'un mètre du sol, une paire d'yeux jaunes réfléchirent le faisceau de la lampe. Ils cillèrent, puis se dirigèrent vers elle. À toute vitesse !

Elle hurla.

— Non !... Ahhh !... Va-t'en !

Instinctivement, elle recula vers la porte, trébucha sur un lacet et tomba à la renverse en essayant vainement de se rattraper à la rambarde.

— Ahhhh !... Aïe, ouille, ouille !

C'était comme si on l'avait battue avec les grosses planches du porche.

— Ooooohhh... oh, mon Dieu... !

Étourdie, elle pria pour que son dos ne soit pas brisé. Une boule de poils lui sauta au visage et lui lécha le nez. La vieille femme voulut crier, mais elle n'avait plus d'air dans les poumons. Va-t'en, pria-t-elle en silence. Va-t'en. La chose lui lécha les lèvres ; sa langue était râpeuse comme du papier de verre. Va-t'en, oh, mon Dieu, fiche le camp ! Seigneur, aie pitié d'une pauvre vieille femme, éloigne ce diable de ma caravane.

Elle finit par retrouver un filet de voix.

— Oh... non... par pitié... va-t'en !

Une petite voix perça la pénombre.

— C'est nous, tante Daisy. Une petite fille et un chaton. Faut pas avoir peur, ajouta la voix d'un ton rassurant.

Le chat, apparemment satisfait de son travail, sauta sur le seuil où deux mains s'en saisirent.

Daisy s'efforça d'assimiler les nouvelles. Elle essaya aussi de regagner un peu de sa dignité perdue.

— Sarah, fit-elle... Sarah Frank?

Elle se dressa sur un coude.

— Pourquoi tu te caches dans le noir? Tu veux me faire mourir de peur?

— Mon petit chat dormait. Il s'est réveillé en entendant la porte s'ouvrir.

Daisy mit du temps à comprendre, puis elle ressentit la douleur.

— Enfer et damnation! lança-t-elle avec amertume tout en se frictionnant la hanche. Je crois que je me suis cassé le cul.

— Faut pas dire des gros mots devant une petite fille.

— Je suis une vieille femme, je dis ce qui me plaît. D'ailleurs, quand on a failli mourir de peur, les règles sont différentes.

La fillette présenta son chat comme une offrande.

— Et voici...

— Ahhhhhhh! s'écria la vieille femme, et elle chassa l'animal d'un geste.

— Tu n'aimes pas les chats? s'étonna Sarah.

— Si, au contraire. J'en ai mangé deux au petit déjeuner. Cuits à point. Avec une bonne sauce.

Elle essaya d'imaginer quelque chose d'encore plus cruel, mais la chute avait émoussé son éloquence naturelle.

La fillette serra le chat contre son cou.

— N'aie pas peur, Zigzag, lui souffla-t-elle à l'oreille, elle plaisante... je crois.

Daisy maugréa.

— Qu'est-ce que tu fiches ici? lança-t-elle rudement.

Sarah rassembla tout son courage.

— Papa a dit qu'on doit rester chez toi... pendant un moment.

Papa avait aussi dit: «Prends bien soin de tante Daisy.» Les adultes ont toujours de drôles d'idées.

— Mais si tu ne veux pas de nous, ajouta Sarah d'une petite voix tremblante, on s'en ira.

Daisy s'accrocha au montant du porche et cligna des yeux.

— Approche un peu... que je te voie mieux.

Sarah s'avança sur le porche d'un pas hésitant. Elle garda le chat dans ses bras.

Daisy s'assit. La fillette portait une robe bleu marine à pois blancs et un col en dentelle. La robe lui descendait presque jusqu'aux chevilles. Sa maman avait astucieusement confectionné un vêtement pour durer. Sarah avait de longs cheveux aussi noirs que la nuit et des yeux encore plus noirs.

— Et cette chose, dit la vieille femme en montrant le chat. Ça a un nom ?

— C'est Zigzag Frank.

Sarah embrassa le chaton sur le museau et le remit sur son épaule.

— Miaou ! fit le chat à la cantonade.

Daisy Perika voulut se lever ; ses oreilles bourdonnaient.

— Bonjour, Zimboum.

— Zigzag ! corrigea Sarah.

Daisy l'entendit à peine ; elle pensait à la famille Frank. Le père de Provo Frank était le cousin au deuxième ou troisième degré de Daisy du côté paternel. Provo lui-même avait épousé une femme des Tohono O'otam de Ak Chin, dans le sud de l'Arizona, presque au Mexique. Ces rien du tout étaient de drôles de paroissiens. Daisy se demandait comment on pouvait survivre dans la fournaise du désert. Comment on avait envie d'y vivre. Leur cervelle devait être tellement calcinée qu'ils ne pouvaient plus penser correctement, pour sûr. Daisy s'aida du montant pour se relever. Elle pria pour que Charlie Moon n'épouse pas une Indienne du désert. Les enfants issus d'une telle union risquaient d'être bizarres. Sans doute passeraient-ils leurs journées allongés sur un rocher brûlant, comme les lézards. Daisy posa sur Sarah un regard suspicieux.

— Comment t'es arrivée ici?
— En voiture, avec papa.

La voix de la fillette semblait lointaine. Elle caressa le chaton.

— Très intéressant. J'aimerais en savoir davantage.

Sarah ne saisit pas le sarcasme.

— Où sont allés tes parents après t'avoir déposée?

Elle pensait à un ou deux endroits en particulier, mais on lui avait déjà fait remarquer qu'il ne fallait pas dire de gros mots devant une enfant.

— Maman n'est pas venue avec nous... Papa dit qu'elle est allée à Ak Chin voir pépé qui est malade. Papa n'a pas dit où il allait.

Sans doute était-il rentré à Bottle Hollow.

— Hum! Il t'a laissé de l'argent?

Sarah secoua la tête d'un air sombre.

— Hum!... Zimboum le chat... n'a pas d'argent, lui?

— Les chats n'ont jamais d'argent, expliqua patiemment Sarah.

— Et pourquoi donc?

— Parce qu'ils n'ont pas de bourse pour le ranger.

Daisy soupira. Une autre bouche à nourrir. Deux, si on comptait le chat. Oh, elle s'arrangerait. Il y avait une grande boîte de riz dans le cagibi et un sac de haricots secs. D'ailleurs, la fillette n'était pas plus haute que trois pommes. Et le chat... il n'avait qu'à chasser.

— Oooh, grogna Daisy en se frictionnant les fesses. Je crois que je me suis cassé... le culot.

Ignacio, Colorado
Station de police des Utes du Sud

Le chef de la police Roy Severo trouva Charlie Moon près de la cafetière. À côté du grand Ute, il avait l'air d'un nain.

— Tu connais le gamin de Peter Frank, je crois ?
Moon but une gorgée de café sucré.

— Provo ? Je le vois une ou deux fois par an, quand il conduit sa famille à Ignacio.

Moon et Provo Frank avaient grandi ensemble dans la réserve du sud, avaient été à la même école, avaient même pris de sérieuses cuites ensemble. Puis, Moon avait abandonné la bouteille pour suivre des études supérieures, et il s'était ensuite battu en Irak dans l'opération Tempête du désert.

— C'est bien lui, dit le chef de la police en agitant une feuille de papier tachée sous le nez de son subordonné. On dirait qu'il a encore payé avec des chèques en bois.

Charlie Moon prit la feuille et la lut par-dessus sa tasse de café.

Police de la route du Wyoming, Bulletin 0997-221
Dest = police/7 États + rés. Utes (Uintah/Ouray + Ute Mount. + Ute du Sud)
Recherche pour interrogatoire chèque sans provision [100 $]
City Limits Motel, Bitter Creek, Wy :
Provo Frank (ép. Mary/enf. Sarah)
Domicilié : Bottle Hollow, Ut.
Profession : sans
Emploi actuel : inconnu
N° SS : à venir
Chargé de l'enquête : sergent Harry MacFie, Police de la route du Wyoming, Bitter Springs, Wy.

Les numéros de téléphone et de télécopie figuraient en bas de la page. Moon plia la feuille avec soin et la rangea dans la poche de sa chemise.

— Je connais ce MacFie, dit-il.

Roy Severo haussa un sourcil.

— Comment se fait-il ?

Moon sourit.

— Je l'ai ramassé au casino... en janvier dernier, je crois. Je l'ai mis au trou pour une heure ou deux.

Le regard de Severo se posa sur la cafetière, mais il détourna les yeux. Il était déjà trop nerveux, la caféine l'empêchait de dormir.

— Il était saoul?

— Non, juste en colère après un gusse qui avait vomi sur sa chemise neuve. Il avait cassé une fenêtre, et quelques carreaux.

— Aux dernières nouvelles, on ne mettait pas les gens en prison pour un bris de fenêtre.

— Oh, c'était surtout à cause de la manière.

La lenteur calculée de l'Indien exaspérait Severo.

— Eh bien, comment l'a-t-il cassée?

— Le type qui avait gerbé sur lui... MacFie l'a balancé par la fenêtre.

Severo ne put s'empêcher de rire.

— Après qu'il s'est calmé, je lui ai payé un petit déjeuner chez Angel. Et je l'ai renvoyé chez lui.

— L'arrestation figure dans son dossier?

Moon éclusa son café.

— C'était pas exactement une arrestation. Disons qu'on lui a prêté une cellule pour qu'il se repose.

— Un service entre collègues, hein?

Severo n'était pas sûr d'approuver un tel contournement de la loi. Moon se resservit une tasse du café.

— MacFie n'a certainement pas oublié, dit-il.

Severo se rasséréna. Avoir un ami parmi la police de la route du Wyoming ne ferait pas de mal.

— Qu'est-ce que tu comptes faire pour Provo?

Moon regarda, par-dessus la tête du petit homme, la photographie agrandie de Tonnerre qui Gronde, le bison presque célèbre de la tribu.

— Rien, dit-il. Juste attendre qu'il se pointe à la réserve. Dans ce cas, j'aurai une petite discussion avec lui. Et je l'aiderai peut-être à arranger les choses.

Cañón del Espíritu

La petite fille marchait à côté de la vieille femme qui sondait le sol avec un bâton pointu.

— Cette racine est bonne pour les saignements, expliqua Daisy en arrachant un tubercule jaune du sol sableux. Et pour les verrues.

— Papa a une grosse verrue sur le pouce, dit Sarah.

— Ha! fit Daisy, qui aurait voulu ajouter : « Ton papa est lui-même une grosse verrue. »

Sarah hoqueta quand une araignée velue s'approcha de son pied; elle l'écrasa.

— Vilaine araignée!

— Il ne faut pas tuer les araignées, observa la vieille femme.

— Pourquoi?

— Parce qu'elles ont plein de parents et qu'ils viendront te mordre pour les venger.

— Oh, je suis désolée, tante Daisy!

Sarah regarda craintivement autour de ses pieds, s'attendant à une attaque imminente.

— Ne t'inquiète pas, la rassura Daisy. On va arranger ça.

La vieille Indienne traça un cercle autour de la défunte araignée et indiqua à l'enfant ce qu'elle devait réciter.

Sarah se pencha sur le cercle et déclara à haute voix :

— Un Navajo t'a tuée. Envoie ta famille mordre les Navajos. Je l'ai bien dit comme il fallait? demanda-t-elle à sa tante.

— Parfait, assura Daisy.

Bien que cruellement ignorante, cette enfant avait un gros potentiel.

7

Granite Creek, Colorado

Scott Parris regarda la jeune blonde au visage émacié debout de l'autre côté de son bureau. Elle faisait peut-être quarante kilos toute mouillée. Et encore, avec des bottes. Alicia Martin n'était pas vraiment jolie, mais elle était agréable à regarder parce qu'elle était jeune et pleine d'espoir. Et courageuse, aussi. Miss Martin, selon sa lettre de candidature, avait tout juste vingt-trois ans. Elle venait d'obtenir son diplôme de l'école de police de Phoenix. Ses notes allaient d'assez bien à bien. Après avoir passé les trois jours d'orientation sous la férule du lieutenant Leggett, Alicia était prête à commencer son stage au commissariat de Granite Creek. Au bout de trois mois, elle serait officiellement engagée comme agent de police. Avec le privilège de risquer sa vie quotidiennement, de régler la circulation dans les tempêtes de neige, de subir les gestes obscènes des jeunes voyous. Le tout pour un salaire princier de sept dollars et demi de l'heure.

Alicia observait avec inquiétude le chef Parris, qui semblait presque embarrassé. C'était un homme que les femmes intimidaient. On disait qu'il ne tolérait pas les sottises et qu'il s'énervait parfois assez pour se ronger les ongles jusqu'au sang. Mais il avait la réputation d'être juste. Oui, une femme aurait sa chance dans son équipe. C'était l'une des raisons qui lui avaient fait choisir cette petite ville du Colorado pour commencer sa carrière.

Finalement, il la regarda dans les yeux. Alicia sourit, et, comme elle l'avait prévu, il rougit et reporta son attention sur le stylo bille qu'il tripotait. Il n'était pas mal pour un vieux. Il devait avoir au moins quarante ans.

Scott Parris s'éclaircit la gorge et commença son discours traditionnel à l'usage des stagiaires.

— Voilà, agent Martin, nous donnons toujours à nos jeunes recrues des missions faciles.

— Tant que vous ne me demandez pas de surveiller les parcmètres...

Elle avait dit cela pour plaisanter, bien sûr. Paris vira au rouge pivoine.

— Eh bien, figurez-vous que la surveillance des parcmètres nous incombe et je...

— Oh, c'est pas grave! coupa-t-elle. Ça ne me dérange pas du moment que c'est provisoire. Enfin, c'est pas ce que je voulais dire...

Tais-toi, imbécile! se morigéna-t-elle. Quel moulin à paroles!

— Aujourd'hui, le lieutenant Leggett vous assignera un quartier précis à surveiller. Votre mission consistera à ouvrir l'œil et à faire votre rapport. Si vous voyez quoi que ce soit d'anormal, vous êtes...

— J'aurai une voiture?

Elle ne voulait pas circuler sur ces bicyclettes ridicules. Ça... ça manquait de dignité.

Parris se détendit.

— Vous n'aurez pas besoin de véhicule pour l'instant, agent Martin. J'ai demandé à Leggett de vous assigner le secteur du centre ville. C'est à une centaine de mètres du commissariat. Vous ferez votre ronde à pied...

— Génial! s'exclama-t-elle. Ça me va!

Une ronde! Ça faisait tellement démodé. Mais le chef était un vieux flic à l'ancienne, de Chicago. Une ronde, rien que ça! Maman sera vachement fière!

Elle attendait, au garde-à-vous. Elle avait l'air drôlement chouette avec ses chaussures noires bien cirées, son pantalon bleu marine au pli impeccable, sa chemise bleu pâle et l'insigne argenté épinglé sur sa poitrine. À sa ceinture, l'étui de son pistolet automatique jurait avec sa silhouette fragile. Parris se demanda pourquoi elle n'avait pas choisi une arme plus petite. Un revolver .38, par exemple. Sans doute parce que c'était une « arme de femme ». Il portait toujours un petit .38 dans un holster sous son aisselle gauche. On avait beau dire, les automatiques finissaient toujours par s'enrayer. Et là, on regrettait de ne pas avoir un bon vieux revolver des familles.

Le chef de la police soupira.

— Ce sera tout, agent Martin. Présentez-vous auprès du lieutenant Leggett.

Alicia se figea. Parris craignit qu'elle ne claque des talons pour le saluer.

Un quart d'heure plus tard, Parris et le lieutenant Leggett regardaient la stagiaire Alicia Martin sortir d'un pas vif du poste de police et passer devant une demi-douzaine de voitures pie garées contre le trottoir. Elle se dirigeait vers Main Street. Son Glock 9 mm sur sa hanche droite, une radio Motorola sur l'autre. Elle serrait une affreuse matraque noire dans sa main délicate. Sa queue de cheval tressautait. Non, elle n'était pas à proprement parler jolie, mais elle était mignonne. Bien trop mignonne pour affronter... ce qu'il y avait à affronter.

— Vous croyez qu'elle s'en tirera? demanda le chef de la police sans regarder le lieutenant. C'est que... elle est si... si menue!

— La taille ne fait pas tout, patron. L'agent Martin a beaucoup de cran.

— Je ne tiens pas à ce que mes agents inexpérimentés aient du cran, rétorqua Parris d'un air accablé. Je tiens à ce qu'ils soient prudents !

Leggett esquissa un sourire. Le patron s'inquiétait pour tous ses hommes. Même pour les têtes de mule comme Eddie Knox. On aurait dit un coq avec ses poules.

— Elle fera l'affaire, patron.

Mais Scott Parris, encore sous le choc de sa visite à Daisy Perika, sentait une main glaciale lui étreindre le cœur. Les mots de la vieille Indienne résonnaient dans sa tête. Du sang. Une pluie de sang... Des nuages dévalaient de Salt Mountain. Des nuages humides, avec une teinte rougeâtre.

Le chef de la police tourna vers son lieutenant un visage anxieux.

— C'est égal, je veux qu'on garde un œil sur l'agent Martin pendant quelques jours. Mais qu'elle ne s'en aperçoive pas, hein !

— C'est comme si c'était fait, patron.

Leggett, qui avait prévu l'ordre, avait déjà dépêché Eddie « Rocks » Knox. Rocks avait une jambe de bois, mais quand il y avait des problèmes, ce vieil entêté se déchaînait. Leggett se demanda pourquoi le patron était si nerveux, pourquoi il craignait les ennuis. Cependant, il avait appris que lorsque le chef Parris était dans cet état d'esprit, il se passait invariablement quelque chose.

C'était sans doute le plus beau jour d'Alicia Martin. Elle était flic, en vrai, dans une charmante petite ville des Rocheuses. Le jour lui-même était idéal. D'adorables nuages, accrochés à Salt Mountain comme de grands paquebots, surplombaient la vallée. Les rayons du soleil frappaient la croix dorée du clocher de St. Mark. Une hirondelle fusa et atterrit sur la branche d'un tremble. Alicia avait soigneusement vérifié les parcmètres, glissé ses propres nickels dans ceux dont le drapeau était au rouge. Elle sourit à un vieillard qui bataillait avec son déambulateur et arrêta les voitures pour qu'il traverse le carrefour. Une petite fille, la bouche pleine d'une sucette, se planta devant elle avec de grands yeux ronds. Alicia aurait voulu polir son insigne, mais résista à la tentation. Au cas où quelqu'un regarderait. Bizarrement, et même s'il n'y avait personne, elle se sentait observée. C'était sans doute dû à son état de nerfs. Après tout, c'était sa première ronde. Bon Dieu, que ça sonnait bien !

Elle passa devant une teinturerie, un drive-in jonché de détritus. Elle s'arrêta afin de ramasser quelques ordures qu'elle jeta dans une poubelle. Un représentant de la loi se doit de donner l'exemple. Sa B.A. accomplie, elle reprit sa ronde.

Le break cabossé était garé devant le Philly Bar, un sombre rendez-vous pour les pauvres bougres qui commençaient à s'arsouiller bien avant midi. Un souvenir du briefing du matin suscita un écho dans la mémoire d'Alicia. Le break était assez vieux pour être de l'année 76, et il était marron... avec des plaques de l'Utah. Elle sortit son calepin de sa poche revolver et vérifia les notes qu'elle avait prises deux heures plus tôt. Son cœur s'emballa quand elle vit que le numéro minéralogique correspondait à celui qu'elle avait inscrit. Elle relut ses notes.

Provo Frank. Chèque sans provision/Motel/Wy (Ute).

Oh, c'était peu de chose. Pas comme si elle avait repéré la voiture d'un braqueur de banque, ou même un véhicule volé. Le bonhomme avait rédigé un chèque et son compte en banque était épuisé. Ça arrive à tout le monde un jour ou l'autre. Il ne savait peut-être même pas que son chèque n'était pas approvisionné. Tout de même, c'était un coup de chance... le chef Parris et le lieutenant Leggett, Mr. Parfait, seraient impressionnés.

Elle comptait bien suivre le manuel à la lettre. Elle empoigna sa radio et pressa sur le bouton.

— Agent Martin appelle la base. Je suis devant le Philly Bar.

La voix de Clara Tavishuts lui aboya dans l'oreille.
— Faites votre rapport, 104.

Alicia hésita.

— J'ai un Wagoneer marron immatriculé en Utah.

Elle lut la plaque minéralogique en détachant chaque chiffre et chaque lettre.

— Nous avons été prévenus que...

Il y eut des grésillements.

— Agent Martin. Je vous rappelle plus tard. Nous avons un accident de la circulation avec des blessés.

— *Roger.*

Alicia rangea la radio dans son étui et soupira. Elle resta planté gauchement devant le Philly Bar. Une minute passa. Elle faillit utiliser de nouveau sa radio, mais craignit que cela ne fasse pas très professionnel. Devait-elle pour autant camper toute la journée à attendre que le quartier général se décide ?

Eddie « Rocks » Knox était assis dans son vieux pick-up Dodge ; comme il utilisait son véhicule personnel pour cette mission géniale, il toucherait vingt-quatre cents du kilomètre. Il aurait toutefois de la chance s'il gagnait plus de cinquante cents aujourd'hui car elle patrouillait à pied. Suivre la gamine fliquesse et s'assurer qu'elle ne se cogne pas le doigt de pied. Foutaises ! Eddie n'était satisfait que lorsqu'il trouvait de quoi se plaindre ; aujourd'hui, il était servi ! Ah, la petite blonde était devant le Philly Bar. Il avait écouté son appel, mais ne comprenait pas pourquoi le vieux break l'intéressait à ce point. Pendant le briefing matinal, Eddie « Rocks »

Knox s'était appliqué à manger un beignet à la confiture enrobé de sucre glace. Il avait vaguement entendu parler d'un Ute qui avait payé avec un chèque en bois dans le Wyoming. Qui s'intéressait à ces fadaises ?

Elle avait rangé sa radio Motorola et ne tenait plus en place. Typiquement féminin. Sans doute avait-elle envie de faire pipi. Eddie savait par expérience, grâce à son épouse, que la vessie des femmes était trop petite. Elles devaient donc pisser toutes les dix minutes.

Tiens, Blondie entre dans le Philly Bar. Sans doute pour utiliser les toilettes. Quelque chose tracassa le moignon de Rocks à l'endroit où la prothèse en titane enveloppait son genou. Et maintenant, il sentit les doigts de pied de sa jambe fantôme. Ses doigts absents le chatouillaient. C'était mauvais signe. Si la gamine se cassait un ongle et que le vieil Eddie Knox n'était pas là pour sécher ses larmes, le chef Parris lui passerait un sacré savon. Eddie descendit de son pick-up en bougonnant et rejoignit le Philly Bar en clopinant. Comme il était en civil, elle ne s'apercevrait pas qu'elle était suivie.

Alicia ouvrit la porte et pénétra dans le bar humide et froid qui sentait l'urine et la bière rance. C'était un bouge infâme. Elle ôta ses lunettes de soleil et promena son regard dans la salle. La seule fenêtre donnait sur la rue, elle était surmontée d'une enseigne au néon graisseuse qui promouvait la bière Coors. Dans une taverne du Colorado, c'était une publicité suffisante. À sa gauche, un long comptoir courait le long du mur. Pas de tabourets, il fallait boire debout. Sur une étagère derrière le comptoir, une petite télévision était branchée sur une chaîne sportive. Les Cubs perdaient contre une équipe quelconque. Pas de table, mais quelques boxes alignés contre le mur opposé au comptoir. Hormis le barman, un homme décharné, l'endroit était désert. Accoudé au bar, le barman tordait le cou pour regarder le match de base-ball. Un joueur atterrit sur le ventre à la deuxième base et le barman éclata de rire.

Alicia s'approcha, vexée d'avoir les mains moites.

— Bonjour ! lança-t-elle.

Le barman fit un signe de tête, mais ne répondit pas.

— Y a pas beaucoup de clients, remarqua-t-elle.

— Un seul, acquiesça-t-il, et il désigna une petite porte dans le fond sur laquelle était affiché le mot « Homme ».

— Pouvez-vous me le décrire ?

— Jeune, brun, une natte.

— Un Indien ?

— Ou un Chinois, j'en sais foutre rien.

Au même moment la porte des toilettes s'ouvrit. Un homme parut. Il pila en voyant la fliquesse. Il correspondait au signalement. Alicia sourit.

Provo Frank ne remarqua pas le sourire amical. Mais il vit la matraque dans la main de la jeune fliquesse. Et le pistolet à sa ceinture.

— Êtes-vous le propriétaire du break garé devant la porte, monsieur ?

Il hésita.

— J'ai pas de voiture.

Il jeta un coup d'œil par-dessus son épaule vers la porte surmontée de l'emblème rouge « Issue de secours ». Elle devait ouvrir sur une ruelle. Lorsqu'il reporta son attention sur la fliquesse, la maigrichonne marchait à sa rencontre. Sa main droite effleurait l'étui de son pistolet. Provo recula. Un pas. Deux. Elle avançait toujours.

— Puis-je voir vos papiers, s'il vous plaît ?

Sans réfléchir, Provo Frank saisit une bouteille de bière sur le comptoir.

Alicia se figea. Elle leva la matraque pour se protéger. Trop tard. La bouteille s'écrasa sur sa figure. Elle sentit à peine son crâne heurter le plancher quand elle tomba. Un brouillard noir l'enveloppa aussitôt.

Lorsque le barman surgit dans la rue en agitant ses bras décharnés, Eddie « Rocks » Knox n'était qu'à dix mètres du bouge. Adossé à un chêne, il se curait les dents avec une allumette.

— Au secours! Y a un blessé grave! Au secours, vite!

Provo Frank dévala la ruelle, coupa à travers une pelouse fraîchement tondue qui entourait une bâtisse victorienne de 1880. Un bouledogue aboya et lui donna la chasse. Affolé, le Ute s'enfuit à toutes jambes. Il y avait peut-être un autre policier, on allait peut-être le tirer comme un lapin. Il piqua un sprint dans la rue tout en essayant d'ouvrir la portière des voitures garées contre le trottoir. Toutes verrouillées. Il repéra un pick-up. Le conducteur avait laissé les clés sur le tableau de bord!

Malgré sa jambe en bois, Eddie fut dans le bar en dix secondes pile. La jeune femme était étendue sur le dos, le visage sanguinolent. Elle gigotait et faisait des bruits plaintifs comme un petit animal. Comme un accidenté de la route au bord du coma. Eddie ordonna au barman affolé d'appeler police secours, puis il s'agenouilla pour administrer les premiers soins à la blessée. Son pouls battait, les saignements ne semblaient pas trop graves. C'était la seule bonne nouvelle. Les sourcils froncés, il exigea du barman qu'il lui brosse une grossière description du « suspect » et se servit de la radio Motorola pour lancer un avis de recherche. L'unijambiste était sur le point de donner la chasse à l'agresseur d'Alicia quand il entendit la sirène de l'ambulance.

Il sortit à la rencontre des ambulanciers. La Volvo du chef Parris, qui devançait de loin les secours, vira au carrefour sur les chapeaux de roues. Eddie « Rocks » Knox n'avait peur de personne, mais il avait failli à sa mission, et le patron allait l'incendier. Instinctivement, il chercha une échappatoire. Il porta son regard en haut de la rue où il avait garé son pick-up.

La Dodge avait disparu !

Le chef de la police se tenait devant l'alcôve de la stagiaire Alicia Martin. Parris ne regardait pas le lit où la jeune femme était reliée à des tubes jaunes et à des fils de cuivre. La nourriture mélangée à des analgésiques et à des antibiotiques s'écoulait dans l'intraveineuse. L'électrocardiogramme émettait son bip monotone, semblable au hoquet d'un criquet. La tête d'Alicia était bandée, ne dévoilant que la bouche et les narines. Les infirmières des soins intensifs s'activaient avec des expressions graves. L'agent Eddie Knox se tenait à côté du lit.

Il regardait le bout de ses souliers. Le chef ne lui avait encore rien dit. Pas un mot. Knox avait affreusement honte de n'avoir pu protéger la jeune femme. Il aurait de loin préféré que le patron lui flanque une bonne engueulade. Maudit singe !

Le lieutenant Leggett entra dans l'unité de soins intensifs ; il salua d'un signe de tête poli l'infirmière-chef, contrariée par la présence d'une troupe de policiers.

Parris ne regarda pas Leggett non plus.

— Votre rapport, dit-il entre ses dents serrées.

Leggett s'approcha du chef.

— Le rapport du FBI est arrivé il y a dix minutes, récita-t-il. Les empreintes sur la bouteille de bière correspondent à celles de son dossier militaire. Le suspect est un certain Provo Frank, de Bottle Hollow, en Utah. Nous avons émis un bulletin d'alerte pour...

Il hésita, préférant ne pas dire : « le pick-up d'Eddie ».

— ... pour le véhicule volé. Pas de nouvelles jusqu'à présent. Le suspect est déjà recherché au Wyoming pour un chèque sans provision. Il s'est enfui d'un motel de Bitter Springs.

Le chef serrait les poings à s'en faire blanchir les jointures.

— Et le véhicule qu'il a abandonné ?

— C'est un vieux Wagoneer. J'ai dressé une liste des affaires qu'il contenait.

Il tendit une épaisse liasse de feuilles agrafées.

Parris feuilleta la liste et, malgré son humeur de chien, parvint presque à sourire. Leggett était méticuleux au point d'en être comique. Il avait tapé tous les détails, des emballages de chewing-gums, six cacahouètes, un cachou, huit pinces à cheveux, etc. Un bidon d'huile à moitié vide.

— Cette vieille caisse doit bouffer de l'huile, déclara Leggett. Le carter fuit. Elle a déjà laissé une flaque au garage. Le silencieux est foutu, et les pare-chocs ont disparu.

Il lança un regard furtif à Knox.

— Et elle aurait bien besoin de pneus neufs.

Knox grogna. Un bêcheur, Leggett n'était qu'un odieux bêcheur.

Parris passa à la deuxième page.

— Ces bijoux... de la valeur ?

— Non, chef. De la pacotille.

Parris tourna la page. La troisième comportait une liste d'outils. Leggett avait accolé un astérisque aux objets gravés aux initiales PF.

Une scie à bois*
Une scie à métaux, trois lames de rechange
Deux grandes pinces
Une pince coupante*
Un jeu de clés (anglaises)
Un jeu de clés (métrique)
Deux clés à molettes*, une de 15 et une de 25
Une paire de cisailles pour tôle*
Un coupe-boulons*
Un poste à souder 80 W
Un bâton à souder
Une lampe à souder en cuivre*

*Six tournevis
Deux ciseaux à bois
Un ciseau à métal
Une équerre de menuisier
Trois poinçons métalliques
Deux mètres en acier
Un niveau à bulle*
Un rabot*
Un pied-de-biche d'un mètre
Un pied-de-biche de 45 centimètres*

Il y avait aussi un inventaire de clous, d'agrafes, de vis à bois et à métal, de fil de fer, de rouleaux adhésifs, de pinceaux et d'autres objets similaires. Certains détails étaient étranges, mais Parris n'arriva pas à définir ce qui l'intriguait. Il rendit la liste à Leggett.

— Quelque chose à propos du véhicule de Frank ?

— Euh, il y a plusieurs taches, sur la banquette arrière, sur le plancher et sur le dossier du siège avant.

— Des taches ?

Leggett parut pensif.

— Du sang, à mon humble avis. Des éclaboussures. J'ai pris des photos et j'ai prélevé des échantillons pour les gars du labo.

Parris allait faire un commentaire lorsque le chirurgien entra.

— Quel est le diagnostic, docteur ?

Le médecin était un homme avenant au visage rond éclairé d'un sourire perpétuel. Il jeta un coup d'œil vers le lit d'Alicia et répondit en baissant la voix :

— Oh, elle s'en tirera.

— Elle va bien ? demanda Parris d'un ton plein d'espoir.

— Bien ?

Le chirurgien se frotta les yeux.

— Pas encore. Et la convalescence ne sera pas facile.

La pauvre devra manger à la paille pendant un mois, peut-être deux.

— Elle va souffrir, alors?

Le médecin se frotta les mains comme s'il avait froid.

— Elle devra subir plusieurs opérations pour réparer sa mâchoire et sa dentition. Ensuite, elle aura besoin d'un bon chirurgien esthétique. Je dirai qu'elle... euh... pâtira de certains inconforts pendant quelque temps. J'espère qu'elle est bien assurée...

Parris ferma les yeux et grinça des dents.

— Merci, docteur.

Le chirurgien comprit qu'il était de trop; il s'excusa et s'éloigna d'un pas vif.

Parris affichait un air impassible.

— Lieutenant, dit-il d'une voix douce, presque aimable, faites circuler une note pour tous les membres du commissariat. Mr. Provo Frank a agressé un de mes agents sans avoir été provoqué. On doit le considérer comme un individu extrêmement dangereux. Je ne veux pas que ce... suspect blesse un autre agent.

Il regarda Leggett droit dans les yeux.

— Me suis-je bien fait comprendre, lieutenant?

Leggett allait rappeler la loi à son patron, mais il vit une expression froide et cruelle sur son visage. Il déglutit avec peine.

— Parfaitement, patron.

Eddie « Rocks » Knox comprit lui aussi l'allusion et en fut immensément heureux. Lorsqu'ils auraient le fumier en ligne de mire, ils le descendraient. Le chef était un gars de la ville, un maudit citadin de Chicago. Malgré tout, c'était un type réglo. Des larmes de gratitude emplirent les yeux d'Eddie; il caressa la crosse de son Magnum 357.

Le Sugar Bowl Café

Scott Parris était attablé en face de sa chérie, devant une tasse de café fumant.

Le chef de la police était debout depuis l'aube et minuit approchait à grands pas. Il avait ressenti un immense épuisement jusqu'à l'arrivée d'Anne dans sa Miata bleue. Maintenant, c'était comme d'habitude. Il n'avait plus un muscle fatigué ; il se sentait rajeuni, il avait envie de danser. Et il ne pouvait détacher ses yeux de son visage. Ah, son visage ! Dans ses meilleurs jours, Elizabeth Taylor avait dû avoir un minois pareil. Des vagues de cheveux blonds tirant sur le roux tombaient en cascade sur ses épaules.

Anne goûta son café, fit la grimace, et rajouta un demi-sachet de sucre artificiel.

— C'est affreux pour cette jeune femme, dit-elle.

— Le type qui a fait ça est un Ute. Je parlerai à Charlie Moon ; il connaît peut-être le fum... le suspect.

Parris enveloppa sa tasse de ses grosses mains. Cela faisait deux ans qu'il avait rencontré Anne. Au commissariat. Assise sur l'horrible canapé vert. Un corps sensationnel.

Scott Parris s'éclaircit la gorge.

Anne haussa un sourcil. *Oui*, disaient ses yeux, *qu'est-ce qu'il y a ?*

Il se gratta le menton.

— Tu sais...

— Oui, dis-moi.

Il ressentit une étrange sensation au creux de l'estomac. Non, elle n'avait rien d'étrange. C'était sa vieille compagne, celle qui ne le quittait jamais. La peur.

— Anne...

Elle lui prit la main par-dessus la toile cirée à carreaux rouges, comme une mère réconfortant son petit garçon.

— Oui ?

— Je... euh... j'ai quelque chose pour toi.

Elle battit des mains.

— Un cadeau?

— Oui.

Il farfouilla dans sa poche, trouva la petite boîte, et posa une main sur la sienne.

Elle retira sa main et contempla la boîte.

— Oh, mon Dieu...

— Ouvre.

Elle s'exécuta.

— Une bague!

— Oui.

Il eut un sourire d'enfant.

— Une bague en diamant. Elle est... magnifique.

— Oui.

Cela faisait huit mois qu'il mettait de l'argent de côté.

Le sourire d'Anne parut forcé; une ombre passa sur son visage.

— Si elle ne te plaît pas... on ira chez le bijoutier et tu en choisiras une autre.

Anne referma l'écrin en velours et regarda son café d'un air sombre. Elle versa un peu de lait et remua le liquide jusqu'à ce qu'il ne soit ni blanc ni noir. Comme dans l'univers de Parris où tout était d'un ton indéterminé de gris. Étant policier, il remarquait les petits détails. Comme, par exemple, qu'Anne Foster ne mettait jamais de lait dans son café.

— Tu as quelque chose à me dire?

Elle évita de croiser son regard.

— C'est tellement... tellement gentil de ta part... Je ne sais pas quoi dire.

— Ça ne fait rien, tu t'es bien fait comprendre.

Il fut soudain très fatigué, épuisé jusqu'à la moelle. Il se sentit très vieux, plus vieux que son âge. Il se hissa sur ses pieds et jeta quelques dollars froissés sur la table.

Elle ne leva pas les yeux.

Il se passa une main dans les cheveux, qu'il avait clairsemés, un avant-goût de calvitie.

— Je crois que j'ai besoin de sommeil.

Les vieux doivent se reposer.

Maintenant, elle le regarda. Son joli minois était crispé. Elle avait l'air égaré.

— T'as eu une dure journée, Scott.

Elle ne l'avait pas appelé « Scotty ». Il marmonna un bonne nuit, puis tourna les talons et sortit. Il avait les jambes molles, il sentait ses pieds marteler le sol. Une petite voix lui disait : « Tu viens de laisser la meilleure partie de ta vie derrière toi. » Et il ignorait pourquoi.

8

Moon observait Scott Parris, assis à côté de lui dans le Blazer. C'était marrant. Le *matukach*, comme tous ceux de sa race, était une vraie pipelette. Enfin, pas exactement, mais il grognait ou déblatérait toutes les trente secondes juste pour fuir le silence. Pour un Ute taciturne, c'était du bavardage de pipelette. Or, aujourd'hui, le Blanc n'avait pas dit un mot depuis qu'ils avaient quitté Ignacio. Il n'y avait qu'une raison pour que Parris se mure dans un tel silence.

Le Ute décida de tenter sa chance.

— Alors, fit-il, comment va Anne?

Parris grogna et fixa un point quelconque par la portière du Blazer.

Moon laissa passer un kilomètre et reposa sa question.

— Je croyais que tu ne me le demanderais jamais, bougonna Parris.

Il sortit une enveloppe de la poche de son manteau et la tendit à Charlie Moon.

— J'ai reçu ça au bureau ce matin. Avec la bague de fiançailles que je lui avais offerte la veille.

Le Ute se rangea sur le bas-côté de la route 151. Il sortit une simple feuille bleue de l'enveloppe et la lut.

> *Scott,*
> *Désolée pour hier soir. On peut se parler ?*
> *Je t'aime,*
>
> *Anne*

— Les femmes sont dures à comprendre, décréta sagement le Ute.

— Je ne te le fais pas dire !

Le mélancolique *matukach* donnait l'impression d'être sur le point de passer l'arme à gauche. Moon remit la lettre dans l'enveloppe et la rendit à Parris.

— Qu'est-ce que tu comptes faire, part'naire ?

Le Ute rétrograda et jeta un œil dans le rétroviseur avant de déboîter.

— Je n'en sais rien.

Scott Parris posa l'enveloppe sur le tableau de bord et la fixa d'un œil inquiet. Comme si c'était un serpent venimeux. Il tourna la tête vers l'Indien qui se concentrait sur le ruban qui défilait devant le Blazer.

— Charlie ?

— Oui ?

— On s'entend bien, Anne et moi. Ça fait longtemps qu'on se fréquente. Pourquoi refuse-t-elle de m'épouser ?

— Pourquoi ne pas le lui demander ?

Parris maugréa. Il l'avait bien cherché. Posez des questions stupides, vous aurez des réponses stupides.

Daisy Perika lavait les assiettes du petit déjeuner quand elle entendit un véhicule approcher. Elle ouvrit la petite fenêtre au-dessus de l'évier et tendit sa meilleure oreille.

Sarah leva les yeux de la table de la cuisine où elle finissait un verre de lait.

— Y a quelqu'un qui vient, tante Daisy ?

Par terre, Zigzag mordillait un morceau de lard qu'il tenait entre ses griffes.

La vieille chamane ferma les yeux pour mieux entendre. Elle ne pouvait pas se tromper.

— C'est Charlie. Mon grand neveu.

Il y avait une note de fierté dans sa voix.

— C'est un homme important... un policier haut placé dans la tribu.

Charlie conduisait un peu plus vite que d'habitude. Il s'agissait sans doute d'une affaire grave. Comme Daisy n'avait pas le téléphone, et pas plus d'un ou deux visiteurs par semaine, il se passait plein de choses à Ignacio qu'elle n'apprenait que tardivement.

Elle sécha ses mains ridées avec un torchon à vaisselle, jeta un regard à l'enfant qui caressait le dos arqué du chaton.

— Tu restes ici avec ton chat, je vais à la rencontre de Charlie.

La vieille femme sortit à pas prudents et attendit à quelques mètres de la caravane. Sans savoir comment, elle devinait que ce que Charlie avait à lui dire n'était pas pour les oreilles de l'enfant. Elle savait aussi que Scott Parris serait dans le Blazer avec Charlie. La veille, dans un rêve, elle les avait vus arriver au bout du chemin.

Charlie Moon ne fut pas surpris de la voir.

— La voilà, annonça-t-il. Elle nous attend.

— Tu crois qu'elle sait quelque chose sur ce Provo Frank ?

— Ça se peut. Quand il était gosse et qu'il avait fait des bêtises, il venait se cacher dans le *Cañón del Espíritu*. Tante Daisy lui donnait à manger. Elle le laissait dormir dans la caravane quand il faisait trop froid.

— S'il est là, Charlie... euh, tu sais ce qu'il a fait à la jeune femme que j'ai engagée.

Moon coula un regard vers son ami. Parris avait les yeux injectés de sang.

— Si Provo est là, part'naire, il est dans ma juridiction. Je l'arrêterai.

Parris ne répondit pas. Son plus grand désir était d'écrabouiller le visage du bonhomme. Juste pour commencer.

Moon engagea le Blazer dans le chemin de terre qui menait à la caravane de Daisy. La vieille femme attendait, immobile, à côté d'un piquet de clôture, les bras croisés. Le policier ute descendit de voiture et jeta un coup d'œil rapide sur l'argile détrempée. Il vit les traces familières laissées par le pick-up de Gorman Sweetwater, mais le véhicule que Provo avait volé à Eddie Fox n'était pas passé par là.

Parris ôta son chapeau et sourit à la vieille femme.

— Bonjour, Mrs. Perika.

Daisy répondit d'un signe de tête.

— Comme ça, les ennuis dont j'ai rêvé, ça a commencé?

Parris chercha le regard de Moon, qui détourna les yeux.

— Eh bien, on a eu des ennuis, c'est vrai. Mais je ne sais pas si c'est ceux que vous aviez prédits.

Daisy leva sa main pour se protéger d'un soudain rayon de soleil qui avait déchiré les nuages.

— Pourquoi avoir fait tout ce chemin pour venir me voir?

Moon loucha vers la caravane. L'espace d'un instant, il vit un visage par la fenêtre. Si Provo était à l'intérieur... le Ute porta la main à son revolver.

— Il y a quelqu'un, dit-il tout bas à Parris sans le regarder. Planque-toi derrière la voiture.

Parris ne montra pas qu'il avait entendu, mais il fit néanmoins le tour du Blazer en donnant des coups de pied négligents dans les pneus. Lorsqu'il fut caché par le véhicule de police, il dégaina son .38.

Daisy, qui n'avait pas entendu la recommandation de Moon, assista à la scène avec étonnement.

— Qu'est-ce qui se passe, Charlie ?

— Nous recherchons Provo Frank, dit-il sans un regard pour la caravane. Je veux que tu me répondes franchement... est-ce qu'il se cache chez toi ?

Daisy posa un regard indécis sur Parris qui vérifiait le barillet de son .38.

— Non. Mais il m'a laissé sa petite fille... elle et son foutu chat.

— C'est bon, Scott, sourit Moon. Il n'est pas là.

Parris rengaina son arme et sortit de derrière la voiture.

— T'es sûr ?

— C'est la fille de Provo, dit le policier ute. Elle est dans la caravane.

— Si vous n'y voyez pas d'inconvénients, déclara Daisy, j'aime autant qu'on ne sache pas que la fillette est chez moi.

— Pour l'instant, fit Moon en surveillant la caravane du coin de l'œil, ça ne regarde personne.

Moins on parlerait de lui dans la réserve, plus Provo aurait de chance de revenir chercher sa fille.

Parris se pencha, son visage près de celui de Daisy.

— Votre Provo Frank, il a failli tuer un de mes agents à Granite Creek. Une jeune femme. Il lui a démoli la figure.

Daisy fronça les sourcils.

— Ça ne ressemble pas à Provo... il a toujours été un gentil petit garçon.

— C'est plus un petit garçon, rétorqua Moon. Si tu sais où il se trouve, tu ferais mieux de nous le dire.

Daisy hésita. Son regard alla d'un policier à l'autre.

— Scott et ses amis sont bouleversés, déclara son neveu. Je le serais tout autant si quelqu'un venait dans la réserve frapper une de nos jeunes femmes. S'ils attrapent Provo, ils le tueront.

Que Parris ne fasse aucun commentaire était en soi révélateur.

Daisy comprit. Dans l'intérêt de Provo, il valait mieux que ce soit Charlie qui l'arrête.

— Je ne peux pas vous aider, assura-t-elle. Je ne l'ai pas vu. Et sa fille ne sait rien non plus.

Moon jeta un coup d'œil vers la caravane.

— Où est Mary Frank?

— En Arizona, à Ak Chin, j'imagine.

— Comment le savez-vous? s'enquit Parris.

— C'est ce que Provo a dit à sa fille. Quand elle s'est réveillée dans la voiture, sa maman n'était plus là. Son papa lui a dit qu'elle avait pris le car pour aller soigner son vieux papa papago. Il est malade, apparemment.

Moon alla au Blazer et décrocha la radio. Il donna une série d'instructions et attendit que la standardiste lui passe une communication. Il discuta une minute ou deux, puis raccrocha.

— Je viens d'avoir la police papago de Ak Chin, annonça-t-il. Le père de Mary pète le feu. Il est d'ailleurs parti avec sa femme voir leur fils en Alaska. Ils comptent rentrer par la Californie. La mère de Mary a toujours voulu voir Mickey Mouse en chair et en os. Ils s'arrêteront à Disneyland sur le chemin du retour.

— Provo a donc menti à sa fille, constata Parris.

Moon parut troublé.

— Oui, on dirait. Mais pourquoi?

— Les hommes n'ont pas besoin de bonnes raisons pour mentir, observa Daisy avec sagesse. Ça leur vient naturellement.

— Ils se sont peut-être disputés, avança Moon. Mary aura claqué la porte et sera partie.

Parris n'y crut pas une seconde.

— En abandonnant sa fille? Ça m'étonnerait.

Daisy approuva.

— Je connais bien Mary Frank. Elle ne serait jamais partie sans sa fille. Pas si elle avait son mot à dire.

En entendant cela, Parris interrogea Moon du regard.

L'Indien comprit la question muette que lui posait son collègue.

— Ce qu'il y a, dit-il à l'adresse de Daisy, c'est que les hommes de Scott ont trouvé du sang dans le vieux break que Provo a laissé derrière lui à Granite Creek. Le FBI a fait des recherches ; Mary avait donné son sang à la réserve d'Uintah-Ouray en août dernier. Le sang dans le break appartient au même groupe.

Daisy jeta un regard vers la caravane et reporta son attention sur son grand neveu.

— Mary s'est peut-être coupée, fit-elle avec une lueur d'espoir. Ça m'arrive tout le temps, avec un couvercle de boîte de conserve ou un couteau.

— Il y avait des éclaboussures partout, intervint Parris à regret. Un médecin légiste de Denver affirme que ça ressemble au sang giclant d'une blessure par balle. La victime se tenait probablement tout près du hayon du break, qui était ouvert.

Daisy attendit que Moon lui traduise.

— On dirait que la personne atteinte se tenait tout près du break, ou à l'intérieur, expliqua le Ute. Cette personne dont le sang a aspergé la voiture était du même groupe sanguin que Mary Frank. Et maintenant, Mary a disparu. Provo a quitté le Wyoming en catastrophe. Et il a menti à Sarah au sujet de sa mère.

Daisy garda le silence un long moment. Lorsqu'elle prit la parole, sa voix n'était qu'un faible murmure.

— Vous voulez questionner la fillette ?

Moon regarda Parris, mal à l'aise.

Le policier *matukach* hésita ; il n'avait pas très envie d'interroger une petite fille d'à peine cinq ans dont la mère avait disparu. Et dont il aurait bien aimé tuer le père. Non, décidément, cela ne le tentait pas.

— Faudra en passer par là, déclara le policier ute d'un air sombre.

Ils s'assirent autour de la table de la cuisine. Dès qu'il

vit la fillette, et malgré sa haine pour Provo Frank, Scott Parris s'adoucit. Il comprit tout de suite qu'il ne pourrait pas se venger sur le salopard. Il ne pourrait jamais démolir le portrait du père de Sarah. Il lui casserait à la rigueur un bras, ou une jambe. Et seulement si cela était nécessaire pour l'arrêter.

Daisy versa du café aux deux hommes; l'enfant buvait un Pepsi en boîte.

Zigzag lapait joyeusement une soucoupe de lait.

— C'était bien, les vacances? commença Moon.

Sarah acquiesça d'un air solennel.

— Très bien. On a été dans une ville appelée Bitter Creek et on est resté dans un joli motel pendant que papa partait faire une course.

— Combien de temps est-il parti?

— Oh, une nuit. Et presque deux jours. Maman s'inquiétait beaucoup.

— Ton papa a-t-il dit où il allait?

— Voir un drôle de vieux monsieur. Papa avait une photo de lui qu'il avait découpée dans un journal.

— On n'a rien retrouvé dans le break, souffla Parris à Moon. Il doit toujours l'avoir sur lui.

Moon se pencha vers Sarah.

— Tu te rappelles à quoi il ressemblait? demanda-t-il.

— Euh... il était terriblement vieux, répondit-elle. Presque aussi vieux que tante Daisy, ajouta-t-elle en regardant la chamane.

Daisy plissa le front. Parris toussa afin de dissimuler un sourire. Moon gloussa.

— Oh, alors, fit-il, il devait bien avoir deux cents ans.

La vieille femme regarda son neveu d'un air courroucé et marmonna quelque chose qu'il ne comprit pas.

— Et il avait une marque au-dessus de l'œil, poursuivit la fillette. Comme ça, dit-elle en dessinant un arc de cercle avec son doigt.

Daisy parut réfléchir. Ça lui disait quelque chose, mais elle ne se rappelait plus quoi.

— C'est déjà un début, remarqua Moon. On verra avec la police du Wyoming. Ils sauront peut-être qui Provo a rencontré. Ça nous aidera à comprendre ses projets.

— Papa est parti rencontrer le vieux monsieur dans un supermarché, dit Sarah. Vous voulez savoir son nom ?

Pour la première fois depuis l'agression d'Alicia, Parris éclata de rire.

— Oui, ma jeune amie, on aimerait beaucoup.

— Papa l'appelait Blue Cup.

Daisy qui était assise les coudes sur ses genoux se redressa vivement.

— Blue Cup ?

— Ça ne serait pas ce gars qui a quitté Ignacio il y a longtemps ? demanda Moon à sa tante. Il doit être drôlement vieux, maintenant.

— Je le croyais mort, répondit l'Indienne, qui s'adressa ensuite à l'enfant. Pourquoi ton papa voulait voir ce Blue Cup ?

— Pour avoir quelque chose de lui, répondit Sarah avec un haussement d'épaules.

Elle but une gorgée de Pepsi et mordit dans un biscuit.

Moon s'accouda sur la table, les mains jointes comme pour une prière.

— Sarah, j'aimerais que tu nous dises exactement ce qui s'est passé après que ton papa est rentré au motel. Après avoir vu Blue Cup.

Sarah ferma fort les yeux pour mieux se souvenir.

— Ben, papa était vraiment content. Il a dit qu'il avait eu ce qu'il voulait, mais maman était en colère après lui à cause du chèque et parce qu'on était restées seules avec juste des sandwiches au fromage. Ils ont beaucoup crié ; je ne voulais pas écouter, alors je me suis bouché les oreilles et j'ai regardé la télé.

Elle leva des yeux timides vers Scott Parris.

— Tu aimes *La Roue de la fortune*?
— J'ai dû la regarder une fois ou deux.
— Moi, j'ai regardé la télé pendant qu'ils se disputaient. Après, papa est parti. Il a claqué la porte très fort. Maman a été dans la salle de bains et elle a pleuré. Moi aussi, j'ai pleuré. Après, elle est sortie de la salle de bains et elle est allée à la fenêtre. Elle surveillait la voiture de papa. La dernière chose que je me rappelle, c'est que maman a dit que papa était de retour et qu'elle sortait lui parler. Ensuite, j'ai dû m'endormir. Je me souviens que papa est venu me chercher; il m'a mise dans la voiture avec Zigzag et je me suis rendormie. Je me souviens plus du reste, sauf que je me suis réveillée dans la voiture avec papa. Il faisait jour et papa a dit qu'on était à Leadville.

— Où était ta maman quand tu t'es réveillée dans la voiture?

— Partie. Papa a dit qu'elle était allée en Arizona soigner mon pépé.

Elle baissa les yeux vers son chat et sa lèvre inférieure trembla.

— Je comprends pas pourquoi maman m'a pas emmenée avec elle.

Scott Parris garda le silence pendant le trajet qui menait du *Cañón del Espíritu* à la route goudronnée. Lorsqu'ils furent sur la 151, le *matukach* prit la parole.

— Provo Frank a agressé un de mes agents sans raison. Et dix contre un qu'il est arrivé quelque chose à la mère de cette petite.

— Il y a un bon restaurant mexicain à Arboles, se contenta de répondre Moon. Tu veux qu'on s'arrête pour manger des burritos?

— Faut qu'on trouve ce type, Charlie. Qu'on le mette au trou pour le compte.

— Tu préfères les burritos avec des piments verts ou rouges?

— On pourrait aller au Wyoming, parler au sergent qui a lancé le mandat de recherche. On pourrait même rencontrer ce Blue Cup. Voir ce que Frank Provo manigance.

— Moi, je préfère les verts.

Le Ute doubla un touriste intimidé par le véhicule de la police.

— Les rouges sont souvent trop piquants.

— Tu crois que le chef Severo t'autorisera à faire le voyage ?

— Possible, fit Moon avec un grand sourire. Tu crois qu'on aura le temps de jeter une ligne dans la Wind ? Il paraît qu'il y a d'énormes truites arc-en-ciel.

Parris fit semblant de ne pas avoir entendu.

— Tiens, je vais prendre des rouges avec mon burrito. Je ne sais pas pourquoi, mais les verts me font penser aux épinards.

— Les épinards, c'est bon pour les muscles. Demande à Popeye.

Parris gloussa.

— Comme tu voudras, Brutus.

9

Bitter Springs, Wyoming

Daphné essuyait les verres avec un torchon blanc maculé de graisse; du coin de l'œil, elle vit la Volvo s'arrêter devant le First Chance Café. Elle trouva bizarre que les deux hommes se garent à côté de la voiture pie de Harry et l'examinent longuement. Leur haleine formait de la buée dans l'air glacial du matin, le vent gonflait leur blouson. Elle les vit pousser les lourdes portes, s'arrêter pour humer l'agréable odeur de saucisse. Ces deux grands gaillards donnaient l'impression d'avoir roulé toute la nuit. Ils seraient forcément affamés et un gros repas entraînait souvent un gros pourboire.

Elle les gratifia d'un franc sourire.

— Qu'est-ce que vous prendrez, messieurs? Du café pour commencer?

Pourvu qu'ils ne commandent pas des décaféinés, se dit-elle. Seules les mauviettes et les vieilles femmes buvaient du déca, et ces deux catégories étaient avares en pourboire.

— Le plat du jour, c'est des toasts au jus de viande avec trois œufs.

Le plus grand, le brun, s'assit sur un tabouret en face d'elle et repoussa son Stetson noir en arrière.

— Ça ira en entrée, ma jeune dame. Ensuite, on prendra un petit déjeuner.

Daphné, qui n'était plus très jeune et n'avait jamais été une dame, haussa un sourcil épilé et mit ses mains sur ses hanches dans un geste qu'elle croyait aguichant.

— Ah, mon mignon, t'es juste mon genre.

La serveuse promena son regard dans le restaurant désert et effectua une légère révérence.

— Je m'appelle Daphné, pour vous servir.

Elle désigna le badge rouge épinglé sur son col.

— Tout le monde m'appelle Daffy[1].

— Faut pas les écouter, dit Moon, impassible. Tu me sembles tout ce qu'il y a de bien.

Il loucha vers son collègue en quête d'une approbation. Scott Parris opina du chef.

Daphné se tapa sur la cuisse.

— Tu dois être l'Indien dont Harry m'a annoncé l'arrivée. Harry dit que t'es un marrant.

Moon admit qu'il était en effet « l'Indien ».

L'œil endormi, Scott Parris commanda des toasts sans beurre et un café noir.

— C'est tout ? fit la serveuse qui ne cacha pas sa désapprobation.

Parris accepta à contrecœur de prendre aussi un œuf brouillé.

Daphné, qui savait qu'un homme de sa taille ne pouvait se contenter d'un seul œuf, écrivit « 2 OB » sur son carnet de commande.

Moon opta pour le plat du jour. Avec quatre œufs sur le plat... et des frites... et des toasts en rab... et plein de jus de viande. Avec un blanc de poulet rôti.

Daphné cria la commande vers l'ouverture rectangulaire, derrière le comptoir. La tête chauve d'un petit cuisinier apparut. Il commença son rituel, à l'abri des

---

1. *Daffy* : folle, idiote. *(N.d.T.)*

regards des clients. De la main droite, il cassa une demi-douzaine d'œufs au-dessus de la poêle. De la gauche, il laissa tomber des tranches de pain dans le grille-pain.

Le Ute regarda par-dessus son épaule.

— C'est la caisse d'Harry qu'est garée dehors?

— Oui, c'est bien elle. Il vous attend, les gars. Harry est sur le trône, sans doute en train de lire le *Wall Street Journal*.

À ce moment, Harry MacFie émergea de la porte marquée « Messieurs ». Il ferma en grognant la boucle en argent de son ceinturon sur son ventre de quadragénaire.

— Tiens, qui voilà? Ma parole, on dirait ce vieux Charlie Moon!

Parris pivota sur son tabouret. Vêtu d'un uniforme ocre, MacFie faisait dans les un mètre quatre-vingts; il avait la peau pâle, le visage parsemé de taches de rousseur, la nuque et les avant-bras musclés. Ses yeux perçants étaient d'un bleu clair lumineux.

Chez les Shoshones, on murmurait que les yeux bleus du policier blanc possédaient des pouvoirs extraordinaires. Personne ne voyait aussi loin... personne ne distinguait d'aussi petits détails.

Moon présenta Parris, qui serra la main du policier du Wyoming.

Harry s'assit à califourchon sur un tabouret et plaqua son début d'embonpoint contre le comptoir.

— Daffy, dit-il, sers mes collègues. Donne-leur ce qu'ils veulent... C'est Charlie qui régale.

— Le vent, marmonna Parris presque pour lui-même. Il souffle toujours autant?

Moon versa du sucre dans son café.

— Par ici, on n'appelle pas ça du vent tant que ça ne dépasse pas les cinquante à l'heure.

Parris se frotta les mains puis couva sa tasse de café

— C'est pas encore l'hiver, mais il fait déjà assez froid pour qu'il neige, remarqua-t-il.

Le froid intérieur était de loin le pire.

MacFie ravala un sourire.

— Dans cette région, dit-il, il peut neiger n'importe quel jour de l'année.

Il gratta son menton à la barbe naissante.

— Y a cinq ans, le jour du 4 Juillet, j'étais allé à Rawlins prendre livraison d'un prisonnier. Eh bien, vers midi, on a eu un sacré blizzard. Dix à quinze centimètres de poudreuse, près d'un mètre dans les congères.

Voyant l'air incrédule de Parris, il releva le défi.

— Souvent, l'été, il ne fait pas assez chaud pour que la neige fonde. Le vent...

Il s'arrêta pour écouter la tempête siffler et mugir au-dessus du toit.

— ... le vent finit par la balayer.

Daphné, qui essuyait le comptoir avec un chiffon sale, approuva.

— C'est la vérité vraie. Vers la mi-mai, les flocons sont comme des corn flakes, en juin comme de la poudre de riz, et le 1er juillet il ne reste pratiquement plus rien. Juste des points blancs qui se mêlent à la poussière si bien qu'on les remarque à peine.

MacFie opina vigoureusement du chef et se promit de laisser un bon pourboire à Daffy. Il commanda le petit déjeuner du Rancher avec des œufs brouillés et des saucisses. Et des toasts beurrés.

Scott Parris mangea en silence pendant que le jovial Ute et MacFie échangeaient des anecdotes sur le temps au Colorado et au Wyoming. Parris ne songeait pas au climat ; l'image d'une jolie rousse occupait toutes ses pensées. Il se demanda si Anne était en train de prendre son petit déjeuner. Si elle se brossait les cheveux.

— À l'aéroport de Riverton, dit McFie après avoir bu une gorgée de café brûlant, le manche à air, c'est une chaîne de quatre mètres qu'on utilise dans les exploitations de bois. Quand la chaîne est bien tendue, la tour de contrôle ordonne aux avions d'arriver nez au vent et ça leur prend trente minutes pour atterrir. Mais quand la chaîne claque au vent et que les prunes s'envolent au Nebraska, les avions sont obligés d'atterrir à Denver, parce qu'il n'y a jamais de vent à proprement parler au Colorado.

— Faut admettre, déclara le Ute, pince-sans-rire. Le vent s'est vraiment levé depuis quelques minutes.

— Ça m'ennuie d'interrompre des mensonges aussi élaborés, dit Parris, mais je vous rappelle qu'on a fait toute cette route pour notre enquête.

MacFie abattit sa main sur le comptoir.

— Vous avez raison, mon brave. Quittons ce restaurant cinq étoiles, dit-il avec un clin d'œil à Daphné, et cette charmante personne, et allons affronter les rigueurs du climat.

Ils suivirent la grosse Ford pie dans le cœur de Bitter Springs. Lorsqu'ils quittèrent la ville, Moon, habitué aux terres fertiles entre les Animas et la Piedra, trouva le paysage morne. Parris en fut lui aussi affecté; la désolation lui rappelait le propre vide de sa vie. Il se demanda comment allait Anne Foster. Que faisait-elle?

Ils s'arrêtèrent devant le City Limits Motel qui hébergeait deux couples de clients, dont les véhicules avaient des plaques de Californie. Sans doute voyageaient-ils ensemble.

La Cadillac décapotable d'Aggie était garée devant le bureau. Elle était donc à la réception, ou en train de faire les chambres.

Parris et Moon rejoignirent MacFie qui s'appuyait sur l'aile de sa Ford poussiéreuse et tenait son chapeau pour l'empêcher de s'envoler.

— D'après ce que la gamine nous a dit, commença Moon, son papa et sa maman se sont chamaillés. Frank est parti. Sans doute boire un verre.

— Il aurait pu aller en ville, déclara MacFie, mais l'endroit le plus près du motel est là-bas.

Il pointa un doigt vers le saloon de la Jarretière Roze.

— Il n'a pas pris sa voiture, précisa Parris. Sarah Frank affirme que sa maman surveillait le Wagoneer par la fenêtre quand elle a vu son mari revenir. Il est monté dans la voiture. Sans doute pour s'abriter de la tempête de neige. Elle est sortie lui dire deux mots. Ensuite, la gamine s'est endormie. Elle s'est juste réveillée quand son papa est venu la chercher. Ils ont alors roulé jusqu'à Leadville avant qu'elle ne se réveille à nouveau pour constater la disparition de sa mère. Provo a dit à sa fille que Mary Frank avait pris le bus pour aller soigner son père malade. Nous savons que c'est faux, bien sûr. Provo a agressé un de mes agents et volé un pick-up; nous avons confisqué son break abandonné. Il y avait du sang sur la banquette arrière et sur la portière. Du même groupe que celui de Mary Frank.

— Ça sent mauvais, dit MacFie. Je croyais qu'il s'agissait juste d'un chèque en bois. Même si...

Il se gratta la nuque.

— La façon dont ils ont décampé est bizarre, ils ont laissé pas mal d'affaires dans leur chambre.

Parris coula un œil vers son ami ute.

— Des vêtements d'homme?

— Maintenant que vous en parlez, c'était surtout des trucs de bonne femme. Provo Frank a dû emporter ses propres affaires.

Une ombre passa sur le visage de Moon.

— Il a donc laissé les vêtements de Mary au motel?

— Et aussi des produits de beauté, des épingles à cheveux, une brosse... des trucs de bonne femme.

— Comme s'il savait qu'elle n'en aurait plus besoin, dit Parris. Les affaires sont encore dans la chambre?

— Non. J'ignorais que ça allait déboucher sur une enquête approfondie. Aggie m'a demandé de tout débarrasser et j'ai stocké les affaires dans mon bureau.

— Qui est Aggie ? s'enquit Moon.

MacFie désigna le motel du menton.

— Le City Limits Motel appartient à Aggie et Billy Stymes. C'est Aggie qui le gère. Billy se contente de boire de la bière en regardant la télévision. Et de s'occuper de son corbeau.

Moon regarda le bureau.

— Il a un corbeau apprivoisé ?

— Oui. Et Billy est un drôle d'oiseau lui-même. Il y a quelques années, des clients l'ont accusé de leur avoir volé des affaires. Mais les objets ont mystérieusement reparu et l'affaire en est restée là.

— Qu'est-ce qu'il avait volé ? demanda Parris.

— Un appareil photo et un collier de perles. Après avoir porté plainte, les touristes sont retournés au motel et les ont retrouvés dans leur chambre. Les flics de la ville nous ont repassé l'affaire parce que le City Limits est en dehors de leur juridiction.

Parris boutonna son blouson et remonta son col.

— Plus de plaintes contre Billy, depuis ?

— Plus une. Oh, je le crois inoffensif.

— Il y avait peut-être quelqu'un d'autre près du break quand Mary est sortie, croyant que c'était son mari, avança Moon. Elle a peut-être surpris quelqu'un... qui l'a blessée.

— Dans ce cas, pourquoi Mr. Frank aurait-il déguerpi ? demanda fort justement MacFie. Pourquoi ne pas prévenir la police ?

Moon n'avait aucune réponse à ça.

— Faut qu'on dorme quelque part ce soir, dit Parris à Moon. Tu veux qu'on réserve deux chambres ici ? Ça n'a pas l'air bien cher. Je suis si fatigué que je dormirais sur un tas de cailloux.

MacFie donna une tape amicale à Moon.

— Je vais d'abord vous présenter à Aggie. Billy ne quittera pas sa chère télé. Ensuite, nous irons au saloon de la Jarretière Roze voir si Provo Frank est allé y boire un verre ce fameux soir.

— Provo, dit Moon avec tristesse, ne boit jamais un verre seulement.

L'interrogatoire de Aggie Stymes avait été court et stérile. Enfin, presque stérile. Les policiers avaient eu l'occasion de voir Billy donner des grains de raisin au corbeau. L'oiseau noir avait incliné la tête vers Moon et croassé :

— Au diable, cow-boy! Où il est? Où il est?

MacFie, qui adorait les oiseaux parleurs, lui avait offert un morceau de Snickers.

Billy, qui trouvait sans doute cette nourriture impropre, avait emporté le corbeau dans sa chambre. Aggie avait répondu sans enthousiasme aux questions sur la famille Frank. Elle avait été mécontente de découvrir qu'ils avaient une fille.

— Je préfère les clients sans enfants, avait-elle déclaré entre deux longues bouffées de cigarette. Les petits morveux laissent souvent de telles saletés!

Les deux flics du Colorado avaient quitté avec soulagement l'air humide et froid du bureau du motel. Comme MacFie n'aimait pas marcher, les trois hommes se rendirent au bar en voiture.

C'était un samedi, le saloon de la Jarretière Roze faisait salle comble. La clientèle, remarqua MacFie, était surtout composée de jeunes mal lavés. La majorité venait de la ville, mais il y avait aussi des visages qui lui étaient inconnus. L'arrivée du policier de la route fit notablement baisser le volume des conversations.

— Ça ne vous rappelle pas un vieux western? demanda MacFie avec le sourire.

— Si, acquiesça Parris, sauf que le silence se fait quand les méchants entrent dans le saloon.

— Pour cette bande de rustres, dit MacFie non sans fierté, je suis le méchant numéro un.

Une femme en noir se leva d'une table du fond; elle était mince et ses hanches se balançaient quand elle marchait. Parris remarqua ses bras musclés et ses épaules carrées. Il se demanda si elle prenait des hormones. Mais quand elle fut près de leur box, il s'aperçut qu'elle était très féminine.

Elle détailla les trois hommes mais ne s'adressa qu'au policier du Wyoming.

— Salut, MacFie!

— Salut, Lizzie. Mes amis sont du Colorado, fit-il en désignant Moon et Parris.

— Des flics! grimaça Lizzie.

— Comment le savez-vous? interrogea Parris.

— Tous dans le même sac. Il n'y a qu'un flic pour traîner avec MacFie.

Elle posa les mains sur ses hanches.

— Vous êtes là pour le plaisir ou pour le travail?

— Un peu des deux, répondit MacFie en jetant un coup d'œil à ses collègues. Je prendrai une Coors. Et vous, les gars?

— Pour moi, ce sera un Pepsi, dit Moon.

— Moi aussi, dit Parris, mais light, sans caféine.

Lizzie s'esclaffa.

— Ma parole, MacFie s'acoquine avec des mormons!

Le grand Ute dévorait la femme en noir des yeux. Sa robe fendue sur les côtés, dix centimètres au-dessus du genou, offrait un panorama intéressant.

Elle devina ses pensées.

— Tu t'interroges, dit-elle en lui posant une main sur l'épaule, sur la signification du nom du saloon. Tu te demandes si je porte une jarretière rose.

Moon acquiesça, penaud.

MacFie afficha un large sourire; Parris rougit.

— Eh bien, oui, j'en porte une, souffla Lizzie à l'oreille de Moon. La question est... sur quelle cuisse?

Elle releva très lentement sa robe. Cinq centimètres... dix...

Le Ute était fasciné. MacFie avait perdu son sourire, les yeux de Parris lui sortaient de la tête.

Lizzie laissa retomber sa robe.

— Mets vingt dollars sur la table, dit-elle à Moon. Si tu devines sur quelle cuisse est la jarretière, tu te rinces l'œil gratis. Si tu perds, je garde les vingt dollars.

Moon esquissa un sourire enfantin.

— Comment te faire confiance ? demanda-t-il. Tu pourrais dire que je me suis trompé de cuisse et empocher mon fric.

— Tu devrais avoir honte d'être méfiant à ce point, dit-elle en lui tirant l'oreille. Voilà ce que je te propose : si tu te trompes de cuisse, je te montre ma jarretière noire.

Moon réfléchit... tout de même, en public !

Lizzie lui caressa la joue du bout des doigts.

— J'aime les grands costauds timides.

Elle s'adressa à MacFie.

— Mais je ne peux pas blairer les petits rouquins inquisiteurs. Tu ne viens jamais que pour m'emmerder, MacFie.

L'Écossais s'arracha péniblement à la vision de la longue fente provocatrice. Lizzie l'avait mis de mauvaise humeur.

— Mardi soir, la semaine dernière, aboya-t-il, un dénommé Frank Provo est venu ici. Il a bu quelques verres et il est retourné au City Limits Motel dont il est parti sans payer.

C'était un coup d'épée dans l'eau, mais s'il avait demandé si Frank était bien venu chez elle, Lizzie aurait nié. Elle n'aimait pas les flics. Sauf, peut-être, le grand Ute. MacFie ressentit une pointe de jalousie.

— Si tu sais déjà tout ça, fit-elle, qu'est-ce que tu attends de moi ?

— Que tu nous dises tout ce que tu sais sur ce type.

MacFie sourit et s'efforça de paraître raisonnable.

— Ce qu'il a bu. Ce qu'il a dit. N'importe quoi, tout ce dont tu te souviens.

— Je ne me souviens pas d'un type comme ça.

— Comme quoi ? demanda MacFie.

Son ton était amical, mais une lueur froide brillait dans ses yeux.

— Comme... ce que t'as dit. Un jeune type avec... je me souviens plus.

— J'ai jamais dit qu'il était jeune, Lizzie. J'ai juste parlé d'un type, point. Comment peux-tu être si sûre que tu ne te souviens pas de lui ?

— C'est que, avec tous ces clients...

— C'était mardi soir, Lizzie. Ton bar est désert le mardi. Si tu avais cinq clients, c'est le bout du monde.

Le regard de Lizzie se posait tour à tour sur chacun des flics. Pourquoi MacFie avait-il amené des policiers d'un autre État ? Et le plus grand était un basané, comme l'homme qu'ils recherchaient.

— Je peux pas me souvenir de tous ceux qui passent la porte, MacFie. Ils se ressemblent tous. Peut-être que si t'avais une photo...

Moon sortit une demi-douzaine de photos de sa poche. Trois étaient de Mary Frank. Lizzie affirma qu'elle ne l'avait jamais vue. Moon lui montra une photo de Provo vieille de quinze ans ; elle datait de ses années de collège, mais elle était ressemblante. Provo était un homme sur qui l'âge n'avait aucune prise.

Lizzie parut réfléchir.

— Oui, il est peut-être venu, mais je ne sais plus quel soir. Sam s'en souviendra peut-être.

— Demandons-lui, décida MacFie.

Lizzie convoqua Sam d'un signe de tête ; il remonta ses bretelles d'un coup de pouce et sortit de derrière le comptoir.

— Qu'est-ce qu'il y a, Lizzie ? demanda-t-il sans un regard pour les policiers.

Il jeta une serviette sur son épaule.

Lizzie lui remit la photo.

— MacFie veut savoir si ce type est venu la semaine dernière, mardi soir. Il me dit quelque chose, mais je ne suis pas sûre.

Sam examina la photo.

— C'est peut-être lui... oui, je crois que c'est lui. Il aimait la Coors.

— Combien de bières a-t-il bues ? demanda Moon.

L'obèse perçut le signe discret de Lizzie.

— Une seule.

Moon tiqua. Depuis qu'il avait quinze ans, Provo Frank ne buvait jamais une unique bière. Et depuis qu'il avait vingt et un ans, il préférait les alcools forts.

— C'est très bien, Sam, fit MacFie, satisfait. Quoi d'autre ?

Le gros barman ferma les yeux pour mieux se concentrer.

— Euh, le vent soufflait fort. Nous avons un peu parlé... du temps. De sport aussi, je ne sais plus. C'était pas un bavard. Il n'est pas resté longtemps, il a dû partir peu après la tombée de la nuit.

La conversation fut interrompue par un solide gaillard à la barbe fleurie. Il s'approcha de Lizzie et lui posa une main sur la hanche.

— 'Soir, mon chou. T'es toute seule ?

Lizzie gratifia l'étranger de son sourire le plus glacial.

— Je suis ici chez moi, fiston. Retire ta main de mes fesses.

Sam ne montra aucun intérêt pour le nouvel arrivant ; un sourire éclaira le visage tacheté de son de Harry Mac-Fie. Moon et Parris étaient sur le point d'intervenir, mais le poivrot parut ignorer la menace.

— Du calme, les gars. Je peux me charger de ce gamin. Je ne te le répéterai plus, fiston. À moins que tu sois un lézard et que ta paluche repousse, retire-la tout de suite.

Le jeune homme obéit, puis ouvrit la bouche pour dire quelque chose, mais les mots ne sortirent pas de sa gorge. Tout se passa si vite que les flics se demandèrent par la suite comment elle s'y était prise. Toutefois, le résultat ne fit l'objet d'aucune contestation. En un éclair, Lizzie attrapa le bras du barbu et lui retourna derrière le dos. En même temps, elle serra le poing et en pilonna les reins de l'ivrogne. Il s'affala par terre en gémissant ; sa tête cogna le plancher avec un bruit mat. Lizzie attendit, le poing menaçant, au cas où il songerait à se relever. Il resta inerte.

— Tu crois qu'on devrait intervenir ? demanda Moon à Parris.

— Elle a l'air de se débrouiller sans nous, répondit le policier de Granite Creek.

— Oh, je ne me fais pas de souci pour elle, c'est le pauvre gars qui m'inquiète.

L'Indien gloussa.

— À deux, on parviendra peut-être à la maîtriser. Et si MacFie n'a pas peur, à trois on arrachera peut-être le match nul.

— Sans moi, fit MacFie, les bras levés.

Sam, que l'incident n'avait pas troublé, empoigna l'ivrogne par le col, le traîna à travers la salle et le jeta dehors. Deux copains du pauvre bougre le hissèrent à l'arrière d'un pick-up Toyota et le recouvrirent d'un plaid. Ils montèrent dans le véhicule et, pour affirmer leur virilité, démarrèrent en faisant gicler les graviers.

Moon et Parris avaient observé la scène depuis leur box.

— Ça, c'est une femme ! fit Moon avec une pointe d'admiration.

— Oui, acquiesça MacFie, pensif, c'est pas tous les jours qu'on en croise des comme elle.

C'était une femme qu'il aurait aimé connaître mieux. Bien mieux.

Au coucher du soleil, Moon et Parris se tenaient avec MacFie devant le City Limits Motel. Un vent froid venu du nord-est balayait le parking.

— Retrouvons-nous au petit déjeuner, proposa Moon.

— Même endroit que ce matin ? demanda MacFie.

— Oui, ça ira.

La serveuse plaisait au Ute, et les plats étaient copieux. Le policier du Wyoming loucha vers la grosse Ford dont le moteur tournait au ralenti. Il était pressé de se retrouver dans la chaleur du véhicule.

— Et ensuite ? interrogea-t-il.

— Ensuite, dit Parris, on aimerait bien parler au vieux Ute à qui Provo Frank a rendu visite.

— Blue Cup, bougonna MacFie. Oui, je sais où il habite.

Appuyé au comptoir, Scott Parris fixa la femme acariâtre jusqu'à ce qu'elle baisse les yeux. Il demanda la clé de la chambre que la famille Frank avait occupée. La femme se raidit.

Aggie Stymes se rappelait le commentaire superstitieux de son mari à propos de la chambre 11. Elle porte la poisse, avait-il dit. Elle hésita une seconde, puis se décida à remettre la clé au policier blanc.

Peut-être que la fouille donnera quelque chose, se dit Parris en introduisant la clé dans la serrure... Mais un rapide examen ne révéla rien d'intéressant concernant les Frank.

Parris s'assit sur le lit, épuisé. Cette nuit-là, le policier dormirait assez bien. Mais il trouverait bientôt ce que Provo Frank avait laissé derrière lui. Une chose affreuse. Une chose précieuse.

Ensuite, son âme ne connaîtrait plus le repos.

10

Samedi soir

Le soleil écarlate resta un instant perché sur un piédestal bleu scintillant... une montagne que les Shoshones appelaient Crowheart Butte. Quand la terre eut fait une rotation de deux minutes et huit secondes, l'étoile disparut derrière l'horizon incandescent.

Dans ce canyon aux multiples couleurs, près de la réserve des Shoshones de Wind River, la cabane est confortablement adossée au tronc massif d'un peuplier tordu qui tremble et vibre comme s'il mourait de mort lente. À côté, à l'ombre des branches fatiguées de l'arbre, est garée une vieille Jeep de l'US Army.

Dans la cabane de rondins, le mobilier est rare, choisi uniquement pour son utilité. Un tonneau de deux cents litres posé sur des parpaings sert de poêle et de four pour rôtir les cailles et les lapins. La fumée s'évacue par le côté ; le tuyau noirci pointe tel un canon à travers un trou pratiqué dans les rondins. Une lanterne rouillée pend au bout d'un fil de cuivre du plafond noir où de patientes araignées ont tissé leurs toiles pour piéger les mouches bleues et les papillons de nuit.

Une étagère grossière équipe un mur ; sur l'étagère,

quelques livres. Le plus récent est une édition de poche de *Black Elk Speaks*[1]. Il y a des volumes reliés cuir d'Edgar Poe, de Rudyard Kipling, le deuxième tome de *The Pocket University*, un petit livre sur les grands voyages. Il y a un exemplaire de *Mahler — Sa vie, sa musique*. Un livre est étalé en évidence, un guide du randonneur pour les montagnes de Wind River. Le vieil occupant de la cabine n'a pas besoin d'un tel guide ; il connaît mieux chaque piste que le labyrinthe de son âme. Il tient à ce livre à cause de la couverture : une photographie de l'auteur, une femme d'une beauté exceptionnelle. C'est une *matukach*, mais elle a quelque chose... le sourire... les yeux... qui lui rappelle quelqu'un... une jolie Ute qui a fait fondre son cœur. Mais cela s'est passé il y a bien longtemps, dans une autre vie. Il n'y a aucune photo de famille, l'occupant des lieux n'a aucun parent dont il souhaite se souvenir. Il n'y a pas de calendrier non plus — car, pour le vieil Ute, avril est la Lune de l'Herbe grasse ; novembre, la Lune des Feuilles Mortes. Cela lui suffit.

Une table pliante en bois de séquoia occupe le centre de la pièce et un camping-gaz vert trône en son milieu. Sur le réchaud à deux brûleurs, il y a un poêlon en fonte et une cafetière noircis. La table est mise pour une personne : une assiette en porcelaine décorée à la japonaise avec des oiseaux merveilleux, une tasse en fer émaillé et un assortiment de couverts en métal. Chaque objet est propre, utile, pratique.

La seule concession à la civilisation est une radio portative qui est toujours branchée sur la même station FM. Lorsque les piles le permettent, la cabane vibre de notes de flûte, de violon et de piano. Galway... Menuhin... Rubinstein.

---

[1]. *Black Elk Speaks* (2000) par Elk Noir et John Neihardt, histoire d'un saint homme des Sioux Oglalas. *(N.d.T.)*

Sur le mur du fond se trouve une étagère. Accroché au mur, au-dessus de l'étagère, un crucifix en bois ; la croix est entourée d'un assemblage éclectique d'objets religieux. Sous l'autel, un simple lit en planches de pin. Sur le lit, un matelas fait maison — un drap de coton cousu en sac. À l'intérieur du matelas, bivouaquant dans les gerbes d'herbe de bison, une armée de puces noires, un régiment de mites de genévrier, des bataillons de créatures microscopiques.

Étendu sur le matelas se trouve le corps mince, presque émacié, d'un vieillard. Ses cheveux grossiers sont disposés comme un éventail noir ; sur la plante de ses pieds, une croûte orange, poussière accumulée de la terre du canyon appelé le Berceau du Lézard Arc-en-Ciel.

Les insectes qui vivent dans le matelas ne viennent pas importuner le dormeur. Une guêpe orange bourdonne près de son front, effectue deux cercles au-dessus de son visage, puis bat en retraite vers les poutres du plafond.

L'homme n'est pas un être ordinaire.

Ses yeux sont fermés, ses lèvres bleuâtres entrouvertes, ses mains ridées croisées sur sa poitrine velue. Si le souffle de la vie gonfle les poumons du chaman... sa cage thoracique ne se soulève pas pour le montrer.

Mais, malgré les apparences, Blue Cup n'est pas mort.

Il ne dort pas non plus.

Il rêve — si on peut appeler cela rêver.

Dans son rêve, il voit trois hommes. Ils lui rendront visite quand le soleil sera haut dans le ciel. Deux des hommes sont des *matukach* ; le plus petit à la peau pâle, il le connaît. C'est le policier aux yeux bleu clair qui a le pouvoir de voir plus loin que tout le monde. L'autre *matukach* est un étranger... mais avec qui il faut compter. Il entend ce que les autres n'entendent pas... la voix des esprits.

Le troisième homme, très grand, très fort... appartient au Peuple !

Le chaman sent un bourdonnement dans sa gorge, comme si un taon posé sur son cou chantait sa chanson d'insecte. Maintenant, un poids oppressant — semblable à une main géante — plaque le vieillard contre le matelas. L'esprit-corps du chaman s'arrache à sa tente de chair.

L'esprit du vieil Ute solitaire dérive vers le sud... et va planer au-dessus de sa terre natale... il traverse le *Cañon del Espíritu*, là où les ossements de sa mère sont enterrés... Il sent les eaux douces des rivières. Un jour, chante son esprit, le chaman retournera dans cet endroit et y reposera... à jamais.

Mais, pour l'instant, il doit se racheter auprès de son peuple.

Dimanche, 10 h 30

Harry MacFie avait laissé sa voiture pie à Bitter Springs ; il conduisait son propre véhicule, un pick-up Chevrolet à quatre roues motrices, vers l'arrière-pays. Pendant près d'une heure, Moon et Parris avaient suivi la poussière soulevée par le pick-up de MacFie à travers la prairie balayée par les vents. De temps en temps, des touffes d'herbe de bison égayaient le paysage. Les graines de cette herbe sont enfouies dans des cosses épineuses qui s'accrochent à la fourrure des bisons. Une symbiose merveilleuse pour l'herbe et la bête. Partout où le bison d'Amérique voyageait, il emportait avec lui les graines de son futur pâturage.

Maintenant, la route avait quitté la prairie et s'enfonçait dans une dépression baignée par l'ombre des grandes mesas. Il y faisait plus froid, mais le vent ne soufflait pas très fort. L'herbe qui avait recouvert la prairie devenaît plus rare, mais on trouvait de l'armoise en abondance. Çà et là, nichées dans le creux de rochers de grès, des ancolies bleues étalaient leurs fleurs à cinq pétales sur un bouquet mauve pâle.

Scott Parris manœuvrait prudemment sa Volvo parmi les ornières profondes, les branches de genévriers et les feuilles desséchées des oliviers russes. Dans son quatre-quatre, MacFie tressautait au loin; on ne voyait que la poussière jaune retomber après le passage de son véhicule.

En arrivant au pied des montagnes de Wind River, la piste se divisa en deux sillons. Ils gravirent d'étroites corniches, traversèrent des torrents asséchés. Parris regretta d'avoir pris sa Volvo sur une piste aussi cahoteuse. Ils auraient dû s'entasser dans le pick-up de Mac-Fie. Après une demi-heure à une allure d'escargot, ils approchèrent d'un mur rocheux. La piste était sableuse mais au moins il n'y avait pas d'ornières. Parris ralentit; il engagea prudemment sa Volvo autour d'un escarpement incliné et pénétra dans la bouche d'un canyon multicolore.

De toutes les crevasses de la jupe plissée de la chaîne de Wind River, il n'y a pas d'autres endroits semblables. Le plus étonnant est la profusion des couleurs. L'érosion des vents a exposé des couches de teintes brillantes sur les parois de la gorge. Près du sommet, sous quelques mètres de schiste argileux de l'éocène, on trouve trois mètres d'argile bleu foncé. Des sédiments sulfureux orange mêlés à une douzaine de couches de bentonite jaune pâle forment le centre du sandwich, vestige du volcanisme crétacé. Mais l'aspect le plus extraordinaire se trouve au pied de la falaise. Plus de cinquante mètres de grès rouge du jurassique soutiennent le bas de l'arc-en-ciel. Cette bande rouge, saturée d'oxyde de fer, semble perpétuellement humide... des gouttes de sang ruissellent. Mais, comme beaucoup de choses dans la chaîne de Wind River, il s'agit d'une illusion. Le grès est aussi sec que du talc jusqu'à la fin juin, quand de formidables orages roulent des sommets enneigés de la montagne. Les torrents souterrains nourrissent les minuscules failles de la pierre rouge qui devient comme la palette écarlate d'un peintre. L'endroit semble n'avoir jamais connu la présence d'êtres humains. Mais les apparences... ne sont que des apparences.

Lorsque le dernier glacier recula, six familles d'êtres humains pénétrèrent dans ce canyon. Elles cherchaient à s'abriter des rafales de vent soufflant au pied des montagnes, qui, neuf mille ans plus tard, recevraient le nom de Wind River. Ces intrépides humains, qui avaient émigré des interminables forêts de pins du nord, tombèrent en admiration devant les couches multicolores des parois du canyon. La plus vieille femme du groupe, aveugle depuis des années, avait vu l'endroit en rêve. Bien que devant être conduite le long de la piste à l'aide d'une corde de peau attachée autour de sa taille, la femme avait mené son peuple à cette terre. Une fois sur place, on lui décrivit les merveilleuses couleurs qu'elle ne verrait jamais de ses propres yeux. Au premier coucher de soleil, son petit-fils agile captura un étrange lézard. L'enfant grimpa sur les genoux de la vieille chamane et lui décrivit les rayures sur le dos du reptile qui ressemblaient aux couleurs vives de la falaise elle-même.

Dans son rêve, elle avait appris qu'un enfant lui révélerait le nom de l'endroit où ses os reposeraient pour toujours.

La vieille chamane déclara aussitôt que le lieu était sacré. Elle lui donna aussi un nom qui devait lui rester pendant des millénaires. Trois jours plus tard, elle mourait; on l'enterra dans le canyon, sous une plaque de grès. Ses os sont depuis longtemps tombés en poussière, personne ne se souvient de son nom. Cette tribu nomade de chasseurs de mammouths n'avait pas de nom et le récit de son courage et de ses peines s'est perdu dans les limbes de la préhistoire.

Il ne reste que deux signes de son existence.

Le plus évident est un long éclat de silex qu'un randonneur découvrit après un orage d'été. L'autre vestige des chasseurs de mammouths, don de l'ancêtre, est le nom de cet endroit. Quelques rares Indiens se souviennent encore qu'on l'appelait Berceau du Lézard Arc-en-Ciel.

Les chamans arapahos et bannocks venaient dans ce canyon pour laisser l'empreinte de leurs mains sur les rochers de grès, signe de vœux secrets. Ils invoquaient le Lézard Rayé pour obtenir le pouvoir de tuer les cruels et intrépides envahisseurs espagnols. Bien plus tard, ils prononcèrent des charmes pour anéantir les trappeurs poilus qui empestaient et ne venaient que dans un seul but : massacrer tous les castors. Et en faire des chapeaux !

Les courageux guerriers crows venaient tremper l'ocre dans les eaux froides d'un petit torrent. Ils se peignaient le visage de rayures écarlates avant d'aller guerroyer contre tout un chacun, mais surtout contre les Bannocks et les Shoshones haïs.

Les Shoshones, qui ont une vision plus effrayante de ce lieu interdit, refusent d'en prononcer le nom. Lorsqu'ils en parlent, c'est à voix basse. Ils l'appellent : « Un mauvais endroit à éviter. »

Blue Cup est un Ute. Les *Núuci* sont des pragmatiques, peu portés sur le spectaculaire. Blue Cup appelle ce lieu « mon foyer ».

La piste était devenue une large plaque rocheuse. Quelques centaines de mètres plus loin, elle se termina en cul-de-sac près d'un bosquet de peupliers décharnés.

Sous les feuilles qui bruissaient au vent, MacFie était appuyé contre le hayon de son pick-up poussiéreux. Il se curait les dents avec une aiguille de pin. Scott Parris se gara derrière le véhicule du flic. Charlie Moon déplia sa grande carcasse avant que son ami n'ait coupé le contact.

La cabane se dressait sur le même grès qui recouvrait la piste et la rendait aussi roulante qu'une autoroute. Moon s'émerveilla de l'extraordinaire beauté du revêtement. On avait une impression de propreté ; hormis de rares rides écarlates, le grès rose bigarré était absolument sans tache. La cabane était construite sur un demi-hectare de grès tellement propre qu'on avait envie de s'essuyer les bottes avant d'y mettre le pied. On aurait dit qu'on balayait régulièrement la pierre poreuse. Et on le faisait. Les vents implacables du Wyoming continuaient de polir le sol du canyon, érodant le grès d'un millimètre chaque année. À la limite de cet escarpement immaculé, des pins et des peupliers poussaient sur le sol sableux d'un brillant rouge-orangé. Si on regardait trop longtemps, on risquait de se brûler les yeux.

Scott Parris ouvrit la portière d'un coup de pied, descendit et s'étira. Il s'immobilisa pour contempler l'étrange paysage. La cabane de Blue Cup était nichée entre deux arêtes rocheuses sur lesquelles poussaient des bosquets de pins pignons et de genévriers. Au-delà des arêtes, les parois verticales du canyon étaient décorées de larges bandes de rouge, de jaune pâle et, près du sommet, de bleu foncé. L'eau d'un petit torrent alimentait quelques mares peu profondes qui ressemblaient à des pépites de turquoise sur un collier. Il devait y avoir dans ces mares des truites affamées qui attendaient qu'un insecte se pose à la surface. Un insecte ou, rêvassa Parris, la mouche d'un pêcheur. Il pensa aussitôt aux cannes à pêche qu'il avait emportées dans le coffre de sa Volvo.

Harry MacFie marcha à leur rencontre ; il était légèrement courbé, comme un vieillard arthritique. Il avait ôté son chapeau et épongeait son crâne brûlé par le soleil. Il agita son chapeau vers la cabane.

— Pour autant que je sache, les gars, c'est là que le vieux Blue Cup met sa viande dans le torchon.

Une vieille Jeep était garée à l'ombre d'un peuplier.

Moon se pencha en arrière pour contempler les falaises multicolores.

— On est sur la réserve de Wind River ? demanda-t-il.
— Non.

MacFie se gratta la nuque, comme si les taches de rousseur rampaient sous sa peau.

— La terre appartient à la National Forest. Le gouvernement a construit la cabane pour les randonneurs. Strictement parlant, ajouta-t-il en voyant le regard interrogateur de Moon, le vieux est un squatter.

— Pourquoi les Fédéraux ne l'ont-ils pas expulsé ? s'étonna Parris.

— Il paraît qu'ils ont entamé une procédure. Mais vous connaissez les lenteurs administratives... le vieux sera sans doute encore là dans dix ans.

Le Ute examina la porte de la cabane. Un ovale jaune — peut-être un œuf — surmonté de quatre lignes horizontales noires décorait les planches desséchées. Moon frappa à la porte.

— Y a quelqu'un ?

Pas de réponse. Il tourna la poignée. Verrouillée. La voiture du vieillard était là, il ne devait pas être loin.

— Ohé ! cria Moon.

Un écho lui répondit. Parris releva le col de son blouson.

— Il pourrait être n'importe où, dit-il. Je crois que nous l'avons raté.

Malgré le froid persistant, MacFie transpirait à grosses gouttes. Il s'épongea le visage avec un mouchoir.

— Blue Cup va et vient à sa guise, dit-il.

Moon eut la désagréable impression qu'une paire d'yeux le surveillait. Il se demanda ce que Parris pensait de l'endroit ; son ami ne pouvait suivre la piste d'un bison dans la boue ni sentir un putois mort avant d'avoir le nez dessus, mais le *matukach* avait un sixième sens pour l'invisible. C'était la raison pour laquelle tante Daisy aimait tant le policier blanc. Moon loucha vers Harry MacFie.

— Blue Cup... il a des amis ?

— Il a un sous-fifre shoshone qui répond au nom de Noah quelque chose.

Le policier ferma les yeux pour se rappeler.

— Noah... Oiseau Sauteur, ou Urubu Voltigeur, quelque chose comme ça. La trentaine, un mètre quatre-vingts. Sourd comme un pot depuis qu'un quidam lui a cassé une bouteille sur la tête.

— Et il habite avec Blue Cup ? demanda Parris.

— Pas exactement, mais j'ai entendu dire qu'il surveillait la cabane pour son compte. Il empêche les étrangers de fouiner et fourrer leur nez dans les affaires de l'homme médecine.

MacFie se gratta avec ardeur l'entrejambe où une famille de tiques semblait avoir élu domicile. La semaine passée, il avait trouvé une tique gorgée de sang sur sa cuisse et, depuis cette malheureuse découverte, il avait l'impression d'en être couvert.

— Le Shoshone est un solitaire, comme le vieux. C'est tous les deux des originaux.

— Où demeure-t-il ? demanda Moon.

— On dit qu'il habite par là-bas, répondit MacFie en désignant la direction de Crowheart Butte. Dans une tente, à ce qu'on raconte.

Il s'essuya de nouveau le front, puis fourra le mouchoir trempé dans sa poche.

— La plupart des gens ont peur de venir ici parce qu'ils croient que Blue Cup va leur jeter un sort.

Il rougit.

— Bien sûr, c'est des fadaises.

Il cracha dans la poussière pour montrer quel dédain il

avait pour de telles bêtises. Cependant, il ne s'approcha pas de la cabane.

Parris remarqua la pâleur grisâtre de MacFie ; un homme en bonne santé ne devrait pas transpirer par temps froid.

— Ça va ? s'inquiéta-t-il.

Le policier évita le regard de Parris.

— Moi ? fit-il avec un sourire forcé. Je me porte comme un charme.

Une douleur lui parcourut le bras gauche.

Moon examina la Jeep ; elle avait tout d'une antiquité, excepté les pneus neige flambant neufs. Des Goodyear. Une grosse étoile blanche estompée se devinait encore sur le capot.

— On dirait un véhicule de l'armée des années 40. Ça fait un bail que je n'en ai pas vu. De quoi vit-il ? demanda-t-il à MacFie.

Ce dernier avait trouvé une barre de chocolat à moitié entamée dans la poche de son manteau ; il en croqua un morceau.

— Ma bonne femme est caissière au supermarché de Bitter Creek, dit-il entre deux bouchées. Le lundi après-midi, Blue Cup y achète ses patates et ses haricots. Et le premier de chaque mois, il encaisse son chèque de l'État au magasin. Une pension militaire ou la sécurité sociale. Parfois, il a même des coupons de nourriture.

— On a fait un bout de chemin, soupira Parris. J'aurais préféré qu'il soit là.

Moon fit le tour de la vieille Jeep rouillée ; il s'agenouilla pour ôter la croûte de poussière sur la plaque d'immatriculation et nota le numéro sur son calepin.

Parris huma l'air matinal ; une sorte de lourdeur s'était installée. Il s'approcha de son ami et baissa la voix pour que MacFie ne l'entende pas.

— Charlie... j'ai une drôle d'impression.

Moon fit un léger signe de tête.

— Comme si on nous observait ?
— Tu ressens la même chose ?
— Non, répondit l'Indien. Je ne ressens rien du tout. C'est pas mon genre de relever les défauts des autres, mais... tu deviens... tu me fais froid dans le dos... un peu comme tante Daisy.
— Tu fais vraiment ch...

MacFie eut l'impression que le vieillard s'était soudain matérialisé. Il semblait arriver de nulle part. Blue Cup portait deux nattes qui lui descendaient jusqu'en bas des reins. Le vieil Ute décharné était vêtu d'une chemise rose vif et d'un jean délavé ; une paire de bottes pointues dépassait du Levi's. Il s'appuyait sur un bâton noueux.

Charlie Moon ne fut pas le moins du monde surpris de voir le vieux chaman.

— Bonjour, grand-père ! lança-t-il.

Blue Cup apprécia la marque de respect. Il inclina la tête ; ses yeux noirs allèrent d'un officier de police à l'autre. Ils étaient comme dans sa vision. Il posa un regard dépourvu d'intérêt sur le sergent MacFie ; le flic du Wyoming aux yeux bleus perçants lui était familier. Le regard du chaman s'arrêta sur Scott Parris. Ah, voilà un homme intéressant ! Un homme... peut-être... touché par le Pouvoir. Son regard se posa enfin sur Charlie Moon.

— Tu appartiens aux *Núuci* ?
— Oui, grand-père.

Parris s'apprêta à parler ; un signe imperceptible de Moon lui fit changer d'avis.

— Si ces hommes n'étaient pas là, dit Blue Cup d'un ton égal, je te demanderais qui sont les tiens.

Le vieillard voulait connaître les noms indiens des parents de Charlie Moon, or un *matukach* ne devait pas les entendre. Moon s'éloigna de quelques pas, le vieillard à ses côtés. Ils s'arrêtèrent près d'un tronc de ponderosa, hors de portée d'oreille des hommes blancs.

124

— Mon père était Big Shoes; ma mère, Alice Winterheart.

Le vieil homme acquiesça.

— Bien sûr... tu es Charlie Moon... on t'appelle « Laisse-pas-de-Traces ». J'ai entendu parler de toi.

Il toisa le policier indien.

— Tu es très grand, comme ton père. Et son père avant lui. Ta mère... la fille de Lois Winterheart... c'était une brave femme. Les siens étaient bons.

Le vieil homme parut se plonger dans ses réflexions.

— Tu es venu pour me voir? finit-il par demander.

— Oui, grand-père. J'ai des questions à vous poser.

Blue Cup promena son regard vers le profil bleuté de la chaîne de montagnes. Le vent était tombé.

— Je suis un vieil homme à présent. Je fais ce qui me plaît.

Il coula un regard aiguisé vers Moon.

— Je n'ai peut-être pas envie de répondre à tes questions.

— Comme vous voudrez, grand-père.

C'était un vieil entêté.

— Mais je viens de loin, et j'ai besoin de votre aide.

Blue Cup s'adoucit.

— Mon aide?

Il ne se rappelait plus la dernière fois qu'un membre du Peuple était venu réclamer son assistance. Il fut surpris de ressentir une certaine fierté.

— Je cherche un homme... du Peuple.

Le vieil Ute regarda les deux hommes blancs; ils étaient adossés au pick-up.

— Pourquoi le recherches-tu?

— Il a enfreint la loi...

Blue Cup balaya la question d'un geste.

— Peu m'importe qu'un homme du Peuple ait enfreint la loi de l'homme blanc!

— Et s'il a aussi enfreint la loi du Peuple?

Le vieil Ute réfléchit. Le fils de Big Shoes était un jeune homme plein de ressources. Et il était persuasif.

— Qu'attends-tu de moi ?

— Nous avons appris que cet homme était venu au Wyoming... pour vous voir. J'aimerais parler de sa visite. Vous pouvez m'aider à le retrouver.

Le vieil Ute s'assit sur l'écorce gris-rose du ponderosa.

— On croit que c'est un endroit désert... mais je reçois davantage de visiteurs que tu ne l'imagines.

Le chaman sourit.

— Il faudra que tu me dises le nom de cet homme.

— Il s'appelle Provo Frank. C'est le fils de Peter Frank.

Le policier vit la mâchoire de Blue Cup se serrer. Ainsi, Provo était bien venu voir le chaman.

— Je crois savoir qu'il voulait obtenir quelque chose de vous.

En principe, il valait mieux ne pas avoir affaire aux policiers. Mais celui-ci était un membre du Peuple. La réputation de Charlie Moon avait dépassé la réserve des Utes du Sud. Tout le monde connaissait sa force et son courage. Il valait mieux s'en faire un ami qu'un ennemi.

— Je peux te dire certaines choses, Laisse-pas-de-Traces, mais pas tout... certains détails concernent des affaires sacrées.

Moon s'accroupit devant le vieil homme.

— Je comprends, grand-père.

Blue Cup jeta un coup d'œil vers Moon. Il ramassa une brindille et traça un cercle dans le sable.

— Je te dirai certaines choses... mais, avant, dis-moi ce que tu sais sur cet homme... Provo Frank... pourquoi il est venu au Wyoming.

Il tira une diagonale à travers le cercle.

Moon ne fut pas surpris de la méfiance du chaman.

— Je ne sais pas grand-chose, admit-il. Sinon qu'il

est venu vous voir. Il a laissé sa femme et sa fille à Bitter Springs. Quand il a quitté le motel, il n'avait pas payé sa note. Il a laissé un chèque sans provision.

Incrédule, Blue Cup haussa ses fins sourcils. La cicatrice au-dessus de son œil gauche suivit le mouvement des sourcils.

— Tu as fait tout ce chemin parce qu'un Ute doit de l'argent à ces deux fouines ?

— Ah, vous les connaissez ! s'amusa Moon. Ils m'ont semblé sympas.

— Aggie et Billy Stymes ! fit Blue Cup avec une grimace de dégoût. Deux mauvais personnages, si tu veux mon avis.

Il fit un geste de la tête en direction du pick-up de Harry MacFie.

— Demande au flic blanc. Il sait tout sur Aggie et sur son voleur de mari.

Il regarda Moon à travers ses paupières mi-closes.

— C'est un sacré trajet pour un chèque sans provision.

— Le chèque, c'est juste le point de départ, grand-père. Quelques jours plus tard, Provo a frappé une femme policier dans le Colorado. Il lui a abîmé la figure.

— Il a frappé une femme ?

Le vieil Ute hocha la tête.

— Quelle honte ! Un homme ne doit jamais se battre avec une femme.

Il traça une seconde ligne qui croisait la précédente.

— La femme de Provo a disparu, dit Moon. Elle a peut-être souffert, elle aussi... c'est une Papago.

— Ceux que tu appelles les Papagos, corrigea le vieillard, sont maintenant connus sous leur ancien nom. Ce sont les Tohono O'otam. Les Utes et les Tohono O'otam sont frères et sœurs, on doit les appeler par leur véritable nom.

Charlie Moon se sentir rougir sous le reproche.

— C'est juste, grand-père. Les Tohono O'otam sont nos frères et sœurs. C'est pour ça que je dois trouver Provo Frank. C'est une question d'honneur tribal.

Ahhh... ce jeune homme était très malin. Blue Cup prit une décision critique, en espérant qu'il n'aurait pas à le regretter.

— Ton Provo Frank... bien sûr qu'il est venu me voir.
— Seul?
— Oui, dans un vieux break.

Moon était satisfait de lui.

— Ça m'aiderait de savoir pourquoi.
— Pour la même raison que toi, fils de Big Shoes. Il voulait quelque chose de moi.
— Pouvez-vous me dire de quoi il s'agissait?

Le vieux chaman ferma les yeux et cala son menton dans ses poings joints.

— Il voulait la seule chose de valeur que je possède. Il voulait le Pouvoir.

Ils désiraient tous la même chose, même le Shoshone sourd, Noah Corbeau Dansant.

Moon avait des tas de questions, mais il se tut. L'heure était à la patience.

Finalement, le vieil Ute brisa le silence.

— Il est venu chez moi pour connaître les anciens secrets. Il m'a proposé de l'argent.

Un mélange de dégoût et d'amusement envahit le visage émacié du vieillard.

— Il est jeune, à peine plus qu'un garçon. Je lui ai expliqué... de tels secrets sont sacrés. On ne les achète pas avec de l'argent.

Moon hocha la tête. N'importe quel ancien — n'importe quel gardien des secrets — aurait été insulté par la proposition de Provo.

— Je lui ai dit, reprit Blue Cup, qu'un homme ne peut obtenir sa portion du Pouvoir que par des années de quête spirituelle. Il doit avoir le corps et l'esprit propres... la Danse du Soleil est un bon début.

Moon sourit en imaginant Provo Frank se lancer dans la rigoureuse discipline de la Danse du Soleil.

— Qu'a-t-il répondu ? demanda-t-il.

— Il est reparti... très triste, gloussa Blue Cup. Mais plus sage, je crois.

— Il n'a pas pu repartir les mains vides... lui avez-vous donné quelque chose ?

Le vieil homme fronça les sourcils.

— Non... juste un doigt de sagesse. Pourquoi cette question ?

Moon s'éclaircit la gorge. Le chaman n'allait pas aimer ce qu'il avait à dire.

— Quand Provo est rentré au motel, il avait l'air drôlement satisfait. Il a dit à sa femme qu'il avait obtenu ce qu'il voulait.

Le vieil homme avait encore l'esprit vif.

— Je croyais que sa femme avait... disparu.

— C'est exact. Je le tiens de sa fille. Sarah... elle se souvient que son papa était très content, et elle se souvient aussi de ce qu'il a dit à sa maman à son retour.

Le vieil homme se leva du tronc de ponderosa et tourna son visage vers la silhouette austère de la mesa de Fer.

— Tu ferais mieux de venir avec moi, Laisse-pas-de-Traces.

Le chaman pointa sa baguette vers Parris et MacFie.

— Les policiers *matukach* doivent rester ici.

Le vieil homme se mit en marche d'un pas alerte, inattendu pour son âge.

Moon suivit le chaman le long d'une pente composée de rochers de grès éboulés ; il n'y avait pas de piste. Le vieil homme rusé devait prendre une route différente à chaque fois afin de dissimuler le chemin qui menait au lieu secret. Le policier sourit. Tante Daisy avait raison : les vieux se conduisaient souvent comme des gamins.

Après un quart d'heure d'escalade, le vieil Ute s'arrêta et se mit à enlever des broussailles d'une paroi de grès qui s'élevait devant eux, dévoilant une fissure verticale dans le mur; elle était plus large à la base, tel un V inversé. Ou semblable à la dent du serpent. Blue Cup parut hésiter, comme s'il craignait de découvrir ce qu'il y avait à l'intérieur. Ou ce que, précisément, il n'y avait plus.

— Tu crois que tu pourras te glisser là-dedans? demanda-t-il à Moon.

La fissure mesurait environ soixante centimètres à la base et allait en diminuant.

— Qui sait? Si je rentre le ventre.

Le vieil homme s'engagea de profil et disparut rapidement. Moon entra en rampant, non sans rayer la boucle neuve de son ceinturon. Une fois à l'intérieur, il s'aperçut qu'il ne pouvait se tenir debout. Le plafond n'était qu'à un mètre quatre-vingts à peine.

Une pâle lumière jaune perça soudain les ténèbres; le chaman alluma une courte bougie avec son briquet et la planta dans le sable. La caverne irrégulière était approximativement ronde, sans doute formée par des siècles d'érosion. Le plafond était noirci par la suie de nombreux feux. L'abri avait sans doute été utilisé pendant plusieurs milliers d'années avant que Blue Cup ne le découvre. Sur le mur du fond se trouvait une étagère creusée par la main de l'homme. Le vieux chaman, qui marmonnait des propos inintelligibles en langage ute, y prit un petit sac en cuir. Il s'accroupit près de la bougie, dénoua le sac, inspecta son contenu en nommant chaque objet. Il y avait des feuilles de mica... une pointe argentée de quartz rose... un tesson de poterie grand comme la main (sur la surface duquel était dessiné un oiseau stylisé)... un cristal d'ambre... une magnifique pointe de flèche en silex... le crâne fragile d'un petit rongeur... et une demi-douzaine de perles noires.

— Tout y est, déclara le vieillard avec un sourire soulagé.

Il remisa les objets dans le sac et renoua les cordons.

— Je m'inquiétais pour rien.

— Je suis content d'apprendre que Provo n'a rien volé, dit Moon. Mais je me demande pourquoi il était si content de lui.

— Attends... il reste une... non, impossible. Il n'aurait pas su où chercher.

Le vieil homme promena son regard autour de lui, incertain. Il ouvrit la bouche, la referma.

— À moins que quelqu'un... un ancien de la tribu... lui ait indiqué où étaient cachés les objets sacrés.

— Je vous attends dehors pendant que vous vérifiez, grand-père.

L'air se faisait rare, Moon commençait à suffoquer; il cherchait une excuse pour se retrouver au soleil.

— Non, c'est pas nécessaire. Je peux te faire confiance.

À quatre pattes, Blue Cup rampa jusqu'au centre de la caverne et se mit à creuser à mains nues. Lentement, au début. Avec soin, comme si le trésor était fragile, puis de plus en plus vite. Au bout de quelques minutes, il se releva. Il ne regarda pas le policier et sa voix était à peine un murmure.

— Il l'a pris!

— Il a pris quoi, grand-père?

Blue Cup se couvrit le visage des deux mains.

— Je ne peux te le dire.

Moon comprit. Il était interdit de nommer l'objet... cela risquait de lui ôter son pouvoir magique.

Le chaman saisit la bougie et la tint près du visage du grand Ute.

— Provo Frank est un horrible voleur. Je ferai tout ce qui est en mon pouvoir pour t'aider à le retrouver, fils de Big Shoes. Tout!

— Le sergent MacFie nous a dit que vous aviez un ami shoshone qui surveillait vos biens. Devait-il aussi surveiller cet endroit ?

Blue Cup cracha dans le sable.

— Noah Corbeau Dansant est comme la police, dit-il d'un ton amer. Il est toujours dans mes pattes... sauf quand j'ai besoin de lui.

Pour ne pas manger la poussière de la Chevrolet, Scott Parris roulait un kilomètre devant MacFie. Moon lui avait rapporté sa conversation avec Blue Cup. Le *matukach* avait écouté sans poser de questions. Il semblait à Moon que son ami avait l'esprit ailleurs.

Ils étaient à mi-chemin de Bitter Springs lorsque Parris freina brusquement et se rangea sur le bas-côté. Il coupa le moteur, sortit de la Volvo et claqua la portière. Charlie Moon descendit à son tour. Il avait déjà vu le *matukach* se comporter bizarrement. Il patienta.

Parris fourra les mains dans ses poches et donna de furieux coups de pied dans un pneu. Il se fit mal au même gros orteil que des semaines plus tôt en tapant dans une cabine téléphonique près de Pagosa Springs.

— Merde, Charlie, je suis aussi aveugle que... que...

— Une chauve-souris ? Une taupe ?

Parris fit le tour de la Volvo en clopinant et s'assit sur le coffre.

— C'était juste là, devant mes yeux.

Il fusilla Moon du regard comme si c'était sa faute.

— Provo Frank est bien menuisier, non ?

— Depuis qu'il a dix-huit ans, confirma Moon.

— Tu te souviens de la liste des objets que nous avons trouvés dans son break ?

— Euh... tu devais me l'adresser, mais...

— Merde, Charlie, je suis désolé. Dès qu'on arrive en ville, j'appelle Leggett pour qu'il t'en envoie une copie.

Le Ute s'appuya sur la Volvo et attendit.

Parris, qui s'était quelque peu calmé, reprit à voix basse :

— Il avait une scie, Charlie. Il avait un niveau, un levier, des ciseaux à bois, une équerre, des tenailles, des poinçons, des tournevis... Il avait des vis à bois, des vis à métal...

— Mais... ?

— J'étais tellement fasciné par ce qu'il avait que je n'ai pas remarqué ce qu'il n'avait pas. Il avait des clous, Charlie, des tonnes de clous de toutes sortes.

Moon attendit.

— Il n'y avait pas de marteau, Charlie ! Il y avait du sang partout dans le break, le sang de Mary Frank. Le marteau n'était pas là parce que ce salopard a tué sa femme avec et qu'il l'a jeté.

Parris hocha la tête d'un air incrédule. Pourquoi avait-il mis tout ce temps à comprendre ? L'âge, peut-être.

Harry MacFie avait réellement une vue extraordinaire. À près d'un kilomètre, il avait vu Parris shooter dans le pneu. Il arrêta son pick-up à côté de la Volvo et abaissa sa vitre.

— Un problème, les gars ?

Il posa un œil critique sur la Volvo poussiéreuse. Il n'avait jamais conduit une voiture étrangère mais il savait qu'il n'y avait que des garages Ford ou GM à cent kilomètres à la ronde. Avec les étrangères, le problème, c'était toujours les pièces détachées.

— Si vous avez des ennuis, j'ai des outils derrière le siège.

Moon s'accouda à la portière.

— Mon partenaire cherche un marteau, dit-il.

11

Dès qu'il n'entendit plus le bruit des véhicules des policiers, Blue Cup craqua une allumette avec laquelle il enflamma une torche de pin. Il la posa avec soin sur un piédestal de grès rose, près du torrent. C'était un signal. Le Shoshone était peut-être dans sa tente, sur la crête, d'où il voyait à la fois le ventre du canyon et l'entrée de la caverne sacrée. Noah Corbeau Dansant regardait peut-être... et verrait la flamme.

Le vieil Ute s'accroupit sous le peuplier et attendit avec la patience gravée dans ses gènes, un précieux héritage d'innombrables ancêtres qui n'avaient survécu que grâce à ce don.

Près d'une heure passa avant qu'il n'entende les bruits de pas feutrés du jeune homme sur le sable du canyon.

Noah Corbeau Dansant ralentit respectueusement en approchant du vieil Ute *bugahant*. Il se tint devant Blue Cup et attendit.

Le vieil homme désigna un endroit à deux mètres de lui. Le Shoshone sourd s'y accroupit et croisa les mains. Il ne quitta pas des yeux les lèvres du chaman.

Il y eut un long silence avant que Blue Cup ne se décide à parler. Des hirondelles et des chauves-souris voletaient au-dessus d'eux, se régalant d'insectes.

— Un voleur a violé mon lieu sacré, dit le chaman d'une voix monotone.

Noah se raidit, mais garda le silence.

— Il a volé mon objet le plus cher. Un objet qui contient le Pouvoir.

Le sourd réprima un grognement.

— Toi, fit Blue Cup en pointant un doigt vers le torse nu du jeune homme, tu es censé faire le guet.

Le Shoshone aurait voulu parler, s'expliquer, mais il posa un regard triste sur les pieds de son maître, puis sur son visage.

Normalement, le Shoshone avait des tas d'explications pour justifier ses erreurs. Le vieil Ute détestait les excuses, mais le silence énigmatique du sourd l'irritait encore plus.

— Qu'as-tu à dire pour ta défense ?

Noah secoua la tête, résigné. Il n'avait rien à dire sur cette calamité. En réalité, c'était inexplicable, inexcusable.

— Alors, va-t'en ! cingla le chaman.

Le jeune homme se leva, hésita un instant, les lèvres tremblantes. Puis, sans un mot, il s'évanouit dans la nuit.

Blue Cup ouvrit la porte de sa cabane. C'était le seul endroit, à part la caverne cérémonielle, où il trouvait confort et solitude. Mais la caverne sacrée avait été violée. Elle avait perdu son pouvoir jusqu'au retour de l'objet volé.

Il alluma la lanterne et s'assit sur un banc à la table en bois. Il était las.

Ses pensées dérivèrent. Les souvenirs de son enfance étaient fragiles, aussi faibles que l'ombre d'un fantôme à la lueur chancelante d'une bougie. Et c'était des souvenirs sombres. Son père qui buvait le liquide ambré qui allumait le feu dans son ventre et une lueur de folie dans ses yeux. Sa mère qui ne resta pas longtemps... et qu'on enterra dans sa robe de coton blanche préférée. Sa sœur qui mourut de la rougeole. L'ombre qui étouffait son âme.

Mais les souvenirs de ses années de jeune adulte étaient clairs, aussi pointus que l'aiguillon d'une guêpe dans sa nuque. Il avait au-dessus de tout voulu devenir celui qui gagnerait le respect et l'admiration des *Núuci*. Mais cela n'arriva pas. C'était le pire qui soit donné à un homme. L'image d'une cérémonie sacrée sur Shellhammer Ridge se présenta à lui. Son dernier acte en tant que membre de la communauté ute. Désormais, il dansait seul, là où personne ne pouvait le voir, où les femmes ne chantaient pas le trémolo.

Pendant plus d'un demi-siècle il avait été un paria. Réfugié dans cette terre aride où les pluies étaient l'exception, les inondations la règle. Et où les longs hivers lui glaçaient les os. Quel contraste avec les merveilleuses terres des Utes du Sud où de douces pluies alimentaient nombre de rivières et où l'herbe verdoyante poussait en avril ! C'était pour le vieux chaman une source d'amertume. Mais l'amertume le nourrissait. Sans elle, il serait mort depuis longtemps.

Il soupira et se leva.

Il prit des brindilles dans un carton, une boîte d'allumettes dans sa poche, et alluma un petit feu dans le tonneau qui lui servait de poêle. En inhalant la fumée, il rassembla la force de son amertume. Lorsque le feu fut réduit à quelques cendres incandescentes, il ôta ses bottes, sa chemise et son jean délavé. Avec les cendres tièdes, il traça des cercles autour de ses yeux et trois traits horizontaux en travers de son nez. Il dessina un éclair sur sa poitrine. Avec réticence, il récita les mots qui invoquaient le Pouvoir :

Kwasi-ge-ti... Kwasi-ge-ti... Kwasi-ge-ti...

Il attendit plusieurs minutes.

Alors... elle vint, telle une couverture froide qui tomba

sur ses épaules. Il sentit la présence même de la *Présence*; entendit murmurer des salutations à son oreille gauche!

Tremblant, le chaman se tint près du poêle brûlant et urina sur les cendres. Une âcre fumée jaune s'éleva; ses narines le brûlèrent, comme léchées par les flammes. Le Pouvoir ne venait pas sans douleur. Dans la fumée suffocante, le chaman vit nettement le voleur. Le visage de Provo Frank. Mais où était-il? Blue Cup alla à une étagère et ouvrit une boîte où se trouvait un petit os crayeux. C'était l'os du doigt d'un être humain mort depuis des siècles. Un Ute n'aurait jamais touché cet os. Mais Blue Cup n'était pas un Ute ordinaire.

Il sortit de la cabane, toussa et cracha pour soulager sa gorge en feu. Il fixa la lune qui semblait assise comme un quartier d'orange sur le bord du canyon appelé le Berceau du Lézard Arc-en-Ciel. Il leva la main gauche qui tenait l'os humain et la pointa vers l'ouest. Rien. Il se tourna lentement dans le sens contraire des aiguilles d'une montre... tel un compas cherchant ce qu'il avait perdu. Il pointa vers le sud et commença à ressentir un léger fourmillement dans les doigts. Il continua de tourner. Le fourmillement cessa. Il revint vers le sud. Le signal était faible... puis il mourut.

Tiens, voilà qui était étrange... le signal était éphémère. C'était comme si Provo Frank était hors d'atteinte du Pouvoir. Protégé. Dissimulé. Par une source encore plus grande du Pouvoir?

Blue Cup se souvint alors de la rumeur qu'il avait entendue dans la réserve des Utes du Sud. Lorsque Provo Frank était un adolescent turbulent, il avait volé quelque chose à Ignacio... une bicyclette peut-être... et le jeune voleur avait disparu dans la nature. Daisy Perika l'avait caché et nourri... cette embarrassante femme qui détenait une part non négligeable du Pouvoir.

Bien sûr! Une fois encore, Provo Frank se cachait

sous les jupes de Daisy Perika... c'était là que se trouvait cette crapule ! Blue Cup devrait peut-être rendre visite à la vieille chamane. Mais d'abord, il lui fallait tenter un autre tour de magie. Il irait au grand rocher noir qui était tombé du ciel. Le rocher où il y avait les marques de nombreux hommes puissants. Un sourire serein étira les lèvres de Blue Cup. Il se mit à fredonner sa mélodie préférée.

L'*Hymne à la joie.*

Wyoming, City Limits Motel, chambre 11

Pour la seconde nuit, Scott Parris s'allongea sur le matelas bosselé où Mary Frank avait dormi pour la dernière fois. Il cala sa tête sur l'oreiller bourré de mousse.

Il avait l'étrange impression de ne pas être seul dans la pièce, mais il ne voyait rien dans l'obscurité, n'entendait rien, sinon le grondement des vieilles tuyauteries. La présence de Mary Frank n'en restait pas moins palpable.

Bien qu'épuisé, Scott Parris était sûr de mal dormir. Il ferma les yeux et s'obligea à oublier les soucis de la journée. Il s'imagina au bord d'un torrent, sa canne à pêche à la main... près d'une vaste mare où des courants vert émeraude tourbillonnaient autour d'un rocher en basalte... sous la surface une truite d'un kilo... attendait... affamée.

Trois minutes plus tard, il ronflait.

Colorado, réserve des Utes du Sud

Daisy Perika était étendue dans son petit lit. La fillette dormait par terre, sur une paillasse, à côté d'elle. Sarah avait exigé que Zigzag ait un lit à lui ; elle avait donné des instructions à Daisy pour lui en confectionner un. Le petit chat dormait donc dans un carton à chaussures tapissé avec le meilleur torchon de Daisy. La chamane savait qu'elle ne devait pas gâter l'enfant, mais Sarah, tant que les choses ne s'étaient pas décantées, était une orpheline. Et cela rendait Daisy infiniment triste. Elle avait elle-même perdu ses parents quand elle n'était guère plus âgée que Sarah.

Finalement, Daisy sombra dans le sommeil. Au début, elle dormit paisiblement — sans visions des contrées lointaines.

Mais bientôt, dès que ses yeux bougèrent sous ses paupières closes, le rêve vint...

La chamane n'était plus dans son lit. Elle n'était plus vieille. C'était une femme d'une vingtaine de printemps... et elle était assise sur le porche, devant sa caravane. Où était son vieux corps ? Sans doute à l'intérieur, sur le petit lit. Celui qu'elle occupait était léger et puissant. Et il ne souffrait pas du souffle glacial de l'embouchure du *Cañón del Espíritu*. Elle comprit qu'elle devait attendre... quelque chose allait se passer.

Elle perçut de loin la silhouette du nain qui marchait, les jambes arquées, dans le canyon de l'Esprit. C'était étrange, ses petites jambes faisaient de petits pas... mais il se déplaçait si vite ! Le seul fait qu'il vienne vers elle était bizarre — c'était toujours Daisy qui allait voir le *pitukupf*. Il la rencontrait parfois ailleurs que chez lui, mais il n'était jamais venu chez elle auparavant. Le *pitukupf* avait-il l'intention d'habiter avec elle ? Certainement pas ! Le nain n'aimait pas vivre à la surface de la terre.

Daisy observa le *pitukupf* d'un air inquiet. Il portait un panier en osier qu'il déposa au pied des marches. Il était fermé par un couvercle bleu. La chamane se souvint d'une émission de télévision où elle avait vu un homme décharné coiffé d'un large turban assis devant un panier semblable. Lorsque l'homme avait joué de la flûte, un horrible serpent avait pointé sa tête hors du panier et s'était balancé au rythme de la musique. Daisy pria en silence pour que le *pitukupf* n'ait pas un serpent dans son panier.

Elle rassembla son courage et lança :

— Bonjour... *mii-pu-ci togo-ci*. J'espère que tu vas bien.

Le *pitukupf* parut apprécier le salut. Longtemps auparavant, la grand-mère de Daisy lui avait dit que le nain aimait qu'on l'appelle « petit grand-père ». C'était, bien sûr, une plaisanterie que de parler de sa santé. Le nain-esprit ne souffrait pas plus que le vent ne pouvait être malade. On ne savait même pas si cette espèce était mortelle.

Le petit homme s'assit derrière son panier et téta sa pipe en terre. Comme d'habitude, il n'était pas d'humeur causante. Ces nains-là étaient connus pour être avares de paroles. Contrairement aux humains, le *pitukupf* ne parlait que s'il avait des choses importantes à dire.

Daisy attendit le moment opportun, puis reprit la parole.

— Tous ceux du Peuple savent que le *pitukupf* qui vit dans le *Cañón del Espíritu* a de merveilleux pouvoirs.

C'était une exagération ; moins d'une douzaine d'Utes croyaient à son existence.

Le nain apprécia.

— Parmi ces pouvoirs, continua Daisy avec prudence, est celui de retrouver quelqu'un que les humains ne trouveront jamais.

Il y avait longtemps, lorsque son mari était encore en vie, le *pitukupf* avait dit à Daisy où trouver un enfant qui s'était perdu dans le blizzard. On l'avait découvert exactement où le nain avait dit qu'il serait. Il avait perdu plusieurs orteils à cause du gel, mais il était vivant.

Le *pitukupf* acquiesça en silence. Il souffla trois superbes ronds de fumée qui s'élevèrent paresseusement vers le ciel étoilé.

— Tu sais que... la fille de Provo Frank est chez moi.

Bien sûr qu'il le savait! Le petit homme savait tout ce qui se passait dans le canyon. Ou dans les environs.

— J'ai besoin de savoir où est le père de l'enfant. Il a des ennuis.

Pour une raison mystérieuse, le nain sourit. Ses bras décharnés s'agitèrent tandis qu'il répondait à la chamane; il parla dans une langue ute si archaïque que Daisy dut tendre l'oreille pour le comprendre. Il lui déclara que ce n'était pas Provo qui était en danger.

Daisy frissonna.

— C'est... Charlie? Ou son ami *matukach*?

Le petit homme resta impassible.

— C'est l'enfant qui est en danger?

Toujours pas de réponse. Le *pitukupf* promena son regard vers le nord et le cœur de la vieille femme se serra.

— Dis-moi ce que l'avenir nous réserve, petit grand-père. Est-ce moi? Vais-je mourir?

Le nain posa une main sur le couvercle bleu du panier et... lentement, très lentement, le souleva. Instinctivement, Daisy eut un mouvement de recul. Le nain ôta enfin le couvercle et attendit en fumant sa pipe. La curiosité l'emporta sur la peur; la chamane s'approcha et jeta un coup d'œil dans le panier. Dans l'ombre, elle vit des os. Des petits, des gros, tous calcinés. La plupart étaient brisés. Étaient-ce des os de daim? d'elk? de cochon?

Le *pitukupf* plongea une main dans le panier et en retira une dent jaune.

Une molaire humaine.

— Qu'est-ce que ça signifie?

Le *pitukupf* ignora la question. Mais il parla à la chamane d'une affaire urgente. Elle devait partir en voyage; et il pointa les terres lointaines où les hivers étaient conçus.

Wyoming, City Limits Motel, chambre 11

Scott Parris faisait de drôles de rêves, qui déferlaient du fin fond de son inconscient.

Il marchait main dans la main avec sa femme sur une plage grouillante de monde. Helen portait une courte robe de coton jaune et un petit sac dans sa main droite. Un groupe d'adolescents jouait au volley-ball. Un gros homme fumait un cigare sous un parasol tout en faisant les mots croisés du *London Times*. Une fillette versait du sable mouillé dans un seau en plastique vert à l'aide d'une pelle rouillée; elle renversait le seau et recommençait. Helen disait quelque chose. Elle avait soif.

Que voulait-elle? Un Coca?

Elle fronça les sourcils. Ne se souvenait-il donc pas du terrible accident au Canada? Cela ne faisait que trois ans... ne savait-il donc pas qu'elle était morte? Morte et enterrée dans un cimetière, à Chicago? Les morts, dit-elle d'un air solennel, ne boivent pas de Coca. Helen éclata de rire, comme si c'était d'une drôlerie infinie.

Maintenant, comme par magie, sa femme défunte était vêtue d'une robe de velours noir. Ses cheveux étaient d'un noir de jais, coiffés en une seule et longue natte. Telle l'étrange femme du saloon de la Jarretière Roze. Tout le monde sur la plage était en noir... Étaient-ils morts, eux aussi? Les jeunes avaient abandonné leur jeu de volley-ball... le gros homme, ses mots croisés... la fillette avait délaissé sa pelle et son seau. Ils se rassemblèrent tous en murmurant des propos inintelligibles... et ils firent signe à Helen...

Elle retira sa main de celle du dormeur et s'éloigna.

Il l'appela... elle ne l'entendait pas.

Maintenant, la plage était déserte.

Il se mit à pleurer.

Et le rêve se termina.

Mais un autre commença...

Scott Parris était conscient qu'il y avait deux personnes dans la chambre du motel. C'était absurde, presque comique. Il y avait un homme minuscule, plutôt avenant qui portait une chemise vert vif. Et un pantalon noir coupé au-dessous des genoux. Un couteau en silex avec un manche en bois était glissé sous sa ceinture. Une adorable jeune femme se tenait à côté du lit. Elle portait une robe toute simple, le col et les manches ourlés de perles bleues. Comme le petit homme, elle n'avait pas de chaussures. Son visage lui était à la fois inconnu et étrangement familier... comme s'ils s'étaient rencontrés dans un pays lointain... à une autre époque, peut-être. Ou dans une autre vie. Il aurait voulu la toucher... pour s'assurer qu'elle était réelle. Mais ses bras étaient incroyablement lourds.

Le petit homme leva sa main et marmonna quelques syllabes courtes et syncopées. La scène devint floue... Les visages s'estompèrent. Et furent bientôt oubliés.

Il paraissait dériver dans un ciel gris infini. Puis un bref éclair illumina le lointain. Et frappa son esprit.

Le rêveur flottait, mais il n'était pas dans une contrée lointaine. Il planait au-dessus du City Limits Motel. Il voyait le long bâtiment en parpaings. Le parking. Sa vieille Volvo sur le gravier tel un gros scarabée métallique. L'enseigne du saloon de la Jarretière Roze clignotait. Au loin, il vit les lumières de Bitter Springs. Au sud, il y avait le long escarpement rocheux. Avec des touffes d'herbe tourmentées par les vents. Et un bosquet d'arbres. Il savait qu'il rêvait... mais tout cela semblait tellement réel !

Il dérivait vers le sud, maintenant, telle une feuille morte emportée par le vent. Au-dessus de l'escarpement. Un des pins pignons était plus grand que les autres... et à l'écart, comme exclu de la tribu forestière. Le rêveur n'aimait pas cet arbre. Il ne l'aimait pas du tout.

Il était attiré malgré lui vers le pin pignon solitaire.

Il résista. Cela ne fit que ralentir sa progression.

En approchant, il tourna autour de l'arbre... comme un grand oiseau. Un vautour. L'image était repoussante. Il s'approcha encore.

Et il vit.

Le corps de Scott Parris fut pris de soubresauts spasmodiques ; il fit des moulinets avec ses bras. Il ouvrit la bouche pour hurler, mais aucun son n'en sortit, sinon des hoquets étouffés.

Comme les crécelles de la mort.

Daisy Perika se redressa dans son lit en serrant sa couverture sur sa poitrine. Une chose étonnante venait d'arriver... une chose où le *pitukupf* jouait un rôle... il y avait aussi un panier d'os... un voyage dans un pays froid et venteux. Tout s'embrouillait dans sa tête et les souvenirs s'effaçaient rapidement. Comme un rêve.

C'était forcément un rêve. Un rêve qu'il valait mieux oublier. Elle avait peut-être de l'aérophagie à cause des tamales qu'elle avait réchauffés pour le dîner. Ou bien, c'était le fromage qu'elle avait saupoudré sur les tamales. La nourriture mexicaine aurait sa peau. Elle regarda à côté de son lit. Sarah dormait profondément, comme seuls les enfants innocents sont capables de dormir. Le chaton, les yeux semblables à des boutons lumineux, l'observait depuis son carton à chaussures. Bizarrement, cela la mit mal à l'aise.

Elle siffla.

— Me regarde pas, Zimboum. Dors, sinon... je fais des nœuds à ta queue !

Le chat se lova dans le torchon et bâilla.

Daisy continua de le fixer d'un œil mauvais.

Zigzag ferma les yeux.

— Ha, fit Daisy, satisfaite.

Maintenant, le chat savait qui commandait ! La vieille

femme se lova, elle aussi, dans son lit. Elle ferma les yeux. Mais le sommeil mit du temps à venir.

Une aube froide rampait sur les plaines glaciales du Wyoming quand Moon entendit des coups insistants à sa porte. À demi réveillé, il les ignora. Qui pouvait bien le déranger de si bon matin ? Il se souvint. Bien sûr ! Scott Parris était trois portes plus loin, dans la chambre 11. Moon enfouit sa tête sous les oreillers.

Cela ne suffit pas.

— Charlie !

— Fous le camp ! grogna le Ute.

La preuve audible que son ami était bien là encouragea Scott Parris, qui décocha dans la porte un coup de poing si violent qu'il faillit briser le panneau.

— Ah, merde ! grommela Moon.

Il se leva, se frotta les yeux, enfila son jean, une chemise en flanelle et alla pieds nus à la porte. Le pire allait être de voir le visage réjoui du policier blanc. Parris se flattait d'être « du matin ». En fait, c'était un emmerdeur pour quiconque avait besoin de sommeil.

Mais lorsque le Ute ouvrit la porte, il fut surpris de voir le visage grisâtre et les traits tirés de son ami.

— Qu'est-ce qu'il y a, partenaire ?

Parris jeta un coup d'œil par-dessus son épaule vers le parking, mais ne répondit pas.

— Entre, ordonna Moon. On gèle et le vent souffle fort.

Parris entra tel un somnambule, le regard vide.

Moon claqua la porte, puis alla s'asseoir sur le lit et enfila ses chaussettes en laine et ses bottes.

— Tu veux déjà ton petit déjeuner ?

Parris enfouit ses mains dans les poches de sa veste.

— Laisse-moi deviner. Tu ne pouvais pas dormir, alors tu n'as pas voulu que je dorme.

Son ami ne parut pas entendre.

— Tu sais quel est le plus gros problème qu'on a, nous autres Utes, avec vous, les *matukach*?

Pas de réponse.

— Vous parlez trop, voilà le problème. Toujours bla-bla-bla. Vous n'arrêtez jamais. Ça me tape sur les nerfs, partenaire.

Scott Parris regarda son ami; les yeux du *matukach* étaient froids et durs. Il alla ouvrir la porte.

Moon, étonné par l'attitude de Parris, le suivit en silence sur le parking. Ils firent le tour du motel. Parris s'arrêta, puis se mit à fendre la neige vers la crête. Le Ute lui emboîta le pas, pataugeant dans cinquante centimètres de poudreuse. Par endroits, le vent avait déblayé la neige; ils marchèrent alors sur des cailloux d'argile jaune, aussi durs que du granite. En arrivant au sommet, Parris fit une pause. Il resta immobile quelques secondes, comme si la semelle de ses bottes était collée au sol.

Moon souffla dans ses mains gelées. Il avait l'impression que son ami essayait de décider quel chemin prendre.

Mais Parris savait exactement où il devait aller. Néanmoins, il s'y refusait. Depuis le parking du motel, on ne voyait que la cime des plus hauts arbres du sommet. D'où ils se trouvaient, sur la crête, on pouvait voir tout l'arbre, y compris le tronc. Surtout le tronc. Parris ne bougea pas. Il n'arrivait pas à faire les derniers pas... pas encore. Il leva le bras et désigna le plus grand des pins pignons.

Interloqué, l'Indien, qui essayait encore de chasser les derniers restes du sommeil, se dirigea aussitôt vers l'arbre. Lorsqu'il n'en fut plus qu'à dix pas, il se sentit soudain mal à l'aise. Il s'arrêta, la tête inclinée sur le côté, et examina l'arbre. Il n'avait rien d'extraordinaire, c'était juste un pin pignon dont la cime était morte. Il avait sans doute essuyé la foudre. C'est alors que Moon remarqua quelque chose d'inhabituel. Les branches les plus basses étaient à soixante centimètres du sol. Et elles étaient bizarres... d'une forme étrange... il y avait quelque chose en plus... de l'autre côté de ces branches. Moon comprit soudain ce que c'était. Des membres. Et des pitoyables membres gelés... pendait un morceau de tissu écarlate.

Il battait au vent tel un fanion mortuaire.

12

Harry MacFie, en charge de l'enquête, avait bêtement essayé de monter en voiture depuis le parking jusqu'à la crête. Il avait calé, s'était emporté et avait passé sa rage sur le pare-chocs de sa Ford. Devant Moon et Parris, il avait invectivé les politiciens de Cheyenne. Il avait fallu trois années de supplications pour que ces rats achètent deux quatre-quatre à la police de la route. Et le lieutenant responsable du district de Jackson Hole s'était approprié les deux véhicules. L'Écossais, toujours furieux, avait gravi les derniers mètres à pied avec Moon et Parris.

Les autres véhicules officiels, dont les conducteurs étaient plus prudents que MacFie, étaient arrivés en haut de la crête en empruntant une vieille piste en zigzag. Il y avait aussi deux voitures pie de la police de la route, plusieurs de la police de la ville, quelques flics du bureau du shérif dans une Ford Explorer flambant neuve, et le grand van du médecin légiste. Un jeune homme mince qui publiait le journal de Bitter Creek avait voyagé dans une des voitures de police. Il avait déjà pris plus de photos que le médecin légiste, qui avait utilisé deux pellicules. Avant deux heures, avait prédit le jeune homme, les journalistes de Casper et de Cheyenne allaient rappliquer et, avant la nuit, les équipes de télévision débarqueraient en hélicoptère depuis Denver.

Scott Parris se demanda si Anne Foster allait couvrir l'horrible meurtre pour le journal de Granite Creek. Il refoula cette pensée dans un coin de sa tête.

Un membre de la police scientifique de Cheyenne promenait un détecteur de métaux sur la neige. Une jeune femme de la police de la route ratissait avec soin les abords de l'arbre. Ni l'un ni l'autre n'avaient rien trouvé hormis un clou tordu de douze centimètres taché de sang.

Le shérif du comté arriva dans un pick-up Toyota blanc immaculé. L'ancien cow-boy, un mince cigare au bec et deux pistolets à la crosse garnie de perles dans son ceinturon italien, commença à poser des questions stupides et à donner des ordres encore plus idiots. À part ses propres subordonnés, personne ne lui prêta attention.

Scott Parris se tenait à trente mètres de l'arbre. Il n'avait jamais voulu s'en approcher et n'avait même pas fait le tour pour voir le cadavre. Il avait déjà tout vu dans son rêve et cela lui suffisait amplement.

Charlie Moon était à côté de son ami. Il versait du café noir sucré d'une thermos dans une tasse en plastique. Il offrit le liquide brûlant à Parris, qui l'accepta de bon cœur, mais sans commentaire. Parris n'avait pas ouvert la bouche depuis qu'ils avaient quitté le motel à l'aube. Et l'Indien respectait son silence.

Ils regardèrent tous deux le cirque.

Le sergent MacFie dit quelque chose d'extrêmement vulgaire au shérif, pivota sur les talons et s'avança vers les flics du Colorado. Le policier du Wyoming avait une grosse affaire sur les bras, peut-être la plus importante de sa carrière. Il marchait à l'adrénaline. Il tapa sur l'épaule de Parris.

— Quand vous avez sorti votre histoire de marteau qui avait disparu, j'ai compris que vous étiez un vrai flic. Quant à savoir que le cadavre était planqué là-haut... je me demande vraiment comment vous avez deviné!

Parris ne répondit pas ; il était livide.

MacFie adressa un sourire interrogateur à Moon.

— Il est toujours aussi bavard ?

— Seulement avant le petit déjeuner, répondit le Ute. Hypoglycémie.

Ils n'avaient pas encore mangé et il était presque midi. Mais Moon n'avait pas réellement faim.

L'enthousiasme de MacFie était sans limite.

— Vous voulez connaître les détails croustillants, les gars ?

Pour la première fois depuis des heures, Parris prit la parole. On aurait dit qu'il lisait un rapport.

— Elle a été frappée à la tête à coups de marteau. Ça s'est passé sur le parking. Ensuite, il l'a montée là-haut. Elle n'était pas encore morte.

MacFie écoutait bouche bée.

Parris continua d'un ton monotone, comme s'il dictait un rapport d'homicide.

— Le cadavre de Mrs. Frank a été... cloué à l'arbre. Les pieds et les poignets... et même le cou... cloués avec des clous de douze à quinze centimètres. Ses yeux...

Le ton était détaché, presque clinique.

— Les yeux ne sont plus dans leurs orbites.

— Ouais, fit MacFie en jetant un coup d'œil vers l'arbre. Bouffés par les vautours, j'imagine.

S'il n'avait pas fait si froid, les charognards auraient eu un festin plus substantiel. Déçu qu'on lui ait volé ses effets, MacFie se tourna vers Moon.

— Vous lui avez dit pour les clous ?

Il croyait que Parris émettait des hypothèses. Ce n'était pas le cas.

— Il y avait quelque chose d'étrange... le corps est...

— Cloué la tête en bas, termina Parris.

MacFie fixa le Ute de ses yeux bleus.

— Vous le saviez, Charlie.

— Oui, mais je ne lui ai rien dit, Harry. Et pour les clous, j'ignorais. Quand j'ai trouvé... quand Scott m'a montré où... elle était, je ne me suis pas approché du cadavre.

Même les Utes « modernes » comme Charlie Moon évitaient d'approcher les cadavres ou de mentionner le nom de quelqu'un dont la mort était récente. C'était malsain. Sinon, les fantômes venaient vous hanter. Même si on ne croyait pas aux fantômes. Les fantômes se moquent pas mal de ce qu'on croit ou non.

L'Écossais posa un regard ahuri sur Scott Parris.

— Comment vous avez deviné qu'elle avait été clouée au pin pignon ? Oh, à cause du marteau qui manquait, bien sûr... mais comment vous saviez qu'elle avait été clouée la tête en bas ?

Parris continua dans un murmure.

— On trouvera le marteau à quelques mètres de l'arbre. Au sud-est. Douze, peut-être treize pas.

Pour une fois, MacFie resta sans voix. Il tourna les talons et se dirigea vers le bosquet de genévriers noueux.

Le médecin légiste était en train de détacher le cadavre de Mary Frank de l'arbre. Elle arracha les clous avec un pied-de-biche.

Bientôt, MacFie s'agita dans tous les sens, cria des ordres, donna des instructions que tout le monde ignora. Une jeune femme agent s'arrêta pour l'écouter. Elle prit un râteau pour fouiller l'endroit qu'il lui désignait. Elle commença à dix pas ; mais ses pas n'étaient pas bien grands. Elle s'attaqua à la croûte neigeuse.

Charlie Moon la regarda travailler tout en surveillant son partenaire du coin de l'œil.

Cinq minutes plus tard, à moins de quinze pas de l'arbre, un cri victorieux retentit. MacFie, suivi du médecin légiste, piqua un sprint vers l'endroit critique.

Parris paraissait étrangement ailleurs, comme s'il se désintéressait de la chose. Comme un homme en train de revoir un vieux film. Moon, malgré sa curiosité, resta près de son ami.

MacFie, ses mains rouges protégées par des gants chirurgicaux, mettait un objet dans un sac en plastique. Il rit, prononça quelques mots de félicitations et donna une tape si violente dans le dos de la jeune femme agent qu'elle faillit tomber en avant. Les autres flics s'esclaffèrent. La jeune femme en uniforme (arrivée du Tennessee trois mois plus tôt) s'illumina, rougit et s'excusa presque de sa bonne fortune en parlant de « cochon aveugle qui trouve un gland ».

Harry MacFie s'avança vers les deux flics du Colorado en tenant le sac en plastique transparent comme un trophée.

— C'est exactement comme tu l'avais prédit, partenaire, dit Moon à Parris.

C'était, bien sûr, le marteau.

MacFie haletait, le visage rouge betterave.

— Eh bien, voilà, les gars. C'est le marteau qui manquait dans la boîte à outils de Provo Frank. Il est tout ensanglanté.

Moon plissa les yeux pour examiner l'objet.

— Qu'est-ce qui vous fait croire que c'est celui de Provo ?

— Jetez un coup d'œil à ça, dit MacFie en pointant un doigt ganté sur la tête du marteau.

Deux initiales étaient gravées dans le métal : PF.

— Des empreintes sur les taches de sang ? demanda Moon.

Celles de Provo étaient forcément sur le marteau, mais si elles étaient marquées dans le sang...

— Oh, il y a des traces... comme des doigts, dit MacFie, mais on dirait qu'il portait des gants.

Moon courba la tête quand une violente rafale de vent souffla. Il aurait voulu croire que Provo, cet imbécile, n'avait rien à voir dans tout ça. Mais il était flic avant tout, il se basait sur les faits, et les preuves étaient accablantes. La question n'était pas qui avait fait le coup, mais pourquoi.

Les yeux bleus de MacFie jetaient des étincelles. Il sourit à Scott Parris.

— D'après mes conclusions, les gars, nous n'avons pas un suspect, mais deux.

Moon regarda le visage rougeaud de l'Écossais.

— Soit c'est Frank Provo qui a fait le coup, ou, ajouta MacFie d'un air rusé, c'est le type qui savait où était le cadavre. Qui savait comment il avait été cloué à l'arbre et où était l'arme du crime.

Il fit un clin d'œil à Charlie.

— J'espère que votre ami a un bon alibi pour la nuit du meurtre.

MacFie était décidé à obliger Parris à expliquer ses étonnantes déductions.

Scott Parris devint livide. Une femme avait été crucifiée, ct ce lourdaud, un officier de police assermenté, se livrait à des plaisanteries ! Un flot d'adrénaline coula dans ses veines. Il serra les poings. Oh, comme il aimerait démolir le portrait de ce petit malin ! Comme il aimerait lui faire sauter les dents ! Et si ses collègues se vexaient, ça serait encore mieux. Qu'ils viennent, tous autant qu'ils étaient... je leur refilerai leur compte.

Moon reconnut l'orage qui couvait. Il empoigna son ami par le bras et serra fort.

— J'en ai marre de ce froid, part'naire, dit-il. Viens, on va se réchauffer avec un bon petit déjeuner.

L'Indien sourit à MacFie, parfaitement inconscient de la menace.

— Vous vous en sortirez sans nous, Harry ?

— Je me débrouillerai, acquiesça l'Écossais. Allez donc au First Chance Café et dites à Daffy de mettre l'addition sur mon compte... non, dites-lui de la mettre sur le compte du célèbre État du Wyoming.

Il donna une tape dans le dos de Moon.

— Je vous retrouve dans une demi-heure, à peu près, et j'espère bien que Sherlock Holmes me dira tout. Je ne sais pas comment il a fait, mais j'ai envie qu'il me donne une leçon de flair.

Parris se calma; il reprit peu à peu ses esprits.

Moon relâcha son étreinte.

Parris tourna les talons et s'éloigna dans la neige, suivi de Charlie Moon, les jambes engourdies par le froid.

Harry MacFie les regarda partir, un large sourire aux lèvres. Ma parole, c'étaient des flics de première, et des chouettes mecs en plus! Dommage qu'ils repartent bientôt pour le Colorado! Il ne les reverrait plus jamais. Cette pensée lui arracha des larmes. Il était trop sentimental.

Il ne saurait jamais à quel point il avait été près de perdre une demi-douzaine de dents.

Il ne savait pas davantage qu'un autre feu allait bientôt s'allumer. Ni quel air mélancolique le joueur de flûte allait jouer.

Avec son enthousiasme caractéristique, Daphné versa deux grandes tasses de café. La nouvelle du cadavre cloué à l'arbre n'était pas encore parvenue jusqu'au First Chance Café, mais l'Indien savait que cela ne tarderait pas.

Scott Parris et Charlie Moon, qui s'étaient pour l'instant limités au café, avaient oublié MacFie. Moon, dont l'appétit était revenu, était plongé dans le menu quand le rouquin pénétra dans la salle en frottant ses mains rougies. Il semblait fatigué mais pas le moins du monde découragé. Il abattit une main sur l'épaule de Parris.

— Salut, les gars! Vous m'en avez laissé?

Moon poussa une chaise du bout du pied pour que le flic s'assoie; MacFie se laissa tomber sur le siège.

— Daffy! cria-t-il. Apporte-moi une omelette mexicaine avec trois œufs, trésor. Et des toasts... et un litre de café.

Daphné s'approcha en balançant ses larges hanches (langoureusement, croyait-elle).

— Gumpy ne fait plus d'omelette après onze heures du matin, tu le sais bien, Harry.

Le flic à la peau blanc pâle posa une main sur son revolver et regarda Daphné en plissant les yeux (d'un air menaçant, croyait-il).

— Ce petit morveux de mes deux sait-il que je suis armé ?

— Gumpy était en train d'aiguiser son couteau de boucher quand t'es entré. Il a dit que si tu râlais, y aurait du ris de veau au menu.

Daphné sourit et rapprocha son pouce de l'index.

— De tout petits ris de veau.

Harry secoua sa tête de rouquin d'un air faussement consterné, puis fronça les sourcils en s'adressant aux deux flics du Colorado.

— Comme vous voyez, les gars, y a plus de respect pour l'uniforme, dans ce café.

Il se tourna pour gratifier Daphné d'un sourire enjôleur.

— Tu peux dire à ton cuistot que le sergent-major Harry MacFie sera ravi d'avoir un double cheeseburger et un grand bol de piment rouge... avec des haricots.

La serveuse prit la commande gargantuesque de Charlie Moon (elle réussit à le frôler de sa jambe), une simple salade pour Scott Parris (elle fit la moue en notant ce choix), et se hâta d'aller remettre sa fiche au vieux Gumpy, qui faisait un mètre soixante, cinquante kilos, était borgne et dur de la feuille. Gumpy enseignait aussi le catéchisme le dimanche aux enfants de six à sept ans, à l'église méthodiste. Toutefois, il avait bien un couteau de boucher... aiguisé comme un rasoir... et les ris de veau étaient sa spécialité.

— Ce cuistot est un vrai jobard, marmonna MacFie d'un air sombre.

Il ôta sa veste et la posa sur le dossier de sa chaise. Il garda son chapeau mou cabossé, se frotta les mains tandis que ses yeux allaient de Moon à Parris.

— Bon, les gars, racontez-moi tout.

Parris l'ignora.

— Tout quoi ? demanda innocemment Moon.

— Jouez pas au malin avec moi, Indien de mes deux. Vous savez bien ce que je veux dire.

Il désigna Parris du pouce.

— Comment votre partenaire a fait ? Comment savait-il où était le corps de cette pauvre femme ?

Il baissa la voix.

— Comment savait-il qu'elle avait été clouée à l'arbre la tête en bas ? Et comment savait-il où était le marteau, sous cinquante centimètres de neige ?

— Ça fait quatre questions, Visage Pâle.

MacFie abattit sa main sur la table ; des clients sursautèrent ; une grosse femme renversa du café sur ses genoux et poussa un cri.

— Merde, pas de cachotteries ! J'ai un meurtre sur les bras, des paperasses à remplir... vous avez un témoin oculaire qui a tout vu, c'est évident.

Il se leva à demi de son siège, s'appuya des deux mains sur la table et fixa les grands flics d'un air furieux.

— Et j'ai bien l'intention de savoir qui c'est !

Parris, qui ne semblait pas troublé par l'esclandre du rouquin, recouvrit sa tasse de café d'une main ; il regarda la fumée s'échapper entre ses doigts.

— Je pourrais vous le dire... mais ça ne vous avancera pas.

MacFie se rassit ; il leva les bras en signe de conciliation.

— Laissez-moi en être juge, Mr. Parris. Bon, je vous écoute.

Moon se renversa sur son siège, prêt à se réjouir de ce qui allait suivre.

Parris respira un bon coup. Il posa son regard sur un lustre graisseux qui pendait du plafond au bout d'une chaîne en cuivre, à deux mètres au-dessus de la tête de

MacFie. La lampe se balançait tel un pendule. C'était presque hypnotique.

Mais Scott Parris ne dit rien.

MacFie était figé comme une statue; seuls ses yeux bleus bougeaient. Il jeta à coup d'œil vers Parris, puis vers Moon, qui s'efforçait de ne pas sourire.

— Qu'est-ce qui se passe, Charlie?

— Mon partenaire a parfois des... intuitions.

L'Écossais pinça les lèvres.

— Des intuitions?

— Et de temps en temps, elles sont même justes.

L'Indien coula un regard vers son ami.

— C'est ça qui lui a valu sa réputation.

Les yeux bleus de MacFie brillaient de colère.

— Très bien, bande de fumiers, ragea-t-il entre ses dents. Il est clair que vous avez dégoté un témoin oculaire... et, pour je ne sais quelle raison, vous ne voulez pas jouer franc-jeu.

Il plaqua ses deux mains sur ses yeux, comme s'il était sur le point d'éclater en sanglots.

— Si vous ne m'étiez pas aussi sympathiques, je vous arrêterais pour... pour...

— Entrave délibérée au cours de la justice? proposa obligeamment Moon. Complot pour faire obstacle à une enquête judiciaire...?

— Trop compliqué. Je préfère « emmerder un flic dans l'exercice de ses fonctions ».

— Ça me va, déclara Moon, pensif. Et toi, partenaire?

— Y a qu'une chose qui compte, dit Parris d'un ton égal. Retrouver Frank Provo. L'arrêter, l'envoyer en prison, le juger.

Il posa un regard froid sur MacFie.

— Ensuite... le pendre, haut et court.

— Faut d'abord l'attraper, remarqua MacFie.

Daphné arriva en courant presque; elle ralentit à

temps pour verser du café aux alentours de la tasse de MacFie et repartit servir une table de camionneurs barbus.

MacFie essuya le café renversé avec une serviette en papier.

— On dirait que Provo a trop bu et qu'il a ensuite tué sa femme, dit Moon en tapotant sa cuillère sur sa tasse d'un air songeur. Mais c'est bizarre. Je le connais depuis qu'il est gosse. J'ai même éclusé quelques bières avec lui du temps où je buvais. Quand Provo était torché, il était calme, sentimental, il lui arrivait parfois de chanter... et il s'endormait.

Moon soupira.

— Je ne l'imagine pas devenir enragé et... faire...

Harry MacFie s'était apaisé.

— Peut-être qu'il n'avait pas bu, dit-il, énigmatique. Peut-être qu'il avait... ingéré de la drogue.

MacFie remua son café, évitant le regard des deux policiers du Colorado.

Parris tiqua. La remarque ne ressemblait pas à MacFie ; il l'avait dit de manière trop désinvolte. Il savait quelque chose. Et pourquoi avoir utilisé ce terme, « ingéré » ? C'était un peu trop calé pour lui et cela suggérait que la prise de drogue n'avait pas été volontaire. Pourquoi n'avait-il pas dit tout simplement : « Peut-être qu'il avait pris de la drogue » ?

Moon regardait par la fenêtre. Un peuplier se courbait dans le vent.

— De la drogue ?

Tout était possible. Mais ça ne ressemblait pas à Provo. D'un autre côté, cela faisait quatre ou cinq ans qu'il ne le voyait plus. Non, la drogue, c'était exclu.

— D'où tenez-vous cette idée que Provo était sous l'influence de la drogue quand... il a tué sa femme ? demanda-t-il sans regarder MacFie.

— Euh...

MacFie posa un doigt sur sa tempe et déclara avec solennité :

— Moi aussi, j'ai des intuitions.

Il se renversa sur son siège et gloussa de satisfaction.

Parris se sentit pâlir. Il avait commis une erreur. Il aurait dû boxer ce gros malin et lui faire sauter les ratiches.

Derrière son bureau, Harry MacFie contemplait Lizzie Roze, assise en face de lui sur une chaise inconfortable. Le gros Sam faisait les cent pas comme un ours en cage ; il fouilla dans ses poches et trouva un paquet froissé de Lucky Strike.

— On ne fume pas, ici, dit le sergent MacFie d'une voix douce.

Il désigna la pancarte accrochée au mur au-dessus de lui qui signifiait l'interdit en grosses lettres rouges. Sam marmonna quelque chose entre ses dents et rangea le paquet dans sa poche.

S'il avait suivi les règles, MacFie les aurait interrogés séparément. Il aurait enregistré leurs dépositions et les aurait comparées. Mais il suivait rarement les règles. Et il préférait les avoir tous les deux devant les yeux afin de surprendre d'éventuels signes de connivence.

Il fronça les sourcils en regardant le classeur qu'il avait placé stratégiquement sur son bureau, puis leva les yeux sur Lizzie.

— Nous avons recueilli de nombreux renseignements sur le meurtre de Mary Frank, mais j'ai besoin de savoir ce que son mari a fait. Surtout le soir de sa mort.

Il déplaça le dossier afin que le titre soit facilement lisible.

État du Wyoming
Révocations de la licence IV
Causes/Décision finale

Il avait bourré le classeur de rapports hebdomadaires sur la réparation des véhicules de la police de la route.

— On dirait que toi... et que Sam...

Il adressa un sourire aimable à l'obèse.

— On dirait que vous êtes les deux derniers à avoir vu Mr. Frank avant qu'il ne retourne au motel. Vous allez donc pouvoir m'aider à remplir les blancs. Vous savez, et je vous parle en ami...

Il coula un œil vers le classeur.

— ... c'est votre intérêt de coopérer.

Lizzie s'efforça de ne pas regarder le classeur, mais il l'attirait comme un aimant.

— On t'a déjà tout dit. Il est venu. Il a bu un verre de whisky et il est reparti.

MacFie prit des notes sur la deuxième page du calepin qu'il tenait contre sa poitrine, comme une main particulièrement heureuse au poker.

2 demi-litres de lait
douze œufs, gros
Coca, light
hamburger, allégé
chips, sans sel

Il prit son temps pour compléter sa liste de commissions, rabattit la première page et leva les yeux vers Sam.

— C'est marrant, la mémoire.

Ses yeux bleus étaient aussi froids qu'un jour de décembre.

— Au mieux, elle n'est pas parfaite. Et quand on vieillit, ça empire. Tu dis que Mr. Frank a bu un verre de whisky. Quand je suis passé à ton établissement, Sam, ici présent, m'a dit que Provo Frank avait commandé une bière.

MacFie leva un doigt.

— Une seule bière.

Il parut se souvenir d'un détail, et reprit sa liste.

Coors, légères, un pack de douze

Le gros Sam tourna le dos au flic ; il regarda une mauvaise aquarelle.

MacFie sourit à Lizzie.

— Bon, c'est pas grave, l'un de nous se trompe.

Il fixa son regard sur les plis graisseux de la nuque de Sam et tapota un stylo sur ses phalanges.

Tic... tic...

Il patienta.

Tic... tic... tic...

Lizzie sourit ; elle voulait que MacFie sache à quel point elle se moquait de sa tactique éculée. Elle avait néanmoins les mains froides.

Le stylo continuait à battre la mesure.

Tic... tic... tic... tic...

Sam croisa les mains derrière son dos. Il s'éclaircit la gorge. Il décroisa les mains et les fourra dans ses poches. Il trouva un bonbon à la menthe au fond de l'une d'elles, défit l'emballage et, d'une pichenette, goba le bonbon. Il commença par le sucer avec ardeur, puis se mit à le croquer.

On dirait un cochon qui mange du maïs, songea MacFie.

Malgré le bruit de ses mâchoires, Sam entendait toujours le métronome du stylo à bille sur les phalanges de MacFie. Lorsque le goût de la menthe se fut estompé, Sam se balança d'avant en arrière.

Le tic-tic s'arrêta soudain ; les épaules de Sam se crispèrent.

Le silence devint lourd. Même Lizzie commençait à s'énerver.

Un gros nuage passa devant le soleil et la pièce s'assombrit. Sam fut soudain la proie d'un étrange fantasme. Et si Lizzie et cet emmerdeur de flic avaient quitté la pièce ? Et s'il était resté tout seul... s'ils étaient dans le couloir... s'ils se moquaient de lui et qu'ils attendaient de voir combien de temps il resterait ainsi ? Bientôt, il n'y tint plus ; il tourna lentement le cou afin de voir par-dessus son épaule. Lizzie était toujours là... et le flic était derrière son bureau, ses yeux bleus riaient d'une plaisanterie secrète.

MacFie se remit à tapoter son stylo sur ses jointures. Lentement.

Tic... tic...

Lizzie faillit dire quelque chose. Elle se persuada qu'elle n'avait pas peur de cet affreux rouquin perché derrière son bureau tel un pivert joufflu. Mais quand elle voulut ouvrir la bouche, son cerveau refusa d'obéir. C'était comme lorsqu'on veut aspirer et déglutir en même temps.

MacFie attendait. Il tapotait toujours son stylo. Plus vite, maintenant... le métronome suivait le rythme cardiaque de l'obèse.

Tic... tic... tic...

On aurait dit que Lizzie se mordait la langue. MacFie savait qu'elle pourrait rester impassible indéfiniment. Mais le gros Sam était du genre nerveux ; il finirait par craquer.

Le métronome accéléra. Tic. Tic. Tic.

Tout à coup, Sam pivota sur les talons et hurla :

— Bon, d'accord, il a peut-être bu un whisky. Peut-être même plus d'un !

MacFie cessa son manège ; il vit le soulagement sur le visage de l'obèse. Comme le beurre qui fond sur une tartine chaude, songea-t-il.

— Si tu devais faire une estimation... tu dirais qu'il a bu combien de verres ?

Sam loucha vers Lizzie ; elle paraissait l'ignorer. Ou se désintéresser de l'affaire.

— Merde, Harry, j'ai pas fait le compte. Trois. Quatre, peut-être.

Des gouttes de sueur perlaient sur le front plissé du

gros barman; il avait le souffle court, comme s'il venait de grimper cinq étages.

— Bon, disons plusieurs verres, dit MacFie, conciliant.

Il se tapa sur les phalanges avec son stylo d'un coup sec et vit la mâchoire de l'obèse se crisper. Il suspendit son geste.

— Quel effet l'alcool a-t-il eu?

Sam ouvrit la bouche, vit le regard de Lizzie, ses yeux froids de reptile, et la referma aussitôt. Il tourna de nouveau le dos au flic. Tu peux tambouriner sur tes jointures, fumier d'Écossais, je ne dirai plus rien.

Lizzie était plus maligne que lui. Elle croisa les jambes, sa robe noire ramenée bien au-dessus du genou.

Malgré lui, MacFie resta bouche bée.

Lizzie sourit au flic. Les hommes étaient tous pareils.

— Ça arrive qu'un client boive plus que de raison, Harry. Nous avons un problème d'assurance.

Elle coula un œil vers le dossier menaçant sur le bureau de MacFie.

— Si un client sort de mon établissement et provoque un accident de voiture, la partie adverse risque de me poursuivre. De faire fermer le bar, même.

Le regard de MacFie alla de son joli minois à ses ravissantes jambes. Il acquiesça d'un air bête. Il connaissait la loi sur la responsabilité des débits de boissons, bien sûr. Il se souvenait d'une affaire où un homme avait dû fermer son établissement après avoir perdu un procès de dix millions de dollars. Un ivrogne avait renversé une fillette en sortant de son bar. MacFie respira lourdement; il se força à ne regarder que le visage de Lizzie, puis répéta sa question.

— Quel effet l'alcool a eu sur Mr. Frank?

— Comme d'habitude, répondit Lizzie. Il est devenu un peu trop bruyant.

Elle regarda Sam qui avait fermé les yeux. Et la bouche.

— J'ai dû lui demander de partir.

MacFie détacha ses yeux de la femme pour les reporter sur la nuque du gros Sam. Le barman sentit le regard et frissonna.

— Sam? Tu as quelque chose à ajouter?

Le barman ne répondit pas.

— Tu allais parler au sergent MacFie du coup de téléphone, dit Lizzie d'une voix douce, presque rassurante.

Sam laissa tomber ses épaules, soulagé. Il se retourna et regarda MacFie dans les yeux.

— Ah oui, j'allais oublier!

Il déglutit. Sa pomme d'Adam tressauta.

— Il a passé un coup de fil. Depuis notre cabine téléphonique.

Il sortit son portefeuille, prit un morceau de papier et le tendit à MacFie.

— Vous voulez le numéro?

MacFie ouvrit de grands yeux.

— Tu as le numéro qu'il a demandé?

Lizzie s'esclaffa.

— Non, inspecteur principal MacFie.

Elle détacha ses syllabes, comme si elle s'adressait à un enfant retardé.

— Sam te propose le numéro de notre cabine située à l'intérieur du saloon de la Jarretière Roze.

Elle se leva, drapa un vison luisant autour de ses épaules carrées et quitta le bureau. Le flic entendit ses hauts talons cliqueter dans le couloir. Il fut surpris de s'apercevoir qu'elle lui manquait. Enfin, admit-il, c'était surtout ses longues jambes d'albâtre qui lui manquaient.

Il avait oublié le barman.

Sam gratta son gros ventre; un pan de chemise dépassait de son pantalon. Il regarda vers la porte d'un air plein d'espoir, puis reporta son attention sur MacFie, et déposa le morceau de papier sur son bureau.

— Oui, Sam, soupira le sergent-major, tu peux aller rejoindre maman.

Lorsque les pas du barman se furent estompés dans le couloir, MacFie empoigna son téléphone, composa un numéro à Cheyenne et attendit. Une femme répondit au bout de quatre sonneries.

— Betty chérie? Oui, c'est Harry MacFie, à Bitter Creek. J'ai besoin de retracer un coup de fil.

Betty lui demanda certains renseignements. MacFie patienta en tapotant son stylo sur l'arête de son nez.

Betty interrogea son ordinateur pour obtenir les données sur les coups de téléphone longue distance, attendit que l'écran se stabilise, entra le numéro de téléphone de la cabine du saloon de la Jarretière Roze et la date du coup de fil. Le renseignement ne mit que cinq secondes à lui parvenir. Le jour en question, on n'avait passé que deux coups de téléphone depuis la cabine. Le premier un peu avant midi, le second à 20 h 16 précises, vers le Colorado. À Ignacio. Betty entra une nouvelle demande et obtint l'identité du correspondant.

MacFie cessa de se tapoter le nez; il utilisa son stylo pour noter l'information que lui transmit l'obligeante Betty à Cheyenne. Après avoir terminé, il la remercia et raccrocha. Un sourire amer étira les lèvres du policier. À moins de descendre dans le sud du Colorado et d'interroger la personne lui-même, il devrait s'en remettre au flic indien. Charlie Moon, qui savait parfaitement comment son partenaire avait obtenu les détails du meurtre de Mary Frank. Il y avait un témoin oculaire, mais pour une raison qu'il ignorait, ils refusaient de lui dire son nom. Était-ce la fille des Frank? En pensant que la fillette avait vu son père clouer sa mère à un arbre, MacFie frissonna.

L'espace d'un instant, l'Écossais têtu songea à faire le voyage jusqu'à Ignacio, plutôt que de partager ses informations avec Moon. Mais c'était un sacré long trajet et il ne pourrait sans doute pas interroger le quidam sans l'aide du policier ute. Il grinça des dents et décida d'appeler Moon. Tout de même, ça lui faisait mal au cœur que l'Indien et son ami refusent de le mettre dans la confidence. Les salauds !

Le sergent-major Harry MacFie aurait dû faire le voyage. Et rester au Colorado jusqu'à ce que les feuilles des trembles roussissent et soient emportées par les vents. Ç'aurait mille fois mieux valu pour lui.

13

Ignacio, Colorado
Quartier général tribal des Utes du Sud

Charlie Moon, les mains croisées derrière le dos, se tenait devant le président de la tribu des Utes du Sud.

Austin Sweetwater finissait son premier mandat. Ç'avait été comme une paire de bottes neuves luxueuses ; on les porte avec une certaine fierté, mais elles sont encore inconfortables. Cependant, de même qu'on ne jette pas des bottes neuves, Austin aurait préféré marcher à cloche-pied plutôt que d'abandonner son bureau. L'élection aurait lieu dans peu de temps et il affrontait un sérieux adversaire. Les sondages publiés par le *Southern Ute Drum* donnaient Martha Tonompicket légèrement gagnante.

Le chef des Utes mâchonnait un cigare éteint ; il arpentait le bureau sous le trophée d'un bison, symbole de la tribu. Finalement, il ôta le cigare de sa bouche et fixa le mégot comme s'il ne savait pas ce que c'était.

Charlie Moon réprima un sourire. Austin était un brave homme, mais il n'était pas fait pour être le chef de la tribu.

— Donc, fit Austin Sweetwater, vous arrivez juste du Wyoming ?

Le policier ute acquiesça.

— La tribu a décidé de s'associer à la récompense offerte par les Papagos pour l'arrestation du meurtrier de Mary Frank. Ça sera annoncé dans le *Drum* de la semaine prochaine.

Maintenant, le chef lisait peut-être même la page des offres d'emploi. En pensant cela, Moon ne put cacher un sourire.

— N'importe qui peut gagner la récompense? demanda-t-il plein d'espoir. Même un flic?

Le ventre du chef tressauta lorsqu'il éclata de rire comme un âne.

— Vous rêvez, Charlie!

Austin considéra le policier d'un air songeur; il se souvint de son nom ute. Laisse-pas-de-Traces était l'objet de bien des légendes. Et certaines étaient peut-être même fondées. Cependant, Mary Frank était morte et Charlie Moon n'avait pas retrouvé Provo. On disait que ce géant était un policier hors du commun. C'était aussi un homme de parole. S'il promettait quelque chose, il s'y tenait. Mais bien qu'il fût populaire, Charlie Moon était difficile à cerner. Le chef se demanda pourquoi Moon ne montrait pas d'ambition politique. Sans doute par paresse. Les grands étaient souvent lents à la détente et paresseux. Maintenant qu'il avait classé Moon dans une catégorie, il se sentit mieux. Pour Austin Sweetwater, tout le monde devait entrer dans une case. Sa femme lui avait dit un jour qu'il avait une âme d'épicier. Il avait pris cela comme un compliment. Les épiciers qui le connaissaient se seraient sentis insultés. Ils auraient même été chagrinés.

Austin ficha son cigare mouillé entre ses dents noircies par la nicotine et essaya de nouveau.

— Le meurtre de Mary Frank... euh... était-ce aussi... euh, macabre que le disent les journaux?

On ne faisait pas parler Charlie Moon aussi facilement.

— C'était plutôt moche.
— Et Provo? s'impatienta Austin.
Moon feignit l'ignorance.
— Quoi, Provo?

Austin se retourna brusquement et fixa le visage impassible du policier.

— Où est cet assassin, Charlie?
— Nous ne savons pas.

Le chef s'assit derrière son bureau massif. Telle une minuscule grenouille sur un nénuphar, il paraissait tout petit et le bureau trop grand. Il s'adossa et posa ses bottes neuves sur la surface polie. Cette attitude, pensait-il, lui donnait un avantage psychologique sur le policier qui avait, à l'évidence, du respect pour les hommes haut placés. Austin prit son cigare, l'écrasa dans un cendrier rutilant et le fourra dans la poche de sa veste.

— Peu avant la mort de sa femme, dit Moon, Provo Frank a téléphoné à votre bureau.

Il attendit.

Les yeux d'Austin s'agrandirent.

— C'est vrai, il a appelé ici. Je ne savais pas que c'était le même jour...

— C'était le même soir.

Le chef jeta un coup d'œil au réveil sur son bureau. Presque l'heure de fermer et de rentrer à la maison.

— Vous voulez savoir ce qu'il m'a dit?
— Oui, ça risque d'être intéressant.

Moon s'assit sur le bureau du chef et se demanda si Austin allait lui ordonner d'ôter ses fesses de là. Et si oui, comment il réagirait. Obéirait-il? Oui, peut-être.

Austin fit semblant de ne pas voir le fessier du grand Ute.

— Provo déblatérait pas mal. Il parlait d'un objet sacré sur lequel il avait mis la main. Il riait, sans doute avait-il bu, et ce fumier s'est mis à siffler... il m'a sifflé dans l'oreille!

Le chef se tira le lobe de l'oreille. Le policier fronça les sourcils.

— Il a dit autre chose ?

— Laissez-moi réfléchir.

Austin Sweetwater chercha le cigare dans sa poche ; il s'émietta sous ses doigts. Il s'essuya la main sur son pantalon.

— Ah, oui ! Il voulait que je convoque une réunion spéciale. Avec les élus et les anciens de la tribu. La totale.

Moon sortit son calepin, trouva une page vierge et écrivit :

Provo F. appelle Sweetwater — objet sacré
Siffle — conseil des anciens

— Pourquoi exigeait-il une réunion du conseil des anciens ?

Moon avait du mal à imaginer Provo Frank parlant devant un conseil tribal ; il mettait rarement les pieds dans la réserve et n'avait jamais témoigné d'un intérêt particulier pour les affaires de la tribu.

— Il ne l'a pas dit. Ensuite, il y a eu des parasites sur la ligne. Je l'ai entendu dire quelque chose à propos de « trente-huit », j'ai pensé qu'il parlait d'un pistolet. Après, il s'est excité et a commencé à se vanter de devenir un personnage important. J'ai cru qu'il était saoul ou je ne sais quoi, et j'ai raccroché.

Oui, songea Moon, saoul ou *je ne sais quoi*. Il nota « 38 » sur son calepin, se leva et regretta d'avoir pris Austin à la légère.

— Il a ajouté autre chose ?

Austin parut réfléchir, tel un collégien devant un problème d'algèbre le jour d'un examen.

— Maintenant que vous le dites, oui, il y a eu quelque chose d'assez singulier.

— Singulier ?

Le chef leva les yeux et se gratta les plis du menton.

— Il a exigé que je m'assure que Marche-en-Dormant soit présent à la réunion. Ce type doit avoir dans les cent ans, Charlie, et il est aveugle comme une taupe.

De plus, se rappela Austin, il ne vote jamais pour les élections tribales.

— Marche-en-Dormant, répéta Moon.

Il fouilla dans sa mémoire. Marche-en-Dormant avait été nommé président l'année où le chef était mort des suites d'un accident de cheval. Cela avait été une mauvaise année pour la tribu. Marche-en-Dormant avait occupé le fauteuil de chef des Utes du Sud pendant cinq mois, et il avait démissionné sans explications. Cela faisait bien longtemps.

C'était en 1938.

Charlie Moon arrêta son Blazer dans la cour poussiéreuse.

— C'est là, dit-il à Parris.

Une Toyota rouge presque neuve était garée devant la vieille maison en pisé au toit de tôle ondulée. Les fenêtres avaient besoin d'un bon coup de pinceau. À côté de la maison, à l'ombre d'un peuplier blanc à longues feuilles, une Mercury verte sans roues de 1952 stationnait en équilibre sur des parpaings.

Moon coupa le moteur et empocha les clés. Il avait entendu des histoires sur l'aveugle. Marche-en-Dormant ne conduisait plus depuis que la Mercury avait coulé une bielle près de quarante ans plus tôt. Le pick-up Toyota appartenait à sa petite-fille, qui travaillait comme serveuse au Sky Ute Lodge. Myra, qui pesait à peine plus de quarante kilos, avait deux enfants à charge. Son bébé et son grand-père.

Personne n'avait remarqué l'arrivée des deux policiers.

Scott Parris suivit le Ute jusqu'à la porte. Moon

frappa. Un papillon blanc s'envola, mais il n'y eut pas de réponse. Le Ute attendit un temps qui parut interminable à son compagnon *matukach*, puis frappa de nouveau. Cette fois, on entendit des bruits de pas traînants.

Une jeune femme pieds nus ouvrit la porte ; elle se penchait sur le côté pour faire contrepoids au bébé nu qu'elle portait sur la hanche. Une robe de coton grise pendait sur ses épaules comme un sac de pommes de terre. Le bébé brandit un ours en peluche pour que les visiteurs le voient. Le rembourrage dépassait du cou et la tête ne tenait plus que par quelques fils marron.

La jeune mère leva les yeux sur Moon d'un air inquiet. Elle regarda brièvement l'étranger dont le visage était à moitié caché par l'ombre de son feutre. C'était un bon visage ; des yeux clairs et honnêtes. Une bouche qui souriait facilement, même si une aura de mélancolie timide assombrissait ses traits. La jeune mère trouva l'ensemble séduisant. Et il ne portait pas d'alliance ! Myra tortilla nerveusement une mèche entre ses doigts. Mince, pourquoi Charlie ne lui avait-il pas téléphoné avant d'amener ce si bel homme ? Elle envisagea de donner un coup de poing dans le ventre du policier ute, mais cela n'aurait servi à rien. Charlie Moon, ce géant, ne comprenait rien à rien, et ne changerait jamais. Ah, les hommes... des andouilles !

— Myra, je te présente Scott Parris.

La jeune femme courba la tête quand l'étranger ôta son chapeau ; elle sourit presque. Le bébé bava et marmonna des mots inintelligibles. Ayant dit ce qu'il avait à dire, il se désintéressa des visiteurs et mâchouilla paisiblement le nez de son ours en peluche.

Moon regarda au-delà de la jeune femme.

— Nous voulons parler à ton grand-père.

Elle ouvrit la porte en grand et leur fit signe d'entrer. Ils suivirent la jeune femme, qui semblait presque une enfant, dans une chambre à coucher qui avait de larges fenêtres sur trois côtés. Une mouche bourdonnait entre les moustiquaires. Le léger vent qui soulevait les rideaux de coton blanc ajoutait à l'atmosphère de tranquillité. Mais même avec la brise fraîche, et malgré le léger flottement des rideaux, la chambre était la salle d'attente d'un vieil homme qui avait rendez-vous avec la mort.

L'homme assis dans le rocking-chair était réellement très vieux, et maigre à ressembler à un cadavre, mais ses cheveux argentés étaient drus comme l'herbe au printemps. Le seul signe de vie était le souffle rythmique de la pipe en bruyère qui pendait de sa bouche.

La jeune femme lui murmura quelques mots à l'oreille. Il pencha la tête sur le côté et regarda vers les visiteurs de ses yeux laiteux.

— Je ne vois pas très bien, croassa-t-il, mais j'imagine que le grand, celui qui ressemble à un élan, c'est Charlie Moon.

Il ne pouvait bien sûr pas dire le nom indien de Moon devant le *matukach*.

Moon s'approcha et toucha la manche du vieil homme.

— C'est moi, grand-père. Et voici Scott Parris. C'est le chef de la police de Granite Creek. Scott est mon ami, ajouta-t-il d'un air éloquent.

— Ha, tout le monde a entendu parler de ce *matukach*, l'ami de Charlie Moon. On m'a rapporté certaines grandes choses que vous avez faites ensemble.

Sans doute des mensonges, comme les jeunes vantards avaient coutume de raconter autour d'un feu de camp après une chasse au bison ou un raid contre les Cheyennes.

— Vous pouvez vous asseoir, indiqua le vieux d'un geste.

Myra coula un regard timide vers Scott Parris, puis quitta la pièce.

Les policiers s'assirent sur des chaises en bois à dossier droit.

Le vieil homme pointa sa pipe sur Parris.

— Ce *matukach* sait-il qui je suis?

Moon jeta un coup d'œil à son « part'naire » et sourit.

— Il sait que vous êtes vieux et plein de sagesse.

— Il sait donc que tu es jeune et plein de vent.

Un rire silencieux secoua le centenaire.

— Je suis vieux, en effet, et naïf... j'aime donc les compliments, même quand je sais qu'ils ne sont pas sincères.

Il exhalait de la fumée à chaque mot.

— Donc, dit-il en se tournant vers Parris, tu es de Granite Creek. Ma famille y campait près de Salt Mountain pendant la Lune de l'Herbe Grasse. C'était il y a bien longtemps, quand les Blancs creusaient des trous dans la roche pour avoir le métal d'argent. Nous pensions que tous les *matukach* étaient fous.

À son expression amusée, il était clair que Marche-en-Dormant n'avait trouvé aucune raison de réviser son jugement.

— Grand-père, dit Moon, nous sommes venus vous parler de graves problèmes.

Il y avait tellement de problèmes... pourquoi les jeunes voulaient-ils toujours se les rappeler? Le vieil homme, lui, cherchait à les oublier... et à dormir. Il hocha la tête; une expression mélancolique passa de ses yeux à sa bouche.

— C'est à propos du fils de Peter Frank... Provo? J'ai appris ce qui était arrivé à sa femme. C'est mauvais.

— Oui, acquiesça Moon.

Marche-en-Dormant regarda sa pipe et sa main ridée d'un œil morne, mais ne vit que des ombres.

— Provo Frank est allé voir Blue Cup dans le Wyoming, assura Moon.

Marche-en-Dormant haussa un sourcil broussailleux.

— On m'a soutenu que Provo Frank avait volé quelque chose qui appartenait à Blue Cup, déclara le policier ute. Un objet de valeur.

— Les jeunes, dit le vieillard, font parfois des bêtises. Oh, comme il se rappelait sa propre jeunesse!

— Le soir où sa femme est morte, dit Moon, Provo Frank a passé un coup de fil à Austin Sweetwater. Lorsqu'il serait à Ignacio, il voulait parler au conseil des anciens. Il voulait que vous soyez présent et a mentionné « 38 ». C'est en 1938 que vous avez été chef tribal. Tout ce dont vous vous souviendrez me sera utile, mais, rusat-il, ça m'étonnerait que vous vous rappeliez ce qui s'est passé il y a si longtemps.

— Me rappeler, fit Marche-en-Dormant, me rappeler? C'est ce que les vieux savent faire de mieux. Oui, nous nous rappelons... et des fois...

Sa voix mourut en un murmure imperceptible.

— Des fois... nous essayons de ne pas nous rappeler.

Le vieil homme cessa de se balancer; il laissa reposer sa tête sur le coussin attaché au dossier du fauteuil. Il posa sur le plafond un regard vide qui ne voyait rien. Souvenirs! Il essaya de compter les hivers depuis cet été lointain, quand le Sioux était venu à Ignacio dans sa grosse Packard noire. Oui... les ennuis avaient commencé avec l'arrivée de Nez Percé. Il devrait peut-être parler à Moon de la visite du Sioux... tout avait été de travers. Un brave homme s'était retiré de la vie tribale pour vivre en dehors du Peuple. Un jeune homme avait quitté la tribu pour toujours. Ces vieux ennuis... avaient blessé le Peuple pendant de nombreuses années. Peut-être qu'en en parlant la malédiction reviendrait.

Scott Parris bougea sur son siège; les pieds de la chaise craquèrent.

Marche-en-Dormant sursauta; il tourna la tête vers l'origine du bruit. Il avait oublié la présence du Visage Pâle. Ce que Moon voulait savoir était du domaine privé de la tribu. Ce n'était certainement pas fait pour des oreilles *matukach*.

— Je ne sais pas si je m'en souviens.

— Il y a des rumeurs sur des problèmes qui remontent à 1938.

Marche-en-Dormant sourit d'un sourire édenté que Scott Parris trouva incroyablement comique.

— Les rumeurs courent parmi le Peuple comme la fièvre d'un malade à un homme bien portant. Ces rumeurs ont beaucoup de parents, et beaucoup d'enfants.

Il ferma les yeux et se balança dans son rocking-chair.

Charlie Moon coula un regard vers Scott Parris, puis vers le vieil homme.

— Grand-père, j'ai besoin de savoir si...

— Va-t'en! fit Marche-en-Dormant avec un geste impatient. J'ai sommeil.

Moon s'y était attendu. Il se leva, plana un instant au-dessus de la frêle silhouette ratatinée.

— Si vous pensez à quoi que ce soit...

Le menton du vieillard tomba sur sa poitrine. Quelques secondes plus tard, il ronflait.

Moon regarda la petite-fille qui se tenait sur le seuil. Le gros bébé semblait greffé sur sa hanche; il tétait avec ravissement un biberon de lait froid. Il était maintenant habillé d'un costume de marin bleu et blanc. Une casquette de base-ball trônait de guingois sur sa tête sphérique; elle portait l'emblème des Broncos. Un canard en caoutchouc avait remplacé l'ours en peluche maltraité.

Myra Cornstone était toujours pieds nus, mais elle avait revêtu une ravissante robe en tissu imprimé: fleurs roses sur fond bleu clair. Ses cheveux de jais étaient brossés et luisants.

Elle jeta un coup d'œil vers Scott Parris, puis gratifia son grand-père d'un sourire affectueux.

— Il risque de ne pas se réveiller avant des heures, dit-elle.

Le policier ute coiffa son chapeau.

— Dis à ton grand-père... que s'il se souvient de quelque chose...

Myra acquiesça, puis dégagea une mèche de cheveux noirs de son front.

— Je ne crois pas qu'il ait jamais oublié quoi que ce soit de sa vie.

Elle riva ses yeux dans ceux de Scott Parris.

— Vous viendrez écouter ce que mon grand-père a à dire ?

La question semblait pleine d'espoir.

Parris rougit.

— Oh... oui, bien sûr ! Je viendrai si Charlie me dit que vous avez... euh, que votre grand-père a envie de me voir... euh, de nous voir.

Myra se lécha la lèvre supérieure.

— Je vis seule ici avec grand-père... et mon bébé.

Elle sourit avec amour à son nourrisson dont la peau récemment lavée était rouge.

— C'est mon petit Chigger Bug. Grand-père l'appelle CB pour faire court.

C'était comme si Charlie Moon n'existait pas. Toute son attention était rivée sur Scott Parris.

— Vous pouvez venir quand vous voulez.

Ses yeux brillaient d'un feu mystérieux ; l'ombre d'un sourire étirait ses lèvres qu'elle avait fardées.

— Pour voir grand-père, bien sûr.

Chigger Bug sourit au policier *matukach*. Il jeta le canard en caoutchouc et tendit une main potelée vers Parris tandis que l'autre agitait le biberon.

— Gabba... dababba... dadda...

Moon sourit à son « part'naire » ; Parris passa un doigt sous le col de sa chemise et ses oreilles virèrent au rouge.

— Eh bien, bredouilla-t-il... Charlie... m'appellera si... c'est que... je ne viens pas souvent ici... et...

Une ombre de déception passa dans les yeux de Myra. Elle changea de position pour soulager sa hanche.

— Quand grand-père sera prêt à parler, dit-elle en regardant Moon, je l'amènerai au poste.

D'un geste qui fit voleter ses cheveux, elle se retourna et quitta la chambre à coucher du vieillard.

Moon abattit son énorme main sur l'épaule de Parris.

— Eh bien, part'naire... Je ne sais pas comment tu fais, mais tu as le chic avec les femmes.

Scott Parris chercha une repartie. C'était toujours la même histoire. Les choses finissaient mal avec les femmes. Mais qu'avait-il donc fait au bon Dieu ?

Même pour un vieux, Marche-en-Dormant a connu beaucoup de Lunes de l'Herbe Grasse et autant de Lunes des Feuilles Mortes, cent une. Il est las d'une si longue vie. Son père était mort d'une flèche dans la gorge, sa mère s'était brisé la nuque en tombant d'une mule. De tels malheurs éteignent vite la vie. Mais une centaine d'hivers refroidissent la flamme, la dernière étincelle meurt, ne laissant que des cendres pour réchauffer l'âme. Les cendres deviennent froides à leur tour. Alors seulement, l'esprit s'en va.

Même ici, dans la précieuse terre de son enfance, parmi les mesas bleu pur, à l'ombre des monts San Juan, dans les vallées fertiles où coulent les eaux douces du Piños et de la Piedra — même ici, la vie porte en elle le germe de la mort. C'est nécessaire. C'est utile.

Par la douce nuit d'automne, allongé sur son lit en fer, Marche-en-Dormant frissonne sous une couverture de coton neuve. Ses yeux aveugles s'agitent sous les paupières. Lorsque vient l'heure du rêve, l'aveugle distingue les formes et les couleurs.

Le vieil homme rêve.

Dans sa vision, Marche-en-Dormant est debout devant un petit pré bordé sur tous les côtés par d'épais bosquets de pins. Il sent la chaleur du soleil dans son dos. Devant lui se dresse une maison comme celle que construisent les *matukach*. Les hommes blancs adorent les carrés et les rectangles. Ah... ces Européens n'ont jamais compris la valeur du cercle, qui ne connaît ni début ni fin, où il n'y a pas de coins sombres pour que les fantômes s'y dissimulent.

C'est une petite maison avec une porte ouverte. Marche-en-Dormant se sent planer au-dessus de l'herbe, il vole vers la maison de briques rouges. Il franchit le seuil. Le soleil a disparu ; il fait froid à l'intérieur. Comme au fond d'un puits.

Il n'y a qu'une seule pièce... qui s'avère plus grande que la maison. Les rêveurs ne s'arrêtent pas à ce genre de contradictions. Un papier peint violet foncé habille les murs. Le plafond est blanc, et du milieu, au bout d'une chaîne en cuivre, pend un chandelier qui supporte plusieurs bougies. Un tapis brun recouvre tout le plancher, délavé ici et là par les rayons du soleil qui filtrent par les fenêtres à meneaux.

Dans son rêve, l'aveugle ne regarde pas avec les yeux ; c'est pourquoi il voit chaque détail du tapis usagé, du hideux papier peint, du plafond de plâtre, des bougies sur le chandelier en fer forgé. La pièce est presque vide ; pas de table, pas de lampe, pas de lit. Il n'y a que trois chaises en bois à dossier droit. L'une d'elles est inoccupée, comme dans l'attente que quelqu'un vienne s'y asseoir. Les deux autres se font face et soutiennent un cercueil verni.

Le vieil homme s'aperçoit alors qu'il rêve. Et peut-être, peut-être seulement, ne voit-il pas ce qui est, mais ce qui doit advenir.

— Ah, murmure-t-il, le cercueil est pour moi ? J'espère qu'il est confortable et douillet.

Il pianote sur le bois, est content de le trouver solide, et soulève le lourd couvercle à deux mains.

Marche-en-Dormant se penche pour examiner ce qu'il y a dans le cercueil. Il fouille des yeux la brume froide qui s'élève et est assez déçu par sa découverte. Un corps occupe déjà la boîte. La brume tourbillonnante empêche de voir le visage de l'occupant, mais le vieil Ute est sûr de deux choses.

La première, c'est que ce n'est pas son corps.

La seconde est celle-ci : il retournera un jour dans cet endroit.. et il verra le visage du cadavre.

14

Wyoming
Le saloon de la Jarretière Roze

La femme en noir se tenait près de la porte du saloon ; elle cherchait dans un petit sac les clés de son automobile aérodynamique. La lèvre inférieure du gros Sam trembla.
— Tu seras partie combien de temps, Lizzie ?
— Le temps qu'il faudra.
— C'est que... c'est vraiment calme quand t'es pas là.
Elle sortit une paire de gants en daim noir.
— Les affaires sont les affaires.
Elle lui souffla un baiser et s'esclaffa.
Il resta sur le seuil pour regarder d'un air morose la rutilante Mercedes noire s'engager sur la route à quatre voies. Il attendit que les feux disparaissent dans la nuit, referma la porte et battit en retraite dans la pénombre poussiéreuse du saloon de la Jarretière Roze.

Derrière la fenêtre sale de la chambre 1, située à l'extrémité du City Limits Motel, Aggie Stymes regardait la Mercedes s'éloigner. La femme qui portait une jarretière rose sur sa cuisse (disait-on)... conduisait une voiture de luxe.

— Garce ! marmonna Aggie. Salope !

La femme au regard dur alluma une cigarette et souffla la fumée contre la vitre.

— Un de ces jours, Lizzie... tu auras affaire à moi... et pour de bon.

Pays shoshone

Le nom du grand homme était Washakie, ce qui dans la langue uto-aztèque de sa tribu adoptive signifie « Crécelle de calebasse ». De nombreuses légendes courent sur le chef shoshone. Et le plus extraordinaire, c'est qu'elles sont souvent authentiques. L'une d'elles concerne un fait qui s'est passé en 1866, quand le peuple féroce qui s'appelait Crow vint chasser le bison le long de la Wind. Ils campèrent effrontément en territoire shoshone, près d'une grosse montagne au sommet aplati. Washakie, le chef des Shoshones, était un homme d'une grande sagesse qui détestait exposer son peuple aux terreurs et au gâchis de la guerre. Mais le problème était grave. Les Shoshones étaient une petite tribu et les Crows qui campaient sur la rive, très nombreux. Il était aussi de notoriété publique que ces Crows étaient des guerriers intrépides qui méprisaient le danger. Mais ignorer leur intrusion revenait à avouer que les Shoshones ne pouvaient défendre leurs terres.

Washakie prit le conseil des anciens et écouta aussi les paroles intempestives des fougueux jeunes gens qui voulaient attaquer les Crows sans attendre. Ils n'avaient pas peur de mourir, disaient-ils. Toute la nuit le chef réfléchit. Et au matin, voici ce qu'il fit. Il envoya un éclaireur exiger solennellement que les Crows quittent aussitôt les terres Shoshones. Par mesure de conciliation, il proposait que les Crows chassent près des montagnes de Owl Creek, où se trouvaient de nombreux élans. L'éclaireur était accompagné de son épouse afin de montrer que sa mission était pacifique.

Les Crows arrogants ne furent pas impressionnés par la proposition de Washakie. Ils tuèrent promptement l'éclaireur et renvoyèrent sa femme avec ce message : « Nous, Crows, sommes un peuple puissant ; nous chasserons où bon nous semble. Si Washakie désapprouve notre présence, nous serons heureux de tuer tous les Shoshones que nous trouverons à l'ombre des montagnes de Wind River. »

Washakie fut fort mécontent.

Il envoya aussitôt un message à ses alliés bannocks qui campaient non loin de là, sur les rives d'une petite rivière appelée Popo Agie. Un important groupe de guerrier bannocks, sous le commandement de leur chef Tigee, rejoignit bientôt les Shoshones. Grâce à leurs forces combinées, ils ne tardèrent pas à lancer une attaque contre le camp des Crows. La bataille fut sanglante ; elle dura plusieurs jours. Lorsqu'il devint clair que de nombreux guerriers mouraient sans qu'aucun camp ne prenne l'avantage, le chef Washakie passa une nouvelle nuit à réfléchir au dilemme. Continuer de se battre signifiait se sacrifier pour rien. Abandonner signifiait renoncer à la terre. D'un côté comme de l'autre, la tribu périrait. Washakie pria pour que la sagesse le visite.

Au matin, il fit cette audacieuse proposition : il se battrait à mort avec le chef des Crows, Big Robber. La tribu victorieuse contrôlerait la vallée de la Wind pour toujours. C'était un pari risqué pour les Shoshones. Big Robber accepta le défi avec enthousiasme et les guerriers crows hurlèrent leurs encouragements lorsque leur fier chef se rendit à cheval vers la montagne au sommet aplati, où le duel épique devait avoir lieu.

Le soleil était haut dans le ciel lorsque les deux chefs se rencontrèrent. Ils chevauchaient de belles montures ; chacun tenait dans une main une lance à pointe de fer et un lourd bouclier en peau de bison dans l'autre. On chanta des prières et on lança des railleries et des menaces. Ces indispensables préliminaires achevés, les chefs levèrent leur lance et la première charge eut lieu dans toute sa brutalité. Il y eut des grognements et des jurons. Les chevaux hennirent, se tamponnèrent et lâchèrent des vents. Sous les yeux de quelques membres sélectionnés de chaque tribu, le combat se poursuivit pendant plusieurs minutes qui parurent durer des heures. Les témoins entendirent maints cris rageurs et hurlements victorieux... les chevaux piétinaient ; ils ruèrent, tombèrent, se relevèrent et ruèrent encore. Le sable blond était parsemé de sang aussi bien animal qu'humain. C'était un terrible combat et il était impossible de dire qui avait le dessus... un fin nuage de poussière enveloppait les deux combattants et leurs montures.

Finalement le calme se fit. Un homme émergea du sol sanglant.

C'était, bien sûr, le chef Washakie.

Le Shoshone victorieux brandissait le cœur de Big Robber au bout de sa lance. Depuis ce jour, la montagne s'appela Crowheart Butte.

Les Crows pleurèrent la mort de leur chef — ils chantèrent les chants de mort traditionnels jusqu'à ce que le soleil se couche à l'horizon. Mais, fidèles à leur parole, ceux qui se faisaient appeler Crows laissèrent la terre de la Wind aux Shoshones. Quelques rares survivants revinrent plusieurs dizaines d'années plus tard pleurer la mort du grand homme qui avait tué leur chef.

Les guerriers shoshones et bannocks entamèrent la danse de la victoire qui ne s'acheva pas avant l'aube. On prétendit que Washakie mangea le cœur de son adversaire. Certains l'affirment encore ; d'autres sourient d'un air entendu et déclarent qu'il s'agit d'un embellissement ultérieur.

Bien des années plus tard, lorsque Washakie approcha

de son centième automne dans les terres ancestrales baignées par les eaux de la Wind, un rancher blanc lui demanda si l'histoire était vraie... avait-il réellement mangé le cœur de Big Robber, le chef de la nation crow?

— Ah, répondit le vieux Shoshone dans un murmure rauque, les jeunes font de telles folies!

Washakie était un jeune de soixante-huit ans quand il avait tué Big Robber de sa lance à la pointe de fer. Le chef shoshone avait cent deux ans quand il mourut le 23 février 1900.

Près d'un siècle après la mort de Washakie, un autre jeune Shoshone rêve de gloire. Il imagine qu'il a hérité un peu de la sagesse de Washakie. L'imagination des jeunes recèle son lot de vaines illusions.

Ce malheureux jeune homme n'a pas entendu un son depuis le 4 Juillet, quatre ans plus tôt. Depuis le jour où une prostituée saoule l'a joyeusement frappé trois fois avec une bouteille avant de la lui fracasser sur le crâne. Son père, qui professe de nombreuses opinions, dont la plupart sont fausses, croit que la blessure de Noah lui a altéré le cerveau.

C'est une erreur — Noah est aussi intelligent qu'avant.

Le jeune homme a abandonné le nom de son père. Désormais, il souhaite se faire appeler Noah Corbeau Dansant. Ce n'est pas un nom convenable pour un Shoshone, mais Noah, qui s'était privé de manger et de boire pendant trois jours torrides durant la Danse du Soleil, avait eu une étrange vision concernant un corbeau. L'oiseau au plumage noir lustré était apparu au centre du cercle de la Danse du Soleil, près de l'arbre sacré. Noah avait vu, croyait-il, le corbeau danser... si l'on peut dire. En réalité, l'énigmatique volatile avait sautillé sur sa patte gauche, la droite repliée sous une aile ébouriffée. Un visionnaire plus terre à terre aurait adopté le nom de

Corbeau Boiteux, mais Noah, comme se plaignait souvent son père, était souvent à côté du sujet. Le jeune homme avait le don de tirer des conclusions hâtives au mépris des faits.

L'impétueux jeune Shoshone avait annoncé sa terrible décision à table. Le père de Noah était très traditionnel; il avait été fort mécontent du nouveau nom. Il avait pointé sa cuillère à café sur son fils et lui avait fait part de sa désapprobation. La mère de Noah avait doucement acquiescé et suggéré à son fils de bien réfléchir et de revoir sa position après une nuit de sommeil.

Sa jeune sœur lui avait ri au nez, avait imité l'oiseau en battant des bras et avait croassé des propos moqueurs. Le sourd ne pouvait pas entendre ce qu'elle disait, mais il avait compris l'essentiel.

Son père, voyant le visage entêté de son fils, avait menacé de le fesser avec une canne s'il ne renonçait pas à ses sottises.

En lisant sur leurs lèvres, Noah avait compris la position de ses parents. Mais leurs protestations ne comptaient pas le moins du monde. Lorsqu'un jeune homme impressionnable a eu une vision, on ne peut le raisonner, et de telles menaces tombent dans l'oreille d'un sourd. Surtout dans le cas présent.

En outre, Noah n'avait pas raconté à ses parents l'élément le plus important de sa vision. Le corbeau dansant lui avait parlé et lui avait dit ce qu'il allait advenir. Le chemin de Noah croiserait celui d'un puissant Ute... un Ute qui lui rendrait l'ouïe! Il n'y avait pas de Ute à cent kilomètres à la ronde hormis l'étrange homme qui avait une cabane dans le canyon multicolore appelé le Berceau du Lézard Arc-en-Ciel — et aucun Ute n'avait autant de pouvoir que Blue Cup. Le vieil homme était, dans le langage shoshone, un *bugahant*. Ainsi, Noah avait quitté la maison de son père et s'était engagé comme apprenti chez le chaman.

C'était certainement le signe que le vieux chaman attendait. Le *Bitter Springs News* datait de trois jours, mais la une était saisissante :

IL CLOUE SA FEMME À UN ARBRE
UN UTE RECHERCHÉ POUR LE CRIME ODIEUX

Blue Cup lut et relut l'article. Le voleur était recherché pour meurtre ! Le vieil homme remua les lèvres en lisant pour la quatrième fois cet étrange entrefilet :

AP/Ak Chin, AZ — Le conseil de la tribu des Papagos (Tohono O'otam) a autorisé le paiement de cinq mille dollars pour toute information concernant Provo Frank, recherché par les autorités du Wyoming. Une récompense de dix mille dollars sera remise à quiconque fournira des informations conduisant à l'arrestation, le jugement et la condamnation du meurtrier de Mary Frank. Ceux qui croient détenir des informations sensibles peuvent conserver l'anonymat en appelant le numéro suivant...

Un autre article précisait que la tribu des Utes du Sud, apparemment éclaboussée par le scandale dans lequel un de leurs membres était soupçonné du meurtre d'un membre de la tribu des Papagos, s'associait à la récompense offerte par le conseil de la tribu des Tohono O'otam. Blue Cup réfléchit. Quiconque aidait la police à trouver Provo Frank recevrait une coquette récompense. Et cet homme gagnerait la gratitude du Peuple.

Il était temps d'agir. Et même s'il ne pouvait se fier au jeune Shoshone, il avait besoin de son aide.

Wyoming, vallée de Stinking Waters[1]

Le voyage avait été long à travers des terres arides, à travers des ravins balayés par les vents où aucune eau n'avait coulé depuis la fonte des neiges, par-dessus les crêtes d'une mesa éboulée. Le soleil était désormais au zénith et les deux hommes marchaient depuis les premières lueurs de l'aube.

Le Shoshone portait un jean délavé, des Nike, une chemise de grosse toile bleue et une casquette de baseball. Noah Corbeau Dansant portait également un lourd sac à dos et il avait mal aux jambes en suivant le vieil Ute *bugahant* le long d'une plaine sableuse, entre deux gigantesques buttes orange. Noah l'ignorait, mais son ardeur au travail était la principale raison pour laquelle le chaman tolérait sa présence. Noah était soulagé que le vieillard n'ait rien dit de plus sur son récent manquement à son devoir. Il savait qu'il était responsable du vol de l'objet puissant, mais il avait fait de son mieux. Tout le monde a ses défauts ; tout le monde commet parfois des erreurs.

Le chaman — et le jeune apprenti ne cessait de s'en émerveiller — ne portait pas de chemise malgré le soleil de feu. Deux longues nattes grises se balançaient sur son dos nu quand il marchait.

Brusquement, Blue Cup s'arrêta. Il leva la tête et renifla l'air comme un vieux chien. Oui... l'endroit était proche. Il reprit sa marche en accélérant le pas ; le Shoshone, quelque peu conforté par l'excitation du vieillard, le suivit au petit trot.

Au début, Noah eut l'impression que le paysage n'avait pas changé. Mais, bien vite, ils arrivèrent au bord d'une dépression peu profonde, deux fois grande comme un terrain de football. Le Shoshone crut que les vents

---

1. Vallée des Eaux Puantes. *(N.d.T.)*

avaient creusé le sable. Il avait à moitié raison. Il suivit le Ute dans la cuvette.

Blue Cup ralentit; il marcha avec une prudence délibérée vers le centre de la dépression et s'arrêta devant un rocher luisant. Noah, qui restait à quelques pas derrière son maître, trouva que le rocher noir avait une drôle de forme... un peu comme une grosse patate. La portion visible du monolithe noir avait la taille d'une grande automobile. Mais ce qu'on voyait n'était qu'une verrue sur le dos d'un cochon. Semblable en cela aux icebergs, la partie cachée était bien plus importante.

Le vieux chaman tendit la main comme pour caresser la pierre sacrée, puis la retira tel un amant timide.

Noah plissa les yeux pour examiner le rocher et prit mentalement quelques notes : il y avait comme des marques de petite vérole, des impacts de balles. La roche était en outre râpeuse par endroits. Et il y avait des surfaces lisses qui luisaient comme des miroirs d'ébène. Sur ces portions brillantes des dessins avaient été tracés par de nombreuses tribus au cours des siècles. On distinguait les figures grossières de Coyote et de Loup. De Crapaud Cornu, de Lézard et de Rainette. Aigle et Libellule étaient aussi représentés. Il y avait des dessins d'êtres humains et des silhouettes cornues. Ces dernières représentaient les *bugahants*, les chamans. *Kokopelli*, le joueur de flûte bossu, se trouvait aussi sur le rocher. On voyait également un être humain à l'envers et sans tête... c'était Qui-Est-Ce. C'était la Mort.

Il y avait aussi des tas d'autres symboles. Le zigzag de la foudre, les croix qui symbolisaient les étoiles. Nuage-Esprit était là, lui aussi. Il avait une forme humaine : une tête carrée, un tronc rectangulaire, les bras et les jambes, représentés par des éclairs, partaient des quatre coins du tronc.

Noah déposa son sac à dos et gémit en s'étirant.

— Est-ce la pierre sacrée que la lune a crachée ?

demanda-t-il en désignant le rocher. La pierre vivante qui est venue du ciel avec une longue queue de feu ?

Le chaman acquiesça. Blue Cup se planta à un mètre du rocher et leva la main pour indiquer que le Shoshone ne devait pas s'approcher. L'apprenti comprit et obéit. C'était sans doute la mystérieuse pierre dont il avait si souvent entendu parler. Les vieux Shoshones disaient que ce gros rocher était tombé des cieux longtemps avant que Coyote ne crée l'homme. Mais les grands-pères bannocks prétendaient que la pierre était arrivée plus récemment, et que, sept sommeils avant son arrivée, il y avait eu un éclair de feu sur le visage de la lune. Lorsque la pierre était tombée, un long doigt de feu avait zébré le ciel. C'était comme si le soleil s'était levé à minuit. Les Bannocks juraient qu'une de leurs femmes l'avait vue tomber pendant la Lune des Feuilles Mortes et avait donné l'alerte. Un grand feu avait jailli de la pierre et avait brûlé jusqu'aux premières neiges. Même après que les flammes se furent éteintes, l'eau de la neige fondue avait continué de bouillir autour du rocher. Peu après qu'il se fut refroidi — c'était pendant la Lune de l'Herbe Grasse — les hommes cruels au visage de bronze et à la barbe noire étaient venus et avaient apporté des chevaux, des perles de verre et des couteaux en acier. Ces hommes avaient aussi apporté la vérole et la toux sanglante. La pierre était sans doute un mauvais présage. Mais Noah ne croyait pas à ces légendes ; les vieux Bannocks parlaient beaucoup. Et leurs femmes voyaient beaucoup de choses.

Mais les Shoshones, les Bannocks et les Arapahos s'accordaient sur un point : c'était un lieu où la magie était très puissante, où les *bugahants* venaient accomplir des merveilles, des choses secrètes.

Blue Cup se tourna vers le sourd afin qu'il puisse lire sur ses lèvres.

— C'est un lieu sacré.

Le Shoshone acquiesça docilement. Les hommes ordinaires ne devaient pas s'approcher.

Blue Cup désigna d'un geste le rocher et ses alentours.

— C'est dangereux pour toi d'être là.

Noah Corbeau Dansant fronça les sourcils. Que pouvait-il lui arriver de mal dans un tel lieu ? Cependant, il n'osa pas demander ; une telle question risquait d'être prise dans le monde inférieur comme une invitation. Une fois invoquée, la malédiction fondrait sur lui tel un hibou et se percherait sur sa tête.

Blue Cup désigna deux pétroglyphes gravés sur la plus large des surfaces noires luisantes. C'étaient des figures simples. Trois cercles emboîtés au sommet, cinq en bas.

— Comprends-tu ce que signifie ce symbole ? demanda le chaman en montrant le pétroglyphe supérieur.

— Oui, répondit l'élève, qui utilisa le terme shoshone. C'est *Apo*. C'est le Soleil.

— C'est ça, approuva Blue Cup, qui utilisa à dessein le terme ute. *Tava-ci*, le Soleil. Dis-moi maintenant, Noah Corbeau Dansant, ce que signifie chacun de ces trois cercles.

— Le cercle extérieur, c'est le halo qui entoure le soleil, dit Noah.

Il hésita.

— Je crois que celui du milieu... est le corps du soleil.

— Et le cercle intérieur ?

Sa grand-mère le lui avait dit il y avait bien longtemps. Noah réfléchit intensément, au point d'en avoir mal au crâne. Mais en vain, il ne parvint pas à se rappeler.

— Le cercle intérieur, dit finalement Blue Cup, c'est l'ombilic du soleil.

Noah regarda, ahuri, les lèvres du vieillard articuler l'étrange mot.

— L'ombilic, précisa Blue Cup, c'est là qu'est fabriqué le Pouvoir. C'est de là que vient la chaleur. Et les animaux ; et les plantes... Et tout ce qui vit. C'est de là que nous tirons notre nourriture.

Noah hocha la tête ; son visage reflétait la honte d'une telle ignorance.

Blue Cup désigna ensuite le pétroglyphe inférieur. Il était plus grand. Il était fait de cinq cercles concentriques, laborieusement gravés dans la pierre.

— Comprends-tu la signification de ceci ?

— Ah, fit le Shoshone, plein d'espoir, c'est l'empreinte de la Mort ?

— Non, répondit Blue Cup avec une moue de dédain. L'empreinte de Qui-Est-Ce, celle que les Hopis appellent *Maasaw*, c'est quatre cercles et non cinq.

— Que veulent dire les quatre cercles, Blue Cup ? En quoi représentent-ils l'empreinte de la Mort ?

Blue Cup, qui ne connaissait pas la réponse à cette question, ouvrit la bouche, puis se ravisa.

— Il s'agit de cinq cercles, finit-il par dire avec humeur, pas de quatre.

Le Shoshone accepta ce reproche sans protester.

— Noah Corbeau Dansant ! aboya le vieil Ute. Sais-tu ce que ces cinq cercles représentent ?

Le visage du Shoshone se tordait de douleur. Honteux, Noah admit son ignorance.

— Les cinq cercles, dit solennellement Blue Cup, c'est le tunnel entre les Mondes.

Il avança une main, comme pour toucher le pétroglyphe de son doigt, mais ne l'effleura même pas.

— C'est de cet endroit sacré que les esprits pénètrent dans le Monde du Milieu où nous autres humains vivons. À travers ce tunnel, les esprits peuvent aussi quitter le Monde du Milieu.

Le vieil homme posa un regard suffisant sur son élève ignare.

— Pour les humains qui possèdent le Pouvoir, c'est l'entrée dans le Monde Inférieur.

Certains humains, disait-on, pouvaient même approcher le bord lumineux du Monde Supérieur.

— Ahh, fit Noah, c'est donc ces cinq cercles... où le *bugahant* peut...

— Oui, dit le chaman. C'est l'endroit d'où ceux qui ont le Pouvoir peuvent quitter le Monde du Milieu et partir pour un grand voyage... et apprendre où Provo Frank se cache.

Blue Cup désigna ensuite un grand genévrier qui se dressait à quelques pas du rocher noir.

— Va t'asseoir sous cet arbre.

Le Shoshone ramassa son sac en grosse toile et alla s'adosser au tronc de l'arbre, les bras croisés autour des genoux. Son grand-père lui avait raconté des histoires merveilleuses sur la pierre et ce qui se passait ici. Il regarda le vieil Ute, les yeux remplis d'espoir.

Blue Cup salua le ciel, *tukwu-pi*, puis la terre, *tuwi-patukwa-yi*, et se tourna vers les quatre points cardinaux pour formuler une prière.

Il se tourna d'abord vers le nord où le Peuple de Glace fabrique l'hiver dans les nuages gelés.

— *Nitukwu.* (Mets le feu dans ma main.)

Il se tourna vers l'endroit où la lune se baigne dans les grandes eaux.

— *Nitukwa tapai-yakwi-nu-ti.* (Protège-moi de la soif.)

Le *bugahant* tourna son visage vers l'endroit d'où vient l'été.

— *Nitukwa tua.* (Protège-moi de la faim.)

Il se tourna enfin vers l'horizon où le soleil se lève.

— *Tapai mawisikwa.* (Brûle la chair de mon ennemi.)

Il ramassa une poignée de sable orange qu'il laissa lentement filer entre ses doigts. Il murmura une autre longue incantation, puis plaça sa main droite sur le rocher, juste sur les cinq cercles concentriques. Le tunnel entre les Mondes. Il s'appuya ainsi sur le rocher, ferma les yeux et se mit à chanter.

Noah n'entendait pas les paroles, mais il n'en resta pas moins fidèlement immobile, les yeux rivés sur le *bugahant*.

Bientôt, le chaman cessa de chanter, mais il continua de s'appuyer sur le rocher noir qui était tombé du ciel, la paume plaquée sur les cinq cercles. Les veines de sa main étaient gonflées comme des cordes bleues.

Et Noah restait assis. Et se grattait. Et regardait. Et léchait ses lèvres desséchées. Il aurait bien aimé boire un peu d'eau dans sa gourde, mais comme le maître ne buvait pas, il n'osa pas afficher sa faiblesse.

De grosses gouttes de sueur perlaient sur la peau de Blue Cup ; un essaim de moucherons dansait autour de sa tête. Mais le vieillard ne montrait aucun signe d'inconfort. Et il ne bougeait pas.

Le soleil descendit lentement vers son repos quotidien dans les eaux infinies. L'ombre du genévrier recouvrit la pierre noire.

Une brume bleuâtre tomba sur la vallée et le Ute *bugahant* restait immobile, toujours appuyé sur le rocher.

La première portion d'obscurité véritable enveloppa la terre. Les hiboux s'interpellèrent. Des renards et des coyotes filèrent à travers la sauge desséchée tels des fantômes. Des chauves-souris surgirent d'une petite grotte dans le mur de la mesa ; elles voletaient à droite, à gauche, se dirigeant au sonar et se gorgeant de minuscules papillons et de grosses mouches vertes.

Et le chaman était toujours appuyé sur la pierre. Son ventre ne se gonflait pas avec la respiration. Il ne transpirait pas. Il s'était statufié... semblable à une silhouette sculptée dans la pierre et détachée du rocher — le Shoshone avait l'impression qu'il ne faisait plus qu'un avec la pierre noire. Il avait peut-être perdu connaissance. Ou peut-être était-il... mort.

Noah commençait presque à s'en désintéresser. Il avait mal aux fesses ; il avait aussi atrocement soif et ses yeux le brûlaient à force de fixer le même point. Tout l'après-midi, il s'était attendu à voir le vieillard tomber à travers le rocher. C'était, après tout, ce qu'un *bugahant* faisait quand il s'appuyait sur le tunnel entre les Mondes. Forcément, c'était pour cela que Blue Cup était venu dans ce lieu sacré. Pour tomber à travers la pierre dans un autre monde. Pour voir où se cachait le voleur qui avait emporté l'objet sacré. Mais il semblait que ce rocher était extrêmement solide ; même Blue Cup ne pouvait le percer de sa main droite.

Dix mille étoiles scintillaient au-dessus de leur tête, et le vieil Ute ne bougeait toujours pas d'un pouce.

Le Shoshone soupira. Encore une déception. Il se souvint alors de ce que sa mère lui avait dit de Blue Cup :

« Méfie-toi de ce vieux maigrichon. C'est un Ute pervers et tu n'es qu'un garçon. Blue Cup trouvera le moyen de te flouer.

— Mais, maman, avait-il répondu, je suis un homme. Je dois apprendre comment gagner le Pouvoir. Et, lui avait-il rappelé, aucun Shoshone n'a le Pouvoir d'un Ute. Or Blue Cup est un Ute qui a un immense Pouvoir.

— Si tu veux apprendre le Pouvoir de ces Utes, avait-elle rétorqué, va à Ignacio et demande à Daisy Perika de t'enseigner. Elle n'est pas perverse et on dit qu'elle tient son Pouvoir du nain qui vit sous terre dans un terrier de blaireau. Le nain qu'on appelle p-too-koop. »

Mais sa mère n'avait rien compris. Noah Corbeau Dansant ne lui avait pas parlé de sa vision — dans laquelle le corbeau qui dansait lui avait dit qu'un Ute puissant lui rendrait l'ouïe. Il n'y avait que deux Utes qui possédaient une part du Pouvoir. L'un était Daisy Perika. Mais comment un homme tiendrait-il son pouvoir d'une vieille femme qui prétendait parler aux nains ? C'était embarrassant. Non, Noah avait tout intérêt à ne pas quitter Blue Cup; le vieil Ute détenait une part importante du Pouvoir. Et si Noah était patient, et s'il faisait ce qu'on lui disait... un jour ou l'autre il entendrait le *keee-eee* rauque de la buse à queue rousse... le vent qui souffle dans les trembles... et l'agréable voix de Willie Nelson. Noah aimait surtout la chanson sur les yeux bleus qui pleuraient sous la pluie. Elle lui faisait monter les larmes... mais il ne l'avait pas entendue depuis que la femme lui avait cassé une bouteille sur le crâne.

Tandis que les étoiles défilaient dans le ciel, le Shoshone essaya de toutes ses forces de rester éveillé. Mais à minuit, il ronflait profondément.

Blue Cup n'avait pas bougé.

Le vieux chaman était appuyé sur le rocher; le soleil matinal lui brûlait le front. Son bras semblait paralysé. Sa langue était gonflée de soif et ses poumons étaient en feu à chaque respiration. Mais il était déterminé à trouver Provo Frank.

Le jeune Shoshone regardait son mentor avec une admiration révérencieuse. Personne n'avait la volonté de fer du vieil Ute! Les lèvres du chaman remuèrent. Noah se pencha en avant et plissa les yeux, s'efforçant sans succès de comprendre ce que disait le *bugahant*.

Le chaman murmurait d'une voix rauque :

— Moi, Blue Cup, je dis... le voleur ne se cachera plus... je trouverai l'endroit où il... ahhhhhh... qu'il en soit ainsi!

La bouche du Shoshone était sèche comme du coton. Blue Cup avait les yeux fermés. Noah avala une goulée d'eau. Tandis qu'il buvait à sa gourde, il ferma un bref instant les paupières. Lorsqu'il les rouvrit, il hoqueta. Une seconde plus tôt, le vieil Ute était là, la main droite plaquée contre le rocher noir luisant, contre les cinq cercles concentriques... le tunnel entre les Mondes.

Maintenant, il avait disparu !

Troublé, le Shoshone se leva. Il mit sa main en entonnoir et hurla :

— Blue Cup... Où es-tu ?

Même si Noah était sourd, il entendit la réponse du chaman résonner autour de lui, venue de nulle part. C'était un peu comme les sons qu'il entendait dans ses rêves. Les deux corbeaux qui étaient perchés sur un chicot de pin pignon l'entendirent aussi. Ils inclinèrent la tête vers l'origine du bruit.

— *Páa-nukwi-ti. Páa-nukwi-ti.*

Noah reconnut les mots utes. Mais pourquoi Blue Cup était-il parti à la rivière ? Peut-être, se dit le Shoshone en léchant ses lèvres desséchées, le vieil homme avait-il eu soif, lui aussi.

Mais le chaman avait trouvé une rivière particulière. Elle s'appelait la Piedra et elle traversait la terre des Utes du Sud... non loin de chez Daisy Perika. Provo Frank ne devait pas être loin.

Noah dormait profondément lorsque Blue Cup lui donna un coup de pied dans la semelle. Le sourd bondit sur ses pieds, souriant timidement au puissant *bugahant*. Il voulait demander au chaman où il était allé, mais retint sa langue.

— Allons-y, fit le vieillard, comme si rien d'extraordinaire ne s'était passé. Nous avons une longue route.

Blue Cup était appuyé sur la Jeep de l'US Army ; il gratta avec son ongle les restes d'un papillon jaune écrasé sur le pare-brise. Il posa un regard pensif sur le Shoshone qui se tenait de l'autre côté du capot. Le sourd fixait les lèvres du chaman avec espoir.

— La loi de l'homme blanc ne me rendra pas ce qui m'a été volé, dit le Ute. Les policiers ne le trouveront jamais.

Le Shoshone opina de la tête.

— Oh, je ne sais pas... ce Harry MacFie, il a des yeux d'aigle. Mon oncle dit que MacFie peut voir un chat noir dans la nuit à deux cents mètres. Dis-moi... le pouvoir qui donne la vue est-il différent de celui qui donne l'ouïe ?

— Le Pouvoir est partout le même, répondit le chaman d'un ton sec. Si un homme a assez de Pouvoir, il peut voir la face cachée de la lune... et entendre le murmure des grandes pierres qui passent devant la terre.

— C'est bien de savoir de telles choses, dit Noah, et il hocha la tête comme s'il avait acquis un peu de sagesse.

Lorsqu'il réfléchit aux implications de ce qu'il venait d'apprendre, son regard prit un air particulièrement vide qui ennuya son maître.

Blue Cup agita la main avec impatience.

— Quand nous descendrons à la réserve où vivent les Utes du Sud, où Provo Frank se cache, nous aurons beaucoup de choses à accomplir. Nous devrons nous préparer comme pour livrer bataille.

Il fixa intensément le Shoshone pour lui faire comprendre la gravité de ses paroles.

— Il nous faudra des provisions.

Il donna un tendre coup de pied dans la vieille Jeep.

— Et un moyen de transport fiable.

Il caressa le capot avec la même tendresse que si c'était la tête d'un chien. Une expression d'affection s'afficha sur son visage, puis disparut, comme un visiteur importun.

Un moyen de transport... hum... oui. Noah Corbeau Dansant acquiesça avec enthousiasme.

— Des chevaux !

Il tapa dans ses mains et cria :

— Nous volerons plein de chevaux !

Le vieil homme grogna et leva les yeux au ciel.

— C'est bien trop loin pour des chevaux. Tu me

conduiras à Bitter Springs ce soir. Je partirai le premier parce qu'il n'y a pas de temps à perdre. Tu resteras un jour de plus et tu chargeras la Jeep de provisions. Tu m'achèteras une petite tente où je puisse dormir. Et plein de nourriture. Dès que tu auras rassemblé les provisions...

Il se tourna pour montrer la direction où s'envoleraient bientôt les oies.

— Tu me suivras vers le sud, jusqu'à l'endroit où vit la vieille femme... celle qui cache mon ennemi.

Blue Cup hésita à prononcer le nom de Daisy Perika à haute voix ; il y avait dans le nom d'un chaman un Pouvoir qui risquait de blesser celui qui l'articulait sans précaution. Blue Cup prenait la vieille femme bien plus au sérieux qu'il n'osait l'avouer au superstitieux Shoshone. Il sortit un bout de papier de sa poche, et le déplia sur le capot de la Jeep.

— J'ai dessiné une carte pour te montrer comment trouver l'endroit où je camperai.

Blue Cup parlait lentement afin que le sourd le comprenne.

— La vieille femme possède une caravane à l'embouchure du *Cañón del Espíritu*.

Il tapota la carte de son index.

— Voilà l'endroit où la longue mesa des Trois Sœurs forme une grande barrière entre le canyon de l'Esprit et le canyon du Serpent.

Il passa son ongle le long du papier froissé.

— C'est ici que tu quitteras la route pour t'engager dans un arroyo près de l'embouchure du *Cañón del Serpiente*. Cet arroyo est un excellent abri contre les vents du nord et de l'ouest. C'est là que je dresserai le camp.

Blue Cup y avait passé bien des nuits, mais c'était il y avait longtemps. Dans une autre vie.

Noah, qui adorait voyager, se frotta les mains en souriant.

— Ça serait bien qu'on voyage ensemble. On pourrait dormir dans la montagne. On s'arrêterait dans les routiers, on mangerait des hamburgers et on boirait du café fort.

Lorsqu'il était jeune, Noah Corbeau Dansant rêvait de conduire un gros poids lourd et de transporter des chargements du Maine en Californie. Il se voyait manger des hamburgers juteux avec des tranches de tomate et d'oignon, boire du café amer en discutant des affreuses conditions des routes et des radars de la police avec les autres camionneurs. Parfois, par les nuits pluvieuses, son ancienne ambition lui trottait dans la tête et il regrettait de ne pas conduire un gros diesel. Mais il avait désormais une vocation plus noble. Le Pouvoir.

Blue Cup gardait un mauvais souvenir du long voyage qu'il avait entrepris jusqu'à l'État de Sonora dans la Jeep à la suspension trop raide. Il avait campé sur les terres arides à l'est de Nacozari de Garcia et avait enduré les morsures des puces et l'aiguillon des mille-pattes. Pour sa peine, il avait récolté moins d'une livre de minuscules champignons hallucinogènes appelés *visionario grande* par les autochtones qui avaient goûté à leur chair. C'était un trésor qui valait toutes les souffrances du monde. Il adorait le vieux crotale de Detroit, mais il avait eu mal au coccyx tout l'hiver à cause du trajet aller et retour jusqu'au Mexique. Il n'avait nulle envie de prendre la Jeep pour un si long voyage.

— Oui, ça serait bien, répéta Noah. Juste nous deux.
— Je partirai avant pour dresser le camp, décréta Blue Cup. Toi...

Il pointa un doigt vers le Shoshone puis vers la vieille automobile.

— ... tu viendras avec la Jeep et les provisions.

Il n'y avait pas à discuter.

Le visage de Noah refléta sa déception ; sa bouche s'ouvrit pour révéler deux rangées de dents jaunes inégales.

— Mais... comment tu...

Le chaman leva un bras vers le pâle ciel matinal qu'un balbuzard solitaire traversait près de la crête rouillée de la mesa de Fer.

— Moi, dit Blue Cup, j'ai le Pouvoir. J'ai aussi un bien meilleur moyen de locomotion.

Et c'était vrai.

15

Colorado, réserve des Utes du Sud

La fillette était assise en tailleur sur le linoléum qui recouvrait le sol de la cuisine. Elle feuilletait un vieux magazine, contemplait les jolies images. Le chaton dormait, lové à côté d'elle. Il rêvait.

Daisy Perika, les mains dans l'eau de vaisselle, récurait un poêlon graisseux avec un tampon rouge. Son esprit avait dérivé dans le passé. À l'époque où il y avait un homme à la maison... où elle était jeune... où elle n'avait pas mal au dos et qu'elle pouvait travailler toute la journée sans être fatiguée. Puis elle pensa à l'enfant. La présence de la fillette lui était d'un grand réconfort. Mieux, c'était une bénédiction. Daisy n'était pas pressée de voir Provo Frank revenir. Surtout depuis que la police avait retrouvé sa femme papago clouée à l'arbre. Ça ne ressemblait pas à un Ute. À un Apache, à la rigueur, mais pas à un Ute. Cependant, il y avait tellement d'esprits malins à l'œuvre dans le cœur des hommes... qui pouvait dire ce qu'un membre du Peuple était capable de faire? La vieille femme frissonna comme si un glaçon invisible lui avait touché le cœur.

La fillette ferma fort les yeux et attendit. La petite fenêtre était bien là. Elle regarda les rideaux s'écarter légèrement. Puis davantage. Et elle le vit. Tante Daisy serait contente de l'apprendre.

— Le vieux monsieur arrive.

Daisy essora un torchon trempé et abaissa son regard sur la fillette. Le chaton s'était réveillé. Il se léchait les pattes.

— Quel vieux monsieur?

Sarah désigna la porte du menton.

— Le vieux monsieur que papa a été voir.

Daisy Perika sentit ses mains, qui avaient pourtant baigné dans l'eau tiède, se glacer.

— Comment sais-tu qu'il arrive?

— Je l'ai vu par la fenêtre, dit Sarah, comme si c'était évident.

Elle ferma de nouveau les yeux et, par la petite fenêtre, vit le vieillard approcher. Il avait l'air fatigué quand il gravit les marches du perron. Elle eut pitié de lui.

Daisy Perika crut que Sarah parlait de la fenêtre de la cuisine; mais Sarah était assise par terre et le rebord de la fenêtre était à un bon mètre du sol. Daisy alla à la fenêtre. Aucune automobile n'arrivait, d'ailleurs elle l'aurait entendue. Il n'y avait pas de vieil homme non plus. Pas d'homme du tout, jeune ou vieux. Elle se retourna vers l'enfant d'un air furieux et était sur le point de la gronder quand on frappa à la porte.

— Aaahhh! s'écria Daisy, et elle recula vivement.

L'enfant gloussa.

— Qui est là? demanda Daisy d'une voix rauque.

Pas de réponse.

La vieille femme hésita, puis ouvrit la porte. Elle retint son souffle en voyant le vieil homme maigre qui se tenait sur le seuil. Il s'appuyait avec difficulté sur un bâton noueux en mûrier. Elle n'aurait pas reconnu son visage ridé si ce n'avait été pour la cicatrice au-dessus de l'œil gauche. Souvenir d'un coup de couteau que lui avait donné un autre membre du Peuple. Il y avait de cela une éternité.

— Daisy? fit-il, incrédule.

C'était encore une jeune femme la dernière fois qu'il avait posé son regard sur elle. Une jolie jeune femme. Maintenant, elle était vieille. Vieille et laide, pensa-t-il avec tristesse.

Daisy le toisa, depuis sa figure tannée, ridée, jusqu'à ses bottes en peau poussiéreuses en passant par sa chemise neuve à carreaux blancs et noirs. Elle revint à son visage. À la cicatrice rose au-dessus de l'œil.

— Blue Cup?

Il acquiesça.

— D'où viens-tu?

Il tendit un bras.

— Je campe pas loin d'ici.

Elle plissa les yeux, suspicieuse.

— Qu'est-ce que tu fiches là?

Il parut déçu de l'accueil.

— Euh... je suis venu te voir.

— Pourquoi? aboya-t-elle.

Le vieil homme regarda au-delà de Daisy, vers l'enfant qui était debout derrière elle.

— Je viens du Wyoming. Je cherche Provo Frank.

Daisy sortit sur le seuil et referma la porte derrière elle.

— Attention à ce que tu dis devant la petite.

Blue Cup regarda la porte avec espoir.

— C'est la fille de Provo, hein?

Daisy jeta un coup d'œil par-dessus son épaule pour s'assurer que la porte était bien fermée.

— Elle ne sait pas... ce qui est arrivé à sa maman.

Il appuya ses fesses sur la rambarde du perron.

— D'après ce que j'ai lu dans les journaux, c'est pas des histoires pour une petite fille.

— C'est affreux, approuva Daisy. Pourquoi tu cherches son papa?

— Il a pris quelque chose qui m'appartenait.
Le vieil homme pinça les lèvres.
— J'ai bien l'intention de le récupérer.
Daisy soupira. Depuis qu'il était petit, Provo prenait des choses qui ne lui appartenaient pas.
— Qu'est-ce qu'il t'a volé ?
Le vieil homme hésita. C'était une question indiscrète.
— Un objet sacré, souffla-t-il.
Daisy comprit. Il eût été malvenu d'insister. Elle regarda vers l'embouchure du *Cañón del Espíritu*.
— Provo a toujours été... un problème pour ses parents.
— C'est un voleur, dit Blue Cup d'un ton égal. Et un assassin.
— Je ne veux pas que la petite apprenne que la police recherche son papa.
— En tout cas, c'est pas moi qui lui dirai. J'aimerais pourtant lui parler. Elle sait peut-être...
— Sarah ignore où est son père, coupa Daisy. Il l'a larguée ici avec son horrible chat et il a foutu le camp. Faudra sans doute que je les nourrisse tous les deux jusqu'à la fin des siècles.

Blue Cup se tourna vers le canyon de l'Esprit. Il avait autrefois tué un cerf dans ce canyon. Il y avait aussi pêché la truite. Cela semblait remonter à des lustres.
— Quand même, j'aimerais lui parler.
Il sourit.
— Considère ça comme une faveur que je te demande.

Daisy reconnut la note d'entêtement derrière le sourire et elle éprouva une sorte de respect pour le vieillard. Il avait une chose à faire et il la ferait. En outre, il était du Peuple.
— Faudra faire attention à ce que tu dis.
Soudain, Blue Cup se figea, l'oreille aux aguets. Il promena son regard autour de lui.

Daisy Perika avait senti la même chose. On les surveillait. Elle se retourna vivement et ouvrit la porte.

— Eh bien, entre.

Le vieux chaman entendit à peine l'invitation. Il avait le sentiment confus d'être tout près de l'homme qu'il recherchait. Les yeux plissés, il balaya la crête de la mesa des Trois Sœurs. Si un homme battait des cils là-haut, il le verrait. Mais il n'y avait rien. Personne. Juste la silhouette de grès des Trois Sœurs... accroupies sur la crête aplatie pour l'éternité.

La silhouette élancée d'un jeune homme se découpait sur la crête de la mesa des Trois Sœurs. Avec la terrible intensité d'un faucon épiant sa proie, il regarda Blue Cup entrer chez la chamane. Là où était la fillette. Il était aussi immobile que l'éternel trio des femmes de grès.

Il ne battit pas des cils.

Blue Cup s'assit à la table, une tasse de café à la main. Il parla avec Daisy du bon vieux temps. Avant les fils électriques pendus entre deux poteaux ; avant que la route qui traversait Ignacio ne soit bitumée. Ils parlèrent du pensionnat pour les jeunes Utes, où on leur donnait des noms *matukach*. Où on leur enseignait l'anglais. Où on leur apprenait à oublier la langue sacrée du Peuple, le mode de vie sacré du Peuple. La fillette s'approcha de Daisy pour écouter, Blue Cup sirota son café en dévisageant l'enfant. Sarah se cala confortablement contre la hanche de la vieille femme.

Blue Cup, qui ne savait pas comment parler à une enfant aussi jeune, inclina la tête sur le côté.

— Bon, fit-il.

Sarah tenait le petit chat sous son bras ; il essayait sans succès d'échapper à son étreinte. Elle contemplait le linoléum craquelé en suçant son pouce.

Blue Cup s'éclaircit la gorge et se tira le lobe de l'oreille.

— Bon... alors...

Daisy ajouta du sucre dans son café et le touilla. Elle avait pitié du vieil homme pataud. Il s'était trop longtemps tenu à l'écart du monde. À l'écart du Peuple.

Soudain, Sarah leva les yeux et fixa ceux de Blue Cup.

Il frissonna. Il avait l'impression que la fillette regardait directement dans son âme, il se sentit nu.

— Alors... commença-t-il, incertain.

Sarah ôta le pouce de sa bouche.

— Alors quoi ?

Daisy pouffa ; tout son corps tressauta.

— Ah, c'est un spectacle... de vous entendre discuter tous les deux !

Blue Cup sourit gauchement à Sarah.

— Toi... et les tiens... vous êtes allés de l'Utah jusqu'au Wyoming ?

Sarah hocha la tête.

— Et quand vous avez quitté le Wyoming, ton papa... t'a amenée ici ?

Sarah hocha de nouveau la tête.

Blue Cup se pencha en avant, renversant du café sur le linoléum.

— Bon... où est ton papa maintenant ?

— Avec maman, je crois.

Blue Cup surprit le regard menaçant de Daisy.

— Quand est-ce qu'il reviendra... te chercher ?

— Papa reviendra pour mon anniversaire.

Blue Cup sourit.

— Ah... et quel âge auras-tu ?

Sarah montra quatre doigts... et son pouce.

— Et c'est quand, ton anniversaire ?

— Le 5 octobre.

— Ah, c'est dans pas longtemps.

— Et mon papa m'apportera un beau cadeau, déclara Sarah, réjouie. Un poney.

Daisy leva les yeux au plafond en entendant cela. Ce Provo Frank était plein de vent.

— Ah, fit Blue Cup, c'est bien, les anniversaires.

Il n'avait pas souvenir qu'on lui eût jamais fêté son propre anniversaire. Il n'avait jamais eu de cadeau, même quand il était petit.

— Moi aussi, je t'apporterai un cadeau.

Le sourire de Sarah lui réchauffa le cœur.

— Quel genre de cadeau ?

Daisy ressentit une pointe de jalousie.

— Je te ferai un gâteau, Sarah. Avec des bougies. Et un glaçage au citron.

— Non, au chocolat.

— Le chocolat, fit Blue Cup, pensif. C'est aussi ce que je préfère.

Daisy fusilla le vieil homme du regard.

— Tu ferais mieux d'y aller, maintenant. Sarah et moi, on a des tas de choses à faire. On n'a pas besoin d'un vieillard dans nos pattes.

Blue Cup empoigna son bâton pour se hisser sur ses pieds. Sarah le suivit jusqu'à la porte en lui tirant la jambe du pantalon.

— Quel genre de cadeau ?

Blue Cup vit les deux grands yeux interrogateurs et fronça les sourcils, pensif.

— Un cadeau qui te fera plaisir, tu verras. Un truc spécial... qui fera grincer des dents à la vieille grincheuse.

Daisy le poussa dehors et ferma la porte au nez de la fillette.

— Sa grande gueule de père ne viendra pas pour son anniversaire. Elle n'aura pas le cheval qu'elle espère. Alors, ne lui fais pas de promesses que tu ne tiendras pas.

Blue Cup se gratta le menton.

— Je lui apporterai peut-être un gros gâteau pour son anniversaire. Avec du chocolat, plein de chocolat. Et ça sera pas dans un vulgaire carton, je lui achèterai dans la plus grande pâtisserie de Durango.

Il gratifia la vieille chamane d'un sourire ravi.

— Faut que je retourne à mon campement. J'attends un ami shoshone qui doit m'apporter des provisions.

— Eh bien, file, si c'est ça, maugréa-t-elle.

Elle sourit malgré sa mauvaise humeur apparente et le vieil homme balança gaiement sa canne en s'éloignant. C'était un affreux crapaud cornu, mais elle aimait les hommes qui avaient le sens de l'humour. Et même avec la fillette, elle se sentait seule dans sa caravane.

Sarah serra le chaton contre son cou ; elle se dressa sur la pointe des pieds pour regarder partir le drôle de vieux monsieur.

— Pour mon anniversaire, dit-elle à Zigzag, je veux aller pique-niquer, manger de la glace au chocolat... et un gâteau au chocolat. Avec plein de crème.

Le chat se pourlécha et ronronna.

Wyoming

Le policier enfila ses fins gants de cuir et plongea une main derrière le siège du pick-up. Ses doigts trouvèrent le lourd instrument dans le sac en grosse toile. Harry MacFie plissa les yeux pour voir dans la nuit étoilée. Il était près de minuit et la lune ne se lèverait pas avant trois bonnes heures. Il avait assez de temps, mais il ne fallait pas traîner. Il ne pensait pas à ce qu'il avait en tête, le temps de la réflexion était passé. Il avait déjà franchi ce cap.

Il laissa le pick-up garé à l'ombre de la station-service. Ses bottes crissèrent sur le gravier blanc lorsqu'il approcha de l'arrière du bâtiment. La grosse pince coupante qu'il portait était lourde et massive, elle lui étirait les muscles du bras. Il revit mentalement son plan et les écueils possibles. Au cas, improbable, où on le verrait dehors, il n'y avait aucun problème. Il était un officier de police assermenté, il passait dans le coin, avait vu une pince coupante sur le parking et s'était arrêté pour vérifier. Si on le trouvait à l'intérieur, c'était plus coton, mais il s'en sortirait. Il avait vu le cadenas fracturé et était entré pour enquêter. Arrêter le voleur... ou les voleurs. L'idée le fit sourire. C'était lui le voleur ! Si on apprenait ça au quartier général de Cheyenne, il était cuit. Il pouvait dire adieu à sa retraite. Il soupira, c'était trop injuste. Ah, le métier de policier n'était pas fait pour les mauviettes !

À deux pas de la porte de derrière, MacFie s'arrêta et se retourna, dos au bâtiment. Ses yeux bleus perçants fouillèrent la pénombre, l'oreille aux aguets. Il n'y avait rien à voir, sinon les plaines étoilées et moins d'une demi-douzaine de bâtiments. À l'est, les lumières des rues de Bitter Springs scintillaient sans conviction. Il n'y avait rien à entendre, sinon le lointain grondement d'un diesel en route vers l'ouest. Et le léger vent qui gémissait sous les avant-toits du bâtiment désert. Un vent froid.

Le policier se mit au travail. En moins de quinze secondes, il avait cisaillé le cadenas. Avant de partir, il l'empocherait et le remplacerait par un cadenas identique. C'était utile d'avoir un ami serrurier à Denver. Le cadenas de rechange avait le même numéro de série, le même fonctionnement que celui qu'il avait détruit. Lorsqu'on y mettrait une clé, il s'ouvrirait de la même façon. MacFie était content de lui. Il ferma la porte derrière lui et posa la pince contre le mur. Heureusement, il n'y avait pas de fenêtre dans la réserve ; il tourna le commutateur et plissa les yeux quand les deux rangées de néon s'allumèrent en grésillant.

Il regarda autour de lui. Il y avait un bureau métallique dans un coin et des cartons un peu partout. C'était pour la plupart des marchandises de luxe... qu'on pouvait vendre n'importe où, sauf en territoire mormon. Des marchandises dont on ne trouverait pas trace de l'origine. C'était du travail facile. On pouvait gagner sa croûte en cambriolant. Pas étonnant qu'il y eût autant de voleurs dans ces chers vieux États-Unis.

Sans ôter ses gants, il se mit à l'ouvrage.

Il lui fallut près de deux heures pour trouver ce qu'il cherchait. C'était dans un petit placard derrière le panneau d'un disjoncteur. Bien que fatigué, MacFie aurait volontiers dansé la gigue! Maintenant, quand il obtiendrait le mandat de perquisition, il saurait exactement où chercher. Bien sûr, il ne trouverait pas tout de suite. Il resterait en retrait, laissant les Fédéraux tenter leur chance. Ils trouveraient peut-être grâce à leurs chiens renifleurs. Sinon, il serait obligé de leur donner un coup de main. Après une telle prise, il passerait lieutenant en moins de deux.

Le policier remisa son butin dans sa cachette et prit soin de remettre le panneau du disjoncteur en place. Il ne fallait pas qu'on voie qu'il avait été déplacé. Sinon, le butin disparaîtrait et MacFie devrait tout reprendre à zéro.

Une paire d'yeux épiait le pick-up du flic. Naturellement! Le sergent MacFie faisait encore des siennes! Ah... ce fouineur était en train de poser un sérieux problème.

Mais tout problème a sa solution.

MacFie referma soigneusement la porte derrière lui. Il accrocha le nouveau cadenas et le boucla. La lune n'allait plus tarder à apparaître, il était temps de filer. Il regagna son véhicule d'un pas lourd, brisant le silence de la nuit. Même le vent avait cessé de gémir pour n'être plus qu'un faible murmure.

MacFie tira le gant de sa main droite avec les dents et pêcha les clés dans sa poche. Il ouvrit la portière, lança le gant dans la cabine, se glissa au volant et mit le contact. Il était en train de remiser la pince coupante à l'arrière quand il sentit, plus qu'il n'entendit, une présence derrière lui. Les poils de sa nuque se hérissèrent. Il se retourna lentement et vit la silhouette qui se découpait dans la lueur des étoiles reflétée par le mur de parpaings blancs de la station-service Texaco. Instinctivement, comme s'il s'était tapé sur le pouce avec un marteau, MacFie s'exclama :

— Mer...

Il ne put terminer son juron.

Pour Noah Corbeau Dansant, le voyage urgent jusqu'à la réserve des Utes du Sud avait été le plus beau moment de sa vie. Il s'était arrêté dans plusieurs routiers, avait mangé des hamburgers graisseux et bu des litres de café. Pendant le trajet, il avait vaincu sa timidité coutumière. Il avait bavardé aimablement avec les conducteurs de Reo rouillés, de Ford flambant neufs, de vieux gros-culs Mack, et de Peterbilt chromés avec des couchettes luxueuses aménagées derrière la banquette. Ces chevaliers des temps modernes conduisaient des semi-remorques rutilants, des camions à plateau maculés de cambouis et des tombereaux automoteurs poussiéreux. Ils fumaient cigarette sur cigarette, portaient des bottes luisantes et de merveilleux stetsons ; les femmes avaient des jeans moulants et des chemises à carreaux. Et ce petit monde transportait tout ce qu'il fallait transporter. Des tonnes de maïs des plaines de l'Iowa pour nourrir les bœufs du Nebraska que mangeaient les mineurs du Montana, qui extrayaient le charbon pour alimenter les usines de Chicago où on produisait l'acier pour une manufacture de Gary qui fabriquait les tracteurs rouges dont les fermiers de l'Iowa avaient tant besoin. Les anciens le disaient souvent : tout dans ce monde, tout ce qui se passe... est un grand cercle.

Noah s'était enquis des conditions de circulation entre Leadville et Buena Vista, et, vers le sud, pour le col de Poncho. Il avait aussi lu sur leurs lèvres les merveilleuses histoires sur certains endroits comme Creede, où le Rio Grande naissant regorgeait de truites arc-en-ciel qui mordaient à n'importe quel appât, même le chewing-gum. Et Telluride, Snowmass et Aspen où les touristes étaient riches, beaux et intelligents. Noah, qui n'était ni riche ni beau, et pas très intelligent, se dit qu'il aimerait se mêler à cette reluisante catégorie.

Dans un routier de Salida, Noah était en train d'avaler sa troisième tasse de café. Il réfléchissait au seul moyen de sortir du cercle. Tandis qu'il méditait, une Noire svelte vint s'asseoir sur le tabouret à côté de lui et commanda un verre de babeurre. Le Shoshone lui demanda où elle allait.

Elle conduisait, lut-il sur ses lèvres sensuelles, un gros-cul à Salt Lake City.

Il se retourna et vit le camion. La marchandise était recouverte par des bâches vertes. Quel était donc son chargement ?

Les lèvres s'étirèrent dans un sourire. Quatre douzaines de cercueils en pin.

La fin du cercle. La boucle était bouclée.

Noah paya et sortit rapidement. Il était très en retard.

Le jour se levait quand il arriva dans les terres de la tribu autrefois féroce des Utes du Sud. Il fut soulagé de s'apercevoir que la carte que lui avait dessinée Blue Cup était fidèle et facile à suivre. Il trouva le campement du vieil homme niché dans un arroyo peu profond, près de l'embouchure du *Cañon del Serpiente*. Blue Cup n'était pas là, mais son petit feu de bois était encore tiède et son sac de couchage était roulé et calé dans la fourche d'un pin pignon.

Noah déchargea la Jeep, monta la tente du chamane et y déposa les cartons d'approvisionnement, boîtes de conserve, bières, boissons non alcoolisées, et papier toilette.

Le reste de la journée, le Shoshone patrouilla les environs entre le *Cañon del Serpiente* et le grand lac artificiel qui tenait son nom des Navajos. Il repéra l'emplacement de chaque cabane, la disposition de chaque ranch et de chaque ferme. Surtout, il sut où étaient parqués les chevaux.

Il découvrit aussi où habitait Daisy Perika. Il fit attention de ne pas être vu près de sa caravane parce qu'elle avait de puissants pouvoirs... un peu comme Blue Cup. Elle avait un neveu, un certain Moon, qui travaillait dans la police des Utes du Sud. Moon et Mrs. Perika n'étaient pas des gens qu'on pouvait traiter à la légère ; Blue Cup l'avait mis en garde.

Le soir, assis seul devant un feu de camp, il se mit à rêvasser. Il voulait désespérément recouvrer son ouïe. Il avait aussi la nostalgie de son campement du Wyoming, à l'ombre de la butte de Crowheart — où le chef Washakie s'était rendu célèbre. On disait que la nuit précédant son combat singulier avec Big Robber, le chef shoshone avait reçu un signe des cieux. Une flèche de feu avait traversé le ciel et frappé le visage de la lune — un présage de victoire. Noah Corbeau Dansant voulait recevoir un signe lui promettant le retour de son ouïe. Il demanda à Coyote de lui envoyer un signe depuis l'endroit où vivaient les esprits. Ou depuis la nuit où vivaient les fantômes. Un signe de n'importe où. Ce n'était pas trop demander.

Il attendit patiemment. Pendant au moins cinq minutes.

Pas de signe.

Il bâilla. Trop fatigué pour monter sa tente de fortune, il rampa sous la Jeep et déroula sa couverture de laine. Peu après, il ronflait.

Il ne sentit pas la silhouette grisâtre se faufiler en silence dans le campement. Le coyote erra quelque temps, reniflant à droite et à gauche. Il s'allongea près de la Jeep, son long museau calé sur ses pattes. Le coyote regarda le sourd dormir. Bien qu'affamé, il ignora les délectables souris noires qui filaient sous son nez, souvent à quelques centimètres de ses crocs pointus. Il ne bougea pas d'un poil avant que les premières lueurs de l'aube ne pointent à l'horizon.

Les rêves du Shoshone s'étaient mêlés aux effroyables histoires que le *bugahant* lui avait racontées — d'affreuses rencontres avec des fantômes qui habitaient le *Cañón del Espíritu* et les horribles démons reptiles qui se cachaient dans les coins sombres du *Cañón del Serpiente*. Noah était perdu dans ces visions morbides quand il sentit des mains froides lui agripper les chevilles et le tirer de dessous la Jeep. Terrifié, il hurla et s'étouffa avec sa salive; il voulut se relever mais trébucha et tomba sur le feu de camp, se brûla légèrement les rares poils de la poitrine. Il roula sur le côté, vit la silhouette familière de Blue Cup dans la lumière du soleil levant. Le vieillard souriait.

Noah se redressa et frotta les cloques qui se formaient sur sa poitrine. Il ne lui vint pas à l'idée de se fâcher contre le puissant chaman.

— Content de te voir, Noah Corbeau Dansant.

Malgré la douleur, Noah esquissa un sourire aimable.

— Content de te voir, Blue Cup.

La compagnie du vieil homme lui avait manqué.

— Quand es-tu arrivé?

Noah s'essaya à la désinvolture.

— Hier.

Blue Cup le dévisagea d'un air furieux.

— Tu aurais dû être là depuis deux jours !

— C'est que... il m'a fallu du temps pour réunir le nécessaire à Bitter Springs. Y avait beaucoup de choses à acheter.

Le vieil Ute soupira. Les bons domestiques se faisaient rares.

Noah regarda un faucon glisser dans le ciel. Il hésita à poser la question qui lui tenait à cœur.

— Comment as-tu... euh, fait pour... venir jusqu'ici ?

Blue Cup regarda le faucon déployer ses ailes et atterrir avec grâce sur le sommet d'un ponderosa mort. Le chaman désigna le majestueux oiseau de proie.

— J'ai mes propres moyens de locomotion.

Il attendit que la curiosité de Noah grandisse.

— J'ai voyagé dans les entrailles d'une énorme bête qui n'a pas d'âme. Elle grondait et branlait et je me demandais si, à la fin du trajet, mon esprit serait encore dans mon corps. En outre, ajouta-t-il d'un air mystérieux, beaucoup d'autres âmes voyageaient avec moi. Certaines étaient folles, certaines ne cessaient de hurler, d'autres...

Il fronça les narines.

— D'autres empestaient.

C'était cependant un moyen de transport très fiable.

Le Shoshone frissonna et, pour la énième fois, se mit à douter de sa vocation. Pour obtenir une part du Pouvoir, serait-il obligé de faire les horribles choses dont lui parlait Blue Cup ? Aurait-il le courage de voyager dans les entrailles d'une énorme bête, en compagnie d'une multitude de démons hurlants et puants ?

Blue Cup glissa une main dans sa poche pour vérifier s'il détenait toujours la preuve de ce qu'il avançait. Il frotta le talisman usagé entre le pouce et l'index. Sur l'objet se trouvait le symbole de la bête. Se trouvait aussi inscrit, indélébile dans la pulpe de pin, le nom même de la bête.

Greyhound[1].

Wyoming
Ranch Colter Hereford

Le cow-boy portait un vieux manteau doublé de mouton qui tombait jusqu'à ses genoux et un chapeau qu'il avait gagné au poker trente ans plus tôt. Son feutre marron était rabattu sur ses oreilles à moitié gelées.

Le vieux Pinky Coleman chevauchait Spooky Gus, un alezan fatigué qui aurait servi d'aliment pour chien si Pinky ne l'aimait pas tant. Ils avançaient, impassibles, dans le vent glacé qui les fouettait. Ils se dirigeaient vers la cabane de St. Peters où Pinky s'arrêterait pour la nuit. Pinky se fichait pas mal du temps. Le cheval, plus sensé, ne partageait pas son stoïcisme.

Pinky continuerait à mener cette vie jusqu'à sa mort parce qu'il était têtu comme une mule de l'Arkansas. Et parce qu'il était romantique. Il lui restait dix kilomètres de fils barbelés à vérifier avant la tombée de la nuit. Il se félicita : au moins n'avait-il pas à réparer la clôture endommagée. Il lui suffisait de prendre des notes et les jeunes chiens fous avec leur casquette de base-ball viendraient dans leur quatre-quatre faire le travail manuel. Pinky chevaucherait encore une heure, puis il s'arrêterait pour manger un des sandwiches à la mayonnaise qu'il gardait dans sa sacoche. Avec un quart de litre de babeurre. On le payait huit dollars de l'heure et il dormait (gratis) dans une cabane en rondin vieille de cent ans équipée d'une cheminée.

La vraie vie !

---

1. Compagnie d'autocars qui sillonnent les États-Unis. *(N.d.T.)*

Sa vue n'était plus ce qu'elle avait été; à trente mètres de la chose, il ne l'avait pas encore aperçue. Son cheval fit un écart et hennit. Prudent, le cow-boy se pencha sur sa selle, prit ses lunettes dans la poche de sa chemise et les chaussa. Il éperonna doucement les flancs du cheval.

— Allez, Spooky, tout doux.

L'alezan avança d'un pas hésitant; Pinky vit quelque chose comme une forme sombre... un peu plus haut sur sa droite. Juste de l'autre côté de la clôture. Il poussa son cheval et plissa les yeux jusqu'à ce que la chose se fixe clairement sur la rétine de ses yeux gris. C'était une tache noire dans un arroyo peu profond. Près de la route qui menait à la nationale.

L'alezan stoppa, campé sur ses antérieurs. On est bien assez près, disait Spooky Gus. Non, je ne bougerai plus d'un pouce. Pinky descendit de cheval et suspendit la bride aux barbelés. Machinalement, plus par habitude qu'autre chose, le cow-boy sortit le Colt 44 de sa sacoche et le fourra sous son ceinturon. Il pensa que si le coup partait tout seul, il ne pourrait plus avoir d'enfant. C'était bien le cadet de ses soucis. Les descendants qu'il avait déjà étaient tous avocats, politiciens ou autre. Ça ne valait pas la poudre qu'il fallait pour les expédier en enfer. Et Pinky avait soixante-dix-huit ans depuis mars, un peu tard pour élever des marmots.

Le vieux cow-boy gémit quand il força ses membres raides à escalader les trois rangées de barbelés. Il dévala prudemment la pente de l'arroyo rocheux. C'était pas le moment de se bousiller une cheville. Non, monsieur. Pas avec Spooky resté de l'autre côté de la clôture. Maintenant, il voyait assez bien. C'était sans doute un feu de camp. Certainement des citadins de Bitter Springs qui s'étaient offert un pique-nique. Ou une fête de jeunes défoncés. Heureusement qu'il n'y avait que des cailloux, sinon le feu aurait gagné tout le ranch.

Pinky n'était qu'à deux pas de la tache noirâtre quand il s'arrêta pour renifler. Pas de doute. De l'essence. Ce n'était pas un simple feu de camp... et il y avait plein d'ossements dans les cendres. Quelqu'un avait brûlé une vieille carcasse... Sans doute un chien mort... ou un agneau. Pinky remarqua une bizarrerie dans les cendres... quelque chose qui lui donna un haut-le-cœur. Il se courba et plissa les yeux pour être sûr de ne pas se tromper. Non, monsieur, aucun doute. C'était bien un crâne.

Un crâne humain.

Décidément, ce n'était pas un pique-nique.

16

Wyoming
City Limits Motel

Billy Stymes était dans sa position habituelle : dans une chaise longue, en face de la télé couleur. Il regardait la rediffusion de *Gilligan's Island*[1]. La brune était vraiment aux petits oignons.

Le téléphone sonna ; il attendit qu'Aggie réponde, puis se souvint que sa femme acariâtre était sortie faire les chambres. Il n'y avait que cinq clients. Les deux grands flics du Colorado (des connards incapables de retrouver leur cul dans le noir!), un jeune couple du New Jersey, et un représentant en spiritueux de Jasper. Billy décida de laisser le correspondant se lasser.

Le téléphone continua de sonner.

Quelle barbe! Billy avala les dernières gouttes tiédasses de sa bière, claqua la boîte vide sur la table de chevet, mit le fauteuil en position afin que ses pieds touchent le sol, et se rendit dans le bureau d'un pas traînant. Il décrocha d'un geste rageur.

— Qu'est-ce que c'est ?

Une agréable voix de jeune femme répondit :

---

1. Célèbre feuilleton diffusé depuis 1964. *(N.d.T.)*

— C'est bien le... City Limits Motel?
— Ouais.
Billy se gratta le ventre.
— Pourrais-je parler à...
— Une minute.
Il prit un crayon et un bout de papier.
— Allez-y, je vous écoute.
— Pourrais-je parler à Mr. Scott Parris?
Il nota le nom sur le morceau de papier.
— Il n'est pas là.
— Il a déjà quitté le motel?

La déception était presque palpable. C'était la petite amie du flic. Et si elle était aussi belle que sa voix le laissait entendre...

— Il n'est pas encore parti, mais il n'est pas là pour l'instant.
— Ah!
Un silence.
— Puis-je laisser un message?
— Bien sûr. Allez-y.
— Veuillez lui dire... que Anne a téléphoné.
— Anne qui?
— Anne Foster.
— Vous avez un numéro où il peut vous joindre?
Billy souriait tout seul.
— Il le connaît.
— Très bien.
Évidemment qu'il le connaît. Tu parles!
— C'est noté.
Il froissa le morceau de papier dans sa paume humide.
— Je vous remercie.
Elle raccrocha.

Billy Stymes jeta la boule de papier dans la corbeille. Vache, elle devait être vraiment chouette! Peut-être même aussi belle que la brune dans *Gilligan's Island*. Il retourna à sa chaise longue. Dommage que ce connard de flic n'apprenne jamais qu'elle avait appelé. Billy en gloussa de plaisir. Le demeuré empoigna une boîte neuve de bière mexicaine.

Le corbeau se balança sur son perchoir et croassa.

— Tu veux à boire, Petey ?

Le corbeau pencha la tête sur le côté et répondit :

— Pèle-moi un raisin.

Billy s'esclaffa.

— Pèle-le toi-même, Petey.

Bitter Springs, Wyoming

Le bureau du médecin légiste faisait cinq mètres carrés, les murs étaient peints en jaune et un vieux tapis vert usagé recouvrait le sol. Il y avait un bureau métallique gris contre la fenêtre qui s'ouvrait sur la rue ; sur le bureau, se trouvaient un carnet officiel jaune, une boîte peinte remplie de stylos et une plante en pot qui avait bien besoin d'être arrosée. Deux chaises étaient disposées pour les visiteurs, mais les trois flics restèrent debout.

Tommy Schultz, lieutenant depuis neuf ans de la patrouille de la police de la route, avait des yeux de cocker triste qui s'humidifiaient comme s'il essayait des lentilles de contact neuves.

— Harry MacFie est mort, marmonna-t-il pour la troisième fois.

Il hocha la tête... cela semblait tellement impossible... comme si le monde tournait à l'envers.

Moon et Parris se regardèrent.

— Vous êtes sûr que c'est les os d'Harry ? demanda le Ute.

— Nous avons retrouvé la boucle de son ceinturon dans les cendres.

— Vous avez une idée de ce qui a pu arriver ?

— Pas encore. Nous avons récupéré sa caisse dans la

brousse, à cinq cents mètres de la grand-route. À environ deux kilomètres de l'endroit où on a retrouvé... ses restes. Pas d'empreintes. Les poignées et le volant avaient été essuyés. C'est marrant... on a retrouvé le gant droit d'Harry dans le pick-up, mais pas le gauche.

Tommy Schultz fit sauter la capsule d'une limonade et but la moitié de la boîte. C'était un baraqué avec de grands yeux et un teint cireux. Il dévisagea les deux policiers du Colorado comme s'il n'arrivait plus à se rappeler où il les avait vus.

— Harry était du genre marginal... mais c'était mon meilleur flic.

Il éclusa sa limonade, écrasa la boîte entre ses mains et la jeta dans une corbeille en plastique. Deux grosses larmes roulèrent sur ses joues tannées ; il les essuya d'un revers de main.

— D'abord, cette femme, le crâne défoncé, clouée à un arbre, les yeux bouffés par les oiseaux. Maintenant, je perds mon meilleur officier... et il est rôti comme un...

Le lieutenant ferma les yeux et renversa la tête en arrière comme s'il contemplait les cieux.

— Dieu tout-puissant, aide-moi à retrouver le salaud qui a fait le coup.

Scott Parris se mit à faire les cent pas. Fatigué d'attendre, le Ute s'assit à califourchon sur une chaise.

La lourde porte à l'extrémité du bureau s'ouvrit et le médecin légiste parut. Elle ôta ses gants en caoutchouc ; les trois hommes cherchèrent des traces de sang, mais les gants étaient propres. Le petit bout de femme dégagea d'un geste une mèche de cheveux gris et les dévisagea à travers une paire de délicates lunettes cerclées d'or.

— La dentition ne laisse aucun doute. C'est bien Harry MacFie.

Le lieutenant Schultz pâlit encore plus.

— Il a... été brûlé vif ?

— On ne peut pas l'affirmer, Tommy. Il y a des

traces de coup sur le crâne. Je pense qu'on l'a frappé sur le front... assez fort pour le tuer. Ensuite, on a brûlé son corps.

Elle lança la paire de gants dans la corbeille.

Tommy blêmit davantage ; on aurait presque dit un cadavre.

— La femme papago est aussi morte d'un coup à la tête.

Il cligna des yeux en regardant Moon.

— Et l'arroyo où on a retrouvé les restes de MacFie n'est qu'à trois kilomètres de l'endroit où la pauvre femme a été clouée à un arbre.

Scott Parris regarda par la fenêtre la circulation dense. Tout était normal. Un semi-remorque ralentissait le trafic. Un break bourré de jeunes scouts. Un poids lourd avec des plaques du Montana. Une jeune femme à vélo. Tout le monde finissait par mourir, mais la vie continuait. Des individus mouraient, mais l'espèce survivait.

— Et ses... yeux ? demanda-t-il.

Le médecin légiste fourra ses mains dans les poches de sa blouse blanche immaculée. Elle comprenait Parris. Elle rêvait encore du cadavre sans yeux de Mary Frank.

— Il ne restait plus rien à examiner.

Parris ferma fort les paupières.

— Alors, on lui a peut-être enlevé les yeux avant de le brûler.

— Possible, répondit le médecin d'un drôle d'air, mais on n'en a pas la preuve. Bien sûr... c'est une hypothèse.

Elle pivota vivement sur les talons et quitta le bureau, laissant les trois hommes seuls dans la pièce froide et nue.

Tommy Schultz tourna le dos et contempla la pelouse que l'arrosage municipal avait du mal à entretenir. Il essaya de fixer son regard sur les branches d'un orme mort.

— Harry, dit-il d'une voix douce, tu aurais dû être plus prudent.

Cimetière de Bitter Springs

Sept hommes et une femme portaient le cercueil, quatre membres des marines et quatre officiers de la police de la route du Wyoming. Parmi ces derniers, le lieutenant Tommy Schultz, un capitaine de Rock Springs et un major de Cheyenne. Le major s'était arrangé pour qu'un cornemuseur joue pour Harry MacFie.

Charlie Moon et Scott Parris regardèrent les porteurs plier sous le poids du cercueil. Ils ne firent que quelques mètres, depuis la Cadillac noire jusqu'au chevalet en acier inoxydable à l'entrée de la tombe. À part les deux policiers du Colorado et les porteurs, il y avait environ deux douzaines de personnes.

Mrs. MacFie, qui s'appuyait sur le bras de Tommy Schultz, était une petite femme aux cheveux prématurément gris et au visage hagard. Elle se posta à côté du cercueil, avec dans les yeux de l'appréhension. Comme si ce vaurien de Harry allait soulever le couvercle et lui faire un clin d'œil. Encore une de ses mauvaises plaisanteries !

Charlie Moon fixait son regard par-dessus la veuve, vers un lointain sommet des montagnes de Wind River enveloppé dans une brume neigeuse. Dans cette région, l'hiver n'était jamais très loin. Moon entendit le bruit de la Miata avant Scott Parris. Le chef de la police regarda par-dessus son épaule ; il vit la voiture et son conducteur. Il reconnut les cheveux roux. Que faisait-elle là ? Soudain, il comprit. Bien sûr !

Moon lui souffla à l'oreille :

— Eh bien, part'naire, on dirait que Douce Chose a fait tout ce voyage pour te voir.

Parris tourna le dos, espérant qu'Anne ne s'apercevrait pas qu'il avait remarqué son arrivée. Les mâchoires comme un étau, il cracha presque :

— Elle travaille sur la même affaire que nous, Charlie. Pour nous, c'est une question d'homicides; pour Anne, c'est un papier.

Bien sûr : « Quel est le rapport entre l'horrible mort de Mary Frank et celle de Harry MacFie ? »

Moon remonta le tertre de pelouse jusqu'à un peuplier où Anne avait garé sa petite voiture bleue. Il toucha le rebord de son stetson et s'inclina.

Anne descendit de voiture et referma la portière sans bruit.

— Salut, Charlie. Désolée d'être en retard, mais j'ai eu du mal à trouver. T'aurais dû m'appeler plus tôt. J'ai roulé à fond depuis trois cents kilomètres, limitation de vitesse ou pas.

— Content de te voir, Anne.

Un léger sourire étira brièvement les lèvres de la jeune rousse. Elle désigna le dos de Scott Parris.

— Et lui ?

Moon porta son regard vers le groupe rassemblé autour du cercueil.

— Lui ? Oh... tu connais Scott. Il est surpris de te voir.

Il suivit Anne, qui s'arrêta à distance respectable de la tombe et sortit un petit calepin à spirale de son sac.

— J'ai fait un long voyage, Charlie, et faut bien que je gagne ma croûte. Raconte-moi ce qui se passe.

— Moi et Scott, on est venus ici à cause de Provo Frank, voir si on pouvait apprendre où il se cachait. On a découvert qu'il avait volé un objet appartenant à un vieil Ute qui vit dans une cabane dans la brousse. Scott... a trouvé les restes de... la femme de Provo. On est rentrés au Colorado, on a suivi quelques pistes qui n'ont pas abouti. Ensuite, Harry MacFie s'est fait descendre. On est revenus pour l'enterrement. C'est à peu près tout.

Le Ute se tenait légèrement en retrait de la jolie rouquine. La journaliste ne lui avait demandé ni noms ni dates. Ni de quelles pistes il parlait. Il savait qu'elle n'avait pas écouté un mot.

— Ensuite, une troupe de girl-scouts armées de crans d'arrêt a volé la Volvo de Scott et nos portefeuilles. Alors, moi et Scott, vu qu'on n'avait plus de moyen de transport et qu'on était fauchés, on a braqué une station-service Texaco et avec le butin on a acheté deux deltaplanes. On les prendra pour rentrer à Ignacio demain matin. Si le vent le permet.

Anne acquiesça d'un air absent.

Elle avait rempli une page de gribouillis. Le Ute se pencha par-dessus son épaule pour lire ce qu'elle avait écrit. On ne pouvait pas dire que les notes étaient fidèles à son récit :

> *Scotty est un gros con*
> *Scotty est un gros con*
> *Scotty est un gros con*

— Ça ne va pas lui plaire, remarqua Moon.

Elle leva les yeux ; ils brillaient de colère.

— Ça m'est égal que ça lui plaise ou non.

Une larme roula sur sa joue ; elle l'essuya vivement.

— De toute façon, Charlie, c'est un gros con.

— D'accord, mais je ne parlais pas de ça.

Elle le dévisagea de ses grands yeux bleus.

— Non ?

— Non. Il déteste qu'on l'appelle Scotty.

Un sourire amer se dessina sur les lèvres d'Anne. Elle tourna la page et se mit à écrire en grosses lettres capitales :

> SCOTTY SCOTTY SCOTTY
> SCOTTY EST UN GROS CON

Sur un monticule qui surplombe le cimetière

Colin MacFie était un membre du clan celte de Dubhsithe, comme disaient les Oronsay MacFie dans la rocailleuse langue gaélique.

Légèrement vaniteux, il resplendissait dans son kilt vert et rouge et sa veste en laine d'un vert profond. Son visage était aussi blanc que du marbre poli. Comme tous ceux du clan Dubhsithe avant lui, ce Colin avait la réputation d'être impatient. Mais comme il avait une mission à accomplir, il attendait sous les hauts pins en rongeant son frein.

Ah... soupira-t-il. C'était une triste mission solitaire. Il ne faut pas qu'on me voie. Mais patience, mon âme, car c'est pour des amis dans le besoin qu'une mission acquiert sa noblesse. Et assurément, Harry MacFie n'est-il pas un descendant direct d'Archibald MacFie, le bon roi écossais de la douce île d'Oronsay? Bien sûr, et tous les saints le savent! Or quand un tel homme passe de vie à trépas, la tradition doit être préservée. Oui, la tradition. Mais par le sang précieux des saints martyrs, c'est une triste mission solitaire. Peu importe, le corps refroidi d'un MacFie entendra le doux son de la cornemuse et le brave gars sourira certainement. En outre, il arrive aussi qu'un ou deux des parents entendent le doux message de la cornemuse. Et, l'entendant, sont grandement bénis. Cette pensée arracha une larme à l'Écossais; il l'essuya d'un revers de manche.

Colin médita sur les mésaventures que Dieu avait semées sur sa route ici-bas. Tant de jours passés. Tant d'étranges voyages.

L'Écossais gonfla sa cornemuse.

Scott Parris tournait le dos à la merveilleuse jeune rousse exaspérée. Et il sentait son regard rivé sur sa nuque. Il crut percevoir un parfum de chèvrefeuille. Qu'est-ce qu'Anne voulait qu'il dise? Qu'il continuerait à vivre, même sans elle, mais que sa vie serait sans saveur jusqu'à sa mort? Que voulait-elle à la fin?

Le fil confus de ses pensées fut interrompu par un long lamento en provenance de la colline voisine. Les premières notes n'étaient pas sans rappeler le son étouffé d'un klaxon de camion, bientôt remplacées par un air doux-amer et profondément mélancolique. La mélodie lui était familière. Oui, *Flowers of the Forest*. Parris se tourna pour voir où était le cornemuseur. Il fouilla des yeux une colline rocheuse où un épais bosquet de ponderosas penchait du côté des vents d'ouest.

Parris se tourna vers Daphné, qui portait une robe noire froissée. La grande femme tamponnait ses yeux rougis.

— Le joueur de cornemuse, dit-il, c'est une bonne idée pour l'enterrement d'un Écossais.

La serveuse, qui avait à peine perçu ses paroles, répliqua :

— Le joueur de cornemuse? Oh, c'est vraiment dommage.

Parris se pencha vers elle pour l'entendre par-dessus le vent qui retroussait le bord de son petit chapeau noir.

— Dommage?

— Oui, le garçon qui devait jouer de la cornemuse pour Harry... c'était un collégien de Casper. Hier soir, il a fait une chute de moto; il s'est cassé plusieurs côtes et fendu la lèvre.

Son expression amère suggérait que si le garçon avait un tant soit peu de cran, il serait venu quand même afin de jouer pour Harry.

Parris regarda de nouveau vers la colline. Il n'y avait personne. C'est de la suggestion, se dit-il. Le vent gémit dans les pins. C'est un effet de mon imagination.

Mais l'esprit est un monde infini en soi. Au même moment, les notes à peine audibles de *Amazing Grace* semblèrent planer au-dessus du cimetière. Venant d'on ne savait où. D'une contrée lointaine. Non, c'était de la folie pure ! Scott Parris décida d'ignorer ces sons importuns. Et pour ce faire, il se concentra sur les paroles du prêtre dont la profonde voix expressive était étrangement réconfortante, comme si le Sauveur parlait par sa bouche.

« ... celui qui entre par la porte est le berger des
[moutons
... et les moutons le suivront, car ils connaissent sa
[voix
... je suis venu pour qu'ils vivent
... et qu'ils vivent en abondance. »

Et les notes mélancoliques de la cornemuse se mêlèrent peu à peu au bruit du vent dans les pins. La voix résonnante de l'officiant dominait à la fois la musique et le vent.

« Dans la maison de mon Père... »

Le cornemuseur s'arrêta pour essuyer l'embout de son instrument avec un mouchoir en soie jaune. *Amazing Grace* était un morceau moderne, mais il était fort apprécié aux enterrements. Ah, Seigneur... bientôt ce morceau serait terminé. Le prochain serait le dernier de cette occasion solennelle.

Colin MacFie ne doutait pas un instant que le cadavre entendrait son hymne... Il reprit son souffle et entama *My Lodging's on the Cold Ground*[1].

Billy Stymes attendit de voir la vieille Buick poussiéreuse du Gros Sam quitter le parking du saloon de la Jarretière Roze. Le barman allait en ville... chez le coiffeur de Main Street. Il se faisait couper les cheveux le dernier samedi de chaque mois. Réglé comme du papier à musique. Billy souffla au corbeau perché sur son épaule :

1. Ma demeure est dans la terre froide. *(N.d.T.)*

— J'espère que tu tiendras ta langue devant Lizzie... C'est une vraie dame.

La dame en question était l'objet des désirs lubriques de Billy Stymes.

Lizzie Roze était assise à sa table habituelle, dans un coin du saloon de la Jarretière Roze; elle regardait par la fenêtre le geai bleu perché sur la branche de l'olivier russe qui se balançait. Le geai se mirait dans la vitre.

— Stupide oiseau, dit-elle, et elle alluma une cigarette.

Elle se détourna de la fenêtre quand elle entendit la porte grincer. Elle savait qui c'était. Chaque fois que Sam allait chez le coiffeur, Billy Stymes se pointait avec son foutu corbeau sur l'épaule. Réglé comme du papier à musique. Ce jour-là, naturellement, l'homme souriait comme un idiot.

Il s'approcha de la table comme un suppliant en hochant la tête.

— 'Jour, Miss Roze.
— Bonjour, Billy.

Elle n'eut pas besoin de faire mine d'être agacée.

Il regarda autour de lui, cilla plusieurs fois pendant que ses pupilles s'habituaient à la pénombre. Il n'y avait pas d'autres clients, tant mieux. Billy Stymes était un grand timide.

— Comment va la vie?
— La vie va à merveille. Tu veux boire quelque chose?

Elle savait exactement ce qu'il voulait. Billy Stymes, même s'il entrait dans la catégorie des spécimens frustes, était néanmoins un homme.

— Plus tard, peut-être.

Il regardait les genoux de Lizzie avec béatitude.

Elle s'esclaffa; son rire ressemblait au tintement de petites clochettes.

— Assieds-toi.

Il tira une chaise et s'assit. Le corbeau gigota pour garder l'équilibre. Billy se lécha les lèvres.

— On dit que....

Il rougit.

— On dit quoi, Billy?

Elle lui souffla la fumée au visage. Il était incroyablement stupide et transparent, et ces deux qualités agissaient presque comme un charme.

— On dit...

Il passa un doigt sous son col.

— On dit que tu acceptes parfois des paris.

Il fixait ses genoux avec une telle intensité qu'elle sentait son regard la toucher.

Elle croisa les jambes; sa robe noire remonta au-dessus des genoux.

— Je ne sais pas ce que tu veux dire... les paris sont interdits.

Son expression de petit garçon alarmé l'amusa.

— Toutefois... j'accepte de temps en temps les devinettes. Avec les clients que j'aime bien.

Billy transpirait. Il s'agita sur sa chaise.

— Tu veux dire que...

Il ne put terminer.

Lizzie se pencha vers lui.

— Tu veux deviner sur quelle cuisse se trouve la jarretière rose, hein, Billy?

Il hocha plusieurs fois la tête avec véhémence.

— Tu as l'argent, mon grand?

D'une main tremblante, il déposa un billet de dix dollars, un de cinq, et de la ferraille sur la table.

— Ça ne fait que vingt dollars, Billy.

Quel plaisir c'était de le taquiner!

— Les tarifs ont augmenté.

La déception passa sur le visage de Billy comme un nuage devant la lune.

— Mais je croyais...
— L'inflation, Billy, dit-elle avec un geste de sa main gracile. Maintenant, c'est quarante dollars. Tu poses quarante billets sur la table et tu choisis la jambe que tu veux. Je te montrerai la jarretière que je porte, mon Billy. Si elle est rose, tu gardes ton argent. Sinon... j'encaisse.

C'était amusant comme peu d'hommes demandaient à voir l'autre jambe. Pour s'assurer que la jarretière rose y était. Mais tout le monde savait que Lizzie avait de la morale. Elle n'aurait jamais triché avec un client.

— Mais j'ai pas les quarante, bredouilla Billy.
— Dommage.

Billy transpirait à grosses gouttes.

— Attends une minute. J'ai autre chose.

Il plongea une main dans sa poche et en sortit une bague brillante. C'était une pierre bleu turquoise de la taille d'une pièce de dix cents. Billy la posa triomphalement sur les billets.

Lizzie prit l'objet entre deux doigts délicats et fronça les sourcils.

— Du toc! dit-elle.

Elle repoussa la bague vers Billy dont la face rougeaude montra l'étendue de sa souffrance.

— No-non, bégaya-t-il. C'est pas du toc... c'est, ça vaut au moins vingt dollars. Je l'ai trouvée avec ces...

Il replongea la main dans sa poche et déposa une poignée de bijoux sur la table. Une douzaine de bagues, six ou sept bracelets et quelques boucles d'oreilles.

— Tu les as trouvés?

La question sonnait comme une accusation.

Billy ferma la bouche à temps, il se mordit presque la langue.

— Où as-tu trouvé ces bijoux de pacotille? demanda Lizzie d'un air étonné.

Elle s'était efforcée de paraître désinvolte, mais une femme dans sa profession n'en savait jamais trop...

Billy fit la moue. Il ramassa le plus gros bracelet et polit le faux corail rose avec sa manche.

— Dis-moi où tu les as trouvés, dit Lizzie d'une voix câline, raconte-moi tout... et peut-être que je te laisserai trouver la jarretière rose tout seul. Gratis, mon Billy.

Il la regarda d'un air de doute. Non, elle n'allait pas...

Elle fit valser ses hauts talons et posa lentement, l'un après l'autre, ses deux pieds sur les genoux de Billy.

Le bonhomme en suffoqua.

— Et quand tu auras trouvé la jarretière rose, souffla-t-elle, tu pourras m'enlever les bas. Ensuite, tu me passeras une jolie bague à un orteil.

Elle remua ses orteils avec grâce.

Billy Stymes sentit les battements de son cœur jusque dans ses oreilles. Il posa ses mains tremblantes sur les pieds de Lizzie et les caressa doucement, comme si c'étaient des petits chats qui se lovaient sur ses genoux. Il se pourlécha les lèvres et marmonna.

— Oh, mon Dieu... Oh, mon Dieu...

Il avait complètement oublié le stupide corbeau. L'oiseau se rappela à son souvenir.

— Temps de partir, cow-boy. Où il est?... Où il est?

17

C'est l'aube. Noah Corbeau Dansant dort à l'ombre de la mesa des Trois Sœurs. Il rêve. Il roule et grogne sous la couverture des surplus de l'armée.

Il se réveille de la réalité de ses rêves... retourne dans le monde irréel où le soleil est implacable, la nuit d'un froid insoutenable, où le vent n'arrête jamais de fouetter les pans dépenaillés de sa tente de fortune. Où l'homme a toujours soif, ou faim, ou mal aux dents. Et où, contrairement aux douces vierges de ses rêves, les femmes ne s'intéressent pas à lui. Noah quitte le monde réel de ceux qui dorment, un monde de visions héroïques. Où de jolies femmes lui parlent, le caressent, partagent même sa couche. Le Shoshone s'assied, repousse la couverture et se frotte les yeux. Le rêve était bien plus réel que le monde qui l'entoure. Dans ses rêves, Noah entend le moindre bruit, même celui des battements d'aile d'une hirondelle.

Lorsqu'il est éveillé, le Shoshone n'entend pas le bruit du vent dans les pins pignons, ni l'appel plein d'espoir de la grive bleue perchée sur la branche d'un chêne. Mais il se souvient de ses rêves.

Durant ces songes, il est toujours dans la région de Wind River. Dans ce dernier rêve, il était un grand oiseau que ses ailes faisaient planer au-dessus de la terre, loin, bien loin de ses soucis. Il venait de voler au-dessus de vastes canyons, il avait tournoyé sept fois au-dessus du ruban scintillant de la Wind, avait plané avec les buses à queue rousse au-dessus des sommets lointains de la chaîne d'Owl Creek. Mais c'est en planant au-dessus des monts Antelope que le présage lui était apparu. Le Shoshone sourd avait vu un pauvre lièvre assis sous un sumac vert. Un lièvre avec d'énormes oreilles. Bien que Noah se fût approché en silence, le lièvre l'avait entendu arriver. Et il lui avait parlé.

Maintenant, assis sur sa couverture vert olive, Noah repense à son étrange rêve-vision. Il sait ce qu'il doit faire. Il déroule une couverture jaune poussiéreuse et prend une vieille Winchester à pompe bien entretenue. Il glisse six cartouches de 22 dans le chargeur sous le canon.

La promesse du lièvre résonne dans sa tête.

Noah s'occupait du petit feu quand il sentit Blue Cup approcher. À cause de son infirmité, il ne l'entendit pas. Il ne le vit pas non plus et ne flaira pas davantage une odeur qui aurait trahi la présence du chaman. Noah Corbeau Dansant *sentit* la présence de son maître. Et c'est un frisson de peur qu'il ressentit. Mais c'était une peur délicieuse, comme celle que les jeunes Shoshones éprouvaient quand on leur racontait des histoires horribles. Des légendes de cannibales roux qui vivaient dans les montagnes Humboldt — dans des grottes obscures jonchées d'ossements de méchants petits garçons. Des légendes des terribles *NunumBi* — les petits êtres qui décochent des flèches invisibles aux enfants pas sages.

Il décida de faire semblant de ne pas avoir remarqué la présence du *bugahant*; Blue Cup aimait croire qu'il pouvait approcher en douce. Le Shoshone prit une pincée de poivre rouge dans un sac en plastique; il en saupoudra la peau pâle. La chair du lièvre n'était pas particulièrement bonne, et les oreilles étaient surtout un tas de tendons. Le Shoshone piqua chaque oreille au bout d'une baguette de pin pignon qu'il maintint au-dessus des braises. Tandis qu'il regardait les poils des oreilles griller, la présence de Blue Cup devint plus forte. Il imagina même sentir son souffle sur sa nuque. Mais c'eût été faire preuve de lâcheté que de se retourner ; Blue Cup aurait méprisé un tel aveu de faiblesse. Or Blue Cup détenait la clé du Pouvoir. Noah attendit que les oreilles du lièvre soient croquantes, puis se mit en demeure d'accomplir la tâche désagréable. Il mordait dans la chair filandreuse quand l'ombre de Blue Cup tomba sur ses épaules. Noah fit semblant de ne pas la remarquer.

Blue Cup avait noté que, depuis que Noah avait quitté l'influence stabilisatrice de ses parents, le jeune homme avait acquis de mauvaises habitudes. Il ne se peignait plus. Il négligeait souvent de prendre un bain ou de se laver les dents. Et n'ayant pas de mère pour lui faire la cuisine ni d'argent pour acheter à manger, le Shoshone avalait tout ce qu'il pouvait tuer avec sa carabine .22. Des écureuils gris, des lapins, des cailles. Quand il n'en trouvait pas, un porc-épic ou une tortue constituait son dîner. Un tel régime, Blue Cup pouvait le comprendre et même l'accepter. Mais voilà que Noah Corbeau Dansant consommait les oreilles filandreuses d'un lièvre ! Le vieil Ute renifla l'arôme du repas de Noah et fronça le nez. La puanteur des poils grillés était désagréable — il fallait se placer sous le vent pour éviter d'en être incommodé. Le chaman émacié se planta devant le Shoshone et attendit que Noah lève les yeux sur lui.

— Bonjour, Noah Corbeau Dansant.

Noah lut la phrase sur les lèvres du vieil homme.

— Bonjour, Blue Cup.

Il utilisa ensuite le mot shoshone pour désigner l'homme médecine afin de le flatter.

— Comment va le grand *bugahant* ?

Ce serait une terrible malchance que le vieillard meure avant de tenir sa promesse.

Blue Cup fit la moue en voyant le morceau d'oreille entre les dents jaunies de Noah.

— Pas très bien, mon ami shoshone.

Noah s'arrêta de manger. Il pensa offrir de cuire la carcasse du lapin pour le puissant *bugahant* ute, mais se ravisa.

— Pas très bien ?

Blue Cup porta son regard vers le *Cañón del Espíritu* et vers la caravane de Daisy Perika.

— Je n'ai pas trouvé la trace de Provo Frank... ce voleur.

Noah cracha une touffe de poils indigeste dans le feu qui lécha le morceau d'une longue langue de flamme.

— Peut-être, dit-il en arrachant un poil grillé coincé entre ses dents, qu'il est parti au Mexique.

Noah se disait toujours que s'il avait des ennuis il s'enfuirait au Mexique et vivrait sur une plage, quelque part.

Blue Cup acquiesça d'un air solennel.

— La fille du voleur habite avec la vieille.

Il s'accroupit de l'autre côté du feu.

— J'imagine qu'il reviendra. Même si les journaux disent qu'il a tué sa femme.

Noah soupira. Depuis quelque temps, les hommes agissaient mal. Mais un homme avait parfois des choses pénibles à faire. Le Shoshone mordit dans l'oreille du lièvre, puis se lécha les lèvres.

— Je t'aiderai à le chercher.

Blue Cup renifla et désigna le misérable repas.

— Qu'est-ce que tu manges ?

Le Shoshone hésita.

— Les oreilles d'un lièvre.

— Pourquoi ? demanda le chaman en soupirant.

Il croyait le savoir, mais cela l'amusait d'entendre les explications du Shoshone.

Le jeune homme parut indécis. Il s'essuya la bouche d'un revers de main et répondit avec toute l'assurance dont il était capable.

— Je mange les oreilles du lièvre pour que les miennes retrouvent le pouvoir d'entendre.

Le Shoshone était réellement très superstitieux. Mais il était aussi jeune et fort, donc utile pour un homme dont les os étaient devenus fragiles avec l'âge. Avec du doigté, Noah était en outre divertissant. Blue Cup se hissa sur ses pieds afin de dominer son élève crédule.

— Non, Noah Corbeau Dansant, dit-il d'un air faussement attristé, ce n'est pas comme ça que tes oreilles retrouveront le pouvoir d'entendre.

Noah sembla soudain défait. Il cessa de mastiquer et regarda d'un œil hagard les restes des oreilles du lièvre. Il avait fait tout cela... enduré cette horreur... pour rien?

— Qu'est-ce que j'ai fait de mal?

Blue Cup baissa les yeux sur le sourd qui attendait de lire sur ses lèvres. Le malin chaman parla en détachant les syllabes.

— Tu n'as rien fait de mal... mais tu n'en as pas fait assez.

Noah plissa le front d'étonnement.

— Je n'en ai pas fait... assez?

— Non. Je croyais t'avoir mieux appris.

Le vieil homme posa son regard au-delà de la tête de Noah, comme s'il pouvait voir les profonds mystères au loin. Il leva sa main droite dans un geste théâtral comme si cette main ridée était une aile en plein vol.

— Le pouvoir de l'ouïe n'est pas que dans les oreilles du lapin.

Il montra la carcasse près du feu.

— Le pouvoir de toute créature est dans chaque partie de son corps.

Il attendit.

Le Shoshone comprit peu à peu toutes les implications sous-jacentes, et il ne les aima pas. C'est la gorge sèche qu'il demanda :

— Tu veux dire que je... ?

— Oui, Noah Corbeau Dansant, tonna le chaman, car il avait appris qu'en parlant fort les hommes l'écoutaient, même les sourds.

Il fit une pause, pour l'effet dramatique, et reprit :

— Tu dois manger le lièvre tout entier si tu veux obtenir le pouvoir d'entendre. Et même là, ajouta-t-il, on n'a aucune garantie.

Noah se frotta le ventre.

— Oooohhh... je dois tout manger ?

— Tout !

Le chaman fixa le Shoshone d'un air belliqueux et montra la carcasse.

— Les yeux, la langue, le cerveau, les entrailles, les pattes. Et tu dois manger les os. Le plus fort du Pouvoir est dans la moelle des os. Mais, ajouta Blue Cup avec une note d'avertissement, tu ne mangeras pas les poils. Les poils de lapin constipent. Bien sûr, si tu n'as pas le cran... Peut-être n'es-tu pas destiné à recevoir le Pouvoir.

Le Ute tourna le dos afin que le Shoshone ne voie pas son sourire.

— Les pattes et les entrailles... ça sera dur. Quant aux os...

Noah fut pris d'une violente nausée.

— Je risque de les vomir.

Il fixa la carcasse d'un air incertain ; son estomac émit des protestations. Il fallait le faire, il le ferait. Mais cette désagréable tâche allait lui prendre beaucoup de temps.

Et beaucoup de poivre rouge.

Près de l'embouchure du Cañón del Espíritu

Daisy jeta un morceau de lard dans la poêle brûlante et regarda la graisse grésiller. Lorsqu'elle irait en ville, elle devrait faire quelques courses. Acheter de la farine et des œufs... et des vêtements pour Sarah. Son bon à rien de père l'avait déposée chez elle sans pratiquement aucun linge de rechange. Les hommes sont vraiment des ânes quand il n'y a pas de femme pour les guider.

Il y avait aussi le petit chat qui ronronnait constamment et se frottait contre ses chevilles avec la légèreté d'un papillon. Et qui grimpait partout, courait après les sauterelles et les papillons de nuit. Daisy Perika était sûre que ses yeux larmoyaient depuis l'arrivée du chat. Elle avait même commencé à éternuer. Sans doute une allergie.

Ses pensées dérivèrent sur l'enfant. Ah... l'enfant. Une petite fille pas plus haute que trois pommes qui se dressait sur la pointe des pieds pendant des heures pour regarder par la fenêtre de la caravane. Et qui, tout à coup, se mettait à tourner en rond dans la cuisine en posant des milliers de questions puériles. La conversation du matin résonnait encore aux oreilles de Daisy Perika.

— Tante Daisy, d'où vient le vent froid ?

— D'un endroit en haut du monde, dans les grandes terres de glace bleue où le soleil ne brille jamais.

— Où vont les nuages quand ils s'en vont ?

— Les nuages vont là où le peuple de Dieu danse la danse sacrée et invoque le tonnerre et la pluie.

Ses parents ne lui avaient-ils donc rien appris ?

— D'où la lune tire sa lumière ?

— Du soleil, mon petit. C'est un reflet... comme dans un miroir.

— Et le soleil, d'où il tire sa lumière ?

— Avant que la terre ne soit créée, Dieu a allumé un grand feu dans le ventre du soleil.

— Est-ce que Dieu a créé les serpents à sonnette et les lézards et les mille-pattes, tante Daisy ?

— Naturellement.

Le Grand Mystérieux, pour des raisons que Lui seul comprend, crée bien les petites bavardes qui ennuient les vieilles femmes avec d'éternelles questions. Pourquoi ne créerait-il pas aussi d'autres parasites ?

Après cette conversation, la fillette était restée longtemps silencieuse, fixant un petit scarabée noir qui gigotait, les pattes en l'air, sur le linoléum.

— Dis-moi, tante Daisy, avait enfin demandé Sarah... où on va quand on meurt ?

— Les petites filles pas sages qui ennuient leurs aînés avec des questions stupides, avait répliqué la vieille femme d'un ton bourru, elles vont dans des petites maisons carrées en glace. Avec pour toute compagnie des chèvres poilues et des ours affamés. Mais, avait ajouté Daisy avec tendresse, les petites filles sages vont dans les vertes vallées des montagnes de l'Été Éternel. Où il y a plein de fleurs, de ruisseaux et de jolis oiseaux jaunes.

— Les montagnes de l'Été Éternel, soupira Sarah. C'est là que j'irai. Je pique-niquerai avec les anges.

Tante Daisy par-ci, tante Daisy par-là. Vivement que ce moulin à paroles retourne en Utah, ou chez ses grands-parents papagos dans le désert d'Arizona où elle pourrait s'allonger sur un rocher au soleil, comme les lézards du désert. Alors, la paix reviendrait. Une paix infinie. Mais, inexplicablement, les yeux de Daisy Perika larmoyaient.

Encore ce damné chat, forcément !

Après le petit déjeuner, pendant que la vaisselle trempait dans l'évier, la chamane enfila ses bras raidis dans son imperméable. La fillette la regarda avec une lueur d'espoir.

— Non, tu ne viens pas avec moi. J'ai du travail.

Si elle n'était pas allée arracher des racines, elle ne l'aurait pas vu. Daisy Perika marchait vers l'embouchure du *Cañón del Espíritu* quand elle aperçut une silhouette solitaire, debout sur la falaise de la mesa des Trois Sœurs ; le corps svelte se profilait contre le ciel bleu pâle du matin. Il avait quelque chose d'étrange, en partie à cause de sa parfaite immobilité. Mais ce n'était pas tant ce qu'elle voyait que ce qu'elle sentait. Elle sentait son regard. Elle sentait son besoin de communiquer. Elle faillit l'appeler, mais hésita. Réflexion faite, elle préférait qu'il ne sache pas qu'elle l'avait vu. Elle n'était pas sûre d'avoir reconnu l'homme qui se tenait là-haut tel un guetteur. On aurait dit Provo Frank. Mais il avait quelque chose de... différent.

Un objet brillant aveugla un instant la vieille femme. Sans doute le reflet du soleil sur une pierre. Elle cilla.

Il avait disparu !

Daisy se retourna. Il était temps d'aller voir à sa boîte aux lettres si elle avait du courrier.

Assise sur les marches de son porche, Daisy Perika feuilletait l'hebdomadaire tribal. D'après le *Southern Ute Drum*, la police de quatre États recherchait Provo Frank... il avait tué sa femme papago, il n'y avait aucun doute. La chamane n'arrivait pas à croire qu'il ait fait une chose aussi horrible — mais c'était écrit dans le *Drum*, noir sur blanc. Donc, tout le monde penserait que c'était vrai. Et peut-être... Mais elle refoula cette affreuse éventualité.

Moins d'une demi-heure plus tôt, elle avait vu Provo Frank, aussi sûr que deux et deux faisaient quatre — debout au bord de la mesa des Trois Sœurs. Elle avait longuement réfléchi à ce qu'elle devait faire. Le mieux serait que Charlie Moon arrête Provo. Si un autre le trouvait avant, il risquait de ne pas l'attraper vivant. Provo était un entêté... qui n'avait pas peur de se battre. Mais il aimait bien Charlie.

Cependant, comment prévenir son neveu alors qu'elle n'avait pas le téléphone et si peu de visites ? Cela semblait sans espoir. Mais le père Raes disait souvent que quand on ne savait pas vers qui se tourner, il fallait prier. Demander de l'aide. Dieu, lui avait plus d'une fois assuré le prêtre catholique, savait déjà exactement ce dont on avait besoin, mais il fallait quand même le lui demander. Cela semblait bizarre. Mais quand la chamane avait besoin d'aide, elle n'avait pas pour habitude de ruminer des questions philosophiques.

Elle inclina la tête et pria.

— Dieu, tu sais que je n'ai pas le téléphone et que j'ai besoin de joindre Charlie. La femme qui apporte le courrier est déjà repartie et je n'attends pas Gorman Sweetwater avant au moins une semaine. Si tu pouvais m'envoyer quelqu'un... et, à propos, insista-t-elle, c'est plutôt important ; alors vaudrait mieux faire vite.

Elle leva les yeux vers les cieux et attendit, pleine d'espoir. Sachant que le Grand Mystérieux répondait toujours à ceux qui avaient ne fût-ce qu'un minuscule grain de moutarde de foi. Elle se disait qu'elle avait, elle, une bonne livre de grains de moutarde de foi. Au moins.

Naturellement, certains affirmaient que les voies de Dieu étaient impénétrables... d'autres prétendaient que le Créateur de l'Univers avait un incroyable sens de l'humour.

Peu après, elle entendit le bruit d'un moteur. Cela venait de très loin. Daisy Perika ferma les yeux et tendit l'oreille. Ce n'était pas le gros Blazer de Charlie Moon. Ni le vieux pick-up Dodge de Gorman Sweetwater avec son pot d'échappement branlant. Non, c'était un bruit inconnu.

— Sarah, cria Daisy à travers la porte moustiquaire, reste à l'intérieur !

L'automobile apparut au-dessus de la crête plantée de genévriers. C'était une grosse berline noire. Une vieille, avec des ailes rouillées, qui traînait derrière elle un nuage de fumée bleue. Le pare-chocs avant cliquetait comme s'il était attaché avec du fil de fer. Des volutes de fumée s'élevaient du capot — l'engin émettait un gémissement aigu... il ressemblait davantage au véhicule d'un démon qu'à une voiture fabriquée à Detroit. À peine avait-elle pensé à cette ressemblance que Daisy fut à même de voir plus distinctement la voiture.

Il n'y avait pas de conducteur !

La vieille femme faillit s'enfuir en courant, mais la peur la paralysa. L'engin allait la renverser, l'écraser, l'aplatir comme une crêpe. Daisy se tourna vers le porche et tenta vaillamment de s'échapper. Elle sentait presque le souffle de la machine du démon sur sa nuque, et son couinement aigu résonna dans son crâne. Elle avait presque atteint la porte quand le moteur toussota, cracha, puis s'arrêta.

Daisy jeta un coup d'œil par-dessus son épaule. Elle retint son souffle quand le diesel hoqueta à deux reprises, crachota de nouveau, puis s'éteignit définitivement. La chamane se retourna pour examiner l'automobile. Elle était vieille et laide.

On appela son nom.

— Daisy... ma chère Daisy !

La chamane ne répondit pas... c'était peut-être un démon. Ou la Chouette Blanche du pays des morts.

Un filet de fumée s'échappait du capot. Mais il n'y avait toujours personne dans la berline. On cria de nouveau.

— Ah, tabernacle !

La femme ute reconnut la voix. Elle hésita, fronça le nez devant le tas de ferraille rouillée.

— Louise Marie ?

Pas de réponse. La Ute soupira profondément et essaya d'oublier son cœur affolé. Elle s'avança cahin-caha, bravant les arômes de pétrole brut et de caoutchouc grillé.

Daisy ne vit la vieille femme aux cheveux gris qu'en arrivant à côté de l'automobile. Louise Marie LaForte était assise sous le volant, telle une grosse grenouille à l'ombre d'un champignon vénéneux.

— Ah, crotte et zut! Maudite ceinture, tabernacle de tabernacle!

Daisy effleura du doigt la lourde portière.

— Depuis quand tu conduis?

La vieille Canadienne française trifouilla la boucle chromée de sa ceinture de sécurité.

— Depuis mardi dernier, tiens. C'est le jour où j'ai acheté cette voiture à un fermier qui élève des cochons.

Son visage s'éclaira d'un charmant sourire qui révéla une rutilante dent en or.

— Maintenant, je peux venir te voir dès que l'idée m'en prend.

Daisy resta impassible.

— Ne te dérange pas trop pour moi, tout de même.

— Oh, ça ne me dérange pas!

Louise Marie tripatouilla la ceinture.

— Je serais venue avant, mais je ne me sentais pas trop bien. J'avais les boyaux un peu dérangés.

— Oui, il paraît qu'il y a une saloperie qui traîne.

Daisy posa les yeux sur la tête de la petite bonne femme puis sur le pare-brise craquelé et poussiéreux.

— Comment diable arrives-tu à voir la route?

— Oh, pas très bien. Faut que je regarde à travers le volant.

Elle réussit enfin à débloquer sa ceinture.

— Faudra que je me trouve des coussins pour m'élever un peu.

Daisy l'aida à décoincer la lourde portière; Louise Marie mit pied à terre en poussant un gros soupir. Elle était encore plus petite que Daisy.

Louise Marie ouvrit la portière arrière, sortit une grande sacoche en plastique rose, puis se pencha en avant pour regarder Daisy avec ses yeux de myope.

— Et voilà, dring-dring ! fit-elle en agitant les doigts d'une main.

La chamane la considéra d'un air soupçonneux.

— Quoi, dring-dring ?

— Je suis ta nouvelle représentante Avon, annonça Louise Marie d'un air important.

Daisy recula d'un pas.

— Ma nouvelle quoi ?

La vieille Indienne était lente à la détente, mais Louise Marie se flattait d'être d'une patience angélique.

— Ta représentante Avon... tu sais...

Elle leva de nouveau une main et agita une clochette imaginaire devant le visage ahuri de Daisy.

— Je suis ta dring-dring locale.

— Ah oui, maugréa la chamane avec un ricanement, j'en ai entendu parler. Mais entre donc, je vais te faire du café.

Elle se souvint à temps de la fillette.

— Laisse-moi juste une minute pour mettre un peu d'ordre. Attends-moi sur le porche, je reviens te chercher.

Louise Marie parut s'impatienter ; elle jeta un œil sur sa montre plaquée or qui ne marchait plus depuis que son mari, envolé de longue date, avait ouvert le couvercle pour mettre trois gouttes d'huile de vidange dans le mécanisme compliqué.

— Bon, d'accord, bougonna-t-elle, mais fais vite. J'ai un large secteur à couvrir et plein de gens à voir.

Daisy se pencha à l'oreille de la fillette et lui souffla :

— La représentante Avon est là. Cache-toi sous l'évier avec ton chat.

Si Louise Marie LaForte apprenait que Sarah était là, tout Ignacio le saurait avant le lendemain. On commencerait à dire que la fille de Provo était chez Daisy Perika. Pourquoi n'était-elle pas chez les parents de sa mère, en

Arizona ? Voilà la question que tout le monde se poserait.

— Je ne veux pas me cacher sous l'évier, protesta Sarah. Il y a des gros cafards.

— Alors, va dans la chambre à coucher. Et pas un bruit, je me débarrasse d'elle dès que je peux.

Sarah cueillit son chat et alla dans la chambre sur la pointe des pieds.

Daisy Perika alluma le réchaud et posa la cafetière à moitié pleine de café refroidi sur le feu.

Elle ouvrit ensuite la porte et Louise Marie se hissa péniblement en haut des marches.

— Entre, dit Daisy avec la résignation d'une victime acculée au mur, et montre-moi ce que tu as à vendre.

La Canadienne jeta des regards inquiets autour d'elle.

— Où ai-je donc mis mes échantillons ?

— Tu les as dans la main, fit Daisy en montrant la sacoche rose.

Louise Marie rit de bon cœur.

— Mais oui ! Je n'arrête pas d'oublier où je mets les choses.

— Il paraît que c'est souvent comme ça avec l'âge, compatit Daisy.

— Ah, ma mémoire, quelle passoire ! J'oublierais même où j'ai caché les œufs de Pâques.

Elle s'assit à la table de la cuisine et sortit une poignée d'échantillons de sa grande sacoche en plastique.

— Voyons voir... j'ai de l'eau de Cologne, de l'huile de bain.

— Ah, non, je ne veux pas de truc gras dans mon bain. Je risquerais de glisser et de me casser quelque chose.

— Et du rouge à lèvres ?

— J'en mets jamais.

Louise Marie hésita. Mais c'était une professionnelle et l'Indienne avait besoin de conseils.

— Tu sais, Daisy, dit-elle avec le sourire, si tu... euh, si tu te mettais en beauté, tu... trouverais peut-être un homme.

Daisy se renversa en arrière et croassa. Et éternua. Finalement, elle réussit à répondre.

— J'ai eu des hommes dans ma vie, et laisse-moi te dire une bonne chose. À la longue, ils ne valent pas les ennuis qu'ils nous causent.

Elle essuya une larme et plissa les yeux.

— Crois-moi, Louise Marie, une femme est bien mieux lotie sans un homme pour la tracasser.

Les yeux de la Canadienne française se mouillèrent. Daisy se rappela trop tard que l'homme de Louise Marie avait filé des années auparavant pour ne jamais revenir. Elle regretta sa remarque. C'était une chose d'avoir un mari mort ; ce n'était pas sa faute, on ne pouvait lui en vouloir. Mais un homme qui quittait le domicile conjugal, c'était autre chose. Même si on était mieux sans lui, c'était malgré tout un sale coup. Daisy s'approcha de Louise Marie et lui tapota la main.

— Oui... ce type qui t'a amenée du Canada... euh... j'arrive plus à me rappeler son nom... Bruce Deux Poneys.

— Henri Chien Gris, renifla Louise Marie.

— C'est ça... le petit Micmac.

— C'était un Iroquois, des Cinq Nations, rectifia Louise Marie d'un ton sec. Et il faisait un mètre quatre-vingt-cinq pieds nus.

— Oui, acquiesça la chamane, je me souviens de lui comme si c'était hier.

— J'ai plus jamais entendu parler de lui, dit Louise Marie, la lèvre tremblante. Je ne sais même pas s'il est encore en vie.

— T'en fais donc pas, la réconforta Daisy. Y a de grandes chances qu'il ne soit plus de ce monde.

Elle avait entendu dire que les Micmacs ne vivaient pas assez vieux pour voir grandir leurs petits-enfants.

Inconsciente de l'expression horrifiée de Louise Marie, Daisy poussa la sacoche du bout du pied.

— Bon, t'as bien là-dedans quelque chose pour moi.

Elle coula un œil à l'intérieur. C'était un étrange assortiment; tout n'était pas de la marque Avon. Il y avait des bijoux de pacotille, des dizaines de rouges à lèvres, de la lotion après rasage dans des flacons aux formes bizarres : pistolets, voitures anciennes et même un rhinocéros. Et du mascara.

— Tu as un catalogue?

Louise Marie repoussa la question d'un geste nerveux.

— Non, j'ai pas de catalogue, aujourd'hui... mais j'ai de l'huile pour bébé.

— Quoi? demanda Daisy d'un ton acide. Qu'est-ce que tu veux que j'en fasse?

La représentante s'était requinquée.

— Notre huile pour bébé, gazouilla-t-elle, est excellente contre les insectes. Comme les gros moustiques noirs qui viennent nous sucer le sang en juin.

Daisy prit un flacon de lotion après rasage en forme de fusil à silex.

— Je ne savais pas qu'on les fabriquait encore.

— Tu as raison, mon chou, fit Louise Marie avec une note d'anxiété dans la voix. C'est que... je ne vends pas les nouveaux produits à quatre sous, juste les... euh, vieux classiques.

Daisy regarda la drôle de petite bonne femme d'un œil suspicieux.

— Louise Marie, essaierais-tu de me vendre des produits usagés?

— Ils ne sont pas usagés.

La petite Canadienne hésita.

— Tous mes produits sont... sont ce qu'on appelle dans le commerce... euh, des secondes mains.

— Eh bien, quelle différence? Mais où les...

— Dans les marchés aux puces, fit Louise Marie d'un air de défi. Je ne fais que les grands classiques.

La chamane sourit.

— Tu n'es pas une représentante Avon officielle, n'est-ce pas, Louise ?

C'était pour cette raison que la Canadienne n'avait pas de catalogue.

— Si tu veux aller par là... *non*[1]. Mais j'ai de très bons produits de collection.

Daisy soupira. Depuis une semaine, tout allait de travers. Elle se leva pour éteindre le réchaud et prendre la cafetière qui bouillait.

Louise Marie se passait du rouge à lèvres seconde main ; elle avait une tache cramoisie sur le menton.

— Tu vois, une vraie starlette ! Ah, ça ajoute quelque chose, non ?

— Oui, acquiesça Daisy. Oui, ça ajoute quelque chose.

Quoi, mieux valait ne pas le dire. Mais Daisy se sentit soudain coupable. Louise Marie était peut-être fofolle mais elle avait bon cœur et elle méritait d'être mieux traitée.

— Je prendrai un flacon d'huile pour bébé antimoustiques. Mais je ne pourrai pas te payer avant de toucher ma Sécu le mois prochain.

Louise Marie claqua des mains de joie.

— Ça ne fait rien, mon chou. Tu es ma première cliente, je te le laisse à un prix soldé.

Daisy s'aperçut que cette drôle de petite bonne femme pourrait lui être utile. Provo Frank était quelque part dans la nature. Il serait bon que Charlie Moon l'apprenne. Elle versa le café dans une tasse en plastique et la poussa vers la fausse représentante d'Avon.

— J'ai un service à te demander.

Louise Marie était toujours heureuse de rendre service.

---

1. En français dans le texte. *(N.d.T.)*

— *Oui...* qu'est-ce que c'est?

Elle but une gorgée de café et grimaça. Elle marmonna quelque chose en français que la chamane ne comprit pas. Cela valait mieux.

Daisy regarda avec dégoût la tache de rouge à lèvres sur la tasse de Louise Marie.

— Je n'ai pas le téléphone, c'est dur pour moi de contacter les gens.

— Tu devrais te le faire installer, dit la visiteuse. Moi, j'ai le signal d'appel sur ma ligne; je ne sais pas ce que je ferais sans ça.

Louise Marie attendait; aucun appel ne venait. Sauf les voix impersonnelles lisant de longs laïus sur les bonnes causes, immanquablement suivis d'une demande d'argent pour les pauvres veuves abandonnées. Louise Marie était si reconnaissante qu'on l'appelle qu'elle envoyait toujours un dollar ou deux après avoir reçu le chèque de sa pension. Maintenant, son nom était sur la liste d'un nombre incalculable d'œuvres caritatives.

— Oui, je vais me le faire installer, déclara Daisy.

Elle coula un œil vers la boîte de café rouge sur une étagère au-dessus du poêle. Dans la boîte, sous une demi-livre de café, elle avait caché quinze dollars et quelques pièces.

— Faudra seulement qu'ils installent une dizaine de kilomètres de ligne pour me brancher. Oh, ajouta-t-elle, sarcastique, je pourrai peut-être payer la compagnie avec un sac de jolies pierres.

— Oh, non, Daisy, fit gentiment Louise Marie avec le ton d'un professeur s'adressant à un enfant retardé, je suis sûre qu'ils voudront du liquide.

Elle passa la cuisine en revue, et n'y vit rien de neuf.

— Oui, du liquide... rubis sur l'ongle.

La chamane soupira, exaspérée. Il y avait pire que la solitude, la visite impromptue des casse-pieds. Elle se cacha le visage dans les mains et ferma les yeux.

— Louise, dit-elle doucement, quand tu retourneras en ville, j'aimerais que tu ailles au poste de police et que tu voies Charlie pour moi.

Louise Marie fut ravie d'avoir une excuse pour aller voir Charlie Moon; elle aimait beaucoup le grand policier ute. Il répondait toujours à ses appels, même si elle dépendait de la juridiction de la police d'Ignacio. Elle enviait Daisy Perika d'avoir un neveu aussi beau pour prendre soin d'elle... elle n'avait personne.

— Qu'est-ce que je devrai lui dire ?

— Tu diras à ce grand bison que je veux qu'il vienne me voir tout de suite. Séance tenante.

Louise Marie fut prise d'un doute.

— Il paraît qu'il est quelque part... dans le Nord... au Wyoming.

— Alors, fit Daisy d'une voix ferme, dès qu'il sera rentré, dis-lui que je t'ai demandé qu'il vienne tout de suite.

— C'est important ?

— Non.

Louise Marie resta une heure de plus, mettant la chamane au courant de ce qui se passait en ville.

Finalement, elle se leva en grognant, jeta un regard mauvais sur la tasse de café, comme Blanche-Neige sur la jolie pomme.

— Bon, fit-elle, faut que je me sauve. J'ai d'autres clientes à voir.

Elle fit un signe de la main et se dirigea vers la porte. Daisy la suivit jusqu'à sa voiture, bizarrement désolée de la voir partir. Elle fit le tour de l'automobile noire, examina le pare-chocs arrière.

— Louise Marie, cette plaque d'immatriculation est vieille de cinq ans !

Le petit bout de femme s'installait sous le volant, soufflant et grognant.

— C'est que, dit-elle pour se justifier, la voiture est bien plus vieille que ça.

— Si la police voit ça, prévint Daisy, elle te retirera ton permis de conduire.

— Ah, s'esclaffa la Canadienne en mettant le contact, tant pis pour eux!

La chamane s'accouda à la portière.

— Tant pis pour qui? La police?

— Ouais, pouffa Louise Marie. J'ai pas le permis.

Sur ces mots, elle enclencha la marche arrière et recula en faisant patiner les roues.

Daisy regarda l'auto bondir par-dessus la colline, apparemment sans chauffeur. La vieille chamane se signa.

— Que Dieu et les anges te protègent, Louise Marie. Et, ajouta-t-elle après réflexion, que le Grand Mystérieux protège les conducteurs qui auront le malheur de croiser ta route.

Sarah était assise au pied du petit lit de Daisy; elle souffla dans l'oreille de son chat:

— Zigzag... j'ai pensé à quelque chose. Tu veux savoir?

Le chat ronronna; Sarah prit cela pour une réponse positive.

— Papa va revenir nous chercher. J'aimerais aller en pique-nique. Tu veux venir aussi?

Le chat avança son museau, ronronna et lui lécha le lobe de l'oreille.

— Ah, fit-elle, je savais que tu voudrais.

Mais là où elle devait aller, le chat ne pouvait l'accompagner.

18

Wyoming, saloon de la Jarretière Roze

Le gros Sam débarrassait une table quand il entendit le ronronnement du moteur; il jeta un coup d'œil par la fenêtre et vit la Harley noire. Le barbu baraqué qui en descendit était vêtu d'un blouson de cuir noir et de jambières en cuir à franges. Son T-shirt noir était frappé des mots MISSING IN ACTION. Il portait un foulard rouge crasseux autour de la tête; des lunettes de soleil bleu ciel avec des verres ronds étaient perchées sur son nez rouge. Le début d'un ventre de buveur de bière tressauta quand il marcha jusqu'à la porte du saloon de la Jarretière Roze.

— Hé, Lizzie, gloussa Sam, on a un client.

Elle regardait la télévision installée au-dessus du comptoir.

— Quel genre?
— Le genre cul-terreux.

La porte s'ouvrit et l'homme entra d'un pas assuré. Il posa une cuisse sur un tabouret et s'accouda au bar. Il tripota machinalement les bouts gominés de sa moustache en guidon de vélo.

Lizzie lissa sa robe sur ses hanches minces et passa derrière le comptoir.

— Qu'est-ce que je vous sers ?

Le motocycliste s'éclaircit la gorge et gratta son cou tanné.

— Ce que tu me sers, ma jolie...

Il la toisa de haut en bas d'un œil appréciateur.

— Ce que t'as de meilleur. Quelque chose, ajouta-t-il lentement, pour m'amidonner le gosier.

Lizzie se pencha au-dessus du comptoir en chêne, le visage à dix centimètres du motard.

— Ça m'étonnerait que t'encaisses ce que j'ai de meilleur, fiston. Ou...

Elle sourit et se pourlécha.

— Ou que tu aies les moyens.

L'homme fourra une patte noircie dans sa poche revolver. Il ouvrit un portefeuille en toile et exhiba une liasse de dollars de deux centimètres d'épaisseur. Il en tira un billet de cent dollars et l'étala sur le comptoir. Sous le menton de Lizzie. Elle s'efforça de ne pas mater le billet tout neuf. Mais elle ne put se retenir.

Le client ricana, exposant une rangée de dents parfaites entre ses lèvres gercées.

— Donne-moi ta meilleure camelote, poupée, j'ai de quoi assurer.

Bishop Boulevard, Cheyenne
Commissariat central de la police de la route

— Lloyd Cuffman, dit le barbu vêtu d'un costume trois pièces en tendant la main.

Il annonça cela comme si les deux flics du Colorado avaient dû entendre parler de lui.

— Six ans à la CIA, quatre à la DIA[1], neuf chez les

---

1. Defense Intelligence Agency : Service secret de l'armée. *(N.d.T.)*

Stups et les quatre dernières années en agent infiltré sur le terrain.

Il redressa le menton.

— Quand j'arrête des trafiquants de drogue, ils plongent. Et pour longtemps.

— Charlie Moon, dit le grand Ute. Je verbalise surtout les piétons imprudents. S'ils veulent jouer au plus malin avec moi, j'appelle leur maman.

— Moi, c'est Scott Parris. Je surveille les parcmètres.

Cuffman, qui détestait les plaisantins, réussit à esquisser un sourire. L'effort le fit grimacer.

— Asseyez-vous, les gars, dit le lieutenant Tommy Schultz en indiquant un canapé en cuir avachi contre le mur.

Charlie Moon s'assit le premier ; les ressorts grincèrent. Parris prit place à côté de son ami. Ni l'un ni l'autre ne savaient pourquoi le lieutenant de la police de la route les avait convoqués pour rencontrer le flic de la DEA.

Cuffman joua avec les pointes gominées de sa moustache.

— L'officier Schultz nous a contactés quand il a découvert les notes de feu l'agent Harold MacFie.

Tommy Schultz hocha poliment la tête et prit la relève.

— Harry MacFie soupçonnait Lizzie Roze de vendre de la drogue dans son saloon. Il ne m'en a jamais parlé. J'imagine qu'il voulait régler l'affaire tout seul.

Et rafler la mise, bien sûr.

Le flic des Stups arpentait le bureau, les mains derrière le dos.

— Ç'a été plus facile que prévu, dit-il. J'ai débarqué au saloon de la Jarretière Roze en Harley, avec des fringues en cuir.

Il s'arrêta pour adresser un sourire aux policiers.

— En vingt minutes pile, j'ai fait affaire. De la cocaïne. Première qualité, pure.

Il attendit une réaction élogieuse qui ne vint pas.

— Nous avons arrêté Lizzie et Gros Sam dès que les experts de la DEA ont authentifié la substance, déclara Schultz.

Cuffman bomba le torse.

— Grâce à la came que j'ai achetée, on a obtenu un mandat de perquisition. On a fait venir Storm Trooper, notre meilleur chien. Il a trouvé la planque en dix minutes.

Le barbu s'esclaffa et caressa sa moustache.

— C'était derrière le panneau d'un disjoncteur. Les trafiquants se croient malins. Merde, nous l'aurions trouvé sans le chien en moins d'une heure !

Moon se leva. Il devinait où cela menait.

— Provo était peut-être imbibé, mais je ne crois pas qu'il ait acheté de la drogue.

Le Stup haussa les épaules.

— Vous avez peut-être raison, mais...

Il jeta un coup d'œil vers Tommy Schultz.

— La patronne du saloon avait peut-être arrosé son verre.

— Pourquoi aurait-elle fait ça ? demanda Parris.

Cuffman haussa de nouveau les épaules.

— Qu'est-ce que j'en sais ? Elle voulait sans doute le droguer pour lui vider les poches. Ou juste pour le pied. Ces gens-là... ne raisonnent pas comme vous et moi.

Dans sa bouche, c'était un compliment.

Moon se dit qu'il était temps de rentrer chez lui.

— Même avec toutes les preuves, je n'ai jamais cru que Provo... a fait ce qu'on a fait à sa femme.

— Écoutez, lâcha le Stup, exaspéré, cette Lizzie avait une vraie armoire à pharmacie. Des trucs classiques, cocaïne, crack, héroïne, LSD. Mais aussi des drogues nouvelles... que nos chimistes n'ont pas encore identifiées. Elle a peut-être versé dans son verre un truc qui l'a rendu dingue. Merde, ajouta-t-il, il peut se trouver encore sous l'effet du produit. Ou alors, ça part et ça revient. Provo Frank est peut-être un Dr Jekyll et Mister Hyde à l'heure qu'il est.

— Ça expliquerait qu'il ait attaqué mon agent, avança Parris.

L'image du visage massacré d'Alicia Martin défila devant ses yeux ; c'était comme si un démon avait lâché un bloc de glace sur son ventre. Il tourna le dos au flic des Stups et regarda par la fenêtre un frêne qui pliait sous le vent. Maudit vent.

— C'est pas tout, les gars, fit Tommy Schultz en baissant théâtralement la voix. Vous vous souvenez du gant qu'on a repêché dans le pick-up de Harry ? Les gars du labo ont trouvé des traces de cocaïne sur les doigts. C'est la même qualité que celle de la Jarretière Roze. Donc, Harry avait dû trouver la planque. Sans doute le soir où il est mort. Je parie que c'est Lizzie qui l'a tué.

Scott Parris se détourna de la fenêtre.

— De la cocaïne sur son gant, c'est loin d'être suffisant pour prouver sa culpabilité.

Schultz acquiesça.

— On a ce qu'il faut. Vous vous souvenez d'Aggie Stymes, la bonne femme qui tient le City Limits Motel ? Eh bien, elle nous a affirmé avoir vu le pick-up de Harry garé devant la station-service Texaco après minuit. À moins de deux cents mètres de la Jarretière Roze. La nuit où il a disparu. Bon, il n'était pas de service ce soir-là, et il ne roulait pas dans sa voiture pie. À mon avis, il fouinait autour de la Jarretière Roze après la fermeture. Il a trouvé la planque de la cocaïne et on l'a surpris. Lizzie ou Sam l'ont tué. Ils ont transporté le corps là-bas, l'ont aspergé d'essence et... y ont foutu le feu. Sans ce brave vieux cow-boy, on ne l'aurait peut-être pas retrouvé avant des années. Peut-être même jamais.

L'attention était tournée vers Schultz, qui n'en était pas peu fier.

— Quand j'ai obtenu le mandat pour le saloon de Lizzie, j'en ai aussi eu un pour perquisitionner chez elle et chez Sam. La commission rogatoire couvrait également les liens qu'ils pouvaient avoir avec le meurtre de Harry. Vous comprenez, on a trouvé un bout de fil noir sur un buisson, à l'endroit où le tueur a mis le feu au cadavre du pauvre Harry. Il se trouve qu'il correspond assez bien avec le tissu d'une des robes noires de Lizzie. Nous avons aussi relevé une empreinte sur la route en gravier qui colle pile avec une botte de Sam. Jusqu'à la punaise plantée dans le talon.

Parris dévisagea le lieutenant, dont le regard trahissait l'incertitude.

— Vous les avez interrogés ?

Schultz acquiesça.

— Jusqu'à présent Lizzie et Sam nient tout rapport avec le meurtre de MacFie. Mais on les tient pour la drogue et ils ne peuvent pas quitter la ville. Tôt ou tard, l'un d'eux voudra passer un marché... et faire porter le chapeau à l'autre.

Le Ute tendit la main à Tommy Schultz, puis au flic des Stups.

— Merci de nous avoir informés, les gars.

Si Provo Frank souffrait encore des effets de la drogue dévastatrice, il fallait absolument le trouver... avant qu'il ne cloue quelqu'un d'autre à un arbre. Provo ne devait pas être très loin de l'endroit où se trouvait sa fille. Et de tante Daisy. Moon s'adressa à Parris.

— Tu es prêt à rentrer, part'naire ?

Pour la première fois depuis qu'il avait mené Charlie Moon à l'arbre maudit, Scott Parris se sentit revivre. Tel un homme qui a des choses à faire. Il enfonça son chapeau sur ses oreilles et déclara :

— Tu parles ! Plus que prêt.

Colorado, réserve des Utes du Sud

Marche-en-Dormant attendait patiemment que sa petite-fille le borde. Il avait les mains et les pieds froids même si un courant d'air tiède soufflait de la fenêtre ouverte. Malgré sa vue défaillante, il savait qu'il faisait nuit. Il n'y avait pas de lumière en provenance de la fenêtre qui s'ouvrait sur le couchant.

La jeune femme gracile se pencha pour lui déposer un baiser sur le front.

— Bonne nuit, grand-père.

Lorsqu'elle s'arrêta sur le seuil de la chambre, il distingua à peine sa silhouette qui se profilait dans la lueur jaunâtre du couloir. Il attendit les quelques mots câlins qu'elle disait toujours.

Myra fit un signe de la main, comme s'il était sur le départ.

— Fais de beaux rêves, lança-t-elle.

Elle ferma la porte derrière elle et la chambre fut plongée dans le noir. Le vieil Ute pensa à Charlie Moon et au policier *matukach*. Pourquoi fallait-il que les jeunes ramènent le passé pour venir le hanter ? Il valait mieux que ces souvenirs restent dans l'ombre où ils erraient sans but, dans le désert de l'oubli — tels des fantômes sans foyer. Il s'aperçut qu'il était important que les policiers comprennent pourquoi Provo Frank avait volé un objet sacré à Blue Cup. Mais ils ne pourraient rien faire, quand bien même ils sauraient tout ce qu'il savait. Ce genre de problème avait besoin d'une tout autre solution. Cela risquait de prendre du temps, naturellement. Mais le Grand Mystérieux avait créé les minutes, les jours et les années ; il en avait plein en réserve.

Pendant qu'il pensait à cela, il dériva lentement dans le curieux monde grisâtre du demi-sommeil. C'était agréable. Dans ce monde-là, il n'était plus aveugle. Il se tenait sur une route en gravier, près de la rivière, et il voyait des tas de choses :

Les étoiles qui scintillaient au-dessus de la chaîne de San Juan.

Une oie sauvage qui courait dans un bosquet de saules, sur la rive du Piños.

Une vieille Packard noire qui passait en grondant. Nez Percé, le Sioux, agrippait le volant et faisait craquer les vitesses.

Une souche de pin... il vit une petite boîte en cèdre avec un merveilleux trésor à l'intérieur.

Maintenant, il pique-niquait sur la rive du Piños. Il y avait de drôles d'arbres sur la rive... pas les peupliers et les saules habituels... des arbres avec des fleurs blanches et roses... de grosses abeilles qui bourdonnaient autour des bouquets. On lui donna une tranche de pastèque fraîche... il mordit dedans et la trouva incomparablement sucrée. Il cracha un pépin dans la rivière. Il flotta, emporté par le courant.

Quelque chose de chaud lui frôla la cheville.

À ses pieds, le rêveur vit un petit chat qui miaulait à fendre le cœur ; le rêveur fut content de le suivre le long d'un étroit chemin qui serpentait, apparemment sans but, à travers des buissons de fleurs. Le chaton suivait quelqu'un. Loin devant, Marche-en-Dormant vit un homme mener un petit cheval. Sur le dos du poney était juché un enfant. Marche-en-Dormant et le chat trottaient derrière eux, mais l'homme, le cheval et l'enfant... disparurent dans l'épais brouillard de l'inconnu.

Marche-en-Dormant se sentit irrésistiblement attiré.

Au bout du chemin, presque cachée dans les arbres, se dressait une petite maison à la pelouse soigneusement tondue. Elle était construite en brique rouge, avec une belle cheminée bien droite, elle aussi en brique rouge. Le toit pentu était couvert d'ardoises grises. Il n'y avait pas de maison comme celle-là à Ignacio... mais elle parut familière au vieillard. Oui, il était déjà venu auparavant. Dans un autre rêve, peut-être.

Le chat franchit prestement le seuil de la porte ouverte; Marche-en-Dormant le suivit. Dans la structure en brique (ce n'était pas une habitation), il y avait une seule pièce, avec un papier peint d'un mauve profond. Le plafond était peint en blanc et des bougies de suif étaient plantées sur un lustre en fer forgé suspendu par une chaîne. La pièce était bien plus grande que la maison, mais cet étrange changement de dimensions ne rebuta pas le vieil homme. Un rêveur accepte les contradictions les plus absurdes. Il n'y avait que trois chaises dans la pièce, avec des dossiers droits, comme celles que les *matukach* fabriquent en Nouvelle-Angleterre.

Sur l'une d'elles était assis un jeune homme dont le visage semblait de pierre. C'était Provo Frank. Derrière lui se tenait son épouse, la femme des Tohono O'otam. Elle essuyait des torrents de larmes qui ruisselaient sur ses joues.

Les deux autres chaises étaient face à face devant eux; elles soutenaient un petit cercueil en bois.

C'était mauvais signe.

Marche-en-Dormant ne souhaitait pas s'approcher du cercueil, mais ses pieds l'y menèrent sans toucher le sol. Pendant qu'il glissait ainsi, comme un cygne sur un lac à l'eau immobile, le couvercle s'ouvrit. Le corps d'une fillette occupait le cercueil. Ses cheveux bruns étaient coiffés en deux nattes; elle tenait dans les mains un petit bouquet de roses jaunes. C'était mauvais de regarder le visage d'un mort... le rêveur frissonna et essaya de s'éloigner. Peu à peu, la sinistre vision se brouilla.

Le vieil homme battit des bras devant l'impénétrable obscurité dans laquelle il était plongé. Lorsqu'il retrouverait son souffle, Marche-en-Dormant appellerait sa petite-fille.

Le bébé dormait à ses pieds, blotti dans un carton tapissé d'une couverture de coton. Chigger Bug suçait son pouce et rêvait des seins de sa mère.

Marche-en-Dormant était assis sur une chaise rembourrée à la table de la cuisine, juste en face de sa petite-fille. Il la regarda de ses yeux opaques et ne vit que l'ombre d'une ombre. Il pianota sur la toile cirée bleue. Il lui avait parlé de son rêve. Myra était jeune, mais elle comprenait la tradition. Elle ne se moquait jamais de ses visions, c'était pour cela qu'il l'aimait tant.

Elle réfléchit longuement puis décréta :

— Tu devrais parler à la police.

Il releva qu'elle n'avait pas dit : « Il faudra que tu en parles à Charlie Moon. » Elle pensait au *matukach*. Il chercha sa tasse à tâtons et but une grande rasade de thé tiède. En outre, elle avait parlé d'une voix au timbre singulier. Il se plierait à sa volonté, comme toujours. Mais il ne fallait pas que cette forte tête s'imagine qu'elle commandait à la maison. Sinon, elle lui donnerait des ordres à longueur de journée comme s'il était un enfant.

Il s'éclaircit la gorge.

Mary se raidit.

— J'ai décidé d'aller parler à Charlie Moon, dit-il d'un air important.

Il marqua un temps d'arrêt et hocha la tête comme si quelque chose l'ennuyait.

— S'il est avec son ami *matukach*, il faudra que je trouve un moyen de me débarrasser de lui pour parler affaires avec Charlie.

Myra cacha un sourire. Elle ne savait jamais si le vieil homme la voyait ou pas. Ou s'il la devinait.

— Si tu crois que c'est pour le mieux, grand-père.

— Tu vas appeler Charlie... et lui demander de passer ?

Elle regarda sa vilaine robe d'un air déçu.

— D'abord, il faut que j'aille à Durango... faire des courses.

Acheter une robe ; et des chaussures neuves. Elle ôta d'une pichenette une peluche de sa robe élimée dont on voyait la trame.

— Charlie doit avoir beaucoup de travail. Il ne peut se déranger chaque fois que tu as quelque chose à lui dire.

Elle prit un air de conspirateur.

— J'appellerai le poste de police plus tard... voir si Charlie est là.

Elle parlerait au planton et lui demanderait si le beau *matukach* travaillait encore avec Charlie. Il était peut-être déjà retourné à Granite Creek. Elle jeta un coup d'œil vers le bébé.

— Avant de te conduire au poste, il faudra que je trouve quelqu'un pour garder Chigger Bug.

Les bébés effarouchaient parfois les hommes. Ils s'effrayaient facilement, comme des moutons, ces grands nigauds. Il leur fallait du temps pour s'adapter à une situation nouvelle. Et une femme intelligente pour les guider.

Le vieil homme sirota son thé dont il apprécia la douce chaleur sur ses gencives édentées. Il était content de la vie. Et de Myra. C'était une fille très intelligente.

Mais pas assez maligne pour tromper son grand-père.

Ignacio, poste de police des Utes du Sud

Sauf de brefs arrêts pour ravitailler la Volvo et le ventre affamé de l'Ute, Charlie Moon et Scott Parris avaient roulé non-stop du Wyoming au Colorado. Le policier ute était déçu. Il avait appelé le chef de la police Roy Severo depuis Bitter Springs et avait insisté pour qu'on envoie un policier chez Daisy Perika afin de la protéger, elle et la fillette. Severo n'avait pas fait grand cas des « hypothétiques » effets secondaires de la drogue ; il était certain que Provo Frank ne ferait pas de mal à sa fille. Tout le monde savait que le jeune homme adorait Daisy Perika, qui l'avait souvent protégé quand il était petit. Non seulement ça, mais Severo manquait d'hommes. Un agent était cloué au lit avec la grippe, un autre avait démissionné pour prendre un emploi mieux payé au casino de Sky Ute, et trois autres faisaient une battue dans la montagne pour retrouver deux chasseurs de cerfs égarés. Donc, sauf en cas de force majeure, c'était impossible.

En chemin, les deux représentants de la loi s'arrêtèrent au poste de police des Utes du Sud. Moon se servit un café au distributeur et jeta un coup d'œil à son courrier. Il trouva une note dactylographiée de l'agent de service.

— Tu te souviens de Louise Marie LaForte ? demanda-t-il à son ami.

Parris mordait à pleines dents dans un beignet rassis.

— La vieille Française qui t'appelle toutes les semaines ? Celle qui se plaint toujours des rôdeurs ?

Moon acquiesça.

— Elle est passée pendant qu'on était au Wyoming. Elle a dit à Nancy Beyal que tante Daisy voulait me voir. Elle sait peut-être où se cache Provo. La petite fille lui a sans doute dit quelque chose...

— Dix contre un que notre cher Frank campe à moins de cinq kilomètres de la caravane. Si j'avais laissé ma fille chez quelqu'un, je resterais dans les parages. Pour surveiller.

Naturellement, il n'avait pas de fille. Ni de femme.

Moon goûta son café, ajouta du sucre.

— Si notre gars souffre des suites de la drogue, dit Parris, il est peut-être dangereux.

Moon regarda sa tasse d'un air préoccupé.

— Le chef Severo ne voit pas les choses sous cet angle.

— Il semble inimaginable qu'il fasse du mal à sa propre fille, dit Parris.

C'était impensable. Mais le fumier avait épinglé sa femme à un arbre. Et fracassé le joli minois de l'agent Alicia Martin avec une canette de bière. Ce timbré avait besoin d'une bonne leçon.

— Ça m'étonnerait qu'il ait jamais donné ne fût-ce qu'une fessée à la fillette, dit le Ute. Mais s'il est drogué... De toute façon, j'ai l'intention d'aller chez tante Daisy surveiller les choses.

— J'irai avec toi. J'aurai peut-être une chance de l'épingler.

Parris regretta aussitôt son mot malheureux.

Moon allait répliquer quand une jolie jeune femme mince poussa la lourde porte; elle conduisait un vieil homme. Au cours de ses récentes visites à la réserve, Scott Parris avait vu presque toutes les jolies filles à vingt kilomètres à la ronde. Mais qui était cette jeune personne? Le vieil homme qu'elle tirait par la manche était Marche-en-Dormant. Ce devait donc être sa petite-fille maigrichonne. Celle qui avait ce gros bébé. Mais... comme elle avait changé!

Myra Cornstone portait une légère tenue d'été avec une jupe plissée; une ceinture rouge soulignait la finesse de sa taille. La jupe presque transparente battait sur ses genoux comme du papier de soie dans le courant d'air qui passait par la porte. La jolie jeune femme portait aussi des chaussures rouges à talons aiguilles qui semblaient sorties tout droit de chez le marchand. Le ton cramoisi des chaussures allait avec la couleur de ses lèvres luisantes. Myra n'avait pas son bébé sur la hanche, cette fois. Cette partie de son anatomie était... très libre, dépourvue de l'encombrant fardeau. Parris regarda les hanches osciller sous la jupe blanche. Malgré sa belle allure, la jeune femme semblait ne pas tenir en équilibre sur les talons aiguilles; cela ne faisait qu'ajouter à son charme juvénile. Observateur chevronné, Parris fut obligé de noter un fait significatif: elle portait des bas de soie. En outre, ces bas moulaient des jambes d'un galbe parfait. Un imperceptible motif de dentelle les ornait, visible seulement pour un œil attentif.

Or Parris était on ne pouvait plus attentif. Extrêmement attentif. Il se força à détourner son regard, qu'il posa sur le vieil homme ridé. Quel contraste! Il reporta son attention sur la jeune femme. Il avait peut-être deux fois l'âge de Myra Cornstone. Au moins. Il nota cependant qu'elle ne portait pas d'alliance. Pour autant que cela veuille dire quelque chose.

Conduire le vieillard avait été une rude épreuve pour la patiente petite-fille de Marche-en-Dormant. Le vieil Ute marchait la tête renversée en arrière, comme s'il regardait les cieux. Il s'appuyait sur deux cannes noires; la jeune femme le guida vers un siège. Après avoir remis l'aveugle entre les mains protectrices de Charlie Moon, elle s'approcha lentement de Scott Parris.

Il réagit de la seule manière qu'il connaissait. Il sourit et rougit. Et se marcha sur les pieds.

Myra déclina l'offre de la chaise qu'il lui montrait. Elle préféra se rapprocher encore de lui en souriant. Ces grands maladroits étaient tellement risibles, tellement nigauds! Et — soupira en elle-même Myra — terriblement attirants.

Marche-en-Dormant s'assit en grimaçant, comme s'il s'attendait à ce que la chaise soit inconfortable. Il promena son regard dans la pièce — à travers le brouillard perpétuel — jusqu'à ce qu'il trouve une silhouette floue assez grande pour être celle de Charlie Moon.

Le policier posa la main sur l'épaule de l'aveugle.

— Content de vous voir, grand-père.

— Ah... je serais content de te voir, moi aussi, Charlie Moon.

Il rit de sa plaisanterie.

— Tu te demandes pourquoi je suis venu?

— Non, dit Charlie d'une voix douce, je vous attendais.

Le vieil homme poursuivit comme s'il n'avait pas entendu.

— J'ai des trucs à te dire.

Moon tira une chaise et s'assit en face du vieillard.

— Quand tu es passé à la maison, tu voulais savoir comment c'était à Ignacio... en 1938... l'année où j'étais le chef de la tribu. Le bon vieux temps.

Moon fit signe à Parris qui délaissa la jeune fille et s'approcha.

— J'aimerais entendre ce que vous avez à dire, fit Charlie Moon.

Ayant perdu l'attention de Parris, la petite-fille se mordit la lèvre. Elle pivota en faisant valser sa jupe plissée et laissa l'écho d'un cliquetis de hauts talons dans son sillage. Elle trouva un distributeur dans le couloir, introduisit quelques pièces dans la fente et pressa le bouton Pepsi Light. Elle se dit en soupirant que le policier *matukach* ne s'intéressait sans doute pas à une femme qui avait un enfant à élever. Les hommes étaient de tels gamins ! Il n'y en avait pas un sur cent pour savoir où était leur intérêt. Ni qui avait de l'intérêt pour eux. Les hommes... ces grands bêtas. Elle les détestait tous sans exception ! Sauf peut-être un... ou deux.

Mais la jeune femme, produit d'innombrables ancêtres qui avaient surmonté de bien plus grands obstacles, ne s'avoua pas vaincue. Oh, non ! Cette fille de tribus dont les noms se perdaient dans la préhistoire n'avait pas dit son dernier mot. Myra jeta un regard mauvais sur le distributeur de boissons fraîches. Elle réfléchit. Complota. Elle rejeta un plan, puis un autre. Finalement, la jeune Ute ôta une de ses jolies chaussures neuves. Très délibérément, en équilibre sur un pied, elle introduisit le talon dans la fente des pièces refusées, et força jusqu'à ce que le talon se sépare de la fine semelle.

Ainsi prête, elle sourit.

Marche-en-Dormant tourna son regard vers la silhouette brumeuse de Scott Parris. Il renifla.

— Tu es l'homme blanc... le policier *matukach* de Granite Creek ?

— Oui, acquiesça Parris.

Marche-en-Dormant fronça le nez.

— C'est ce que je pensais. Je reconnais un homme blanc à son odeur.

L'aveugle ne vit pas la moue de mécontentement sur le visage de Moon.

— Grand-père, cet homme est mon ami.

Marche-en-Dormant gloussa.

— Alors, tu devrais lui demander de partir, que je te parle des affaires utes.

— Écoutez, dit fermement Moon, Scott Parris est mon partenaire. Tout ce que vous me direz, il peut...

— Charlie, coupa Parris, je crois qu'il vaut mieux que je te laisse seul avec ce charmant vieux monsieur.

— Oui, dit Marche-en-Dormant en lui faisant signe de dégager, pourquoi ne vas-tu pas voir si ma petite-fille se porte bien ?

Scott Parris était ravi de quitter la compagnie d'un vieillard qui l'insultait. Et encore plus de rejoindre une personne qui n'était pas fripée comme une prune desséchée et qui n'était pas déjà adulte quand les frères Wright avaient volé dans leur bidule. Une chose menant à une autre, il alla retrouver la jeune femme qui savait si bien porter les robes légères. Et les bas de soie.

Myra était assise sous un orme dans le parking. Elle tenait une chaussure cassée dans une main, et son talon dans l'autre. Lorsqu'il fut à six pas d'elle, il s'aperçut que des larmes mouillaient son joli visage.

Le policier bourru fut saisi d'une vague de tendresse... et d'incertitude.

— Eh bien, Myra... euh, Miss Cornstone... que se passe-t-il ?

Myra soupira et haussa les épaules, comme si sa vie était vide et sans espoir. Elle essuya une larme d'un revers de sa petite menotte.

Marche-en-Dormant se frotta un genou enflé et se

demanda combien il lui restait de temps avant de traverser la rivière aux eaux profondes.

Charlie Moon approcha sa chaise du vieil homme.

— Vous avez insulté mon ami, reprocha-t-il.

— Je sais, pouffa Marche-en-Dormant. Et je l'ai fait exprès.

Les vieux ont certains droits. Et certaines responsabilités. Envers le Peuple. Envers la famille. Surtout envers une petit-fille célibataire qui a un fils à élever. Maintenant, l'imprudent *matukach* trouverait ce qu'il cherchait. Ou celle qui le cherchait. Marche-en-Dormant sourit d'un sourire édenté. Il espérait que l'homme blanc avait un tas d'argent en banque. Ou au moins quelques terres.

— Grand-père, dit Charlie Moon, ça m'aiderait de savoir ce que Provo a volé à Blue Cup. Ça a peut-être un rapport avec l'année où vous étiez chef de tribu.

L'aveugle inclina la tête de côté.

— 1938, acquiesça-t-il. Je ne sais pas exactement ce que Provo Frank a volé, mais il y avait quelque chose...

Moon se pencha vers lui.

— Oui ?

— C'était quelque chose de très puissant, dit rêveusement le vieil homme. Un sifflet. Sculpté dans l'os de l'aile d'un aigle.

— Les sifflets en os ne sont pas si rares, remarqua le policier ute. J'aurai peut-être du mal à l'identifier.

Le ventre de Marche-en-Dormant tressauta de rire.

— Oh, tu devineras tout de suite dès que tu le verras. Il est grand comme ça, dit-il en écartant son index de cinq centimètres de son pouce. Et il est entouré d'une bague en argent.

Moon s'accroupit près du vieillard.

— Qu'est-ce que vous pouvez me dire d'autre sur le sifflet, grand-père ?

Marche-en-Dormant ferma les yeux ; son visage s'était durci.

— Rien.

Parris essaya, sans succès, de remettre le talon sur la semelle de la chaussure rouge.
— Comment s'est-il défait?
Myra haussa les épaules.
— J'achetais une boisson au distributeur... et, hop, il s'est cassé.

Elle se tenait debout en équilibre sur un pied. Elle s'appuya légèrement contre lui, pour ne pas tomber.

Parris s'excusa gauchement de n'être pas « habile de ses mains pour les réparations ». Myra protesta qu'il avait de très belles mains et qu'il ne devait pas s'inquiéter pour la chaussure. Elle économiserait de l'argent et s'en rachèterait une autre paire. Elle leva vers lui deux yeux de biche. Peut-être l'accompagnerait-il et l'aiderait-il à en choisir une autre? Elle avait aussi besoin de linge. « Juste des petites choses », précisa-t-elle. Elle détourna les yeux pudiquement pour indiquer que ces « petites choses » ne pouvaient être nommées devant un monsieur.

Le grand flic rougit comme une betterave écrasée et marmonna des propos incohérents sur les chaussures qui n'étaient plus ce qu'elles avaient été. Myra l'avait peu à peu poussé vers le tronc d'un gros orme. Il essaya de parler; seul un filet étouffé sortit de sa gorge sèche.

Elle le regarda, un léger sourire aux lèvres.

Le policier passa un doigt sous son col. Il commença par transpirer à peine, puis à grosses gouttes, comme une mule à la mine.

La jeune femme connaissait la solution à son problème. Mais elle lui dit qu'elle pensait que son col était une taille trop petit. Et peut-être que sa cravate était mal ajustée. Myra ôta sa chaussure intacte et la repoussa du pied. Elle se dressa sur la pointe des pieds et lui déboutonna le col.

Parris fut instantanément soulagé.

Myra Cornstone s'occupa ensuite de la cravate... elle la redressa jusqu'à ce qu'elle soit parfaite. Étant méticuleuse de nature, cela lui prit un certain temps.

La tension artérielle de Parris grimpa à un tel niveau qu'il entendait le sang battre dans ses oreilles. Mais cela ne le dérangeait pas. Mais alors, pas du tout.

Myra Cornstone. Il se répéta le nom cent fois. Oui, c'était un bien joli nom. La jeune fille gracile aurait été affublée d'un nom aussi grotesque que Poupée Boueuse Malfagotée qu'il l'aurait trouvé à son goût... et très romantique.

Marche-en-Dormant ferma les yeux et réfléchit. Il n'y avait rien que Charlie Moon ou toute la police du Colorado puissent faire pour éviter ce qu'il avait vu en rêve. Sa terrible vision défila une fois de plus devant ses yeux aveugles... le cavalier emportant l'enfant... les parents éplorés... la petite fille dans le cercueil... telle une poupée gelée dont les yeux étaient fermés pour toujours. Marche-en-Dormant avait vécu tant d'étés qu'il en avait perdu le compte, mais il savait de nombreuses choses.

Par exemple ceci : il y a les rêves, et il y a les visions.

Les rêves sont parfois vrais, mais ils disent aussi des mensonges.

Les visions ne mentent jamais. Jamais.

La fillette était soit morte... soit sur le point de mourir.

Non, se persuada-t-il. Même s'il en parlait à Moon, le grand policier prendrait cela pour un rêve de vieux fou. Mais Marche-en-Dormant n'était pas venu pour rien. Il avait parlé à Moon du sifflet sacré. Et en rentrant, Myra s'arrêterait au restaurant drive-in pour lui acheter un hamburger avec des oignons frits. Le vieillard se pourlécha les babines de plaisir.

19

Sur le seuil du poste de police des Utes du Sud, Moon et Parris regardèrent Myra Cornstone guider le vieil homme jusqu'à la Toyota rouge. Les cannes de l'aveugle cliquetaient sur le parking en gravier.

— Désolé que le vieux ait été aussi grincheux, dit Charlie à son ami. Tu as trouvé quelque chose d'intéressant pendant que je discutais avec lui?

Scott Parris sentit son cou rougir. Il essaya de détourner les yeux de la silhouette gracile en robe blanche... en talons aiguilles... mais c'était impossible.

— J'ai... euh... interrogé Myra... je veux dire Miss Cornstone.

— Très bien. Tu as appris quelque chose?

— Oui. Que j'aimerais avoir vingt ans de moins.

Moon rit si fort que Myra se retourna. Elle fit un petit signe de la main et sourit. Parris lui renvoya son signe d'un air béat.

— Je te l'ai déjà dit cent fois, fit le Ute. Tu sais drôlement bien t'y prendre avec les femmes.

Parris regarda la jeune femme manœuvrer le pick-up rouge pour sortir du parking. Elle abaissa sa vitre et lui envoya un baiser! Les genoux de Parris flanchèrent... le policier rougit des pieds à la tête et baissa les yeux sur ses souliers.

Moon secoua la tête, émerveillé.

— Ça alors ! C'est le pompon !

— Oh, je t'en prie, Charlie... ! Je suis juste une figure paternelle pour elle... c'est tout.

— Papa gâteau, oui !

Parris se dévissa le cou pour voir la Toyota virer dans la rue.

— Alors, qu'est-ce que le vieux schnock t'a raconté ?

— Il pense que l'objet sacré que Provo Frank a volé à Blue Cup est un sifflet en os.

— Un sifflet ? C'est tout... ?

Moon adressa un sourire à son ami *matukach*.

— Ce n'est pas un sifflet ordinaire. Il est sculpté dans l'os d'une aile d'aigle. Et il est entouré d'une bague en argent.

— Il t'a expliqué pourquoi Provo Frank voulait le prendre à Blue Cup... ou pourquoi c'est un objet aussi important ?

— Non, bougonna le Ute. Et le vieux renard en sait bien plus qu'il ne m'en a dit.

— Ah, il a de la couenne, le bougre !

Mais il a aussi une gentille petite-fille.

— Et si on allait rendre visite à tante Daisy ? fit Moon avec un sourire rusé. Elle t'aime bien. Tu pourras peut-être lui expliquer pourquoi il faut qu'on emmène la gamine... une garde à vue pour sa propre protection.

— Qu'est-ce que c'est que cette histoire ? renifla Parris. Je n'ai l'intention de l'emmener nulle part.

Il allait expliquer qu'il se trouvait en dehors de sa juridiction quand il fut interrompu par Nancy Beyal.

— Votre bureau de Granite Creek, Scott. On dirait que c'est urgent.

La préposée au standard lui tendit le téléphone sans fil.

Il appliqua l'appareil contre son oreille.

— Oui ?

Moon attendit ; Nancy dévisagea les deux hommes et partit reprendre son poste au standard.

Parris écouta le rapport de Clara Tavishuts.

— Ouais, je comprends. Entendu. J'y serai...

Il consulta sa montre.

— ... avant la nuit.

Il coupa la communication.

— Alors ? fit Moon. On dirait qu'il faut que tu partes ?

Les couleurs avaient déserté le visage du Blanc.

— Tu ferais mieux de venir avec moi.

— J'aime bien ta compagnie, Scott, mais faut que j'aille voir comment va Daisy Perika... et la fille de Provo.

— Ça attendra.

— Pourquoi ?

Parris mit le Ute au courant.

Trois minutes plus tard, la Volvo de Scott Parris et le gros Blazer de la police des Utes du Sud fonçaient sur la route 151, dépassant de loin la vitesse autorisée.

Scott Parris avait la nausée quand il arrêta sa Volvo sur la route en gravier ; Moon pila un mètre derrière lui. Le gyrophare de la voiture pie de Leggett tournait au même rythme que celui d'une ambulance. Celle-ci repartirait sans client. La camionnette grise du coroner du comté, qui bloquait presque l'étroite voie, procurerait le moyen de transport. Ce véhicule n'avait pas besoin de sirène pour se frayer un chemin parmi le trafic des vivants. Les passagers de la camionnette avaient une patience infinie. Pour eux, le temps n'existait pas.

Le soleil essayait vainement de percer la couche de brouillard puis s'effaçait. Une morne pénombre s'était déjà abattue sur le ravin rocheux, au-dessous d'eux.

Leggett marmonna quelque chose pour remercier Moon d'être venu si vite. Le policier agitait une torche comme un bâton tout en mettant brièvement le chef Parris et Charlie Moon au courant de ses découvertes ; l'état du véhicule, le pare-brise cassé. L'essieu cassé. Et le cadavre, la nuque brisée.

— Et cet accident, dit Moon à voix basse, car il avait l'impression d'être dans un cimetière. Vous savez quand c'est arrivé ?

Leggett montra la baraque du garde de la mine, au loin.

— Nous savons exactement quand c'est arrivé. Le surveillant qui travaille pour la compagnie minière a entendu un grand fracas il y a deux semaines. Le jour où Mr. Frank a volé le pick-up d'Eddie Knox. Il était juste sept heures du soir passées.

Moon observa le surveillant qui racontait son histoire à un policier du Colorado qui l'écoutait d'un air las.

— Il est certain du jour ?

Leggett acquiesça. Il ouvrit son calepin et relut ses notes.

— Le surveillant se souvient du film qu'il regardait à la télévision quand il a entendu le bruit ; nous avons vérifié. C'était *La Charge héroïque*. Il est sorti, a jeté un coup d'œil, mais n'a rien vu. Il dit qu'il a cru qu'un rocher s'était détaché de la montagne. Mais comme il a des ennuis avec des ados qui se garent sur le terrain de la compagnie, il a fermé la barrière d'accès. Après, il est rentré regarder le reste du film. Et... la barrière est restée fermée depuis.

L'accident n'avait donc pu se produire après.

Moon enfonça les mains dans ses poches.

— Et comment se fait-il qu'il l'ait découvert maintenant ?

— Aujourd'hui, vers midi, le surveillant faisait sa ronde. Il a entendu quelque chose — peut-être un puma — dans les fourrés. Il est retourné à sa cabane chercher son fusil à lunette. Il a vu un reflet du soleil sur le pare-brise. C'est comme ça qu'il a appelé la police de Granite Creek. Vous voulez voir de plus près ?

Charlie Moon et Scott Parris suivirent Leggett dans la pente. Ils descendirent de dix mètres avant que Moon ne voie le fond rocheux illuminé par la torche de Leggett. Le pick-up était sur ses roues, mais la carrosserie cabossée prouvait assez qu'il avait dû dégringoler en faisant des tonneaux.

Parris trébucha sur un bloc de granit, puis se rattrapa à la corde qu'on avait tendue depuis la branche d'un tremble.

Leggett dirigea la torche sur une vitre cassée.

Parris grogna ; il n'était pas en forme pour ce genre d'activité. Il se maintint d'une main à la portière enfoncée. Le visage du cadavre avait la couleur cireuse d'une bougie, mais il ressemblait à la photographie qu'il avait vue.

— Vous êtes sûr de son identité ?

Leggett regarda vers le haut du raidillon ; les ambulanciers préparaient un brancard.

— Y aura rien d'officiel avant qu'on compare les empreintes. L'agent Moon aimerait peut-être jeter un coup d'œil.

Le grand Ute frissonna. Si le corps de Provo Frank n'avait pas été découvert, il aurait été conservé tout l'hiver à l'abri de la décomposition. Sauf si les coyotes l'avaient trouvé. Moon détourna les yeux du cadavre et soupira. Il faudrait bien que quelqu'un dise à la gamine que sa maman était partie... et que son papa... l'assistante sociale était peut-être formée pour ce genre de problème. Il passerait la voir le lendemain. Ou le jour d'après.

Ou la semaine prochaine.

— Tu sais, Charlie, dit Parris d'une voix émue, j'ai des fois envie de changer de métier.

De changer de vie aussi, pourquoi pas ?

Moon poussa un profond soupir. Il se mit à escalader

le raidillon pour retrouver la lumière. Le chemin était long!

Daisy se réveilla avec l'impression désagréable qu'on la regardait. Lorsqu'elle ouvrit les yeux, la petite fille était à côté de son lit, elle serrait le chaton contre son cou. L'un et l'autre dévisageaient Daisy.
La vieille femme grogna et se tourna contre le mur.
— Ça porte malheur de regarder quelqu'un qui dort, ronchonna-t-elle.
— Ah bon?
Sarah gratta le dos de Zigzag et fut récompensée par un ronron.
— Pourquoi ça porte malheur, tante Daisy?
— Parce que le dormeur risque de se réveiller et de te tordre le nez.
Sarah s'esclaffa.
— Tu sais quel jour c'est, demain?
Daisy se retourna et fixa la lampe accrochée au plafond. Il y avait une douzaine de mouches mortes dans le globe en plastique. La pièce avait besoin d'un bon coup de balai.
— Demain, fit-elle d'un air absent...
Qu'est-ce qu'il y avait, demain?
— Je crois que c'est vendredi, parce qu'on est jeudi, aujourd'hui.
— Oui, demain, c'est vendredi.
Sarah se pencha et murmura avec insistance:
— Mais c'est aussi autre chose.
Le petit chat bâilla et se lécha la patte.
La vieille femme sortit ses jambes hors du lit et se mit à chercher ses pantoufles.
— Autre chose?
— Demain, annonça Sarah d'un ton solennel, c'est mon anniversaire.
Daisy haussa un sourcil.

— Ton anniversaire ? Tu auras quel âge, quinze ans ? Vingt-six ?

La fillette montra avec fierté les cinq doigts de sa main.

La chamane ensommeillée plissa les yeux et fit semblant de compter.

— Laisse-moi voir... ça fait combien ? Trois ? Onze ?
— Cinq !

Quelle honte que cette vieille femme ne sache pas compter !

Daisy se hissa sur ses pieds et enfila un peignoir de coton par-dessus sa chemise de nuit.

— Cinq ans, hein ?

Elle s'étira et bâilla.

— Eh bien, moi, quand j'avais cinq ans, j'avais déjà tué un ours, je l'avais dépiauté et j'avais fait un manteau pour mon papa avec la peau. Tu as déjà tué un ours, Sarah ?

Horrifiée, Sarah secoua vivement la tête. Elle aimait beaucoup les animaux à fourrure.

Daisy soupira.

— Ça ne fait rien. De toute façon, si tu dois avoir ton anniversaire, autant le fêter.

Il y avait de quoi faire un gâteau au chocolat dans le placard. Et quelque part, une boîte où elle avait rangé des bougies d'anniversaire. Des roses. Exactement ce qu'il fallait pour une petite fille.

Le campement de Blue Cup

Depuis qu'il s'était tordu la cheville en descendant du trottoir devant la pâtisserie de Durango, le vieil homme avait passé de nombreuses heures assis tranquillement dans son campement. À réfléchir. Il pensait à un tas de choses, mais surtout aux plans pour retrouver Provo

Frank — ce fumier ! Blue Cup entra en transe légère afin de discerner la clé susceptible de le mener au voleur qui lui avait dérobé son trésor le plus cher. La vision était intermittente et faible. Mais il avait tout de même certaines impressions... un endroit sombre et froid. Où le soleil ne brillait jamais. Bizarrement, il y avait une sensation remarquable par sa puissance et sa consistance : une forte odeur de tabac ! Blue Cup n'arrivait pas à en comprendre la signification.

Il passait aussi beaucoup de temps à écouter la radio. De la musique, des jeux et des nouvelles locales. Mais pas un mot sur Provo Frank.

Suivant les instructions du *bugahant*, Noah avait confectionné une pâte avec des racines de yucca, de la glaise, du poivre gris et de l'eau. En frictionnant la cheville enflée du vieillard avec l'onguent, le jeune Shoshone était d'humeur joyeuse. Il avait effectué des repérages.

— Du côté d'Arboles, dit-il, il y a de beaux pâturages.

Blue Cup grogna. Il se fichait pas mal des beaux pâturages.

— Il y a un riche Navajo qui possède un grand ranch, avec un petit ruisseau et plein de bonne terre.

— Ne frotte pas si fort !

Le sourd, dont l'attention était rivée sur la cheville, ne vit pas les lèvres de Blue Cup remuer.

— Et ce riche Navajo a une flopée de chevaux. De très beaux chevaux, précisa-t-il en regardant son maître.

— Tant mieux pour lui, maugréa le chaman. J'espère qu'il vivra mille ans, qu'il aura plein de fils et que ses filles épouseront des hommes riches. Ça suffit.

Il éloigna la main du Shoshone et se massa la cheville. Elle l'élançait douloureusement.

Noah se releva et sourit d'un air béat.

— Ça va mieux ?

— C'est pire qu'avant, cingla le vieux.

Noah Corbeau Dansant porta son regard vers le sud. Vers l'endroit où vivait le riche Navajo.

— Ça serait pas difficile de lui voler un cheval, dit-il avec gourmandise. Je pourrais le ramener à la réserve de Wind River.

Et le donner à mon père. Peut-être me laisserait-il rentrer à la maison, alors. Et ma mère me ferait des gâteaux et du maïs au beurre... et du ragoût de mouton.

— Tu veux voler un cheval? demanda Blue Cup, incrédule.

Noah Corbeau Dansant se frappa la poitrine.

— Cela fait des années qu'un Shoshone n'a pas volé un cheval à un Navajo.

C'était une preuve d'audace pour un guerrier de voler un cheval. Mais de le voler à un Navajo... ce serait un glorieux fait d'armes qu'on raconterait pendant longtemps chez les Shoshones de Wind River. Et même, se dit Noah, chez le Peuple à Fort Hall et à Duck Valley. On se souviendrait longtemps du nom de Noah Corbeau Dansant parmi d'autres grands hommes... comme Washakie le chef guerrier. Et Wovoka, le prophète paiute, le rêveur de rêves. Noah avait une opinion extravagante au sujet de l'importance pour un Shoshone de voler un seul cheval navajo.

— Quelle excellente idée! fit Blue Cup. Je suis sûr que le Navajo ne s'en rendrait pas compte. Et même dans le cas contraire, il ne préviendrait pas la police pour si peu, il est tellement riche... un seul cheval, alors qu'il en a tant! Et même s'il prévenait la police, comment saurait-on que c'est toi qui l'as volé? Il n'y a pas un Ute capable de te pister jusqu'à notre campement.

Noah lut les mots sur les lèvres de son maître, mais il ne comprit pas le sarcasme. Le vieillard avait raison, bien sûr! Le cheval ne manquerait pas au Navajo, et même s'il s'en apercevait, il croirait qu'il s'était enfui tout seul en franchissant la clôture. Et les policiers utes avec leurs belles voitures et leurs radios, il n'y en avait pas un seul pour pister un guerrier shoshone trop malin pour eux. Il envelopperait les sabots du cheval dans du tissu afin qu'il ne laisse presque aucune trace...

— Y a une chose à laquelle tu n'as pas pensé, continua Blue Cup, l'œil rieur, c'est comment ramener le cheval au Wyoming.

Le vieillard parut méditer le problème.

— Tu pourrais l'attacher derrière la Jeep et il nous suivrait au trot... Non, ça ne marcherait pas. Il nous ralentirait. On mettrait des semaines à rentrer.

Blue Cup claqua des doigts.

— Je sais. Je pourrais m'asseoir derrière et le cheval se mettrait avec toi devant.

Noah, qui n'avait pas l'esprit particulièrement vif et aucun sens de l'humour, dévisagea le vieil homme en fronçant les sourcils. Un cheval ne pouvait pas s'asseoir dans une Jeep ! Le vieux *bugahant* avait-il perdu la tête ?

— Oui, reprit Blue Cup avec un enthousiasme croissant, le cheval pourrait s'asseoir devant, et déchiffrer la carte, et surveiller les panneaux indicateurs pour que tu ne te perdes pas.

Le vieillard rit tant et si bien que des larmes ruisselèrent sur ses joues.

Le Shoshone, qui avait rarement vu Blue Cup rire, était fort étonné. Il s'aperçut qu'il se moquait de lui. Profondément blessé, Noah se détourna.

Blue Cup ramassa son bâton en merisier et tapota le talon du jeune homme. Le Shoshone se tourna pour regarder le vieil Ute en face.

— Ne va pas bouder, maintenant, dit Blue Cup. Je suis un vieil homme, je n'ai pas souvent l'occasion de rire. D'ailleurs, tu as des choses importantes à faire.

À contrecœur, Noah s'accroupit devant le vieil homme. Malgré le mauvais traitement qu'il lui infligeait, il était content de faire plaisir au *bugahant*. Un jour, la magie de Blue Cup lui rendrait l'ouïe. Il entendrait de nouveau le vent gémir dans les feuillages... le doux pépiement des oiseaux. Et un jour peut-être, le *bugahant* partagerait une parcelle du Pouvoir avec son loyal ami shoshone.

— Pendant que tu traînais à rien faire, sinon à reluquer les chevaux du riche Navajo, j'ai surveillé la caravane de Daisy Perika. Tous les jours, du matin au soir. Juste au cas où Provo Frank se montrerait. Des fois... des fois, je parviens à le sentir... tout près.

Noah soupira. Il est vrai que le chaman avait assuré la surveillance à lui tout seul.

— Mais depuis que j'ai trébuché sur le trottoir, reprit Blue Cup en montrant sa cheville enflée, je ne peux plus faire trois pas. Il faudra que tu surveilles à ma place.

Toujours boudeur, le Shoshone acquiesça.

— Demain, c'est l'anniversaire de la petite fille. Elle croit que son père va lui apporter un poney.

Blue Cup s'arrêta et porta son regard vers la ligne bleue de la mesa des Trois Sœurs.

— Je ne pense pas qu'il reviendra, mais je veux que tu t'en assures. S'il se montre... dit le chaman en fixant le Shoshone d'un œil sévère, il ne faut pas qu'il te voie. Mais tu le suivras jusqu'à son campement et tu viendras me dire où il est.

Il tapa violemment le genou de Noah avec son bâton en merisier.

— Tu as compris?

Le Shoshone acquiesça. C'était pas difficile. À la portée du premier imbécile venu.

— Parfait, dit le chaman, qui posa son bâton et s'étira sur sa couverture en laine. Il y a un petit tertre d'où tu pourras surveiller la caravane de Daisy Perika. Tu y trouveras un bosquet de pins pignons qui te cachera. Demain matin, il faut que tu y sois aux premières lueurs du jour.

Emporte à manger et à boire. Je ne veux pas que tu bouges avant la nuit. Si le voleur ne s'est pas montré d'ici là, tu apporteras ce gâteau à la fillette.

Il montra un grand carton sur le siège arrière de la Jeep. Il était attaché avec un ruban rose.

— C'est un gâteau au chocolat. Je l'ai acheté hier à Durango pour seize dollars. Tu diras à la gamine que c'est de ma part.

Daisy serait jalouse. Le vieil homme en sourit de plaisir.

— Tu lui diras que je viendrai la voir quand ma cheville sera guérie.

Le vieil homme posa sa tête sur la couverture et se parla à voix basse :

— Je crois qu'elle en sait plus sur son père qu'elle ne veut bien le dire. Si seulement je pouvais lui parler seul à seule... sans la vieille emmerdeuse dans les parages... j'apprendrais peut-être où se cache son père... la gamine sait même peut-être où est caché l'objet sacré...

Blue Cup dériva peu à peu vers un sommeil agité.

Le Shoshone avait lu sur les lèvres de son maître.

Deux heures plus tard, lorsque la lune se leva sur les pics arrondis des San Juan, Blue Cup ronflait bruyamment. Mais le Shoshone était bien éveillé. Noah Corbeau Dansant bouillait d'excitation — il n'en dormirait pas de la nuit.

L'idée l'avait illuminé comme un éclair à minuit. C'était une idée géniale. Une idée qui convaincrait Blue Cup, c'était sûr, qu'il n'était pas un imbécile. On verrait qu'il était un homme valeureux qui méritait de récupérer son ouïe. Il méritait de recevoir sa part légitime du Pouvoir.

Le plan du Shoshone était, en fait, novateur. C'était aussi, d'un point de vue biaisé, une merveilleuse idée.

Une idée merveilleusement mauvaise.

Le Shoshone se leva, regarda longuement le *bugahant* endormi, puis s'éloigna dans la nuit. Vers le beau ranch du Navajo.

Daisy Perika alluma son briquet en plastique et porta la flamme sur chacune des cinq bougies roses du gâteau au chocolat.

— Maintenant, dit-elle à la fillette, tu les souffles toutes en même temps et tu fais un vœu.

La vieille femme fit pour sa part le vœu de ne plus jamais souffrir de la solitude. La fille de Provo Frank vivrait avec elle, ce serait une charmante compagne pour une vieille femme qui approchait des rives de la profonde rivière. Aux eaux terriblement mouvementées.

C'était de l'égoïsme pur, elle ne s'en cachait pas. Mais le monde était dur et cruel, on était bien obligé de prendre soin de soi. Et la présence de l'enfant lui serait d'un tel réconfort !

La fillette considéra les bougies d'un air pensif. Quand les petites flammes disparaissaient, où allaient-elles réellement ? Quand quelqu'un vous quittait, où allait-il ?

— Tante Daisy, demanda-t-elle, où est partie ma maman... ? Où est parti mon papa ?

La chamane essaya d'avaler la boule coincée dans sa gorge.

— Je ne suis qu'une vieille femme qui vit seule, loin de tout. Personne ne me dit jamais où il va.

L'enfant leva ses grands yeux vers Daisy Perika.

— Papa dit que tu sais toujours tout.

Daisy allait rétorquer ce qu'elle pensait de Provo Frank, mais elle préféra se taire.

Sarah tira la vieille chamane par la manche.

— Il y a quelque chose qui ne va pas ? Quelque chose que je ne dois pas savoir ?

Les grands ont toujours plein de secrets.

— Un jour, quand tu seras grande... nous en parlerons.

— Mais tu es déjà drôlement vieille, fit remarquer l'enfant. Quand je serai grande, tu seras morte. Tu me parleras encore quand tu seras morte ? Comme les fantômes ?

— Arrête de dire des bêtises ! fit vivement la chamane.

C'était déjà mauvais de parler de la mort, mais des fantômes...! Les parents de cette petite ne lui avaient donc rien appris ?

— Allez, souffle les bougies. Mais d'abord, fais un vœu.

Daisy regarda la petite fille contempler les bougies. Les flammes se reflétaient dans ses yeux.

Sarah ferma fort les paupières. Au début, il n'y eut que du noir. Puis un point lumineux qui zigzaguait comme une luciole. Cela approchait. Fleurissait comme des fleurs blanches. Cela prenait forme peu à peu. Bientôt, elle reconnut la petite fenêtre. Une lumière filtrait à travers le rideau.

Sarah fit un vœu solennel. Et elle récita une prière aux anges. Ensuite, elle souffla fort sur les bougies jusqu'à ce qu'elles s'éteignent.

Elle attendit. La fenêtre grandit, grandit, s'élargit, s'élargit. C'était désormais une vaste fenêtre avec un lourd chambranle en bois. Tandis qu'elle regardait à travers ses yeux fermés, une main invisible ouvrit le rideau. Sarah regarda à travers la fenêtre... et ce qu'elle vit était très étrange... et troublant. De minuscules rides apparurent sur son front. Sarah comprit ceci : elle quitterait bientôt la caravane de la vieille chamane. Elle s'en irait. Mais pour aller où ?

En temps normal, Noah Corbeau Dansant était un homme patient. Mais ce matin, il approchait d'un tournant de sa vie. Une crise. Et il aurait voulu que cela soit déjà terminé.

Longtemps avant le lever du soleil, le Shoshone avait commencé à tromper l'attente en s'activant inutilement. Et il avait surveillé la caravane dans la vaste vallée, à l'embouchure du canyon de l'Esprit. Il avait pris une décision qui comportait de grands risques. Pendant la nuit, il était resté éveillé à côté du cheval volé, contemplant les étoiles et les filets de nuages. Il avait essayé de chasser de son esprit troublé la tâche qui l'attendait. Il avait tenté en vain de ne pas penser à sa mère, mais il voyait son visage inquiet partout, dans les nuages, dans le ciel sans lune. Même lorsqu'il fermait les yeux, il la voyait. Il y avait une grande tristesse dans son regard. Comme si elle savait ce que son fils avait décidé... comme si elle avait honte de ce qu'il était devenu. De ce qu'il était en train de devenir. Mais, raisonna-t-il, un homme doit faire des choses dures s'il veut parvenir à quelque chose dans un monde difficile. Il serra les mâchoires et grinça des dents. Ce qu'il se proposait de faire était difficile, certes, mais devait néanmoins être fait. S'il voulait sa part du Pouvoir, il fallait y mettre le prix. Il s'obligea à penser à autre chose. Il était content d'avoir volé un si beau cheval. Il n'était pas grand, mais bien proportionné. Le Shoshone frotta le cou de l'animal qui leva et baissa la tête de plaisir.

Noah descendit de cheval et s'appuya sur sa monture. Il posa le carton du gâteau par terre et alluma une cigarette.

Le soleil était haut dans le ciel quand il vit Daisy Perika sortir de sa caravane. C'était exactement comme Blue Cup avait dit. Elle remonta le chemin de terre vers sa boîte aux lettres. Elle était faible et marchait lentement. Il lui faudrait un bon quart d'heure pour faire l'aller-retour. Cela devrait suffire. Noah Corbeau Dansant enfourcha son cheval volé et pressa doucement les flancs de l'animal de ses talons. En se baissant pour éviter la branche d'un vieux genévrier, il crut voir le visage de sa mère par terre. Elle pleurait en pensant à la chose honteuse qu'il s'apprêtait à faire. L'espace d'un instant, une bouffée de culpabilité l'étouffa. Il hésita. Puis il se souvint de ce qu'il désirait plus que tout.

Le Pouvoir.

Il cracha avec cérémonie sur le sol poussiéreux et lui dit adieu. Une soudaine confiance l'habita ; il savait que tout allait marcher comme il l'avait prévu. Et Blue Cup, quand il verrait la fillette, serait à la fois surpris et très content de lui. Le vieil homme discuterait avec l'enfant, et elle dirait peut-être au *bugahant* quelque chose qui le conduirait jusqu'à son père.

Il révisa une fois de plus les mots qu'il dirait à la fillette quand il serait assez près et qu'elle s'apercevrait qu'il était un étranger.

En chevauchant dans la brume qui s'était abattue sur la vallée, le Shoshone s'entraîna : « Bonjour, petite. » Il sourit et fit un signe de tête, une expression amicale sur le visage. « Ce gâteau au chocolat et ce beau cheval, c'est pour ton anniversaire. Je suis venu te chercher pour t'emmener voir ton papa. »

Tante Perika était partie chercher son courrier ; la caravane était plongée dans le silence ; on n'entendait que le bourdonnement du vieux réfrigérateur.

Sarah s'assit à la petite table de la cuisine, contemplant le gâteau et ses cinq bougies roses. Elle n'avait pas envie de le manger. Depuis qu'elle s'était levée, elle n'avait pas faim. Elle aimait bien être avec la drôle de vieille femme, mais elle aurait préféré être chez elle. « Neola, Tabiona, souffla-t-elle à son chat. Altonah, Bluebell, Upalco, Altamont. » Les noms des villes de l'Utah étaient jolis, comme les perles jaunes et violettes du collier qui pendait à son cou. Quand les reverrait-elle ?

Elle le savait, bien sûr. Quand papa reviendrait et la

ramènerait à la maison. Il avait promis qu'il lui apporterait un poney pour son anniversaire. Mais des fois, le soir, elle avait l'impression qu'elle ne reverrait jamais son papa. Ni sa maman.

Elle alla à la fenêtre pour attendre le retour de la vieille femme avec une poignée de lettres. Mais elle vit autre chose dans la brume.

Un homme... qui conduisait un cheval. Il lui faisait signe.

Daisy jeta un coup d'œil sur les catalogues de vente par correspondance. La plupart des articles étaient inutiles et très chers. Mais cela lui procurerait de la lecture pour les longues soirées d'hiver quand le vent soufflait fort et ébranlait son logis.

La vieille femme n'était plus qu'à un jet de pierre de sa caravane quand elle vit un homme qui conduisait un cheval dans le brouillard. Et il y avait quelqu'un... une petite silhouette... sur le dos du cheval. Sarah!

Au début, elle ne comprit pas, puis elle... bien sûr! Provo Frank était enfin revenu chercher sa fille. Mais pourquoi était-il si pressé de partir? Avait-il peur que Blue Cup le trouve?

Daisy Perika agita sa canne et cria:

— Provo, Provo Frank... attends!

La fillette se retourna et lui fit un signe de la main. Mais l'homme poursuivit son chemin comme si de rien n'était. Il avait l'air pressé.

— Provo Frank! cria-t-elle de nouveau. Ne pars pas sans...

Mais le père de la fillette ne répondit pas.

Daisy porta son regard vers la caravane; le chat était assis devant la fenêtre de la chambre à coucher. Il miaulait et griffait la vitre. Sarah avait oublié son chat!

La vieille femme essaya de rattraper l'homme, son cheval et l'enfant, mais ils disparurent bien vite dans le brouillard dont les traînées, comme la fumée d'une gigantesque pipe, étaient avalées par la bouche du canyon. Ainsi, c'était là qu'il emmenait sa fille... dans les profondeurs du *Cañón del Espíritu*. Bien sûr. C'était la cachette préférée de Provo Frank.

Oh, mais elle le retrouverait. Elle accéléra. En quelques minutes de cet exercice inhabituel, ses jambes commencèrent à lui faire si mal qu'elle faillit pleurer, mais sa fureur lui permit de ravaler ses larmes.

20

Daisy était à moins de cent mètres de l'embouchure du canyon quand elle crut voir quelqu'un... ou quelque chose... disparaître dans un tourbillon de brouillard. La vieille femme hâta le pas, mais son corps ne répondait pas aux ordres de son esprit. Elle se prit le pied dans une racine de pin pignon — son genou se tordit et elle tomba en avant; le sol se précipita pour lui fouetter le visage. Elle resta allongée un instant, le dos douloureux, des élancements dans les jambes.

— Oh, mon Dieu... Grand Mystérieux, aide-moi à me remettre debout. Aide-moi à retrouver l'enfant.

Elle attendit.

Le silence était lourd. La solitude insupportable.

Daisy pleura.

Lorsqu'elle cessa de pleurer, sa respiration était superficielle, son pouls ralenti et ses mains froides. Elle sentit la caresse soyeuse du manteau de pénombre. En glissant dans le noir, elle entendit un bruissement d'ailes au-dessus de sa tête. Mais elle ne vit pas la magnifique chouette blanche se poser sur la branche d'un genévrier. L'oiseau inclina la tête et fixa le corps immobile de la chamane de ses énormes yeux d'ambre.

La douleur était partie... le corps que la chamane

occupait était puissant et infatigable. Elle courait sans effort. Elle suivait la chouette blanche dont les grandes ailes battaient lentement. Elle pénétra profondément dans le *Cañón del Espíritu*... bien plus loin qu'elle n'était jamais allée. Le soleil n'atteignait pas le sentier, le canyon se rétrécissait au point que les ailes de la chouette effleuraient presque les parois rocheuses. Au début, le brouillard qui avait caché l'enfant sur le poney fuyait rapidement devant elle, semblable en cela à l'arc-en-ciel que les mortels ne peuvent jamais approcher. Mais maintenant l'oiseau et elle rattrapaient le nuage brumeux. Lorsque Daisy sentit qu'elle était à portée de main de la fillette, la chouette s'évanouit dans le brouillard.

Soudain, la chamane se retrouva seule, isolée, dans un immense silence vide. Une pointe d'angoisse tempéra son sentiment de victoire. Elle s'arrêta sur le sentier et réfléchit aux périls que son aventure impliquait. Encore quelques pas et elle risquait de se perdre à jamais. On n'imagine pas les horreurs qui vous attendent dans ces brumes.

Lorsque la silhouette d'un homme sortit des tourbillons grisâtres, elle sursauta. Puis elle reconnut le visage ridé de son vieil ami. C'était le berger. Daisy prit une profonde inspiration.

— Nahum Yaciiti, dit-elle.

Le visage de l'homme ressemblait à une pointe de silex sculptée, ses lèvres dessinaient à peine une ligne.

— Tu cherches la fillette.

— Oui, acquiesça Daisy, pleine d'espoir, et tu peux m'aider à la trouver.

L'apparition ne répondit pas, elle leva les bras d'un geste éloquent et boucha l'étroit passage... le brouillard s'éloignait rapidement. Hors d'atteinte de Daisy.

Cela surprit et ennuya la chamane qui serra les mâchoires.

— Pourquoi fais-tu cela?

Il ne céda pas.

— C'est dangereux. Les anges ont peur de suivre ce sentier.

— Je ne me suis jamais prise pour un ange, rétorqua la vieille femme. Écarte-toi, Nahum.

Le berger campa sur sa position.

— Non. Il faut que tu rentres.

— Dégage, vieil homme, ou tu vas recevoir un bon coup de canne.

Elle brandit sa canne comme un club de golf.

Elle crut qu'il allait l'affronter... puis la silhouette de Nahum Yaciiti disparut dans la brume.

À la frontière entre les mondes

La vieille chamane était entrée dans le brouillard depuis longtemps, mais elle n'arrivait pas à mesurer le temps qui s'était écoulé. Cela aurait aussi bien pu faire quelques minutes que quelques jours. Ou dix mille ans. Cependant, elle continua d'avancer. Elle était certaine de ne plus être dans le *Cañón del Espíritu*, elle n'était même pas sûre d'être encore dans le Monde du Milieu. Autour d'elle, dans les fourrés qu'elle distinguait à peine parmi les volutes de brouillard, des créatures s'agitaient. Et des esprits. Certains étaient les esprits de ceux du Monde du Milieu qui étaient morts. La chamane n'était pas dénuée de courage, mais elle n'était pas folle... elle ne regarda pas leur visage fantomatique. Elle continua d'avancer vers son but. Mais de quel côté avancer... mystère !

Elle distingua à peine une faible lumière jaune au loin. Elle venait juste de la remarquer quand les brumes s'écartèrent... elle entra dans une vaste vallée où resplendissaient des arbres et des fleurs, où des oiseaux chantaient dans les branches. Des papillons de toutes les couleurs voletaient parmi les bouquets odorants.

Devant elle se trouvait une étroite voie creusée par les pas de nombreux voyageurs.

La chamane l'emprunta, mais elle sentit sourdre l'inquiétude. Peut-être avait-elle été folle d'ignorer l'avertissement de Nahum.

Elle entra dans une clairière. C'était une prairie moutonnante plantée ici ou là d'un saule qui ployait sous le vent. Au centre de la clairière se dressait un large tipi. Plus d'une douzaine de beaux chevaux étaient attachés à une rambarde en bois devant l'habitation. Des lances décorées de plumes étaient inclinées contre la rambarde. Certaines avaient la marque des Utes, d'autres étaient nettement navajos, cheyennes, shoshones ou apaches. Certaines avaient des marques que la chamane ne reconnut pas. Mais elle reconnut le petit cheval. C'était celui qu'avait chevauché la fillette.

En approchant du tipi, la vieille femme vit un homme qui sortait de derrière un étalon gris massif. Tandis qu'il faisait le tour du cheval, ce dernier frappa le sol du sabot et hennit. On aurait dit que des étincelles de feu jaillissaient de ses naseaux !

L'homme était moins impressionnant que le cheval ; ce n'était qu'un Navajo. Mais il portait une courte lance trapue surmontée d'une pointe en obsidienne vitreuse, presque transparente.

Il se campa sur la route de la chamane et brandit à deux mains la lance à hauteur de poitrine.

— Stop !
— Qui es-tu ?

Il ne répondit pas.

— Je cherche quelqu'un, dit Daisy en jetant un coup d'œil vers le tipi.

— Je ne t'attendais pas, dit le Navajo.

Pour bien se faire comprendre, il pointa la lance par-dessus la tête de Daisy.

— Retourne d'où tu viens !

La chamane planta sa canne dans le sol et dévisagea le Navajo.

— Pas de ces manières avec moi... j'irai où bon me semble.

— Si tu ne t'en vas pas, dit-il en jetant un coup d'œil nerveux par-dessus son épaule, je vais avoir des ennuis.

Elle posa sur lui un regard étonné. L'homme avait des lèvres épaisses, des yeux noirs comme des billes, très rapprochés, un gros nez... oui, il avait quelque chose de familier.

— Tu n'es pas Main-de-Pierre Beyal, le demi-frère de Nancy Beyal?

L'homme abaissa la pointe de sa lance. Il se pencha pour regarder la vieille femme.

— Oui. Et toi, tu es...?

— Daisy. Daisy Perika. Je suis du Peuple.

Cet imbécile croirait que les Navajos étaient le Peuple.

— Je suis une Ute, précisa-t-elle. De la branche sud. Je me souviens de toi... tu es mort il y a deux ans. Les reins, c'est ça?

— L'année dernière, corrigea-t-il. Le foie.

— Ah, oui. Le foie. Tu ne pouvais même pas quitter la bouteille le temps de cracher. Oui, je me souviens bien, maintenant. Et tu jouais, aussi.

Le Navajo dit quelque chose dans sa barbe au sujet des femmes utes à la langue trop bien pendue, mais il ne soutint pas son regard.

Daisy afficha un air compatissant.

— Et maintenant, tu as un piètre emploi parce que tu buvais trop? Et que tu claquais ton salaire au jeu au lieu de le rapporter à la maison? C'est pas juste.

En effet... un homme aussi minable aurait dû être pendu afin qu'il sèche au soleil, comme un morceau de bœuf.

L'homme poussa un profond soupir.

— Si tu me rends un petit service, commença Daisy

en lui tapotant l'épaule, je dirai deux mots en ta faveur. Mais avant, je dois parler à la fillette.

Le Navajo coula un œil inquiet vers le tipi.

— J'ai jamais dit qu'elle était là.

— Non, c'est vrai.

Daisy se frappa la tempe du doigt et cligna de l'œil.

— Je sais ce genre de chose.

— Tu ne peux parler à personne, dit le Navajo. C'est contre le règlement.

Daisy soupira. Ces Navajos culs serrés et leurs règlements! Quelle bande d'andouilles! Pas étonnant qu'il ait un emploi ennuyeux!

— Et si tu allais parler à celle qui est dans le tipi?

Le Navajo évita son regard.

— Si tu ne t'en retournes pas tout de suite...

— Passe-lui un message de ma part.

— Oh, je ne peux pas faire ça.

— Ah! fit Daisy. Donc, Sarah est bien là!

— Il y a plusieurs personne là-dedans. Elle en fait peut-être partie, peut-être pas...

— Tu veux changer de poste, avoir un meilleur emploi?

Le Navajo acquiesça, mais son expression circonspecte trahissait son malaise.

— Alors, il faudra renoncer à la boisson et au jeu. N'est-ce pas?

— Il n'y a rien à boire, ici, que de l'eau.

— Parfait. Il ne te reste plus qu'à renoncer au jeu. Pour toujours.

Le Navajo parut décontenancé.

— Comment ferais-je?

— Oh, c'est facile. Tu fais un pari avec moi et ça sera le dernier.

Il écarquilla les yeux.

— Qu'est-ce que ça changera?

— On voit bien que tu n'as rien dans la cervelle.

Écoute attentivement. Si tu fais un dernier pari, ça prouve que tu ne joueras plus jamais, n'est-ce pas ?

Le Navajo parut méditer. Finalement, il déclara :

— Parier... c'est encore jouer.

— Oh, ce ne sera pas un pari pour de vrai.

Pas avec moi.

— Ce sera davantage un jeu. C'est comme ça que ta tribu l'appelle au casino de Sky Ute. Un jeu.

— Oh... si c'est juste un jeu... mais c'est quand même mal.

— Je pensais qu'on pourrait jouer au jeu de la chaussure navajo, dit vivement Daisy.

Il sourit pour la première fois depuis sa mort.

— Le jeu de la chaussure. C'est un de mes préférés.

Daisy sourit avec bienveillance. Quel demeuré !

— Si je gagne, dit la chamane, tu iras parler à l'enfant. Tu lui diras que je suis toute seule et qu'elle doit retourner dans le Monde du Milieu me tenir compagnie. Mais que je gagne ou que je perde, je partirai.

Une lueur d'espoir illumina les traits du Navajo

— Tu partiras... tout de suite ?

— Tu paries !

— Mais si je perds ?

Peut-être, se dit Daisy, n'était-il finalement pas aussi bête qu'il en avait l'air.

— C'est clair comme le nez au milieu de la figure que tu ne peux pas perdre, mon ami. Tu gagneras de toute façon parce que...

Elle pointa un doigt sur sa poitrine.

— ... tu seras guéri de ton vice pour toujours.

— Je ne sais pas...

— Oh, je te le garantis ! Demande à ceux qui me connaissent. Je tiens toujours mes promesses, je n'ai jamais menti à personne.

Elle croisa les doigts derrière son dos.

Le Navajo hésita longuement avant d'ôter ses mocassins.

Daisy prit un petit caillou noir de la taille d'un demi-dollar.

— Maintenant, tourne-toi et ferme les yeux.

Il s'exécuta.

Elle étouffa un rire. C'était réellement un demeuré. Ça allait être facile. Elle examina la chaussure droite... puis la gauche. Elle devait déposer le caillou dans un des mocassins. S'il devinait où était le caillou, il gagnait. Elle remisa le caillou dans sa poche.

— Ça y est, tu peux te retourner.

Le Navajo lui fit face et réfléchit. Il finit par désigner la chaussure droite, vit l'expression de satisfaction de Daisy et se rétracta.

— Non, fit-il, et il pointa un doigt sur la chaussure gauche. Celle-là.

Daisy ramassa les mocassins et tendit le gauche au Navajo. Il passa une main dans la chaussure, fouilla, la retourna et la secoua. Vide.

Pendant l'opération, Daisy sortit le caillou de sa poche et le glissa dans la chaussure droite. Elle la lui tendit; il la retourna et vit le caillou tomber.

— J'ai perdu, dit-il.

— Non, tu n'as pas perdu, parce que maintenant tu es guéri de ton vice.

Il se figea, l'œil rivé sur le caillou noir.

— J'ai pas l'impression d'être guéri.

— Cesse donc de te faire du mauvais sang. Va plutôt parler à la fille.

Il jeta un regard vers le tipi.

— Elle ne voudra peut-être pas retourner dans le Monde du Milieu.

— Dans ce cas, répliqua Daisy d'un ton vif, dis-lui qu'elle ferait mieux de revenir chercher son maudit chat. Sinon, je le donnerai à la première personne qui passera. Ou j'en ferai du ragoût.

— Je vais lui parler, affirma le Navajo. Mais tu avais promis que tu partirais après le jeu de la chaussure.

— Pas la peine de me le rappeler, dit Daisy d'un air piteux, quand on ne veut pas de moi, je comprends.

Et elle repartit d'où elle était venue.

Le Monde du Milieu

La chamane gît sur le flanc, le souffle court... le rêve glisse comme du mercure entre ses doigts. Au loin, elle entend à peine Nahum Yaciiti qui parle au Navajo.

Navajo : Sans la Chouette Blanche pour la guider, la vieille avait peur. Je croyais qu'elle abandonnerait et qu'elle retournerait dans le Monde du Milieu.

Nahum : Il fallait qu'elle vienne ici seule. Elle aurait pu faire demi-tour, mais elle fait toujours le contraire de ce qu'on lui demande. Ahh... mon amie Daisy, quand elle a quelque chose en tête, elle est très déterminée.

Navajo : C'est une entêtée et une emmerdeuse ; elle me rappelle ma belle-mère. Et elle est aussi rusée que Coyote lui-même.

Nahum : Pourquoi l'as-tu laissée tricher ?

Navajo : J'avais peur qu'elle ne parte pas si je ne rentrais pas dans son jeu. J'aurais été forcé de l'écouter gémir pendant mille ans. Ou même cent mille. Je t'ai déjà parlé de ma belle-mère ?

Nahum : Des tas de fois. Enfin, tu as perdu au jeu de la chaussure. Maintenant, tu dois aller parler à la fillette.

Navajo : Hum. La vieille est rentrée dans le Monde du Milieu. Elle ne peut pas m'obliger à le faire.

Nahum (éclatant de rire) : Si j'étais toi, je ne parierais pas là-dessus.

Noah Corbeau Dansant avait laissé tomber le gâteau ; il avait chevauché durement. Quand la jument avait commencé à se fatiguer, le Shoshone était descendu et l'avait tirée par la bride. Maintenant, la cuisse coupée par la pointe d'un yucca, il s'assit à l'ombre d'une saillie rocheuse, les genoux ramenés contre sa poitrine. Il ahanait.

Le petit cheval le regarda d'un air indécis, puis tourna son attention vers une touffe d'herbe desséchée et se mit à brouter ce piètre repas.

Noah devait se séparer du cheval volé. N'osant crier, il lui lança un caillou. Le doux cheval, qui s'était pris d'affection pour l'homme, le regarda d'un air interrogateur.

Le sourd articula lentement les mots en silence afin que le cheval puisse le comprendre.

— Va-t'en, cheval. Retourne chez ton riche Navajo.

La petite jument s'approcha de l'homme compatissant et hennit pour lui montrer sa reconnaissance.

Zut, ce stupide animal ne comprend que le navajo.

Le Shoshone se prit la tête à deux mains et pleura. Éloigner la fillette de la vieille sorcière... l'amener à Blue Cup... cela avait pourtant semblé une idée géniale. Mais, se consola-t-il, ce n'était pas sa faute si tout avait été de travers. Et il ne dirait pas au vieux *bugahant* ce qu'il avait essayé de faire. Non. Il ne dirait rien à personne ! En vérité, durant quelques jours il allait garder le silence.

Cependant, avant la nouvelle lune, les mots sortiraient à flots de sa bouche.

Granite Creek, le laboratoire du médecin légiste

Une pluie fine criblait les ardoises du toit. On entendait à peine le faible grondement du tonnerre depuis le laboratoire en sous-sol. Le Dr Walter Simpson ôta le drap vert purée de pois du cadavre de Provo Frank. Le médecin légiste regarda par-dessus ses bifocales le policier assis sur une chaise métallique inconfortable. Scott

Parris se frotta les yeux. Il avait besoin de douze bonnes heures de sommeil.

— Vous voulez voir, Scott...

— La vache, non, grogna Parris. Qu'est-ce que ça changerait?

— Je pensais que vous aimeriez... oh, laissez tomber.

Ces grands gaillards étaient de telles femmelettes. Simpson alla à l'évier en acier inoxydable. Il ôta ses gants en caoutchouc, actionna la pédale de la poubelle en plastique, jeta les gants.

— La mort a été instantanée, dit-il par-dessus son épaule en se lavant les mains. Causée par le sévère trauma aux première et seconde vertèbres cervicales. Le *ligamentum suspensorium* était tranché à l'apex.

— Ce qui veut dire?

— Nuque brisée.

— Des traces de drogue?

— Une aiguille dans le bras, par exemple?

Le médecin légiste gloussa. Les flics regardaient trop la télévision. Ils escomptaient des résultats immédiats.

— J'ai envoyé des échantillons de tissu à un laboratoire de Houston. J'aurai des nouvelles dans quelques jours.

Scott Parris se hissa sur ses pieds et se mit à arpenter la pièce de long en large comme un tigre en cage. Du coin de l'œil, il remarqua un carton à chaussures ouvert sur le bureau en chêne de Simpson. Il prit le carton, l'inclina d'avant en arrière et tria mentalement le contenu. Un portefeuille en similicuir, un trousseau de clés, un sachet de comprimés contre les brûlures d'estomac, un canif à trois lames, trois *quarters*, un *dime* et quatre pennies. Et un paquet de Kool ouvert... ouvert, mais pas entamé. Bizarre. Et le paquet était légèrement déformé.

À l'aide de son mouchoir, Parris prit le paquet de cigarettes, pressa la boursouflure. Il y avait quelque chose à l'intérieur. Une chose dure, de la taille d'une cigarette. Peut-être le sifflet en os que Provo Frank avait volé au vieux sorcier.

Il joua la désinvolture, mais son cœur battait à tout rompre.

— Ce que Mr. Frank avait dans ses poches, Doc... vous l'avez déjà catalogué ?

— Non, répondit Simpson d'un ton las. Je le ferai demain. Vous faites pas de bile, je vous dresserai la liste. Et je vérifierai deux fois.

Le vieux médecin se sécha les mains; il tournait le dos au chef de la police.

Lorsque la chamane reprit conscience, elle sentit une présence. Elle entrouvrit un œil. Puis l'autre.

Sarah était assise à côté d'elle. Elle cueillait des dents-de-lion et soufflait les plumets blancs dans la brise.

Daisy s'accouda; elle avait du mal à voir à travers ses larmes.

— Ça va bien, mon petit ?

Sarah ne répondit pas. Elle souffla d'autres pissenlits et regarda les plumets voleter.

— Je plaisantais, pour ton chat, tu sais. Je ne l'aurais jamais fait.

La vieille femme trouva un mouchoir fripé dans la poche de son tablier et se moucha bruyamment.

La fillette ne regarda pas la vieille femme. Elle ne dit pas un mot.

Le Shoshone attendit le crépuscule avant de rentrer au campement. Blue Cup était assis à côté des cendres d'un petit feu, une radio en plastique collée à l'oreille. Noah était prêt à subir un flot de questions : Avait-il vu Provo Frank ? Y avait-il eu d'autres visiteurs ? Pourquoi rentrait-il si tard ?

Mais Blue Cup ne posa pas de questions. Noah lui en

fut reconnaissant. Le Shoshone était un piètre menteur. S'il s'éloignait un tant soit peu de la vérité, le *bugahant* le saurait tout de suite.

Finalement, le vieil Ute posa la radio sur sa couverture.

— Bon, fit-il d'une voix attristée, nous n'aurons plus besoin de chercher Provo Frank.

Noah s'accroupit de l'autre côté du feu de camp et tendit ses bras au-dessus des cendres ardentes. Mais la boule de glace dans son ventre... l'esprit du feu ne parviendrait pas à la faire fondre.

— Je viens de l'apprendre à la radio.

Le vieil homme jeta une pomme de pin dans les cendres et regarda les flammes lécher avidement la résine sombre.

— On a retrouvé le corps du voleur dans un camion écrasé. Là-bas, vers le nord.

Noah se balançait d'avant en arrière.

— Et ce qu'il t'a volé...?

— Ah, oui! L'objet sacré.

Le *bugahant* ferma les yeux.

— S'il l'avait sur lui, il est maintenant entre les mains de la police.

Auraient-ils une idée de ce qu'il représentait?... Son immense pouvoir... non. Les *matukach* ne comprendraient jamais de tels mystères. Même s'ils savaient ce que c'était, ils croiraient à des bêtises, à des superstitions. Et la magie ne marchait pas si on n'y croyait pas. Blue Cup considéra le Shoshone avec compassion.

— Désolé que tu aies dû surveiller la caravane toute la journée pour rien.

Noah Corbeau Dansant regardait les étincelles s'élever des flammes. La culpabilité l'imprégnait, telle une mauvaise odeur.

L'homme médecine se leva et regarda vers le nord d'un air nostalgique.

— C'est bien, ici, Noah. Mais je n'y suis plus chez moi depuis de longues années.

Il abaissa son regard vers le jeune homme qui semblait anormalement calme. Le pauvre devait mourir de fatigue, et de faim.

— Chargeons la Jeep, mon ami. Quand nous serons à Durango, je te paierai tous les cheeseburgers que tu voudras. Et un litre de café.

Noah Corbeau Dansant se mit debout. Il commença à lever le camp, mais il n'avait pas envie de cheeseburgers. Il n'avait pas envie de café non plus. Il se récita ces mots dans sa tête : « *La prochaine fois que tu auras une riche idée, crache-la, comme si c'était une baie amère.* » Peine perdue, avant la nouvelle lune, le Shoshone aurait encore une riche idée.

Terriblement riche.

Pendant qu'il roulait sur la 160, Charlie Moon était hanté par le fantôme de Mary Frank. Sur les longues lignes droites de la route de montagne, le policier ute voyait sa silhouette marcher parmi les arbres... danser une valse lente avec les ombres. À l'ouest de Pagosa, il s'arrêta sur le bas-côté pour s'étirer ; il l'entendit murmurer dans la brise légère qui faisait frémir les branches des jeunes trembles. Le policier était un homme rationnel ; il mit ces hallucinations sur le compte de la fatigue. Il restait encore une heure avant la nuit, mais il se sentait vidé et avait envie de dormir. Douze, peut-être quatorze heures de sommeil lui feraient du bien. Un sommeil sans rêve.

Il déboîta et reprit la route ; le ruban d'asphalte de la 160 l'invitait vers l'ouest. Vers sa maison. On devinait les doux pics verts de Haystack Mountain au nord ; la longue tige de Chimney Rock formait comme un doigt au sud. Un doigt qui lui faisait signe... mais quel signe ? Un geste d'accueil ou un geste obscène ? Malgré la fatigue, l'idée lui arracha un sourire.

Comme chaque fois qu'il approchait du carrefour de la route 151 à Lake Capote, le policier décida d'appeler le poste. Il maintint son micro près de son menton et pressa le bouton. Nancy Beyal devait être de service au standard.

— Ici Moon, dit-il. Je suis à Lake Capote.

Il attendit la réponse. Il y eut des grésillements, puis la voix de Nancy.

— Il y a de l'écho, Charlie.

D'autres parasites, puis :

— Le président Sweetwater veut vous voir le plus vite possible. Allez chez lui.

Nancy s'exprimait de son ton le plus officiel.

— Appelez Austin. Dites-lui que je n'ai pas le temps.

Il y eut un éclat de rire.

— Dites-lui vous-même, Charlie. Il est à côté de moi.

Moon grogna.

— Salut, Austin. Je suis crevé... ça ne peut pas attendre demain matin ?

Il y eut un silence, pendant lequel, pensa Moon, le chef de la tribu engueulait la standardiste. La voix de Nancy résonna enfin au milieu des parasites.

— Il dit qu'il s'en fiche. Soyez devant chez lui dans vingt minutes.

— Ça m'obligerait à dépasser de loin la vitesse autorisée, remarqua Moon.

Nouveau silence.

— Il dit que ça ne vous a jamais retenu, alors pied au plancher.

Il était manifeste que la standardiste s'amusait.

— Bien reçu, dit Moon.

Mais le chef tribal lui tapait sur les nerfs. Il roula tranquillement. Un policier travaillait mieux s'il prenait son temps.

Dans la cour d'Austin Sweetwater, les peupliers

jetaient déjà de longues ombres quand Moon arriva. La Cadillac 1957 méticuleusement restaurée du président, qui était d'habitude garée dans l'allée, était rangée le long du trottoir devant la maison en brique d'un étage. Voilà qui était étrange. Et la Lincoln de Mrs. Sweetwater n'était pas là. Cela n'était pas étrange. La femme du chef passait ses journées à faire les magasins. Moon engagea le Blazer dans l'allée déserte. Il n'avait pas encore arrêté le moteur qu'il vit le joufflu traverser la pelouse manucurée — et les plates-bandes de géranium de sa femme par la même occasion. Moon ne put s'empêcher de sourire ; il aurait droit à une sérieuse engueulade.

— Bon Dieu ! hurla Austin Sweetwater. Pourquoi garer votre tas de graisse dans mon allée ?

Moon coupa le contact.

— Pourquoi pas ?

— Pour deux raisons.

Austin avait presque sectionné en deux le cigare noir qu'il serrait entre ses dents impeccablement couronnées.

— Premièrement, à cause des dalles toutes neuves. Le ciment n'est peut-être pas sec et vous allez laisser des marques de pneu... et... et...

— Et deuxièmement ? dit Moon, secourable.

— Deuxièmement, tonna Austin, votre vieux débris laisse sans doute fuir de l'huile sur mon allée en ce moment même.

— Vous voulez que je le déplace ?

— Vous pigez vite, mon garçon. Voyons si vous serez aussi rapide pour dégager votre tas de boue de mon ciment tout frais.

Moon acquiesça d'un air cordial. Il démarra, enclencha la marche arrière et enfonça l'accélérateur. Le gros Blazer rugit comme un taureau touché par un aiguillon électrique ; il fonça à reculons dans l'allée. Moon tourna vivement le volant, dégringola du trottoir et continua de reculer vers la Cadillac bleue. Il entendit à peine le cri du président.

— Non, non !... Faites donc attention, Charlie... ma Cadillac !

Austin grinça des dents et se plaqua une main sur les yeux.

— Oh, merde ! gémit-il.

Arrivé à un mètre de la décapotable, Moon écrasa la pédale de frein. Les plaquettes fumèrent... les gros pneus déposèrent des particules de gomme sur l'asphalte froid. Le Blazer s'arrêta en glissant, son énorme pare-chocs à un doigt de la Cadillac.

Austin s'avança d'un pas tremblant et se planta devant la vitre côté passager, martelant la portière à coups de poing furieux.

— Vous l'avez fait exprès, salaud !

Moon coupa le contact et regarda le président d'un air innocent.

— J'ai fait quoi exprès ?

Austin se pencha, respira à fond et compta :

— Un... deux... trois...

Le policier descendit de voiture, fit le tour du Blazer et s'adossa au tronc d'un petit érable.

— Vous savez à quoi je pense, Austin ?

— Je ne sais pas et je m'en fous, espèce de... vous vouliez me faire peur, hein ?

Il recommença à respirer profondément et à compter.

— Quatre... cinq... six.

Faut que je me détende. Pense à quelque chose d'agréable. Des nuages roses.

— Sept... huit... neuf...

Moon aura ma peau.

— Dix... onze... ooohhh, gémit-il, et ensuite, quoi... ?

Moon parut réfléchir.

— Douze, je crois.

Austin tourna son cou dodu et regarda le géant.

— Je sais compter jusqu'à douze, imbécile. Je me demandais ce que vous alliez encore faire. Dynamiter ma maison ?

Moon médita la question, puis secoua la tête.
— Non, je ne crois pas.
Le président donnait l'impression qu'il allait fondre en larmes.
— Le problème, dit Moon en lui tapotant la poitrine, c'est que vous avez trop de stress. C'est pas bon pour les vieilles artères.
Austin se pencha en avant et effleura le pare-chocs chromé de sa Cadillac d'un doigt boudiné. Il caressa le feu arrière.
— Vous savez combien ça m'a coûté de restaurer ce bébé, Charlie ?
Moon jeta un coup d'œil à sa montre.
— L'histoire de votre bagnole doit être passionnante, Austin, mais j'ai du pain sur la planche.
J'ai envie de rentrer dormir !
Le président soupira.
— Entrez, Charlie. Faut qu'on parle.

La salle à manger, où le président conduisait ses affaires les plus sérieuses, était aussi vaste que la maison de Charlie Moon. Le mobilier était un mélange de bois poli et de verre. Des assiettes en porcelaine ainsi qu'un bric-à-brac hétéroclite décoraient la pièce. Le perroquet guatémaltèque dodu de Mrs. Sweetwater était perché dans une cage en ébène suspendue à une poutre vernie du plafond.
L'oiseau inclina la tête sur le côté, piocha une graine de tournesol avec ses griffes et croassa :
— Bébé veut une cerise !
Austin Sweetwater mordit dans son cigare et fusilla le perroquet du regard.
— Ta gueule, sale bête !
Sa femme, qui adorait la créature emplumée, était à Durango pour la journée. Elle dépensait son argent à la vitesse de dix dollars la minute. Il avait donc bien le

droit de dire ce qu'il voulait à cette satanée bestiole. Il s'assit à l'énorme table à manger et, d'un geste nonchalant de la main, invita le policier à l'imiter.

Austin Sweetwater regarda de l'autre côté de la surface miroitante de la table en érable où Charlie Moon avait pris place.

— J'ai besoin de savoir où en est l'enquête de... sur le meurtre de Mary Frank.

— Vous devriez en parler au chef de la police, dit Moon.

— J'ai déjà posé cent fois la question à Roy Severo. Maintenant, c'est à vous que je la pose.

Le gros joufflu écrasa son cigare dans un cendrier en onyx.

Moon soupçonna que c'était à cause des élections. Le déroulement de l'enquête pouvait l'aider ou le faire plonger. Si tout se passait bien, il y aurait une conférence de presse obligatoire. Moon serait flanqué du président et du chef de la police Roy Severo tandis que la jeune femme du *Southern Ute Drum* prendrait des photos et poserait des tas de questions. Austin Sweetwater délivrerait un beau discours dans lequel il se féliciterait du bon travail effectué par la police tribale sous sa responsabilité. Si l'enquête tournait mal, il n'y aurait pas de conférence de presse. Mais le président mettrait en doute la capacité de Roy Severo à diriger la police. Severo soutenait le rival d'Austin.

— C'est une longue histoire, dit Moon en haussant les épaules. Un peu compliquée.

— Eh bien, résumez !

Austin ouvrit un coffret plein de cigares du Honduras à l'arôme puissant.

— Et faites simple.

Moon croisa les mains sur la surface luisante de la table. Elle sentait le citron. Et puait le fric.

— La famille Frank est allée au Wyoming afin que

Frank rende visite à Blue Cup, dont il espérait obtenir un moyen d'acquérir du Pouvoir.

— Encore des superstitions à la con, grommela le président. Mais je ne crois pas que ça me portera du tort pour l'élection. Au contraire, peut-être. Je touche du bois...

— Provo est finalement rentré au motel où il avait laissé sa famille, et d'après ce que dit sa fillette, sa maman n'était pas particulièrement heureuse. Après une scène de ménage, Provo a laissé sa femme et sa fille au motel. Il est allé dans un bar appelé la Jarretière Roze et s'est payé quelques verres.

— Je sais déjà ça, cingla Austin. C'est de là que cette grande gueule m'a téléphoné. Il prétendait qu'il avait fait quelque chose de très important pour le Peuple, qu'il voulait parler aux anciens de la tribu. Il a demandé que Marche-en-Dormant soit présent. S'il y a une chose que je ne supporte pas, c'est les ivrognes qui m'appellent au téléphone.

Austin posa un regard incertain sur l'armoire aux alcools.

— Je vous offre un verre, Charlie?

— Du café, si vous en avez.

— Oh, je vois... vous ne buvez pas... la patronne n'a pas fait de café, aujourd'hui.

— Cela ne fait rien.

Si. Il avait très envie d'une tasse de café.

— Bien, fit Austin en agitant son cigare avec impatience, continuez.

— Peu après le départ de Provo, Mary Frank a dit à Sarah que son papa était revenu et qu'elle sortait lui parler. C'est la dernière fois que Mary a été vue vivante... si on oublie son assassin. Ce même soir, Provo a quitté le motel sans payer. Il a laissé les affaires de sa femme dans la chambre. Le lendemain, il a dit à Sarah que sa maman était partie en Arizona soigner son père malade.

— Ce qui est faux, je sais.

— Quand Scott Parris et moi sommes allés au Wyoming, nous avons découvert le corps de Mary Frank sur une crête, derrière le motel. Elle était morte des suites d'un coup à la tête. On a retrouvé un marteau ensanglanté à quelques pas du cadavre. C'était celui de son mari.

— Elle était clouée à un arbre, la tête en bas, à ce qu'on m'a dit.

— Et les clous provenaient de la trousse à outils que Provo avait dans son break.

— Superbe, dit le président d'un air sombre. Provo Frank, un Ute du Sud qui boit trop, cloue sa chère épouse papago à un arbre.

— Vous savez maintenant qu'on a retrouvé le corps de Provo... dans un pick-up qu'il avait volé à Granite Creek après avoir agressé un agent de police.

— On en a parlé à la radio et à la télé. Je suis content que le fumier soit mort... ça évite bien des soucis à la tribu. Dans un ou deux mois, tout le monde aura oublié. Mais il y a une chose que je ne comprends pas, Charlie. Je sais que les maris et les épouses s'assassinent de temps en temps. Mais je ne pige pas. Pourquoi ne pas avoir enterré le corps? Ou l'avoir emporté afin de s'en débarrasser quelque part?

— Le sol était gelé et je pense qu'il n'a pas voulu s'encombrer du cadavre. Sa fille aurait pu se réveiller et le voir. Ou la police aurait pu l'arrêter. Ça arrive plus souvent que vous ne le croyez. Un phare ne fonctionne pas... la police de la route intervient... et arrête quelqu'un qui cherche justement à éviter la police.

— D'accord, fit le président, mais pourquoi la clouer à un foutu arbre?

Moon se leva et regarda la porte avec regret.

— D'après nous, c'est à cause d'une drogue qu'il a prise à la Jarretière Roze. Ça paraît dingue, mais ça a failli marcher. Si Scott Parris ne m'avait pas emmené sur cette crête... on n'aurait peut-être pas retrouvé son cadavre avant des années. Personne ne monte là-haut.

— À ce propos, il y a une chose qu'on aimerait savoir, dit Austin, suspicieux. Comment le *matukach* savait-il qu'elle était là-haut ?

Moon faillit expliquer Scott Parris à Austin Sweetwater. Mais c'eût été une perte de temps.

— Une intuition, j'imagine.

La conversation se poursuivit jusqu'à ce que le président juge qu'il n'y avait aucun gain politique à tirer de l'affaire. Et aucun mauvais coup à recevoir. Pas encore, en tout cas. Il perdit tout intérêt pour la chose. Finalement, épuisé, Moon s'en alla. Perdu dans ses pensées, le politicien, qui mâchouillait son cigare, ne s'aperçut pas de son départ.

Moon mit le contact, déboîta et laissa derrière lui Austin Sweetwater et sa luxueuse maison... et ses questions. Mais le policier ne laissa pas tout derrière lui. Quelque chose lui trottait dans la tête, hantait son subconscient. Quelque chose qu'il avait entendu... ou vu ? Ou qu'il n'avait pas vu ? Comme le marteau de menuisier qui aurait dû se trouver dans la voiture de Provo Frank, mais n'y était pas.

Charlie Moon n'avait pas fait un kilomètre quand il se rappela.

— Merde, que je sois...

C'était moins un souvenir qu'une révélation. Le Ute était certain de comprendre enfin exactement ce qui s'était passé. Et pourquoi.

Repoussant le sommeil, il se dirigea vers le poste de police où il sortit un épais classeur d'un tiroir. Il lui fallut moins de trente secondes pour retrouver ce qu'il croyait avoir lu. Oui, c'était là... noir sur blanc.

Et ça n'y était pas.

Moon obtint le numéro de téléphone du policier du Wyoming. Le lieutenant Schultz, qui s'apprêtait à dîner avec sa femme, ne fut pas enchanté qu'on l'appelle chez lui. Mais après que Moon lui eut fait part de ses pensées, l'homme se mit à l'écouter avec attention. Oui, concédat-il, c'était bigrement intéressant.

Moon raccrocha. Dans quelques jours, il saurait si son intuition avait été la bonne. Mais un homme ne peut vivre indéfiniment sans sommeil. Il regagna donc sa maison, nichée dans un étroit méandre du Piños... et s'écroula sur le lit.

Tommy Schultz ne goûta pas avec plaisir son entrecôte refroidie ; il piqua une pomme de terre, la tourna dans la crème du bout de sa fourchette en argent. En outre, il ne dormirait pas beaucoup cette nuit. Il se relèverait finalement à trois heures du matin, ferait un peu de café à la chicorée, et foncerait avec sa Ford pie à cent trente à l'heure sur la route sombre. Il se rendrait à son bureau où du travail l'attendait. Il y avait beaucoup à faire. Il aurait besoin d'aide. Pour commencer, d'une douzaine d'agents armés de balais. Et il lui faudrait trouver un sacré éclaireur. Il y avait un Shoshone, à Fort Washakie... Les Indiens prétendaient qu'il était capable de pister n'importe qui sur un kilomètre de rocher.

Le travail que Charlie Moon avait suggéré ne serait pas aussi délicat, loin de là.

Il était près de midi quand Charlie Moon entendit frapper à sa fenêtre. Il s'accouda, plissa les yeux, et vit le visage de Scott Parris dans l'encadrement. Un visage souriant. Maudit flic ! C'était trop pour un seul homme.

Charlie Moon se retourna dans son lit et grogna :

— Fous le camp !

Et il tira un oreiller sur sa tête.

Le gros Blazer de la police des Utes du Sud fonçait

déjà vers le *Cañón del Espíritu* quand Scott Parris adressa la parole au taciturne Indien.

— Ça va, Charlie ?

Moon grogna. Il avait eu l'intention de parler à son partenaire... mais il n'en fit rien. Il attendrait de voir comment les choses allaient tourner. Scott Parris était un habile policier. Assez perspicace pour avoir remarqué l'absence du marteau dans la trousse à outils de Provo Frank. Mais autre chose manquait à l'appel. Et ni l'un ni l'autre ne s'en étaient aperçus.

Scott Parris était un policier assermenté, et ce qu'il avait en tête, strictement parlant, était illégal. En réalité, ce qu'il avait déjà fait était illégal.

Strictement parlant.

— Tu n'as pas bien dormi ?

— Nan, fit Moon qui surveillait les ornières sur la route de terre.

Parris se pencha pour regarder à travers le pare-brise poussiéreux. Le tournant qui menait à la caravane de Daisy Perika était juste après la colline.

— On aurait peut-être dû s'arrêter pour déjeuner.

Il jeta un coup d'œil vers le Ute.

— J'aurais bien mangé des œufs brouillés avec des saucisses.

Daisy Perika faisait d'excellents petits déjeuners, si on oubliait le lard. Des bombes de cholestérol, mais délicieuses. S'ils disaient qu'ils n'avaient même pas eu le temps d'avaler un café, peut-être que...

Moon vira à droite dans la cour de Daisy.

— J'ai pas faim.

— Mon Dieu, tu n'es pas malade, au moins ?

— Ne m'adresse pas la parole. Sinon, je serai obligé de te flinguer.

— C'est pas une façon de traiter un ami qui t'apporte un cadeau.

Charlie Moon coupa le contact et mit le frein à main, puis il se tourna pour dévisager l'imprévisible *matukach*.

Parris fourra une main dans sa poche dont il tira un petit paquet enveloppé dans du papier marron.

Le policier ute tiqua. Il y avait des taches de graisse sur l'emballage. Parris avait apparemment sacrifié un vieux sac en papier. Moon haussa un sourcil.

— Un cadeau ?

Il sourit presque. Presque.

— Ouais.

Parris était de bonne humeur, à présent. Il était peut-être finalement plus agréable de donner que de recevoir. Même si on offrait un cadeau volé.

L'Indien tira d'un geste désinvolte sur la ficelle.

— C'est pas un de ces machins qui vous sautent au nez dès qu'on les ouvre ? demanda-t-il, méfiant.

— Il faut savoir prendre des risques, dit Parris.

Après tout, c'était exactement ce qu'il avait fait. Si le Dr Simpson s'apercevait de l'absence du... mais il fallait savoir prendre des risques.

Moon déballa le cadeau. C'était un paquet de cigarettes. Des Kool.

— Qu'est-ce qui t'arrive, part'naire ? Tu veux que je recommence à fumer ?

— Essaies-en une sans filtre.

Moon retira deux cigarettes du paquet. Une troisième. Son doigt rencontra un objet. Un cylindre poli de cinq centimètres. L'os d'une aile d'aigle. Un cercle métallique, noirci par le temps, entourait l'os. Un anneau en argent. Moon tenait à la main l'objet du vol. Un mythe tribal. Une superstition. Un morceau d'os qui laissait une traînée macabre dans son sillage. Mais lorsque le Ute referma ses doigts sur l'objet sacré, il chanta dans sa paume. Moon sentit les réverbérations se diffuser depuis sa main jusqu'à son épaule. Il ouvrit la bouche pour dire quelque chose à son ami, mais fut incapable d'articuler le moindre son.

Scott Parris n'avait pas prévu l'impact que son cadeau aurait sur le grand Ute.

— J'imagine que tu aimerais savoir comment j'ai mis la main dessus, dit-il vivement.

Moon acquiesça.

— Je me suis dit qu'il y avait une importante tradition à respecter.

Moon ouvrit la paume pour examiner le trésor.

— Une tradition ?

— Ouais. Provo Frank l'a volé à Blue Cup.

Scott fit un clin d'œil à son ami.

— Alors, je l'ai volé pour toi, partenaire.

21

Daisy se tenait devant la fenêtre où Sarah avait attendu jour après jour le retour de son père. Maintenant, la fillette ne montrait plus aucun intérêt pour l'arrivée de qui que ce soit.

La chamane avait entendu la voiture de Charlie Moon bien avant qu'elle n'apparaisse au sommet de la crête. L'Indien resta assis dans son véhicule avec Scott Parris. Ils avaient sans doute des choses à se dire avant de descendre.

Daisy Perika jeta un regard vers l'enfant qui était assise par terre à côté du chaton.

— Mon neveu Charlie est dehors avec son ami *matukach*. Attends-moi là pendant que je vais voir ce qu'ils veulent.

Sarah ne leva pas les yeux. Daisy était certaine que la fillette avait compris ce qu'elle lui avait dit. Elle avait même peut-être compris ce que la chamane n'avait pas dit. Mais elle n'avait pas prononcé un mot depuis que Daisy l'avait trouvée dans le *Cañón del Espíritu*... ou que la fillette l'avait trouvée !

Moon venait juste de claquer la portière de son Blazer quand Daisy parut sur le seuil de sa caravane. Elle ne les attendit pas sur le porche ; elle descendit les marches grinçantes en s'appuyant avec précaution à la rambarde en pin.

Les policiers restèrent près du Blazer couvert de poussière.

Scott Parris ôta son chapeau quand Daisy ne fut qu'à quelques pas de lui.

— Bonjour, jeune homme, dit la chamane au *matukach*.

— Bonjour, répondit Parris.

L'âge, s'aperçut-il, était une notion toute relative.

Daisy remarqua que les deux flics ne la regardaient pas en face. Moon regardait par-dessus sa tête, vers la caravane où était restée la fillette. Le Blanc fixait son chapeau fatigué qu'il pétrissait nerveusement. C'était, devina-t-elle, parce qu'ils avaient quelque chose de désagréable à lui dire. Ils auraient certainement besoin d'un peu de temps pour aborder le sujet.

— J'ai pensé qu'il valait mieux discuter ici, dit-elle.

Moon acquiesça.

— Si vous cherchez Provo, il était là hier. Il a apporté à sa fille le poney qu'il lui avait promis pour son anniversaire.

La vieille femme fut surprise de voir leur drôle d'expression.

Moon retrouva sa voix.

— Non, pas hier... Provo n'a pas pu...

— Pourtant si. Exactement comme nous l'avait dit sa fille. Et il lui a apporté un bien joli poney. Je revenais de la boîte aux lettres quand je l'ai vu avec Sarah... se diriger vers le canyon sur le petit cheval.

Charlie Moon sentit une main glacée lui étreindre le cœur; il serra les poings.

— La fille... est partie ?

— Oh non ! fit Daisy avec un geste impatient. Elle est revenue. Quand je les ai vus s'en aller, j'ai crié après Provo, mais...

Elle s'arrêta, se rappelant à quel point la scène lui avait paru bizarre.

— C'est comme s'il ne m'avait pas entendue. Comme s'il était devenu sourd... le vent avait dû emporter ma voix.

— Tante Daisy, fit Moon avec patience, tu viens de déclarer que Sarah *nous* avait dit que son père lui apporterait un cheval pour son anniversaire. À qui l'a-t-elle dit? À toi et à qui d'autre?

La vieille femme s'emmitoufla dans son châle et fronça les sourcils.

— À Blue Cup, pourquoi? Il est venu du Wyoming pour chercher Provo. Il paraît que le gamin lui a volé quelque chose.

— Quand... commença Parris.

— Il est venu me voir la semaine dernière. C'est là que Sarah nous a dit que son père allait lui apporter un poney pour son anniversaire.

Parris claqua son chapeau sur sa cuisse; la chamane sursauta.

— Merde! On aurait dû deviner qu'il rechercherait Provo.

Moon posa sa main sur l'épaule de sa tante.

— Il y avait quelqu'un avec Blue Cup?

— Non. Il était tout seul quand il est passé. Mais en partant, il a parlé de rentrer à son campement. Il attendait l'arrivée de son ami shoshone.

— Donc, fit Moon, Blue Cup savait que le père de Sarah lui apporterait un poney. S'il voulait kidnapper l'enfant, il aurait envoyé quelqu'un avec un cheval. Quelqu'un qui ressemblerait à Provo Frank.

— MacFie disait que l'acolyte de Blue Cup était sourd, déclara Parris avec une lenteur délibérée.

— Et on a signalé un vol de cheval, renchérit Moon d'un air sombre. À moins de dix kilomètres d'ici. Un Navajo a découvert des empreintes de pas près de la clôture de son corral; il pense que son cheval a été volé.

— Je ne comprends pas, dit la vieille femme avec une pointe d'exaspération. Je vous dis que c'est Provo qui a apporté le cheval à Sarah...

— Tante Daisy, intervint Moon, il y a eu un accident il y a deux semaines.

Le policier s'arrêta. Provo était mort dans la juridiction de Parris. Dans un pick-up qui appartenait à un des agents du *matukach*. C'était à lui de le dire.

Parris examinait son vieux chapeau comme s'il ne l'avait jamais vu.

— Mrs. Perika... Provo Frank est mort depuis quelque temps, maintenant. Il ne pouvait pas être chez vous hier.

Il faillit s'étrangler en prononçant la phrase suivante.

— C'est quelqu'un d'autre qui a emmené l'enfant.

— Oh! fit Daisy en portant la main à sa bouche. J'étais pourtant sûre que c'était Provo.

Elle fut prise de vertige et accepta avec reconnaissance le bras secourable de Scott Parris.

— C'est ce qu'on a essayé de te faire croire, dit Moon.

— Mais je ne comprends pas pourquoi quelqu'un aurait voulu emporter l'enfant.

— Blue Cup croyait peut-être que Sarah savait où était son père, dit Moon d'une voix à peine audible. Ou peut-être où il cachait l'objet qu'il lui avait volé.

Le policier ute porta la main à sa poche où le sifflet reposait dans un paquet de cigarettes froissé. Au diable l'objet sacré! Provo était-il mort pour un os cerclé d'argent? Et combien d'autres allaient-ils mourir encore? La réponse lui vint aussitôt. Deux autres. Blue Cup et son acolyte shoshone.

— Ils voulaient peut-être s'emparer de Sarah parce que c'est la fille de Provo, avança Parris. Ils pensaient qu'en l'enlevant ça ferait sortir le père de sa cachette.

Il soupira; il se sentait soudain las.

— Le chaman devait salement vouloir mettre la main sur Provo.

Moon regarda vers la caravane et vit le visage de Sarah dans l'encadrement de la fenêtre de la cuisine.

— Blue Cup aurait dû savoir que je le retrouverais, où qu'il aille.

— Oui, approuva Parris. C'était idiot. On n'imagine pas ça de la part d'un vieux malin comme Blue Cup.

Bien sûr, si l'enfant avait suivi l'homme de son plein gré, les Fédéraux auraient du mal à lui coller une accusation d'enlèvement sur le dos. Mais Moon ne s'arrêterait pas à une telle formalité. Parris pensa à ce qui risquait d'arriver à un homme qui oserait kidnapper un enfant dans la réserve des Utes. Il en frissonna.

— Il faut qu'on parle à Sarah, dit doucement Moon à sa tante.

Une étrange expression passa sur le visage ridé de la vieille femme.

— C'est ça le problème, dit-elle en levant les yeux vers son grand neveu. Vous pouvez toujours lui parler, mais elle n'a pas dit un seul mot depuis... depuis que je l'ai ramenée.

Daisy contempla le lointain, comme si elle voyait quelqu'un. Depuis son retour, Sarah ne voulait pas qu'on la touche.

Les policiers échangèrent un regard embarrassé. Ils ne voulaient pas en parler devant Daisy, mais ils s'interrogeaient tous les deux. Qu'avait donc vécu la fillette de si atroce pour avoir perdu l'usage de la parole? Moon s'éclaircit la gorge.

— On demandera aux services sociaux de venir voir Sarah. Si elle a besoin d'un médecin, on l'emmènera à la clinique d'Ignacio. En attendant, dis-nous tout ce dont tu te souviens... sur l'enlèvement.

— C'est justement le problème... commença Daisy.

Elle se tut.

— Mrs. Perika... insista gentiment Parris, tout ce que vous vous rappellerez nous aidera beaucoup.

— Justement... Je ne me souviens pas de grand-chose.

La vieille femme se frotta les mains comme si elles étaient glacées. Elles l'étaient.

— Figurez-vous... je les ai suivis dans le canyon de l'Esprit... et puis, j'ai dû tomber... sur quelque chose. Ensuite...

Elle fit un geste de la main.

— Je marchais dans le brouillard. Je crois avoir parlé à des gens... ou à des fantômes. Je ne me souviens pas très bien. Et quand je me suis réveillée... Sarah était avec moi.

Moon, qui avait grincé des dents en entendant le rêve absurde de sa tante, tourna les talons et s'éloigna. J'aurais dû emmener Sarah dès que j'ai su que Provo l'avait confiée à tante Daisy, se dit-il. Elle méritait d'être protégée de ce monde de prédateurs. Ce qui lui est arrivé est de ma faute.

Il avait maintenant une dette à régler.

Il ouvrit la vitre arrière du Blazer, déroula le linge graisseux qui enveloppait une vieille carabine Winchester. Un homme qui se fait passer pour un père. Tromper une petite fille et l'enlever! Il ne méritait pas qu'on l'abatte d'un coup de fusil, c'était une mort trop douce. Moon glissa plusieurs cartouches dans le chargeur et arma la carabine.

Il y avait, comme disait le Livre, un temps pour vivre... et un temps pour mourir.

Parris, qui connaissait le Ute comme on connaît son frère jumeau, ne douta pas un instant des intentions de Charlie Moon. Le Blanc se tourna vers la vieille femme, qui semblait avoir rétréci sous ses yeux.

— Mrs. Perika, est-ce que Blue Cup vous a dit où il campait?

— Non, répondit Daisy d'une voix tremblante. Mais je l'ai regardé partir. Il a pris ce chemin, dit-elle en désignant le sud-est.

Moon fit le tour de l'endroit planté d'arbres rabougris où Daisy avait installé sa caravane. Il repéra presque aussitôt plusieurs empreintes de sabots sur un petit tertre ; un cheval était resté là quelque temps, piétinant le sol nerveusement. Un cavalier avec des bottes neuves (ou des bottes ressemelées, corrigea-t-il) était descendu de cheval, puis avait fumé une Marlboro (il avait jeté le mégot dans une touffe d'herbe desséchée), et avait conduit le cheval vers la caravane. Le Ute parvint à peine à suivre les empreintes sur la pente rocheuse, mais en releva près du réservoir à mazout qui alimentait la caravane. Il ne trouva pas d'empreinte à l'entrée du *Cañon del Espíritu*. Il décrivit un vaste cercle et vit une demi-douzaine d'empreintes nettes qui menaient loin du canyon. Le cheval, qui n'était pas ferré, avait laissé des traces plus profondes et plus espacées. Le cavalier était donc parti au galop. Il se dirigeait vers le sud-est ; dans la même direction qu'avait, selon Daisy, prise Blue Cup.

Moon marqua une pause. Il était temps de réfléchir. De faire un travail de policier.

Blue Cup avait dû descendre du Wyoming dans sa vieille Jeep des surplus de l'armée. Il n'y avait qu'une dizaine d'endroits, à distance raisonnable, où un Ute pétri de traditions avait pu établir son campement. Moon fonça à la caravane, où Scott Parris attendait avec la chamane et l'enfant. Sarah serrait contre sa poitrine le chaton qui gigotait. Le *matukach* était agenouillé près d'elle et lui parlait tout en caressant le chat.

Charlie Moon s'approcha de la fillette qui leva vers lui des yeux pleins d'espoir. On sentait des questions dans son regard, sinon sur ses lèvres.

Moon aussi se posait des questions. Il aurait voulu lui demander ce qui s'était passé quand l'homme était arrivé sur son poney, mais l'expression qu'il lut sur son visage lui dit que c'eût été inutile. Sarah n'aurait pas répondu.

Scott Parris se releva et caressa la tête de la fillette.

— Tu as trouvé quelque chose, Charlie ?

Le Ute acquiesça. Il posa le canon de sa Winchester sur son épaule.

— Allons à la chasse, part'naire.

Daisy fronça les sourcils — c'était déroutant.

— La chasse à quoi ?

— Aux animaux à deux pattes, dit Charlie d'un air sombre.

Et il se dirigea vers le Blazer, son ami sur les talons.

Charlie Moon ne mit que dix minutes à localiser l'endroit où la vieille Jeep avait quitté le chemin de terre ; les empreintes laissées dans le sable par les pneus Goodyear étaient incontestables et indiquaient plusieurs allées et venues. La dernière fois pour un départ. Moon conduisit le gros Blazer dans une pente parsemée d'éclats de basalte. Lorsqu'il pénétra dans un vaste arroyo, Moon descendit de voiture et marcha devant pendant que Parris prenait le volant et suivait au pas.

Le campement se trouvait dans un large bassin sableux où l'arroyo s'était rétréci, zigzaguait, et se perdait dans un bosquet de chênes rachitiques. Mais le campement était abandonné. Le Ute s'accroupit près du feu de camp et tâta les cendres froides.

Il inspecta le campement avec un soin méticuleux, mesura les empreintes de pas. Les unes étaient celles de l'homme qui avait chevauché le cheval depuis l'entrée du *Cañon del Espíritu*. C'était sans doute le Shoshone, celui qu'on appelait Noah Corbeau Dansant. Les autres, celles d'un vieillard qui marchait à petits pas raides en s'aidant d'une canne. Blue Cup, bien sûr.

Parris attendait patiemment. Il vit le Ute s'arrêter pour réfléchir.

— Qu'est-ce que tu en penses, Charlie ?

Moon jeta un dernier regard autour de lui.

— Même un louveteau comprendrait. Deux hommes

ont campé ici pendant environ une semaine. Blue Cup et, très certainement, son acolyte shoshone. Ils sont partis la nuit dernière, dans la Jeep.

— Et le cheval ?

Le Ute alla au bord du campement où une pente douce était parsemée de yuccas et de broussailles jaunâtres. Il suivit les empreintes des sabots non ferrés jusqu'en haut du tertre, mit sa main en visière et observa le lointain.

Parris le rejoignit.

Moon pointa le canon de sa Winchester d'une main, comme si c'était un pistolet.

— À l'heure qu'il est, le canasson est sans doute rentré chez lui, avec le reste des chevaux du Navajo.

Route 13, Colorado
Un kilomètre au sud de la frontière du Wyoming

Noah Corbeau Dansant regardait un nuage en forme d'enclume d'où pendaient de minces volutes, telles des stalactites fantômes. C'était ce que les gens de l'Ouest appelaient « la pluie sèche » ; la précieuse eau s'évaporait avant d'atteindre les pâturages assoiffés. Sous le nuage gris qui tourmentait la terre desséchée avec une promesse d'humidité, le soleil n'était qu'à six disques au-dessus de l'horizon. Bientôt, la pénombre déploierait son manteau grisâtre sur les hautes herbes de la prairie. Le vent avait cessé. C'était un bon présage, pensa l'optimiste Shoshone. Mais, naturellement, il avait tort. Il se trompait lourdement.

Noah était sûr que Blue Cup n'apprendrait jamais son projet d'enlever la fillette. Il avait admis à contrecœur que son idée était stupide et s'était juré de ne plus en entretenir de semblables. Plus jamais.

Mais cette nuit même, avant que la lune ne parcoure la moitié de sa route nocturne, Noah Corbeau Dansant romprait sa promesse.

Tout à sa fonction de cuisinier, le Shoshone ouvrit une boîte de jambon danois que le vieil Ute avait acheté au marché, à Craig. Noah sortit de son étui en cuir, sous sa chemise, son couteau à la lame effilée comme un rasoir, et découpa quatre grosses tranches de viande rose qu'il jeta dans la poêle au-dessus des cendres rouge cerise du feu de camp. Après que le jambon eut grésillé pendant une minute — la poêle regorgeait de graisse —, il cassa six œufs sur la viande. Il brisa soigneusement trois jaunes et les mélangea. Blue Cup aimait ses œufs bien cuits — mais exigeait que les jaunes soient brisés et battus. Sa tâche terminée, Noah se tourna vers son mentor.

— Ça sent bon, dit-il.

Le chaman hocha la tête. On aurait dit qu'il avait vieilli de dix ans en dix heures.

— Je regrette que tu n'aies pas retrouvé ton objet sacré, dit le Shoshone. Mais tu pourras peut-être récupérer le Pouvoir perdu d'une autre manière...

— Le Pouvoir ne m'a pas quitté, dit sèchement Blue Cup. Il est profondément ancré en moi... dans la moelle de mes os.

Mais dans sa moelle, le vieil homme se sentait glacé. Et faible.

Ainsi rabroué, le Shoshone retourna à sa cuisine.

Le vieil Ute regarda son fidèle compagnon préparer leur dîner ; l'arôme du jambon lui chatouilla les narines et le fit saliver. Son ventre gargouilla. Ses os le faisaient souffrir et son cœur était triste. Le voyage avait été long et pénible. D'abord le car pour descendre au Colorado, ensuite le retour au Wyoming dans la vieille Jeep.

Et tout cela pour rien.

Non... pas tout à fait pour rien. Il avait une petite satisfaction. Provo Frank, cet immonde voleur, était mort et enterré. Mais l'objet sacré avait disparu lui aussi. Et avec lui, une grande partie du Pouvoir.

Ils mangèrent en silence. Blue Cup piquait les morceaux de jambon avec une fourchette en acier inoxydable. Noah avec son petit couteau de chasse.

Tandis que le soleil se couchait à l'ouest, la lune se leva au-dessus de la colline, à l'est; sa lumière argentée baigna le camp d'une douce lueur.

Noah s'éloigna pour aller se soulager derrière un buisson. Puis il marcha un peu et réfléchit à son avenir.

Blue Cup s'assit près du feu et regarda les cendres mourir. Et ses espoirs avec. Mais la haine qui brûlait en lui le réchauffait. Haine contre le voleur qui lui avait dérobé son bien... contre son père qui avait préféré la bouteille à son fils... contre les Utes du Sud qui s'étaient détournés de lui... à cause d'un incident mineur, et tellement ancien! Le vieil Ute regarda les cendres refroidir. Et il médita sur son avenir.

L'orage n'était maintenant guère qu'à un kilomètre à l'ouest. Le nuage s'était agrandi. Bordé d'écarlate par les rayons blêmes d'une étoile, il était de temps à autre illuminé par un éclair blanc.

Le chaman se leva. Comme d'habitude quand il voulait invoquer les voix des esprits, il urina dans le feu. Aussitôt, une fumée grisâtre s'échappa des cendres. Il respira profondément et essaya d'ignorer la douleur brûlante dans sa gorge et dans ses poumons. Si on voulait avoir le Pouvoir... il fallait accepter la souffrance.

Le vieillard, au cours du long voyage de sa vie ingrate, avait appris qu'on n'avait rien pour rien. Il n'avait jamais reçu l'amour en cadeau. Jamais.

Maintenant, le chaman vit une petite silhouette approcher au loin. Un enfant?

Le Shoshone était revenu à un endroit d'où il pouvait observer le vieil homme. Avec l'admiration mêlée de crainte révérencielle que seul un disciple peut éprouver, Noah regarda Blue Cup contempler la fumée qui s'élevait du feu de camp. Le Shoshone écarquilla les yeux, mais il ne vit rien d'autre que la fumée. Cependant, il était certain que le chaman voyait autre chose.

Blue Cup, qui avait entraîné son esprit à percevoir des visions, voyait en effet autre chose. Il voyait quelqu'un marcher vers lui. Mais la petite silhouette n'était pas celle d'un enfant. Sa démarche était curieuse, faite d'un étrange balancement, comme si ses articulations se bloquaient avec l'âge. Lorsqu'elle fut assez près, le chaman reconnut avec stupeur la forme incontestable d'un *pitukupf*. Cela faisait plus de cinquante ans qu'il n'avait rencontré une de ces étranges et puissantes créatures.

Le nain-esprit portait un panier en osier fermé d'un couvercle bleu. Le *pitukupf*, semblait-il, allait passer sans s'apercevoir de sa présence, mais il s'arrêta et tourna la tête, comme s'il remarquait le chaman pour la première fois. Le nain leva la main droite pour saluer; il parla à Blue Cup dans la langue ancienne des Utes, si difficile à comprendre. Mais le chaman comprit au moins ceci: le *pitukupf* lui demandait s'il voulait voir ce qu'il y avait dans le panier.

Blue Cup n'était pas étranger à la curiosité; il acquiesça et s'approcha.

Le nain lui fit un clin d'œil et, d'un geste théâtral, enleva le couvercle bleu.

Blue Cup fut extrêmement déçu. Le panier était rempli d'ossements. Et les os n'étaient même pas entiers. Ils étaient tous cassés. Et la plupart étaient noircis par le feu.

— Ahhh! fit-il. Et ce sont...?

Le *pitukupf* le lui dit. Ce n'étaient pas des os de cerf, ni de blaireau, ni d'ours. C'étaient des os très spéciaux.

Blue Cup devina qu'ils appartenaient à quelqu'un mort depuis longtemps. Mais il avait tort. Le petit homme lui dit la vérité sur les os.

Il est parfois dur d'entendre la vérité.

On voyait désormais un mince arc écarlate à l'horizon. À mesure que son ombre s'étirait, comme un doigt pointant vers l'est à travers la prairie, Noah observait le *bugahant*. Il avait l'impression que le vieillard était en grande conversation avec un personnage invisible. Noah Corbeau Dansant s'accroupit, les bras croisés sur les genoux. S'il regardait avec attention, il apprendrait peut-être quelque chose.

L'orage continuait son approche irrésistible. Des coups de tonnerre suivaient les décharges électriques qui crevaient le nuage ; une brise fraîche dessina des vagues sur la mer d'herbe verte. À l'ouest, de grosses gouttes de pluie tombèrent sur la prairie. Le Shoshone imagina que l'orage finirait son voyage dans les Montagnes Sans Été où la pluie se changerait en neige. Mais il avait tort. Son œuvre achevée, l'orage disparaîtrait aussitôt.

Le regard dans le vague, Blue Cup contempla les restes du feu de camp. Les cendres étaient froides, maintenant. Mortes. Aussi mortes qu'il le serait bientôt. Le vieil homme avait oublié le Shoshone. Il remarqua à peine les gouttes de pluie qui cinglaient sa tête et ses épaules.

Cela n'avait pas d'importance.

Le chaman s'assit près du feu et soupira. Une vie si longue, si pénible ! Une interminable quête pour le Pouvoir. Bientôt, tout serait terminé. Fini.

Il se mit à chanter. Il fredonna de vieilles chansons utes. Des odes à la grande bravoure dans de petites querelles contre les Apaches, les Navajos, les Cheyennes, des chants de victoire à la chasse en hiver, des récits d'hommes intrépides qui avaient reçu le Pouvoir mystique de l'esprit d'Ours, de Coyote et de Blaireau. Après avoir épuisé les chants du Peuple, il entonna quelques mesures de l'*Hymne à la joie*.

Il s'arrêta et cilla. Au loin, vers le nord, il vit une

petite lumière. Elle se déplaçait ; était-ce la cigarette d'un voyageur ? Non. La lumière avançait très vite, maintenant... elle prenait forme.

L'apparition qui se présenta devant lui abasourdit le vieil homme. C'était la forme d'un homme qui avait autrefois foulé la terre, fait de chair et d'os, comme tous les hommes. Mais c'était désormais un esprit. C'était le berger ute qui — à en croire la légende — avait été emporté aux cieux dans les bras des anges !

L'homme qui se tenait devant Blue Cup — si on pouvait l'appeler un homme — était Nahum Yaciiti. C'était le vieux berger qui était mort au cours d'un terrible orage sur les rives de l'Animas. Il était vêtu d'une superbe robe en peau de cerf, plus blanche que la neige, et brodée de multiples perles. Des perles scintillantes de couleurs inconnues même de l'arc-en-ciel. Et, merveille des merveilles, des plumes d'aigle ornaient le précieux vêtement.

Nahum parla :

— Blue Cup... regarde tes habits.

Le chaman regarda sa chemise, qui sortait tout juste de la laverie automatique de Steamboat Springs. Elle était maculée de taches gluantes et répugnantes. Et il sentait sa propre odeur ; la puanteur ressemblait à celle de la chair en décomposition.

— Tu sens mauvais, observa le berger d'un ton neutre. Comme un cadavre resté trop longtemps au soleil.

Le vieil homme se redressa fièrement.

— Je suis un des Puissants, claqua-t-il. Qui es-tu pour me parler ainsi ?

— Je suis l'esprit du Peuple, répondit l'apparition. Je suis ton grand-père... ton père... ton frère.

Blue Cup cracha dans le feu.

— Tu n'es rien pour moi... un simple fantôme. Si je ne souhaite pas te voir, ajouta-t-il en claquant dans ses doigts, tu t'évanouiras comme de la fumée.

— Ôte tes vêtements, ordonna Nahum. Le temps presse.

Un doigt électrique toucha l'herbe à une centaine de mètres. Le chaman entendit la déflagration.

— Si j'enlève mes vêtements, répondit-il, têtu, je serai tout nu. Et comme tu peux voir...

Il désigna le nuage noir.

— ... il pleut. Il fait froid.

— Je te donnerai ma robe.

Le berger étendit les bras, et la peau de cerf blanche ornée de plumes d'aigle ressembla à une paire d'ailes gigantesques.

— Mais tu dois faire vite, reprit l'apparition d'une voix précipitée. Ôte ta chemise... jette-la dans le feu.

Le chaman regarda les cendres et grogna.

— Il n'y a pas de...

Le feu de camp, qui semblait éteint, se ralluma instantanément. Les flammes crépitèrent, leur lueur dansante se refléta sur le visage décharné de Blue Cup. Le chaman, qui enviait désespérément le bel habit, soupesa l'offre...

Le nuage fut aussitôt illuminé par une violente lumière ionique ; du bord surgirent des jambes de feu crochues qui se posèrent sur le sol et s'avancèrent vers le chaman.

Il continua d'hésiter...

Nahum avait une dernière carte dans son jeu.

— Venez vite, dit-il à ceux qui attendaient.

Blue Cup trembla quand il vit les deux visiteurs. Et il éprouva trois émotions dont il n'aurait pas cru ressentir un jour la douleur.

La culpabilité.

La honte.

Le regret.

Assis les bras autour des genoux, Noah tremblait sous la pluie glacée et reniflait l'odeur âcre de l'ozone. L'orage approchait. Il aurait voulu ramper dans un trou, mais, bien qu'effrayé, il se sentait forcé d'assister au drame étrange qui se déroulait sous ses yeux.

Le *bugahant* s'était remis à parler. Avec un visiteur invisible. Cela ressemblait davantage à une dispute qu'à une conversation. Le feu de camp, pourtant détrempé, s'était soudain rallumé et des flammes jaunes jaillissaient à un mètre. Blue Cup se tut, parut réfléchir... Il ôta sa chemise et la jeta dans le feu! Le vieil homme, non content d'avoir perdu son trésor, avait sans doute aussi perdu l'esprit. Le *bugahant* enleva son jean et le jeta dans les flammes comme si c'était une ordure dont il voulait se débarrasser.

Qu'est-ce que ça signifiait?

Plus que Noah ne pouvait imaginer.

Le Shoshone ahuri vit le vieux chaman se tenir nu devant le feu de camp, puis lever son bâton, le pointer vers le nuage et invoquer l'orage.

Tona-paga-ri...

L'orage se tut; la pluie cessa. Le silence recouvrit la prairie et le vent tomba.

Noah, dans son désir de plaire à son maître, avait appris des rudiments de langue ute. Il reconnut le mot. L'étrange *bugahant* invoquait l'éclair! Mais pourquoi?

Tona-paga-ri... Tona-paga-ri... Tona-paga-ri...

L'éclair répondit à l'appel du chaman.

Ce que vit ensuite le Shoshone était peut-être le produit de son imagination débordante. Mais son récit est peut-être fidèle. Cependant, pour le restant de ses jours, Noah Corbeau Dansant se souviendrait des quelques secondes qui suivirent l'appel du chaman au feu du ciel. Ce ne fut pas, ainsi qu'il le raconterait à ses amis shoshones, comme un éclair normal, quand tout se passe trop vite pour qu'un homme comprenne.

Le vieil Ute fut d'abord baigné dans une brillante flamme blanc-bleu qui l'enveloppa comme un halo. Il parut un instant scintiller et fut presque transparent — il ressemblait davantage à un esprit qu'à un mortel. Puis ce fut comme si un long doigt s'étirait pour toucher délicatement le bâton dans la main du *bugahant*. Même quand la flamme bleue des cieux le consuma, Blue Cup ne broncha pas. Il ne cria pas non plus. Le chaman resta impassible, comme le guerrier déterminé qu'il était, le bâton dressé en signe de défi... ou de salut? Alors, le bâton de mûrier prit feu. Le coup de tonnerre résonna comme dix mille canons; une rafale de vent brûlant souffla le Shoshone qui tomba sur le dos.

Et ce fut tout.

Le nuage, son affaire cosmique achevée, s'était dissipé dans de fines volutes de vapeur. Des étoiles scintillaient dans le ciel. Mais la profonde obscurité n'était pas illuminée.

Le Shoshone se pencha au-dessus du corps pitoyable du chaman et pleura comme un orphelin.

Il ne restait rien du bâton, pas une cendre. Le feu du ciel avait fait voler en éclats le corps du vieil homme et ses restes sentaient étrangement comme... Le Shoshone s'efforça de repousser la pensée obscène qui lui vint à l'esprit.

Noah Corbeau Dansant s'essuya les yeux d'un revers de manche et s'assit à côté du cadavre éparpillé. Il réfléchit de tout son être. Il pensa à de nombreuses choses. Il revit celles, importantes, que le chaman lui avait apprises. Si on voulait obtenir la remarquable ouïe du lièvre, il ne suffisait pas de manger les oreilles dures comme du cuir du rongeur. Noah se souvint de l'horrible repas qu'il avait vomi presque tout entier... le souvenir lui arracha un haut-le-cœur. Mais cela n'avait pas suffi. Il était toujours sourd. Si on voulait le Pouvoir, dans sa peau, dans ses cheveux, et profondément dans son esprit, on devait faire ce que Blue Cup avait dit. Mais maintenant le maître était parti, il ne restait plus de lui qu'un tas de chairs et d'os calcinés! Tout était perdu. Tout!

À moins que... si on était suffisamment intelligent... si on comprenait le sens caché derrière les mots du *bugahant*... « Le Pouvoir ne m'a pas quitté. Il est profondément ancré en moi... dans la moelle de mes os. »

Une petite lumière, déclenchée par l'électricité de quelques milliers de neurones, brilla dans le cerveau de Noah. Oh, c'était une lumière minuscule ! Elle n'aurait pas rivalisé avec un ver luisant. Mais dans un endroit aussi sombre, même la plus faible lueur faisait son effet. Aussitôt, la grande obscurité de la superstition se joignit à l'étincelle minable, et ensemble elles parlèrent clairement au Shoshone.

La lune n'était pas très haut au-dessus de l'horizon. Mais déjà Noah avait oublié sa récente promesse.

Pour la première fois dans sa vie malheureuse, Noah Corbeau Dansant avait (croyait-il) entretenu une pensée originale. Pour la première fois depuis de nombreux hivers, le Shoshone ressentit une profonde fierté et une immense exaltation ! Oh, il était réellement très intelligent ! Digne de reprendre le flambeau dans la tradition de Blue Cup.

Le grand chef Washakie, ce Shoshone pétri de sagesse dans son vieil âge, avait fait une juste observation : « La jeunesse commet des erreurs. »

Mais, malheureusement, Noah n'avait pas un iota de la sagesse de Washakie. Le jeune Shoshone avait choisi une autre voie ; il suivrait les pas de son maître ute. Or, Blue Cup avait été le réceptacle des Pouvoirs obscurs. En outre, le *bugahant* avait dit au Shoshone où était son Pouvoir... *profondément ancré... dans la moelle de mes os*.

Noah Corbeau Dansant contempla d'un air dégoûté la carcasse décharnée du vieil Ute. Il renifla. Oui. On avait beau détester une pensée aussi horrible, elle sentait beaucoup... le cochon rôti. Le Shoshone ressentit une bouffée de nausée ; son estomac protesta. Cela promettait d'être pire que les oreilles du vieux lièvre. Mais s'il voulait le Pouvoir, il fallait le faire. Cela allait prendre beaucoup de temps.

Et beaucoup de poivre rouge.

22

L'après-midi touchait à sa fin quand Daisy Perika entendit sa voix. Elle provenait de loin, mais aussi de l'intérieur d'elle-même. La fillette coloriait les bandes dessinées du journal de Durango, le chat lapait du lait dans une soucoupe. Daisy Perika alla à la fenêtre en traînant les pieds, tira le rideau de coton, et s'efforça de voir dans la pénombre. Une brume bleuâtre flottait sur les bosquets d'arbres rachitiques qui entouraient sa caravane ; la brume se dirigeait vers l'embouchure du *Cañón del Espíritu* qui l'aspirait lentement, comme on savoure la fumée d'une pipe.

Daisy savait ce qu'elle devait faire, mais elle hésita. La fillette leva les yeux de son coloriage et la dévisagea d'un air interrogateur. La chamane entendit de nouveau l'appel. Il recelait désormais une note d'urgence.

— Reste ici avec le chat, je reviens tout de suite.

Sarah ne semblait pas inquiète ; depuis son retour de... on ne savait où, la fillette affichait une totale sérénité, apanage habituel de ceux qui approchent de la mort. La chamane trouva cette pensée troublante. Elle ferma la porte à clé derrière elle ; en cas de problème, Sarah pourrait l'ouvrir de l'intérieur, mais personne ne pourrait entrer.

Au bas des marches, Daisy s'arrêta pour prendre son

bâton qui reposait contre la paroi en aluminium de la caravane. Sans hésitation, elle se dirigea vers l'embouchure du canyon de l'Esprit. En approchant, les mots qu'elle entendit devinrent clairs et nets. La chamane n'était plus qu'à une dizaine de pas de l'ombre de la première des Trois Sœurs quand elle le vit.

Charlie Moon était assis à la table de la cuisine en face de Scott Parris. La fillette était agenouillée sur une chaise en bois, le menton dans les mains, les coudes sur la table. Elle regardait les policiers en silence.

Daisy versa le liquide noir brûlant dans les tasses. Chaque homme but une gorgée du café le plus fort de la planète et grimaça. Sarah, pour les imiter, but une gorgée de lait. Et grimaça.

— Comment trouvez-vous le café ? demanda Daisy.

— Absolument incroyable, dit Parris, impassible.

— Tu n'en as jamais fait de meilleur, dit Moon d'un air sombre.

Il se versa une troisième cuillerée de sucre. Désormais le mélange avait un goût de goudron sucré.

— Content qu'il vous plaise, dit la vieille femme.

C'était agréable d'avoir des hommes à la maison, des vrais. Et qui appréciaient du café pour homme. Pas plus tard que le mois dernier, Gorman Sweetwater avait fait mine de s'étrangler et avait déclaré que son café était pire que de la pisse de chèvre. Quand elle avait rétorqué : « Y a que les ivrognes comme toi qui savent à quoi ressemblent de la pisse de chèvre », Gorman avait répondu avec un clin d'œil : « Je n'en bois que pour faire passer le goût de ton café, cousine. » S'il n'avait été de la famille, elle l'aurait jeté dehors.

Moon repoussa sa tasse et coula un œil vers la fillette, qui suivait du bout du doigt un pli irrégulier sur la toile cirée rouge.

— Moi et Scott, dit le Ute à Daisy, on a pisté le cavalier jusqu'à son campement. C'était bien le Shoshone.

— Oui, gloussa Parris, je suis le roi du pistage.

— Ils étaient partis, dit Moon. Sans doute vers le nord. Au Wyoming. J'ai déjà lancé un avis de recherche pour les deux hommes... et leur vieille Jeep de l'armée.

Il observait Sarah, mais la fillette se désintéressait de ce qu'il disait. Ses lèvres articulaient des mots en silence. Sans même un murmure.

Daisy posa une main sur la tête de l'enfant. Sarah s'écarta ; elle n'aimait pas qu'on la touche.

— Il est tard, dit la chamane. C'est l'heure d'aller au lit.

Sarah glissa de sa chaise, ramassa le chaton et trottina vers la chambre.

— N'oublie pas de te laver les dents ! lança Daisy.

Elle s'assit sur la chaise que la fillette avait quittée, croisa ses mains ridées sur la table.

— Là où Blue Cup est allé, dit-elle d'un ton neutre, aucun policier ne le trouvera.

Elle s'arrêta, mesurant les mots suivants. Que pouvait-elle leur dire ? Que devait-elle leur cacher ?

Les policiers attendirent.

— J'ai eu une conversation avec un vieil ami... avec Nahum Yaciiti... il n'y a pas une heure.

Les deux flics savaient que Nahum était mort. Moon s'adossa à sa chaise et leva les yeux au plafond. Voilà que ça recommence ! Les fantômes, les farfadets, les sorcières et les...

Daisy se détourna de son neveu sceptique, qui était parfois d'un esprit tellement étroit ! Elle s'adressa uniquement au *matukach*, qui comprenait ces choses.

— Nahum m'a dit beaucoup de choses... Je ne peux vous en répéter qu'une partie.

Parris se pencha vers elle, les mains serrées autour de sa tasse fumante.

— Il m'a dit que vous et Charlie...

Elle jeta un œil méprisant vers son neveu.

— ... vous devriez rechercher le Shoshone. Vous... vous devez lui parler.

Il y avait autre chose que Charlie Moon devait faire, mais c'était à lui de le découvrir.

D'un geste maternel, elle tapota la main de Parris.

— Et Nahum m'a encore dit ceci : « Quand ils verront la croix sur le mur, ils comprendront. » Je ne sais pas ce qu'il a voulu dire. Des fois, il parle par énigmes.

Moon grogna.

La vieille femme le fusilla du regard.

— T'as peut-être pas envie d'entendre ça.

— Oh, si ! répliqua le policier ute avec une pointe de sarcasme. Tout ce qu'un fantôme peut m'expliquer sur mon travail m'intéresse.

— Dans ce cas, trouve le Shoshone. Vois ce qu'il a à dire.

— Le Shoshone attendra, dit Moon. Je veux d'abord parler à Blue Cup.

Daisy était sur le point de lui dire que Blue Cup était mort. Mais puisque son neveu était si malin... elle se ravisa.

Parris posa sa main sur celle de la chamane.

— Mrs. Perika, où croyez-vous qu'on trouvera ce Shoshone ?

— Je ne sais pas où il est en ce moment, mais Nahum m'a dit qu'il avait l'intention d'aller dans une école du Wyoming.

Moon dressa un sourcil.

— Une école ?

Ah, voilà qui devenait intéressant.

— Oui, confirma Daisy.

Et elle dit à son neveu exactement quel genre d'école c'était.

La vieille femme en rajoutait. Moon commença par sourire, puis éclata de rire ; il rit jusqu'à ce que les larmes ruissellent sur ses joues et que Sarah vienne sur le seuil voir ce qu'il y avait de si drôle.

Daisy empoigna la tapette à mouches et en frappa son neveu favori. Fort.

Voyant l'immense Ute recevoir des coups de tapette des mains de sa tante en colère, Parris étouffa un rire.

Daisy proféra des jurons vulgaires. Elle frappa l'insolent neveu de toutes ses forces. Sur la tête, sur le dos, sur les épaules. Et ça brûlait.

Mais Moon, qui se protégeait de son mieux, ne pouvait s'empêcher de rire. Penser que le Shoshone sourd voulait aller dans une école pour apprendre à devenir... Non, c'était trop drôle !

Sarah, sa brosse à dents à la main, regarda Scott Parris avec inquiétude, une question dans les yeux.

Parris lui toucha l'épaule ; la fillette ne chercha pas à se dégager.

— Il y a une chose qu'on apprend dans la police, dit-il d'une voix douce, c'est de ne jamais se mêler des disputes familiales.

Bitter Springs, Wyoming

Noah Corbeau Dansant s'arrêta sur le trottoir en brique et fixa d'un œil morne l'essaim de papillons dodus qui virevoltaient autour de l'enseigne au néon suspendue au-dessus de la porte du drugstore. De temps en temps, un intrépide quittait le groupe et s'approchait du bâtonnet incandescent, tel un danseur pour la Danse du Soleil s'approchant de l'arbre sacré afin de toucher le bois d'une plume et battre aussitôt en retraite.

Noah était égaré. La nuit, dans ses cauchemars... tout recommençait. Le premier rêve s'arrêtait quand l'enfant était perdu dans la brume vaporeuse du *Cañón del Espíritu.* C'était le moment qu'il redoutait le plus ; parce que les horribles visions de Blue Cup commençaient alors... Il manquait de gros morceaux de chair. Il ne suffisait pas, à l'évidence, que le Shoshone épuisé eût fait le vœu solennel de rapporter les ossements de Blue Cup (maintenant soigneusement nichés dans un panier) dans la vallée des Eaux Puantes. Près de la pierre aux dessins sacrés, c'était un bel endroit pour les enterrer. Sur la roche noire étaient tracés les figures à cornes d'anciens *bugahants*, les zigzags d'éclair qui symbolisaient les étoiles et le Nuage-Esprit. Et surtout, le plus important pour l'esprit du *bugahant* ute, les cercles concentriques. Le tunnel qui menait aux autres mondes...

Cela, supposait l'apprenti du *bugahant*, rendrait forcément le vieil homme heureux.

Et pourtant non.

Avec une fureur implacable, le glorieux fantôme du chaman poursuivait le Shoshone à travers les arroyos à sec et les bosquets de pins pignons, à travers les rivières aux eaux glacées. Il menaçait de le brûler et de donner son corps aux busards et aux pies. La poursuite ne s'achevait pas avant que l'aube orangée ne baigne Crowheart Butte.

Noah soupira. Il avait pourtant tout essayé. Il avait fait ce qu'aucun homme n'aurait fait, et il avait terriblement souffert. Cependant, le Pouvoir continuait de lui échapper. Maintenant, le fier Shoshone était prêt à s'adresser au pouvoir mineur de l'homme blanc. C'était une immense déception. Une humiliation cinglante.

À la porte du drugstore, il hésita.

Il faisait nuit depuis longtemps, c'était presque l'heure de fermer, mais il restait encore un peu de travail. Theresa Connovan lécha l'étiquette et la fixa d'une main experte sur le flacon marron. Elle compta vingt capsules vert et blanc de chlorhydrate de fluoxetine et les laissa tomber dans le flacon. Elle entendit la petite sonnerie quand un client entra et coupa le rayon de lumière infrarouge. Alors qu'elle vissait soigneusement le capuchon sur le flacon de Prozac, la corpulente femme jeta un coup d'œil depuis sa position, derrière le comptoir. Theresa regarda l'Indien approcher. C'était son jeu favori — observer les clients et deviner la pathologie qui les amenait dans son sanctuaire. Autrefois, Theresa avait rêvé de devenir médecin. Mais sa famille n'avait pas l'argent nécessaire pour ses études et on accordait peu de bourses aux filles, à l'époque.

— Bonjour, Noah Corbeau Dansant.

Le sourd avait le regard fixé au sol. La pharmacienne attendit qu'il lève la tête afin qu'il lise sur ses lèvres.

— Bonjour, Noah.

Le Shoshone fourra les mains dans les poches de sa veste et répondit d'un air absent. Theresa nota les légères poches sous les yeux, le mouvement rapide de la pomme d'Adam quand il déglutit, l'éclat jaunâtre de ses yeux. Elle remarqua aussi le sac en plastique transparent sous son bras. Du poivre rouge moulu. Un kilo. Très observatrice, Theresa jouissait d'une excellente mémoire. C'était la deuxième fois de la semaine qu'elle voyait le Shoshone en ville et la première fois il avait aussi un sac de poivre rouge sous le bras. À moins qu'il ait ouvert un restaurant mexicain dans la réserve de Wind River, une telle quantité était surprenante. Et la veille, l'adjoint du shérif lui avait dit qu'il recherchait Noah et le vieil Ute qui squattait sur les terres du gouvernement. Les Fédéraux, avait-il dit, les cherchaient « pour les interroger ». Tiens, tiens ! Elle se demanda ce qu'ils avaient encore manigancé.

— Tu n'as pas l'air bien, Noah Corbeau Dansant.

— Non, Tess. Et je ne me sens pas bien non plus.

Il se tapa sur la poitrine avec un doigt sale.

— J'ai mal là quand je m'allonge. J'ai mal au ventre sauf si je m'allonge sur le côté gauche. Ça doit être le cœur.

— Oh, fit la pharmacienne, avec une confiance plus qu'excessive, je suis sûre que ton cœur va très bien.

Elle frotta le gros grain de beauté sur son menton et ferma un œil.

— Je peux te dire exactement ce qui ne va pas, fit-elle d'un ton hautain de professeur.

Noah, qui ne doutait pas une seconde de la profondeur de ses pouvoirs, attendit.

— D'abord, j'imagine que tu as une hernie hiatale.

L'air dérouté du Shoshone lui apporta un début de satisfaction. La pharmacienne ne ratait pas une occasion d'empoisonner la conversation en utilisant des mots savants inconnus du profane. C'était un double plaisir, en réalité, parce qu'elle pouvait ainsi accentuer sa supériorité en expliquant ce qu'il ne pouvait comprendre. Elle parla lentement afin que le sourd lise aisément sur ses lèvres.

— Une hernie hiatale, commença-t-elle en pointant un doigt sur le ventre du Shoshone, est une dysfonction de la valve de l'estomac.

Elle lorgna sur la boucle de sa ceinture. Le Shoshone utilisait un trou plus petit, deux crans plus loin que d'habitude.

— Ensuite, je vois que tu as grossi de trois bons kilos. Mais...

Elle coula un œil sur le sac de poivre rouge.

— Le problème n'est pas là, Noah Corbeau Dansant. Non, ce n'est pas du tout le problème.

Le sourd s'accrochait désespérément aux lèvres de la pharmacienne.

— Alors, quel est le problème, Tess?

Theresa se pencha au-dessus du comptoir et fixa le Shoshone d'un œil brillant.

— Ton problème, jeune homme, c'est une bonne vieille indigestion. Tu devrais faire attention à ce que tu manges, dit-elle d'un ton de grand-mère. Tu devrais te méfier des plats trop épicés. Et surtout, ajouta-t-elle avec un air autoritaire, tu ne devrais pas manger... de viande.

Noah frissonna; ses genoux faiblirent, la culpabilité le rongea.

— Pas de viande, articula-t-il sans un son.
— Bien sûr! dit Theresa avec l'air du savant qui a triomphé de l'ignorance. La viande est mauvaise pour tes intestins. Ah, le poisson et la volaille, passe encore, mais la viande rouge...

Elle agita un doigt menaçant à la figure du Shoshone honteux.

— La viande rouge, jamais!

Privé de l'appui du *bugahant*, le Shoshone choisit une voie radicalement différente. D'abord, il décida que la religion de Blue Cup était trop difficile. Quelles que fussent les épreuves qu'il avait accepté d'endurer, cela n'aboutissait à rien. Le Pouvoir lui échappait. Et son estomac ne supportait pas la punition. Il renonça à son désir de devenir un *bugahant*. Il faut prendre soin de ses intestins. Qu'un autre coure après le Pouvoir. Après tout, en quoi cela avait-il profité à Blue Cup?

Mais une obsession chasse l'autre. Et une nouvelle ambition encore plus noble brûla dans l'imagination de Noah. Le noyau de ce fantasme était un énorme Peterbilt. Des pneus gigantesques, presque aussi grands qu'un homme. Cinq cents chevaux sous le capot. Cent kilos de chrome poli. Du cuir rouge partout. Deux énormes klaxons, quatre phares à halogène, une CB puissante... et un fusil à canon scié derrière le siège.

Dans son fantasme, Noah Corbeau Dansant transportait du charbon de Walsenburg à Denver, des moutons grassouillets de Jasper à Kansas City, des grumes de pin de Kalispell à Great Falls. Et surtout, fini la nourriture malsaine. Fini les oreilles de lièvre... et par-dessus tout, fini la... le seul souvenir du dernier repas lui arracha des frissons.

Désormais, ce serait des cheeseburgers et de la couenne de porc. Des Slim Jim au poivre rouge. Et des pizzas assaisonnées de piment vert. Pendant les longs hivers, des litres de café bien noir. L'été, du Pepsi-Cola et de la bière mexicaine glacée.

Ah... chauffeur routier ! Voilà une vocation !

Par cette belle matinée sans nuage, Noah Corbeau Dansant avait revêtu ses plus belles nippes. Son feutre à large bord avec une bande de perles multicolores. Sa chemise à carreaux bleus et un jean presque neuf avec des rivets en cuivre aux poches. Noah conduisit la vieille Jeep de Blue Cup à Jasper ; il se présenta à l'école Big Mack pour poids lourds à huit heures tapantes. Il fut surpris quand le directeur refusa de l'admettre. Il ne comprenait tout simplement pas — c'était sa vocation.

Après quelques hésitations, le brave homme expliqua lentement, afin que le jeune homme puisse lire sur ses lèvres :

— Je n'ai rien contre vous, mon garçon. C'est juste que... enfin...

Il essaya de se rappeler ce qu'on devait dire. Malécoutant... mal quelque chose. Au diable les formules, le directeur ne se souvint pas de la dénomination correcte. Il soupira et se lança.

— Dans ce métier, mon garçon, on n'engage pas les mecs qui sont sourds comme des pots !

Profondément déçu, Noah décida de s'offrir une ou deux bières. Ensuite, le fils prodigue se dit qu'il rentrerait à la réserve de Wind River. Chez son père... il reverrait avec un si grand plaisir sa mère et sa cuisine délicieuse... et même sa sœur et ses farces cruelles.

Bar Nunn, Wyoming

Noah émergea du Woodhen Bar ; ses bottes grincèrent sur le gravier quand il alla en titubant jusqu'à sa vieille Jeep. Il monta, poussa le starter avec son pied gauche. Il attendit que la batterie enclenche le moteur. Il attendit, mais le moteur ne démarra pas. Le Shoshone, qui n'avait aucun talent pour la mécanique, ne sut pas quoi faire. Il pompa sur l'accélérateur jusqu'à ce que le moteur soit noyé. Et il maintint le starter enfoncé jusqu'à ce que la batterie soit à plat. Alors, il descendit de voiture, jura, et donna trois coups de pied dans le pneu avant.

Ça ne servit pas à grand-chose.

Légèrement dessaoulé, Noah Corbeau Dansant resta un instant sur le parking pour réfléchir. La Jeep était sans doute trop vieille, comme Blue Cup. Elle avait rendu l'âme par lassitude. Il la laisserait sur le parking. Après tout, elle n'était pas à lui, il n'avait aucune responsabilité envers elle. Il sortit sa couverture roulée de la banquette arrière et la jeta sur son épaule. En s'éloignant, il médita sur sa situation fâcheuse. Parce qu'il ne voulait pas gâcher ses économies dans un billet de car, il devrait dépendre de la gentillesse d'étrangers.

Deux étrangers, qui filaient l'infortuné Shoshone, étaient volontiers disposés à lui fournir un moyen de locomotion. Plus que volontiers. Mais leurs intentions ne devaient rien à une quelconque « gentillesse ».

L'un de ces étrangers avait dans sa poche une pièce de voiture. C'était un rotor, ainsi appelé à cause de son mouvement rotatif. Cette pièce tourne dans le delco afin de connecter le haut voltage de la bobine du transformateur avec la bougie appropriée. C'est un élément essentiel dans le moteur. Moins d'une heure plus tôt, ce rotor avait été ôté du delco d'une vieille Jeep.

Noah Corbeau Dansant regarda les phares de l'automobile approcher. Il brandit un pouce et afficha un large sourire. L'automobile ralentit et s'arrêta pile à sa hauteur. On abaissa la vitre. Le sourd pointa sa tête à l'intérieur et cria :

— Riverton ?

L'homme qui avait baissé la vitre étendit le bras pour

ouvrir la portière arrière; expérimenté, l'auto-stoppeur ne perdit pas de temps — il lança sa couverture par la portière et s'installa sur la banquette arrière de la Volvo. Il régnait à l'intérieur une chaleur agréable. Le Shoshone plongea rapidement dans un profond sommeil. Avant de s'endormir, il pensa à sa chance. Parce qu'il avait trouvé une voiture presque aussitôt après avoir trébuché sur le bas-côté rocailleux de la route 26 du Wyoming, le Shoshone, légèrement pompette, en déduisit que la chance était en train de tourner.

Oh, pour tourner, elle tournait!

Scott Parris détourna son regard de la route pour jeter un coup d'œil par-dessus son épaule vers l'homme qui ronflait sur la banquette arrière.

— T'es sûr que c'est le bon, Charlie?

Le Ute dirigea son stylo-lampe sur la photo qu'il avait récupérée au commissariat shoshone de Fort Washakie, puis sur le visage du passager endormi.

— Hé, Noah! hurla-t-il.

Parris sursauta; la Volvo fit une embardée.

— Merde, Charlie... préviens avant de hurler comme un malade.

Le sourd ne se réveilla pas. Il ne broncha même pas.

— Oh, oui, c'est bien le bon! gloussa Moon.

Parris sentit une vague de froid le saisir. Ce n'était pas comme s'ils avaient des preuves tangibles contre l'homme.

— Tu es sûr de vouloir faire ça?

C'eût été un euphémisme de dire que le plan de Moon était aussi légal que de battre un prisonnier avec un tuyau en caoutchouc.

Le grand policier ute regardait droit devant lui. Vers la nuit noire qui plombait la prairie du Wyoming.

— Il a kidnappé une fillette dans la réserve.

— Il a essayé... et on n'en est même pas sûrs.

L'incertitude. Et ce qu'ils avaient en tête était... différait à peine d'un kidnapping.

Le grand Ute ignora la protestation. Il y avait une dette à régler. Une leçon à donner. Moon, naturellement, imaginait que le Shoshone retiendrait la leçon. La vie réserve bien des surprises.

Parris comprit que son ami était fermement résolu. Un vent de face aplatissait les hautes herbes et la sauge sur le large bas-côté de la route à deux voies. Parris déglutit et enfonça son pied sur l'accélérateur pour garder l'aiguille du compteur bloquée autour du cent.

Foutu vent du Wyoming !

Centre du Wyoming. Comté de Natrona

La Volvo ronronnait. Ils dépassèrent Natrona, puis Powder River. Ils dépassèrent les tours et les flèches fantastiques de Hell's Half Acre. Le Shoshone dormait comme un bébé, il bava même sur le vinyle de la banquette. Lorsque Parris quitta la route goudronnée, à Waltman, le sourd fut presque réveillé par les vibrations : les engins de terrassement avaient transformé le chemin en tôle ondulée.

— C'est encore loin ? demanda Parris.

Il n'aimait pas ça du tout.

— Plus très loin, répondit le Ute.

Le Shoshone se réveilla brusquement ; une rafale de vent lui fouetta le visage. On avait ouvert la portière arrière de l'automobile. Une main s'abattit sur son épaule et le secoua. Ah... on devait être arrivé à Riverton. Noah se frotta les yeux. Il ne faisait plus nuit. Un géant se dressait devant lui. Plus loin se tenait un grand homme blanc, le soleil levant rosissait son visage pâle.

Noah Corbeau Dansant était presque dessaoulé ;

s'appuyant à la portière, il descendit du véhicule. Il était sur le point de remercier ses bienfaiteurs, mais les premières lueurs de l'aube éclairaient l'endroit désolé... la chaîne du Serpent à Sonnette au sud... les rives sinueuses de l'Araignée Venimeuse à l'est. Ce n'était pas Riverton. On le déposait hors de la ville, en plein désert !

Le Shoshone, qui essayait toujours de se réveiller, jeta un coup d'œil nerveux au plus grand des deux hommes. Le visage de ce dernier était plus dur que le granite. Sur la hanche, dans un étui en daim orné de perles, il portait un énorme pistolet au long canon ; la boucle de son ceinturon montrait la tête d'un bison — et au-dessus de ce symbole tribal étaient gravées les quatre lettres : SUPD. Ainsi, il appartenait à la police des Utes du Sud. Et il voyageait avec un homme blanc qui semblait aussi farouche que lui.

Mauvaise nouvelle.

L'expression qu'il lut sur le visage du flic apprit au Shoshone qu'il ne s'agissait pas d'une arrestation.

Charlie Moon regardait son prisonnier en silence. Le sergent de police shoshone de Fort Washakie l'avait informé que le sourd lisait sur les lèvres. Il avait aussi assuré au Ute que les autorités shoshones arrêteraient Noah pour l'interroger. Un représentant de la police des Utes du Sud pourrait assister à l'interrogatoire, et même poser des questions. Une procédure aussi formelle n'intéressait pas Charlie Moon. Elle n'aboutirait à rien.

Moon attendit que les yeux du sourd soient braqués sur lui avant de parler.

— Salut, Noah Corbeau Dansant !

Le Shoshone hocha la tête, incertain. Il jaugea vite la situation. Les deux hommes le connaissaient. Ils étaient même peut-être au courant de sa tentative d'enlèvement. Ils paraissaient furieux. Et ils l'avaient amené dans un endroit où il n'y avait pas de témoins. Ils étaient deux, forts comme des bisons, durs comme du roc. Ils allaient l'abattre comme un chien. Il n'y avait qu'une chose à faire pour le guerrier shoshone.

Se battre... et mourir.

Charlie Moon croisait les bras. Il vit la main du Shoshone aller à sa chemise ouverte.

Soudain, il s'aperçut qu'il avait sous-estimé son adversaire. Le Shoshone — il fallait lui accorder ce crédit — était exceptionnellement rapide pour quelqu'un qui souffrait d'une gueule de bois. Sa main se déplaça avec la vitesse d'un serpent à sonnette — comme Moon leva instinctivement le bras, le couteau lui arracha un bouton en corne à la manchette de sa chemise. Mais le Ute, malgré sa taille, était tout aussi rapide. Avant un nouveau coup de couteau, il décocha un revers de main à la tempe de Noah ; le bruit ressembla à un pieu frappant un melon vert. C'était comme si le Shoshone avait reçu un violent coup de batte de base-ball. Le couteau de chasse lui échappa des mains, son cou se tordit sous l'impact, il se cogna le cul à l'aile de la Volvo, glissa le long du capot et s'affala par terre comme une poupée de chiffon.

— Vingt dieux ! s'écria Parris. Ne le tue pas !

— Il m'a coupé un bouton.

— Ah, alors, c'est différent. Si j'avais su qu'il avait endommagé ta chemise, je l'aurais achevé moi-même.

— C'est une chemise neuve, dit Moon qui cherchait le bouton à quatre pattes. Le bouton est en corne d'élan sculptée. Je l'ai cousu moi-même.

Scott Parris s'agenouilla près du corps inerte. Il appuya un doigt sous la mâchoire du Shoshone et sentit un faible pouls battre dans la carotide. Il souleva une paupière, la pupille n'était pas trop dilatée. La cage thoracique du pauvre hère se soulevait en rythme et son haleine était chargée de bière.

— Il s'en tirera, conclut-il.

Moon ne parut pas concerné par le diagnostic. Il se

frottait le dos de la main, douloureux après l'impact sur le crâne du Shoshone.

— Il n'aurait pas dû me sortir son couteau.

— Non, approuva Parris, il n'aurait pas dû.

Et deux professionnels auraient dû s'assurer que l'homme n'était pas armé.

— Mais mets-toi à sa place, Charlie. Le mec se réveille en plein désert, il a dû voir ton pistolet à tuer les éléphants et il a cru que tu allais le buter. Normal qu'il soit devenu nerveux.

Moon posa son regard sur le corps inerte du Shoshone.

— Oui, part'naire, je crois que tu as raison.

Il dégaina son revolver et le tendit au *matukach*.

— Tiens, prends mon arme. Quand il reviendra à lui, il vaut mieux qu'il voie que l'étui est vide ; ça le calmera. Il sera peut-être même prêt à nous faire des confidences.

Parris considéra le lourd revolver ; il devait peser dans les deux kilos.

— Je ne sais pas, Charlie...

— Si, insista le Ute. T'as raison. À partir de maintenant, on fait les choses à ta façon.

Parris crut déceler une pointe de malice dans les yeux de son compagnon — mais il avait son arme. Quand même, avec Charlie Moon, on ne savait jamais.

Le soleil était haut dans le ciel, il tapait fort quand le Shoshone rouvrit les yeux, mais le géant lui faisait de l'ombre. Noah ne distinguait pas très bien. Il voyait à peine le profil du grand Ute... sa tête sous son stetson... l'étui vide sur sa hanche. Et il ne tenait pas son revolver. Des tintements aigus résonnaient dans son crâne. Tout cela était très déroutant.

Moon s'accroupit près du Shoshone. Lorsque le regard ahuri de ce dernier se braqua sur lui, le policier parla avec lenteur, en détachant les syllabes :

— Je m'appelle Charlie Moon, de la police des Utes du Sud.

Il ne précisa pas que les frontières de sa juridiction s'arrêtaient à huit cents kilomètres plus au sud.

— Ahhhh... fit le Shoshone.

Il rêvait! Noah Corbeau Dansant effleura de deux doigts le visage de l'Indien. Non, il ne rêvait pas! Il aurait dû s'en douter. Qui n'avait entendu parler de cet étonnant policier? Les récits sur Charlie Moon étaient connus même chez les Shoshones et les Bannocks. On prétendait qu'il pouvait marcher dans la neige sans laisser de traces.

— Le Blanc, dit Moon en pointant sa tête vers la silhouette lointaine de Scott Parris, c'est celui qu'on appelle Scotty le Fêlé. Tu as dû entendre parler de lui.

Non, le nom n'était pas familier au Shoshone. Il secoua la tête.

— Tiens, ça m'étonne. C'est le parrain de Sarah Frank... et il n'est pas content que tu l'aies kidnappée.

Le Shoshone leva une main pour protester; le policier ignora son geste.

— Quand je lui ai dit que je n'avais pas l'intention de te tuer, il m'a assommé et il m'a pris mon flingue.

Le géant se frotta une bosse imaginaire en grimaçant.

Le regard du Shoshone refléta son trouble.

— On sait que tu es descendu au Colorado avec Blue Cup, dit Moon. Ma tante Daisy était là quand Sarah Frank a dit à Blue Cup que son père lui apporterait un cheval pour son anniversaire. Tu as volé un poney au ranch du Navajo, à Arboles.

Moon tapa du doigt sur la botte de Noah.

— J'ai trouvé ton empreinte près de la caravane de Daisy. Tu as amené le cheval le jour de l'anniversaire de Sarah... tu lui as fait croire que son père était revenu avec le cadeau promis. Alors, vois-tu, mon partenaire t'en veut d'avoir kidnappé sa filleule. Scotty le Fêlé est un vrai fumier, il ne cracherait pas sur toi si tu prenais feu. Quand il veut tuer quelqu'un, il commence toujours par sourire. C'est pour ça qu'on l'appelle le Fêlé ; c'est sa mère qui lui a donné ce surnom après qu'il avait jeté sa petite sœur par la fenêtre du troisième étage.

Noah Corbeau Dansant se dressa sur son coude pour regarder Parris ; dans son crâne, les clochettes faisaient un bruit de casseroles. Ce n'était pas une bonne journée pour mourir.

Moon se retourna vers Parris et cria :

— J'ai dit à ce petit morveux que tu m'as pris le revolver pour que je ne le tue pas, mais il a encore peur. Montre-lui l'arme et souris.

Parris brandit le revolver et rassura le Shoshone d'un large sourire.

Moon s'adressa à Noah Corbeau Dansant avec un air de pitié.

— Ah, je suis navré. Quand il sourit comme ça, ça veut dire qu'il te réserve une surprise. Après qu'on t'a ramassé, il m'a raconté ce qu'il avait fait à un kidnappeur de Chicago il y a quelques années. D'abord, commença le Ute avec une moue de dégoût à peine réfrénée, il lui a cassé les bras et les jambes avec une batte de base-ball. Ensuite...

Moon hésita.

— ... Il lui a arraché le foie pendant qu'il vivait encore.

Il jeta un coup d'œil par-dessus son épaule au policier *matukach*.

— On l'a viré de la police, après ça. Même à Chicago, y a des limites !

Le Shoshone ne prêtait guère attention aux mots du policier ute. Bien sûr... tout s'expliquait... Ses yeux s'emplirent de larmes.

— Je ne peux rien promettre, déclara Moon, mais si tu nous dis tout ce que tu sais sur la mort de Mary Frank... sur l'enlèvement de la petite... il se calmera peut-être ; il me rendra même peut-être mon arme et il me laissera te remettre entre les mains de la police shoshone. On a déjà démêlé pas mal de choses, alors on saura si tu mens. Il faut que tu me dises absolument tout.

— Oui, souffla le Shoshone, tout.

Noah Corbeau Dansant sourit et caressa le visage du géant. Jamais de sa vie il n'avait ressenti un tel amour pour un autre humain. Une telle adoration. C'était tout ce qu'il pouvait faire pour ne pas fondre en sanglots.

Scott Parris se rapprocha. Avant d'avoir accepté d'aider Charlie Moon à retrouver Noah Corbeau Dansant, il lui avait arraché une promesse. Moon avait solennellement juré que *tant que Noah se conduirait correctement,* il ne le tuerait pas. Il se contenterait de lui faire peur, de lui soutirer des aveux et de le remettre à son peuple. Charlie Moon était un homme de parole. Mais l'imbécile avait sorti un couteau. Il s'était mal conduit. La promesse ne tenait donc plus. En principe, Parris n'approuvait pas la justice expéditive, mais il se rappela combien il avait voulu mettre la main sur Provo Frank après que l'Indien eut démoli le portrait de son agent. Il aurait pris plaisir à tabasser le fumier, à le réduire en bouillie. Mais Provo Frank était mort et sa fille n'avait plus ni père ni mère. Lorsqu'il avait vu le cadavre de l'Indien dans le pick-up d'Eddie Knox, il avait oublié sa colère... et ne la regrettait pas.

Il n'avait vu qu'une seule fois Charlie Moon prêt à tuer un homme... quand quelqu'un que le Ute adorait était mort entre les mains de... Mais Parris rejeta cette horrible pensée.

Il regarda le Ute interroger le Shoshone.

Le prisonnier de Moon parlait avec excitation. Noah Corbeau Dansant gesticulait, se désignait du doigt, puis désignait Charlie Moon, puis les cieux. Il riait. Voilà qui était étrange. Foutrement étrange. Sans doute était-il fou. Ou bien il jouait au fou.

La scène s'acheva.

Parris fut stupéfait de voir Moon rendre le couteau au Shoshone. Il le fut davantage quand le type refusa l'offre et insista pour que le Ute garde l'arme dangereuse. Parris alla lentement vers les deux hommes. Avant d'arriver à portée d'oreille, il vit le Shoshone embrasser le grand Ute. Charlie Moon parut mortifié.

Noah Corbeau Dansant s'éloigna vers la prairie; il chantait. Fort... et faux. Bien, c'était terminé, le Shoshone était sain et sauf. Et de bonne humeur, à en juger par ses gambades. Parris s'appuya sur le capot de la Volvo et sourit à Moon. La matinée, comme toujours dans le Wyoming, était glaciale. Il se frotta les mains pour se réchauffer.

— Je ne savais pas que tu aimais tant qu'on t'embrasse, Charlie, gloussa-t-il. Mais si t'as encore envie d'un baiser, ne compte pas sur moi.

La grimace de rage qui déforma le visage de Moon montra assez bien qu'il ne souhaitait pas s'appesantir sur le geste du Shoshone.

— Comme ça, tu l'as laissé partir, Charlie?

Moon hocha lentement la tête.

— Je crois qu'il est un peu siphonné.

Plus qu'un peu, même.

— Il avait l'air loquace.

— Tu avais raison, comme toujours, part'naire. Dès qu'il a compris que je ne voulais pas le tuer, il s'est mis à table.

Moon adressa un sourire penaud à son ami.

— De te voir tenir mon arme... et lui sourire aussi gentiment... Je crois que ça lui a donné confiance.

Il se tourna pour observer le Shoshone qui s'éloignait. Pas de doute, Noah Corbeau Dansant était... quel était le terme correct? Déséquilibré. Ou peut-être était-ce l'univers qui était sens dessus dessous.

Mais peut-être pas.

Le policier ute chassa aussitôt cette éventualité. S'il ne faisait pas attention, il allait finir comme sa tante Daisy. À rêver les vieux rêves ancestraux. À chanter les vieilles chansons tribales. Sans voir la différence entre le réel et l'imaginaire, la matière et les fantômes.

23

Wyoming, sur la crête

Le lieutenant Schultz tapait du pied sur la neige tassée. Il aurait pu rester dans le pick-up et mettre le chauffage. Ou dans la chambre qu'il louait dans le motel sordide et qui lui servait de bureau pendant les opérations. Mais les gars de son équipe travaillaient dans la neige comme des mules et cela ne lui semblait pas juste de rester au chaud pendant qu'ils se gelaient dehors.

On faisait exactement comme le policier ute l'avait suggéré. Tout le monde portait des chaussures de neige afin de ne pas piétiner ce qu'il y avait en dessous. On commençait par briser l'épaisse couche glacée, on la déblayait, puis on nettoyait la poudreuse avec des balais à poils doux... et une infinie délicatesse. Quand on trouvait un signe de compression — des traces faites par des pneus quand la neige n'était haute que de deux ou trois centimètres —, on apportait le générateur électrique et les aspirateurs et on se mettait au travail. Il y avait eu plusieurs fausses alertes les deux premiers jours, mais rien de tangible.

Cependant, ce matin, on avait trouvé des traces de pneu! On prenait maintenant des empreintes à la silicone. Oui, le Ute était un sacré lascar. Le lieutenant

Schultz avait bien envie de l'enrôler dans la police de la route si Charlie Moon décidait de quitter la réserve des Utes du Sud et venait s'installer au Wyoming. Il remplacerait ce pauvre Harry MacFie. Tommy Schultz était en train de repenser au colérique Écossais quand il entendit des pas crisser sur la neige. Il se retourna et regarda par-dessous le bord de son chapeau. Tiens, mais c'était l'éclaireur shoshone qui revenait de sa mission dans le Nord! Il avait été accomplir l'autre partie du travail selon les directives de Charlie Moon.

Et le Shoshone arborait un large sourire.

Wyoming, comté de Fremont

Charlie Moon, comme la plupart des Utes, n'était pas du genre loquace. Mais Parris était intrigué par le silence de son ami. Moon, d'habitude si joyeux, n'était pas seulement muet, il était morose.

Ils roulaient sur la route goudronnée, à moins de dix minutes de Riverton, quand le Ute commença à s'intéresser au monde autour de lui.

— J'ai faim, décréta-t-il en se frottant une joue mal rasée.

C'était bon signe.

— Tu veux des cheeseburgers? Des frites?

— Ce que j'aimerais, dit le géant avec un énorme bâillement, c'est quatre œufs, une grosse tranche de jambon, des pommes de terre sautées, bien dorées, bien croustillantes, avec du vrai beurre. Et du café. Des toasts dans du jus de viande et...

Son imagination cala presque.

— Ah, oui, un pot de confiture de fraises.

Parris consulta sa montre.

— Il est deux heures et demie. Trop tard pour le petit déjeuner.

— Arrête-toi à un routier, dit le Ute. Ils servent des œufs à toute heure.

Parris avisa une pancarte sur le bord de la route.

RIVERTON — 8 km

Parris relâcha son pied sur l'accélérateur et maintint la Volvo à cent. Il jeta un coup d'œil vers son compagnon en se demandant quand le Ute lui raconterait ce que le Shoshone lui avait dit. Peut-être que Moon n'avait rien appris d'utile... ou peut-être attendait-il que son « part'naire » *matukach* lui pose la question. S'il voulait jouer à cela, Parris ne lui donnerait pas cette satisfaction. Il ne montrerait pas le moindre intérêt pour les aveux de Noah Corbeau Dansant. Moon pouvait attendre qu'il gèle en enfer.

Parris agrippa la volant et serra fort.

Il gela en enfer.

— Qu'est-ce qu'il a dit, Charlie ?

Parris se méprisait.

Moon, qui rêvait de beignets et de sirop d'érable, regarda son partenaire d'un œil vague.

— Qui ça ?... Ah, le Shoshone ?

— Non, ce que le président des États-Unis a dit quand tu l'as appelé de ma voiture ce matin.

Moon sourit au conducteur. Tiens, tiens, le *matukach* était bien remonté, aujourd'hui ! Anne Foster devait lui en faire voir.

— Comme tu ne me demandais rien, je pensais que ça ne t'intéressait pas.

— Eh bien, je te le demande maintenant.

Moon attendit que le cou de Parris rougisse.

— Le bonhomme a une case en moins, dit finalement le Ute. Il prétendait qu'il n'était pas au courant pour le meurtre de Mary Frank. C'est peut-être vrai.

— Ça m'étonnerait qu'il soit dans le coup. Provo

Frank, saoul ou drogué... a tué sa femme. Il lui a défoncé le crâne à coups de marteau et l'a clouée à un arbre.

— Hum.
— Qu'est-ce qu'il a dit pour l'enlèvement?
— Un tas de mensonges.
— Eh bien, vas-y. J'aime les mensonges.

Le Ute croisa les bras sur sa poitrine et regarda par la portière.

— Cette petite crotte de bique a admis avoir volé le cheval du Navajo. Il est allé chez Daisy, dans l'intention d'enlever la fillette, mais il prétend qu'il n'a pas pu.
— Sans blague!
— Il prétend que son papa... le fantôme de son papa a emmené la fille avant qu'il ait pu agir.

L'Indien faillit se moquer, mais ne réussit pas à s'esclaffer.

— Comment savait-il que c'était un fantôme?
— Comme dans tous les films qu'il a vus à la télé, part'naire, il voyait au travers. Au travers du poney aussi.

Cette fois, Moon réussit à rire.

Parris essaya de jouer la surprise.

— C'est marrant... son histoire ressemble à celle que raconte ta tante Daisy. Elle était sûre que Provo Frank avait emporté la fillette. Alors qu'il était mort depuis longtemps.

L'Indien marmonna quelque chose au sujet de sa tante; mais il s'était exprimé en langue ute. Il était question d'une folle... et d'une tapette à mouche.

Le conducteur jeta un coup d'œil au Ute.

— Ça m'étonne que tu l'aies laissé partir, Charlie. Je pensais que tu lui briserais au moins les jambes.
— Ça ne servait à rien de le garder.

Noah Corbeau Dansant avait dit que le poney que Provo Frank avait acheté pour sa fille avait une couverture bleue sur le dos. Avec des rayures blanches. Il était surprenant que l'homme ait assez d'imagination pour mentir avec autant de détails. Il serait intéressant de demander à tante Daisy de quelle couleur était le cheval... et si elle pouvait décrire la selle. Ensuite, si elle avait vu un poney moucheté sans selle mais avec une couverture bleue... Non. Qu'est-ce qui lui prenait de penser à ça ?

— Maintenant, dit le Ute, j'aimerais bien ficeler l'affaire du meurtre de Mary Frank.

Si on pouvait réellement appeler ça un meurtre. C'était peut-être autre chose. C'était peut-être pire.

Parris, qui était mort de fatigue, maintint son regard sur la route en doublant une voiture de touriste de l'Indiana qui tirait une caravane.

— C'est déjà fait, dit-il. Provo Frank est allé rendre visite à Blue Cup, lui a volé le schmilblik, s'est défoncé avec je ne sais quel produit chimique au saloon de la Jarretière Roze, a perdu la boule, a tué sa femme, a roulé à toute blinde jusqu'au Colorado où il a laissé sa fille chez Daisy Perika, s'est arrêté à Granite Creek le temps de rosser un agent de police à coups de bouteille (il reprit son souffle), a volé le pick-up d'Eddie Knox, est allé se cacher dans la montagne, est tombé dans un ravin... et est mort.

Malgré un début de migraine, Parris réussit à sourire.

— Blue Cup et son acolyte shoshone, qui ignorent que Provo Frank est déjà mort, descendent en Jeep au Colorado pour retrouver le voleur et le schmilblik sacré. Un de ces deux enfoirés, probablement le vieux, se met dans la tête que Noah, qui a à peu près le même âge et la même corpulence que Provo Frank, peut faire croire à la petite fille que son papa est dehors avec le cadeau qu'il lui a promis. Un cheval, bien sûr. Alors, Noah en vole un et enlève la gamine. Quelque chose foire, me demande pas quoi — la gosse le mord, il pense à la condamnation pour kidnapping et a la trouille. Bref, Noah et le vieux se cassent vite fait et remontent vers le nord. Ils se séparent, on trouve Noah, il essaie de te planter, tu l'assommes, il se réveille et te raconte une histoire de fantôme pour que tu ne le réduises pas en bouillie. Il est tellement content de sa performance qu'il t'embrasse et décampe.

Parris ricana. L'allusion au baiser était une excellente flèche. Ça forcerait l'Indien à lui raconter tout ce qu'il savait.

— Oui, y a des trucs sensés dans ce que tu dis. Mais je ne crois pas que ça se soit passé comme ça.

Parris ralentit et s'engagea sur le parking d'un restaurant bâti en rondins. Une pancarte peinte à la main indiquait ROUTIERS BIENVENUS. Il coupa le moteur et regarda par la portière.

— Alors, accouche.

Moon abaissa sa vitre et huma l'air. L'odeur était reconnaissable entre toutes. Poulet rôti. Café chaud. Le ventre de l'Ute gargouilla.

— Raconte-moi une belle histoire, dit Parris, et je paie l'addition. Avec le dessert.

Moon s'éclaira.

— Sans charre ?

— Tu te gaves autant que tu veux.

Vu l'appétit du géant, c'était risqué. Mais Parris était d'humeur fantasque. Et bien décidé à apprendre ce que le policier ute savait. Ou croyait savoir.

Moon se cala sur son siège et soupira.

— La première fois que j'ai compris qui avait tué Mary Frank, c'est l'autre jour, quand je suis rentré à Ignacio.

Il ferma les yeux pour se souvenir de ce qu'il avait vu.

— Je suis allé trouver le chef tribal. Austin Sweetwater était aux quatre cents coups quand je me suis garé dans son allée toute neuve. Il avait peur que le Blazer perde de l'huile.

Parris fixa son ami d'un air intéressé. Il ne souriait plus.

— J'ai pas fait le rapprochement tout de suite. Je suis rentré au poste et j'ai relu le rapport sur le break de Provo, juste pour m'assurer.

— Le rapport de Leggett, souffla Parris. Merde, Charlie, je suis passé à côté. Le vieux tacot de Provo Frank pissait l'huile.

— Ouais, je l'avais lu, mais ça n'avait pas percuté.

— Sa caisse pissait l'huile... mais quand on est allés à la cabane de Blue Cup... y avait pas une goutte sur le chemin en grès.

— Pas une goutte, acquiesça Moon.

— Donc Provo Frank n'est pas allé jusque chez le vieux en voiture.

— Ce qui signifie qu'il a caché sa caisse dans les parages et qu'il a fait le reste à pied.

— Ce qu'il n'aurait pas fait s'il était venu voir Blue Cup en ami.

— Mais ce qu'il aurait fait s'il avait filé le vieux. Il cache sa caisse, marche un ou deux kilomètres et se met en planque.

— Il attend que le vieux le conduise à sa cachette secrète, dit Parris. Et y fasse son business bizarre.

— Exactement !

— Et quand le vieux s'en va, Provo se glisse dans la grotte, vole le schmilblik et se taille.

Parris fronça les sourcils.

— Mais pourquoi Blue Cup nous aurait menti sur sa rencontre avec Provo ?

— C'était pour nous convaincre... me convaincre, rectifia Moon, qu'il ignorait qu'on lui avait volé quelque chose. Comme ça, il n'avait aucune raison de courir après Provo Frank... ni de fouiller sa voiture... ni de tuer Mrs. Frank quand elle le prend la main dans le sac. Blue Cup me vend cette salade comme quoi il refuse l'offre de Provo de lui acheter du « Pouvoir » et qu'il le renvoie... plus triste, mais plus sage. Quand je lui dis que Provo a annoncé à sa femme qu'il avait obtenu ce qu'il voulait, il fait mine de s'inquiéter et m'emmène à sa grotte secrète, mime la découverte du vol, et propose de m'aider à retrouver le voleur.

— Le vieux grigou! s'exclama Parris.

— Oui, admit Charlie Moon, c'était bien joué de sa part. C'est la petite fille qui m'a lancé sur une fausse piste quand elle a dit que son papa « était allé voir » le vieux. Quand j'ai dit à Blue Cup que nous savions déjà que Provo Frank était venu le voir, il a aussitôt prétendu avoir reçu une visite banale. Il m'a roulé dans la farine. Il ne connaissait même pas le nom de celui qui lui avait volé son machin. Tu aurais dû voir sa réaction quand j'ai mentionné le nom de Provo Frank. Mais le plus drôle, c'est que même s'il ne savait pas qui lui avait volé son objet sacré, il savait quelle voiture il conduisait, et dans quel motel près de Bitter Springs il était descendu. Il m'a aussitôt dit ce qu'il pensait des Stymes.

— Alors tu crois qu'il a repéré Provo après le vol et qu'il l'a filé.

— Oui, jusqu'au motel. Et pendant que Provo se saoulait au saloon de la Jarretière Roze, Blue Cup a dû décider de fouiller le break pour retrouver son sifflet.

— Et Mary Frank a cru que son mari était de retour, continua Parris. Elle est sortie lui parler.

— Et elle surprend Blue Cup. Le vieux devait fouiller dans la boîte à outils, il avait peut-être déjà le marteau à la main. Mary a dû arriver derrière lui et s'apercevoir que ce n'était pas son mari. Elle a peut-être crié, je ne sais pas. Il la frappe avec le marteau... il ne voulait sans doute pas la tuer. Mais il lui fiche un coup sur le crâne et... s'imagine qu'elle est morte.

— Ouais. Ça s'est peut-être passé comme ça. Ou bien le vieux n'a jamais fouillé la voiture. C'était peut-être Provo qui cherchait quelque chose. Il a peut-être frappé sa femme. Juste pour le plaisir.

Moon grimaça.

Parris s'entêta.

— Je pense toujours que c'est Provo qui a tué sa femme. Pour s'en assurer, il ne nous reste plus qu'à retrouver le vieux et lui arracher la vérité. Si ce n'est pas lui, il a peut-être tout vu.

— D'après le Shoshone, part'naire, Blue Cup est mort.

— Mort? Comment...?

Moon resta de marbre.

— De mort naturelle.

Ce qui n'était pas surprenant. Le vieil homme était vieux comme Moïse.

— Une crise cardiaque... une attaque?

— Foudroyé, répondit Moon.

Ils restèrent longuement silencieux.

Parris se frotta les yeux. Il voulait rentrer chez lui. Et ne plus en bouger.

— J'ai du mal à croire que le vieux est mort. Le Shoshone a dit où était son corps?

— Noah Corbeau Dansant a... euh... fait disparaître les restes.

Le ventre du géant ute protesta; il se sentit légèrement mal en repensant à l'histoire étrange du sourd. Peut-être encore un de ses mensonges? Ou le fantasme d'un fou. D'un côté comme de l'autre, qu'il l'ait fait ou qu'il ait inventé l'histoire... le Shoshone était bel et bien cinglé.

— Ta théorie selon laquelle Blue Cup aurait tué Mary Frank... il y a un détail qui me chiffonne.

— Lequel?

Pour le Ute, rien dans l'histoire ne tenait debout.

— Pourquoi le vieux l'aurait-il clouée à l'arbre? La tête en bas, qui plus est.

Moon déglutit avec peine. Blue Cup était un homme qui n'avait jamais eu assez de Pouvoir. Ça remontait au temps des sorciers, des sortilèges, des démons — quand l'obscurantisme régnait sur le Peuple. C'était probablement quelque chose qu'on ne pouvait expliquer à un *matukach*. Quelque chose qu'on ne comprenait pas soi-même.

Parris passa sa main sur le volant gainé de cuir. Parce que Moon s'était autrefois saoulé avec Provo Frank, il refusait de croire que ce dernier avait cloué sa femme à un arbre. C'était pourtant l'explication la plus simple. Et d'une manière ou d'une autre, c'étaient des choses qui arrivaient tous les jours. Une scène de ménage compliquée par une prise de drogue. Résultat : un homicide. Le tueur panique, cache le corps, s'enfuit. Dans quatre-vingt-dix-neuf pour cent des homicides, l'explication la plus simple est la bonne.

— Je te parie que Provo Frank a tué sa femme.

Ah... l'argent ! Le sale fric ! C'était l'occasion que Moon attendait. Il s'efforça de paraître désinvolte.

— Tu veux parier ?
— Vingt dollars !
— Pari tenu, cow-boy.

Moon se sentit tout de suite mieux.

Parris ouvrit la portière et descendit.

— Allons voir comment est la bouffe.

Charlie Moon, qui revenait de la cabine téléphonique, fit signe à la serveuse et commanda une deuxième part de tarte aux pêches.

Scott Parris mangeait sans appétit une grosse part de tarte aux pommes. Il pensait à ses vingt dollars. Il avait horreur de perdre un pari contre le Ute. Ce n'était pas seulement pour l'argent, c'était une question de principe.

— Tout va bien à Ignacio ? demanda-t-il.
— Comme d'habitude.

Moon fit semblant de ne pas comprendre que Scott Parris avait envie de savoir qui il avait appelé. Il n'avait pas appelé Ignacio.

Le *matukach* dévisagea le rusé Ute d'un air soupçonneux.

— Charlie... y a-t-il quelque chose que tu sais à propos du meurtre de Mary Frank qui... que tu aurais oublié de me dire?

Moon engloutit une cuillerée de pêche et de pâte croustillante, puis réfléchit à la question.

— Non, je ne vois pas, part'naire. Mais si ça me revient...

Naturellement, il y avait un petit détail. Un ou deux. Ou trois ou quatre. Rien d'important, rien qui vaille la peine d'en parler.

Le Ute s'efforça de ne pas sourire.

Le soir où il s'était rappelé que le chemin menant chez Blue Cup était dépourvu de taches d'huile, il avait appelé le lieutenant Tommy Schultz et lui avait fait part de sa découverte. Il avait aussi suggéré que Blue Cup n'avait certainement pas traîné le corps de Mary Frank jusqu'au sommet de la crête. Il avait dû charger le cadavre dans sa Jeep. Or, d'après MacFie, il avait commencé à neiger à la nuit tombée. Donc, sous la croûte glacée, il devait y avoir des traces de pneus dans la neige fraîche. Préservées comme des fossiles. Le lendemain, Tommy Schultz avait emmené ses troupes sur la crête, armées de balais et d'aspirateurs.

Et Schultz avait aussi envoyé un éclaireur shoshone au canyon arc-en-ciel.

Moon venait de téléphoner au lieutenant de la police du Wyoming qui lui avait donné les dernières nouvelles. En trois endroits, sur la pente rocheuse, derrière le City Limits Motel, ils avaient trouvé des traces de pneus Goodyear bien préservées.

Moon avait dit à Schultz où trouver le véhicule en panne. Il ne doutait pas que les empreintes de pneus correspondraient à celles des Goodyear de la Jeep.

Ce n'était pas tout. L'éclaireur shoshone avait trouvé

le fourré de genévriers où Provo Frank avait garé son break; il y avait une mare d'huile à l'endroit où il l'avait laissé. L'éclaireur n'avait eu aucun mal à repérer les empreintes de Provo allant et sortant de la grotte de Blue Cup. Un jeu d'enfant, avait-il dit.

L'enquête sur le meurtre de MacFie avait aussi avancé. La bonne nouvelle était que Lizzie Roze avait avoué avoir tué Harry MacFie. La mauvaise était qu'elle ne passerait même pas une seule journée en prison.

D'abord, l'avocat de Denver qu'elle avait engagé à prix d'or avait déclaré qu'elle avait surpris le sergent MacFie alors qu'il pénétrait illégalement dans son entrepôt. Il avait produit le cadenas fracturé et une pince coupante pour étayer ses dires. Que le policier ait voulu trouver des preuves de trafic de drogue ou qu'il ait essayé de voler de l'alcool, cela importait peu. MacFie était un cambrioleur. Ainsi, selon l'avocat, sa cliente n'était coupable de rien d'autre que d'avoir tué un rôdeur. L'avocat admit qu'elle avait « agi à la légère » en se débarrassant du cadavre. Mais cet « acte avait été accompli sous le coup de l'émotion quand la malheureuse avait découvert l'identité du cambrioleur, qu'elle aimait beaucoup ». Lizzie avait approuvé, avait dit de gentilles choses sur Harry MacFie, et avait tamponné ses yeux secs avec son mouchoir en soie. Elle avait aussi prétendu ne pas être au courant pour la drogue qu'on avait trouvée dans son entrepôt. Quelqu'un avait dû la cacher dans le bâtiment avant qu'elle n'achète le saloon. Quant à l'agent de la DEA qui avait acheté de la cocaïne au saloon de la Jarretière Roze... c'était tout simplement un mensonge fabriqué par un employé fédéral trop zélé qui voulait obtenir un mandat de perquisition.

Pour prouver sa bonne foi de citoyenne irréprochable, Lizzie avait proposé de donner aux autorités du Wyoming les preuves qui les conduiraient au meurtrier de Mary Frank. Le procureur n'avait rien promis en échange, mais il savait qu'il ne pouvait l'incarcérer pour l'assassinat de MacFie. Il avait donc accepté d'entendre son témoignage. Le meurtrier, avait dit Mrs. Roze, était Billy Stymes. La preuve ? L'homme se baladait avec une poignée de bijoux qu'il avait dérobés à Mr. Frank. Billy Stymes devait fouiner autour de l'automobile et avait été surpris par Mrs. Frank.

Confronté au témoignage de Lizzie, Billy avait admis à contrecœur posséder les bijoux, mais avait prétendu les avoir « trouvés » sur le parking du motel. Oui, peut-être près de l'endroit où avait été garé le break des Frank. Quand la police de Cheyenne lui avait ri au nez, il avait dit aux inspecteurs qu'il avait entendu une femme crier et qu'il était sorti voir de quoi il s'agissait. Alors qu'il ignorait les soupçons qui pesaient sur Blue Cup, Billy Stymes avait déclaré avoir vu le vieil Ute s'éloigner en Jeep. Mais plutôt que de prendre la grand-route, le vieil homme s'était dirigé vers la crête derrière le motel. Et Billy était prêt à jurer que le corps de Mary Frank était sur le siège arrière. Billy avait trouvé une poignée de bijoux dans la neige, et il avait vu le sang. Entendant Provo Frank arriver, il s'était caché derrière sa Cadillac. Provo marchait en zigzaguant... comme un homme qui avait trop bu. Il avait trouvé la portière du break ouverte, avait dû voir le sang lui aussi. Stymes dit que Provo était resté planté près de sa voiture, écoutant les bruits atroces venant de la crête. Comme des coups de marteau. Il avait ensuite hurlé quelque chose et avait foncé dans la chambre 11 sans même prendre la peine de fermer la porte derrière lui. Une minute plus tard, il en ressortait avec sa fille sur son épaule comme un sac de patates. Il l'avait enfournée dans le break et avait filé aussi vite que le vieux tacot le permettait, en dérapant dans la neige.

Ni Blue Cup ni Provo Frank ne l'avaient remarqué, Billy en était sûr.

Pourquoi n'avait-il pas prévenu les autorités ? Il ne savait pas que Mary Frank était morte. Et il n'aimait pas avoir affaire avec la police ; ça attirait toujours les ennuis. D'ailleurs, si Blue Cup avait assassiné une touriste, c'était pas ses oignons. Il n'était pas responsable de la sécurité de ses clients, expliqua-t-il. Quand on l'avait accusé d'entrave au cours de la justice, il s'était effondré en larmes. Il était sûr que s'il avait raconté ce qu'il avait vu à la police, le sorcier ute se serait évaporé dans la nature et serait revenu par une nuit sans lune le clouer à un arbre, lui aussi.

Mais une autre question troublait les policiers du Wyoming. Si Provo Frank n'avait pas tué sa femme, pourquoi n'avait-il pas prévenu la police ?

Seul un Ute était à même de comprendre, Charlie Moon le savait. Provo, comme Billy Stymes, avait eu peur du vieux chaman. Et de ce qu'il risquait de faire ensuite, à lui, à sa fille. Mais contrairement à celle de Billy, la peur de Provo était fondée sur la ferme croyance du pouvoir magique du chaman. Même si Blue Cup était incarcéré, la loi de l'homme blanc ne serait pas capable de le protéger de la soif de vengeance du chaman. Il avait donc emmené sa fille et avait filé. Et lorsqu'il s'était calmé — s'il s'était calmé un jour — il était trop tard pour faire part de ses soupçons à la police. Surtout après avoir agressé l'agent à Granite Creek. Et avoir volé le pick-up. Qui l'aurait cru ? Certainement pas Scott Parris. On l'aurait accusé du meurtre de sa femme. Et il aurait été condamné.

Charlie Moon soupira. Plus tard, il raconterait tout à son part'naire. Peu à peu... morceau par morceau. Mais seulement une fois les vingt dollars en poche. Le Ute n'avait qu'un regret. Ne pas avoir augmenté la mise. Quarante dollars eussent été mieux... ou même cinquante. L'espace d'un instant, le Ute se sentit coupable d'escroquer son meilleur ami. Mais l'impression s'évanouit, chassée par la logique du joueur. C'était son devoir de prendre l'argent de Parris — son part'naire le suppliait presque de lui soutirer ses dollars. Cela lui servirait de leçon en même temps que ce serait l'occasion de faire un cadeau à son ami. Ce n'était donc pas seulement une question d'argent.

Davantage une question de principe.

Pendant que Charlie Moon terminait son dessert, Scott Parris alla téléphoner.

Le médecin légiste répondit à la sixième sonnerie.

— Oui, fit-il sèchement, qui est à l'appareil?

— Salut, Doc. C'est moi. Scott.

Le vieil homme grogna.

— Vous me réveillez pendant ma sieste. Je rêvais d'une plage à Tahiti. Il y avait une jolie jeune femme avec une fleur de lotus dans les cheveux... Mais je ne vous raconterai pas la suite. Ça ne vous regarde pas.

— Il vous faudrait une épouse.

— Grands dieux, pour quoi faire?

— Pour vous faire filer doux.

— Manquerait plus que ça!

Parris jeta un coup d'œil vers la table où Charlie ratissait les miettes avec sa fourchette.

— Des résultats des échantillons de tissu que vous avez prélevés sur le corps de Provo Frank?

Le médecin légiste remua une liasse de papiers.

— J'ai reçu un fax du labo ce matin.

Il ajusta ses lunettes cerclées d'or.

— Rien de notable. Le sujet souffrait d'une légère anémie, sans doute à cause de son régime de bière et de bretzels. Les autres paramètres sont normaux.

— Pas de trace de drogue?

— Aucune, *nada*.

— Aurait-on pu passer à côté?

Simpson gloussa.

— Pas ce labo.

— Donc, quand Provo Frank a agressé l'agent Alicia Martin, il n'était pas sous l'influence de la drogue ?

— Non, à moins que la plus infime molécule de cette supposée drogue se soit métabolisée dans un produit inoffensif avant sa mort.

— Quelle probabilité ?

— Vu le fait que Mr. Frank a eu son accident quelques heures après avoir agressé votre agent, et que son cadavre est resté au froid dans le ravin, aucune. Maintenant, cessez de m'emmerder.

— D'accord, Doc. À plus tard.

— À jamais si ça dépend de moi. Je débranche le téléphone.

Le médecin raccrocha d'un geste rageur et alla à son divan en traînant les pieds. Peut-être pourrait-il reprendre le rêve où il l'avait laissé...

Parris regarda le combiné d'un œil vide. Ainsi l'Indien n'avait pas absorbé de drogue au saloon de la Jarretière Roze. Il avait peut-être la trouille. Une trouille du feu de Dieu.

Le Berceau du Lézard Arc-en-Ciel

Charlie Moon se tenait près de la porte de la cabane, la main sur la crosse en os de son gros revolver. Le policier réfléchissait. Blue Cup était peut-être réellement mort. Foudroyé par l'éclair. D'un autre côté, on ne pouvait parier sa chemise sur la véracité du récit fantastique de Noah Corbeau Dansant. Le Shoshone avait peut-être mangé des champignons hallucinogènes. Cela expliquerait les bizarres histoires de poney fantôme, d'éclair céleste et de festin cannibale. Noah ne savait peut-être pas faire la différence entre le rêve et la réalité. Et si Blue Cup était à l'intérieur, attendant que la police vienne l'arrêter pour kidnapping ? Le vieux renard était peut-être assis avec une carabine sur les genoux, prêt à tirer sur le premier imbécile qui franchirait la porte. Le *bugahant* était peut-être comme Noah Corbeau Dansant... un peu *loco*. Peut-être.

Cela faisait trop de peut-être. Si on en oubliait un, on risquait d'avoir une mauvaise surprise.

Scott Parris appuyait son épaule contre le mur de la cabane en rondins. Ce qu'ils avaient en tête était foutrement illégal, même pour une simple cabane. Entrée avec effraction, c'était le terme officiel. Les deux policiers avaient horreur de cela. Mais quand on servait la justice, il fallait parfois outrepasser la loi.

Moon huma l'air. Hormis la lotion après rasage de son partenaire, il ne sentait pas la présence d'un être humain. Il avait l'impression que la cabane était déserte depuis quelque temps.

Parris pianota contre la porte pour la troisième fois et cria :

— Holà! Y a quelqu'un ?

Un taon atterrit sur la nuque de Moon et le piqua. Ce désagrément fit pencher la balance.

— J'ai pas l'intention de rester ici toute la journée, part'naire.

Parris dressa un sourcil.

— Tu veux tirer sur le verrou ?

Si le Ute essayait cette méthode de cow-boy, Parris était prêt à l'aplatir, vite fait.

— Tirer sur un verrou, c'est un bon moyen pour recevoir une balle par ricochet, grogna le Ute.

Il fit signe avec le canon de son revolver.

— Tu veux entrer le premier ?

Parris sortit une pièce de sa poche.

— À toi l'honneur, dit-il, et il lança la pièce en l'air, la rattrapa et la couvrit de sa main avant que Moon ne puisse la voir.

— Face, dit Moon.
Parris ôta sa main.
— Désolé, Charlie.
Moon donna un vigoureux coup de pied dans la porte. Le verrou céda, la porte fut arrachée de ses gonds rouillés et s'aplatit au sol. Une guêpe s'envola dans un tourbillon de poussière. Le Ute agit vite ; il se plaqua contre la paroi. Mais toute prudence était superflue. Blue Cup n'était pas là. Soulagé, Moon rengaina son revolver.

Parris rejoignit son ami.
— Vache, il fait noir là-dedans.
— T'as peur du noir, part'naire ?
— Ouais, admit Parris, qui essuya une toile d'araignée de son visage. Et des insectes aussi. J'ai horreur des choses qui rampent.

Un frelon bourdonna près de son nez, puis s'envola vers le plafond.

Moon trouva un stylo-lampe dans sa poche. Il balaya l'intérieur de son faisceau. Il n'y avait pas grand-chose à voir. Une lourde table au centre de la pièce. Quelques vieux ustensiles de cuisine. Un poêle. Un lit de fortune. Des étagères aux murs...

Parris fit trois pas vers l'étrange autel et s'arrêta. Moon l'éclaira avec sa lampe.

Sur une étagère en bois, il y avait un linge jauni. Sur le linge, deux bougies couleur citron dans des chandeliers en cuivre. Un crucifix sculpté au couteau était cloué sur la paroi, au-dessus de l'autel. Moon se souvint de la prédiction de sa tante Daisy. « Quand ils verront la croix sur le mur, ils comprendront. » Autour du crucifix, il y avait des images de saints. De petites icônes. Et des photos découpées dans des journaux. Un pape. Un ancien gouverneur du Wyoming. Et Mary Frank.

Parris retint son souffle. Chaque objet était... le crucifix... les photos... les icônes... étaient tous comme le corps de Mary Frank.

La tête en bas.

En outre, ils n'étaient ni épinglés ni punaisés...

Ils étaient cloués.

Des clous bien enfoncés... tordus... aplatis... écrasés. On devinait encore la rage... la colère... la fureur.

Scott Parris essaya de ne pas regarder l'autel. Il essaya aussi d'avaler la boule qu'il avait dans la gorge. En vain.

— Pourquoi sont-ils tous...?

— C'est un vieux symbole, murmura Moon comme s'il était dans une église... ou au bord d'une tombe. Le portrait inversé d'un être humain représente la mort. Et le Pouvoir. C'était censé donné du pouvoir à Blue Cup sur ses ennemis... et sur sa propre mort.

— Apparemment, ça n'a pas suffi.

L'étrange récit de Noah Corbeau Dansant sur le chaman foudroyé ne semblait plus aussi bizarre. Au contraire.

Le Ute exhala le souffle qu'il avait retenu inconsciemment. Peu importe ce qu'on fait... qu'on avale des flacons de vitamines... qu'on coure vingt kilomètres par jour... qu'on renonce aux plats en sauce... Un jour ou l'autre, la chouette appelle votre nom.

Une araignée velue parcourut le linge de l'autel. Elle s'arrêta et parut dévisager les deux humains. De ses six détecteurs optiques. De ses yeux cruels et fixes.

Le soleil chauffait depuis des heures le toit en tôle ondulée. Il faisait une chaleur suffocante dans la cabane. Parris frissonna.

— J'aime pas beaucoup cet endroit, Charlie.

— Allons prendre l'air, part'naire.

Ils s'assirent dans la vieille Volvo et contemplèrent la cabane. Le trou béant ressemblait à une bouche édentée, la porte arrachée à une langue desséchée. Maintenant, une légère brise secouait les feuilles assoiffées du peuplier. Des nuages accrochés à l'abri des Winds parvenait le grondement incessant du tonnerre. Semblable à un roulement de tambour.

Scott Parris sortit son portefeuille, prit un billet de vingt dollars et le tendit à Moon.

Ce dernier l'accepta sans commentaires, le plia en quatre et le fourra dans la poche de sa chemise. C'était la première fois qu'il gagnait un pari sans s'en réjouir.

— J'aimerais autant être ailleurs, Charlie.

Le Ute grogna et tourna son visage vers le sud.

— Allons-y, part'naire.

Parris mit le contact. Le vieux moteur toussota puis démarra. Les pneus roulèrent sur le chemin de grès immaculé.

Le soleil, bas dans le ciel, dardait des rayons jaune vif qui illuminaient la façade est du Berceau du Lézard Arc-en-Ciel. Les couleurs du canyon multicolore étaient somptueuses. Époustouflantes. Mais les policiers ne se retournèrent pas.

C'était un lieu maudit.

24

Jasper, Wyoming

Le responsable des admissions pour l'école de chauffeurs de poids lourds Big Mack laissa le jeune homme surexcité dans l'entrée, près du comptoir en Formica. Il ferma la porte de son bureau et s'assit. C'était bien la chose la plus dingue qu'il ait vue! Il appuya sur le bouton pour appeler son assistante. Quelques secondes plus tard, elle parut sur le seuil.

Elle se retourna pour observer l'homme à la peau brune qui admirait le modèle réduit d'un semi-remorque Ford.

— C'est pas le type qui était là la semaine dernière? Celui qui voulait apprendre à conduire un poids lourd?

Le responsable des admissions, un homme à la forte mâchoire, acquiesça. Il mâchouillait un cigare éteint.

— Oui, c'est bien lui.

— Je croyais que vous l'aviez envoyé paître, Larry.

Elle gloussa nerveusement.

— Je croyais qu'il était aveugle.

— Il n'était pas aveugle, Patty. La semaine dernière, il était sourd.

Elle ficha un crayon entre ses lèvres peintes.

— Et il n'est plus sourd?

— Non, il entend très bien.
— Il s'est fait poser un appareil?
— Non. Il prétend qu'il est guéri.
— Il a vu un toubib? Il avait peut-être juste un bouchon de cire dans les oreilles. Ma mère avait perdu l'ouïe l'année dernière, on a dépensé plus de onze cents dollars pour des soins dont elle n'avait pas besoin, et on a découvert qu'elle avait de la cire dans les oreilles.

Comme toujours, Larry n'écoutait pas ce qu'elle disait.

Il s'adossa dans son grand fauteuil en cuir, posa ses bottes en crocodile sur le bureau et fronça les sourcils.

— Il dit qu'un Indien Ute l'a guéri de sa surdité. Un Ute puissant.

Larry regarda par la fenêtre le crépuscule naissant. Il se passait de drôles de choses en ce bas monde.

Patty soupira.

— Je ne comprends pas comment c'est possible.
— Il y a plein de choses qu'on ne comprend pas.
— Alors, fit-elle avec une jolie moue, vous voulez que je l'enregistre?
— Oui, enregistrez-le, à plein temps.

Larry craqua une allumette et alluma son cigare.

— Il a tout pour faire un parfait routier.

Il a l'argent des cours en liquide!

Ouray, Colorado

Lorsqu'ils s'arrêtèrent pour prendre de l'essence, Parris remarqua une jeune femme d'une beauté exceptionnelle de l'autre côté de la rue; elle menait en laisse un caniche rose. Tous deux portaient un collier en faux diamants. Elle était peut-être deux fois plus jeune que Parris et très mince. Des cheveux bruns cascadaient sur ses épaules. Elle portait une jupe plissée en coton blanc sous une veste en daim, et des bottes rouges à talons aiguilles.

Elle lui rappela quelqu'un. Bien sûr. La jeune Ute qui s'occupait de son grand-père aveugle. Myra Cornstone. Elle avait un bébé.

Il regarda la jeune femme tourner au coin de la rue, puis entra payer l'essence. Moon avait fait des achats. Sandwiches au jambon-fromage enveloppés dans un film en plastique. Des frites. Des gâteaux à la crème. Des boissons gazeuses. Parris fronça les sourcils.

— C'est pour la route, expliqua Moon.

Parris donna sa carte Visa à une jeune blonde qui passa la carte dans le lecteur magnétique tout en mâchonnant son chewing-gum. Parris balaya le magasin du regard. Il y avait des sucres d'orge, des briquets jetables et une pile d'ours en peluche de Corée du Sud.

Parris pensa au bébé de Myra.

Granite Creek, Colorado

Assis dans son petit salon, Scott Parris regardait par la fenêtre. Un saule se dressait, parfaitement immobile. Le vent était tombé. Alléluia! En outre, l'affaire Mary Frank était presque bouclée. Bizarre que Charlie Moon ait une sorte de sixième sens pour ces choses. À moins que le rusé Ute sût quelque chose qu'il cachait à son partenaire.

Mais la vie continuait.

Parris regarda l'ours en peluche d'un air rêveur. Il chatouilla machinalement l'animal derrière l'oreille. Les chiens aiment ce genre de caresse ; les ours aussi, peut-être. L'ours sourit de ses babines incurvées. Ses yeux en boutons noirs étaient grands ouverts d'amusement. *T'es une grande andouille,* disait son expression.

— T'es un foutu empaillé de mes deux, rétorqua Parris.

Mais Chigger Bug t'adorera. Et sa mère... Myra

Cornstone... la gracile jeune femme dont les hanches se balançaient avec une telle aisance sous sa robe blanche. Ah, oui, il y avait autre chose. Son âge. Il avait deux fois son âge. Peut-être un peu moins. Mais il n'avait aucun prétexte valable pour téléphoner à Mrs. Cornstone. Et s'il envoyait l'ours par la poste ?

À moins que...

Sur un coup de tête, il composa un numéro. Après la troisième sonnerie, il entendit sa voix.

— C'est moi, dit-il.
— Ah, bonjour !

Une pause.

— Scott... ça va ?

Sa voix avait un timbre légèrement glacial. Il reçut un coup de poignard au cœur. Et pourquoi ce « Scott » ? Où était passé le « Scotty » qu'il détestait tant ?

— Bien, je vais bien.

Il joua la désinvolture, mais le trac lui nouait la gorge.

— Et toi, comment vas-tu ?

Elle refusa de le lui dire.

— Il faut qu'on parle.

Comment pouvait-elle lui parler d'une jeune imbécile qui s'était mariée au lycée ? Et avait fini dans un refuge pour femmes battues. Et s'était juré, après un méchant divorce, de ne plus jamais se marier. Plus jamais. Même avec monsieur le mari parfait.

Il y eut un long silence qui s'éternisa.

Parris sentit sa peau se glacer. S'il ne disait pas le mot juste... et vite... Il contempla l'ours en peluche d'un œil hagard. L'ours lui rendit son regard. Il le défiait. Il l'empoigna par le cou.

— Je t'ai acheté un cadeau, dit-il.
— C'est vrai ?

Il perçut le début d'un sourire dans sa voix. Il déglutit.

— Tu m'as manqué.
— Tu pourrais passer, tu sais.

La glace avait fondu.

— Tu pourrais m'apporter mon cadeau...

Nouvelle pause.

— Scotty...

Scotty ! C'était le printemps ! La glace avait fondu en eau, et l'eau ruisselait. Un torrent. Une truite remontait le courant. Elle sautait de joie d'être en vie et d'avoir tant d'insectes à gober.

— Euh... oui, je tâcherai de trouver le temps de passer, dit-il, l'ours dans une main et son chapeau dans l'autre. Disons, dans cinq minutes ?

— Pourquoi pas quatre ? souffla-t-elle.

Le récit de l'aveugle

Myra Cornstone conduisit Charlie Moon dans la chambre de son grand-père ; le vieil homme dormait. Le policier, remarqua Myra, avait un agréable sourire... de larges épaules... des bras comme des poteaux. Et il avait une bonne réputation. C'était un homme de parole, pas comme le père de son enfant, qui l'avait abandonnée.

Le policier s'assit sur le lit ; il attendrait patiemment que Marche-en-Dormant se réveille.

Myra s'approcha et se pencha au-dessus du lit, de sorte que ses cheveux noirs luisants effleurent le visage de Moon. Afin que cet homme timide respire le nouveau parfum qu'elle avait acheté à Durango.

— Pépé, réveille-toi. Charlie est là.

Sa main toucha la manche de Moon. Elle était sûre qu'il n'avait pas remarqué. Erreur !

Le vieil homme grogna et ouvrit ses yeux vitreux.

Moon sortit sans un mot une bourse en daim ornée de perles de la poche de sa chemise et l'ouvrit. Il plaça le sifflet en os d'aigle dans la main noueuse de Marche-en-Dormant.

Le vieillard referma les doigts sur l'objet et frissonna. Le Pouvoir était là. Sa paume bourdonna comme si un bourdon y était pris au piège. Ses yeux aveugles eurent aussitôt une étrange vision. Un jeune Shoshone qui mâchait de la chair filandreuse. Des os calcinés dont on aspirait la moelle. Et un panier en osier. Marche-en-Dormant voulut parler mais ne trouva pas les mots ; il serra le sifflet dans son poing.

— Il faut que je me lève, dit-il d'une voix étonnamment forte.

C'était la voix d'un jeune homme. Un homme touché par le Pouvoir.

Il s'appuya sur le bras du policier pour s'installer dans le rocking-chair.

— Maintenant que tu as trouvé l'objet sacré, je répondrai à tes questions.

— J'aimerais savoir comment Blue Cup l'a eu.

Marche-en-Dormant inclina sa tête sur le côté ; il se balança et toussa dans un mouchoir rouge. Il s'éclaircit la gorge et commença :

— Cela remonte à 1938. Nous avions un important visiteur cette année-là. Un Sioux de la tribu des Miniconjous, dans le Dakota, qui avait épousé une Ute de la tribu de White River. Ce Miniconjou s'appelait Nez Percé. Il avait apporté un trésor de sa réserve de Pine Ridge où le gouvernement avait parqué les Sioux. C'était un sifflet sacré que son père, ou son grand-père, avait porté dans la bataille d'Herbe Grasse contre Cheveux Jaunes, le soldat que les Tuniques Bleues appelaient Custer. Le sifflet sacré possédait un très grand pouvoir. Nez Percé l'avait apporté en cadeau. Il aurait mieux valu que les Sioux le gardent à Pine Ridge, mais on l'ignorait à l'époque.

Il tendit le sifflet à Moon qui le rangea dans la bourse.

— Je crois que c'est sa femme, Tambour de Perles, qui lui a demandé de l'apporter à Ignacio. Ah, les femmes ! Elles nous mènent par le bout du nez !

Myra Cornstone, qui loucha vers Moon, se demanda si son grand-père avait raison.

Marche-en-Dormant fouilla dans le tiroir de sa table de chevet et sortit une vieille pipe en bruyère et un briquet des marines. Il alluma sa pipe et poursuivit.

— Bref, Nez Percé et sa femme sont descendus à Ignacio dans une grande Packard noire ; du coup, tout le monde ici s'est imaginé que le Sioux avait trouvé un tas de fric quelque part. Comme j'étais le chef de la tribu, cette année-là, Nez Percé est venu me voir au bureau. Il avait une petite boîte en cèdre à la main. Il me raconte une histoire sur l'objet sacré qui a un fort pouvoir spirituel et m'annonce qu'il veut le donner à la tribu des Utes du Sud.

Le vieil homme fit une pause pour se souvenir du visage de Nez Percé, puis s'éclaircit la gorge et continua :

— Je lui dis que j'étais content d'accepter l'objet sacré et que j'en prendrais bien soin pour le Peuple, mais non, ça ne lui suffisait pas. Il voulait qu'il y ait une grande cérémonie secrète. Les Sioux sont parfois ennuyeux, dit-il, songeur. Il leur faut des grandes cérémonies pour tout, et Nez Percé m'explique exactement comment il faut que ça se passe. Ça me paraissait bizarre, mais comme il nous avait apporté un cadeau, je devais faire ce qu'il me disait. Non seulement ça, mais aussi parce que sa femme était une Ute et qu'elle avait beaucoup de famille à Ignacio. Et tous ses parents votaient pour l'élection du président de la tribu. Ha, certains votaient même peut-être deux fois !

« Quand Nez Percé m'a fourni ses explications, j'ai envoyé chercher quatre jeunes gens, Peter Frank, Blue Cup, Stewart Sweetwater et Bruce Tonompicket. Nous n'avons pas trouvé Bruce Tonompicket parce qu'il était malade — ou à un enterrement à Towaoc, je ne sais plus trop. Mais Blue Cup avait un ami cheyenne, je crois qu'il s'appelait Bras Noir, et il a remplacé Bruce Tonompicket. Tous les cinq, plus Nez Percé, on a été au pied de Shellhammer Ridge dans la Packard noire. En haut de la crête, on a fait un grand cercle avec douze pierres noires, comme le Sioux nous l'avait ordonné — et il a mis une pierre de granite au centre du cercle. Ensuite, Nez Percé sort une blague à tabac et répand quelque chose — je crois que c'était du pollen — sur le granite, et il récite des mots secrets dans son drôle de langage sioux. Tu sais comment sont les Sioux, superstitieux comme pas un.

Le vieil homme posa un œil vide sur le plafond où les pales métalliques d'un ventilateur tournaient lentement.

— On a un peu chanté et on aurait joué du tambour, sauf que personne n'avait pensé à en apporter, et Nez Percé en a été peiné. Tu sais comment sont les Sioux, malheureux pour un oui pour un non. Finalement, Nez Percé a cessé d'être malheureux, on a chanté fort, on a bu parce que quelqu'un avait apporté de la bière. Ensuite, Nez Percé a sorti le petit étui en cèdre dans lequel il y avait une bourse en cuir. Et dans la bourse, il y avait un morceau d'os. C'était un sifflet, mais pas un sifflet ordinaire comme celui qu'on utilise pour la Danse du Soleil. Il n'avait pas de plume d'aigle et il était très court. Et il était cerclé d'argent. Le Miniconjou nous a affirmé que c'était le premier sifflet en os d'aigle jamais fabriqué et que le Grand Manitou avait dit à Aigle de le donner à un Paiute. Je ne sais pas comment il s'appelait. Ça remonte à si loin que tout le monde a oublié son nom. Bref, après avoir jeûné pendant huit jours, le Paiute est allé là-bas dans le monde des esprits et il a vu Aigle qui lui a parlé de l'avenir et lui a remis le sifflet. Quand il est revenu dans notre monde, il avait encore le sifflet, ce qui prouve que l'histoire est vraie. Ce Paiute a donné le sifflet à son fils qui l'a donné à son tour à son fils. Longtemps après, un Shoshone a mis la main sur le sifflet, je ne sais comment. Quand il est devenu vieux, il l'a emporté au Dakota et l'a donné à un ami lakota. Ça se passait à l'époque où tout le monde dansait la Danse Fantôme pour chasser les *matukach*. Les Lakotas appellent les Blancs *wasi-chu*. Donc les Sioux ont gardé longtemps le sifflet et j'imagine que c'était une puissante magie pour les Lakotas, même s'ils étaient surtout pauvres et qu'ils n'avaient pas tué de Tuniques Bleues ni mangé de bison depuis longtemps. Les Lakotas ont fini par donner le sifflet aux Miniconjous mais ça n'a pas changé leur fortune non plus. C'est peut-être bon pour l'esprit d'un homme d'être pauvre... en tout cas pendant un certain temps. Le Sioux Miniconjou, Nez Percé, a hérité du sifflet à la mort de son père. La femme de Nez Percé, c'est-à-dire Tambour de Perles, elle s'est dit que c'était une bonne idée de l'apporter aux Utes. Peut-être pour qu'on apprenne à être aussi pauvres que les Sioux, ajouta Marche-en-Dormant avec un sourire édenté.

« Quand le soleil s'est couché, Nez Percé s'est dressé devant nous, les quatre Utes et le Cheyenne. Il a prononcé un grand discours... je ne me souviens pas de ce qu'il a dit... et il a présenté le sifflet sacré aux Utes. Il a posé le sifflet sur la pierre qui était déjà recouverte de pollen jaune. Il devait y rester jusqu'au lever du soleil, ensuite je devais l'accepter au nom de la tribu et l'enterrer dans un lieu secret après le départ des autres.

Les souvenirs s'égrenaient; Marche-en-Dormant ferma les yeux.

— Le fait est, le sifflet avait un puissant pouvoir. Si nous faisions exactement comme le Sioux le recommandait, il apporterait beaucoup de chance aux Utes du Sud. En tout cas, c'est ce que disait Nez Percé. J'avais peur que ça nous rende aussi pauvres que les Lakotas et les Miniconjous, mais on ne refuse pas un tel cadeau. Alors, on a encore chanté et Nez Percé a encore versé du pollen sur la pierre et sur le sifflet. Il a placé les quatre jeunes Utes, c'est-à-dire Blue Cup, Peter Frank et Stewart Sweetwater, et le Cheyenne, Bras Noir, aux quatre coins de la pierre et nous a dit de dormir autour du sifflet sacré. On ne devait pas bouger avant le lever du soleil... Oui, c'est comme ça que ça s'est passé.

Marche-en-Dormant hocha la tête.

— Ah... c'était il y a si longtemps !

Charlie Moon remarqua que Myra lui souriait. Il remarqua aussi l'odeur de son parfum.

Marche-en-Dormant ouvrit ses yeux laiteux.

— Quand le soleil s'est levé, le sifflet sacré avait disparu. Stewart Sweetwater était très excité. Il croyait qu'Aigle l'avait remporté, sans doute parce que les Utes n'étaient pas dignes de le recevoir. Nez Percé était très malheureux, il s'est agité et a dit plein de méchantes choses dans sa drôle de langue sioux. Tu sais comment ils baragouinent quand ils sont mécontents. Moi aussi, j'étais malheureux parce que j'étais le chef de la tribu et que j'avais la responsabilité des cadeaux qu'on faisait au Peuple. Mais...

Il agita un doigt vers Moon.

— ... Je ne pensais pas qu'Aigle avait emporté le sifflet. Je croyais que c'était le Cheyenne, celui qu'on appelait Bras Noir, qui l'avait volé parce que les Cheyennes à l'époque n'aimaient pas les Utes et qu'ils étaient prêts à voler au Peuple tout ce qui n'était pas bien gardé.

Les yeux opaques du vieil homme se firent rêveurs.

— Bien sûr, quand j'étais jeune, j'avais volé de bien beaux chevaux à une bande de Cheyennes qui campaient là-haut, près de la Smoking Earth, mais, ajouta-t-il d'un ton sans réplique, c'était différent.

Marche-en-Dormant cligna des yeux ; la lumière entrait à flots par la vaste fenêtre.

— Il paraît que les Cheyennes ont changé, qu'ils sont presque aussi braves que les Utes. Ha !

Il tapa sa pipe sur le bras du rocking-chair.

— Toujours est-il que les choses ont empiré quand

Blue Cup s'est avancé pour nous parler. Je me rappelle ce qu'il a dit comme si c'était hier.

« *Mes amis, le sifflet, le cadeau sacré de notre frère Nez Percé, n'a pas été emporté par Aigle. On l'a volé. J'ai dû me lever cette nuit pour uriner. J'ai vu le voleur prendre le sifflet sacré. Je l'en aurais empêché, mais je croyais qu'il priait et que ça expliquait pourquoi il avait la main sur la pierre. Maintenant, je me rends compte qu'il volait le sifflet sacré.* »

Le vieil homme garda longtemps le silence, le fracas des accusations de Blue Cup résonnant encore à ses oreilles.

— Aucun d'entre nous ne parla... mais nous voulions tous savoir qui avait volé le sifflet. Blue Cup désigna Peter Frank — qui allait devenir le père de Provo. « C'est lui le voleur, dit-il. C'est cet homme. » En entendant ça, Peter Frank resta bouche bée. Il maintint qu'il avait dormi toute la nuit, que Blue Cup était un menteur et qu'il avait sans doute pris le sifflet lui-même. Mais Blue Cup avait un témoin. Le Cheyenne, Bras Noir, se leva et prit alors la parole. Il déclara qu'il avait lui aussi vu Peter Frank prendre le sifflet. Alors, Peter Frank est devenu fou ; il a essayé de briser le crâne du Cheyenne d'un coup de pierre, mais les Cheyennes ont la tête dure et celui-là n'eut que le crâne fêlé. Il partit aussitôt se faire soigner à Durango. Peter Frank essaya aussi de tuer Blue Cup avec un couteau, mais nous l'avons arrêté parce que Blue Cup était un homme du Peuple. Après, il y eut beaucoup de palabres. Certains dirent que Peter Frank avait sans doute volé le sifflet sacré parce que deux hommes l'avaient vu, même si l'un d'eux était un Cheyenne. D'autres que Peter Frank était honnête et que la parole d'un Cheyenne ne comptait pas et que Blue Cup l'avait payé pour mentir. Pour ma part, dit Marche-en-Dormant en rallumant sa pipe, je crois qu'on n'a pas besoin de payer un Cheyenne pour ça ; ces gens-là mentent pour rien.

Marche-en-Dormant ressentit une pointe de honte.

— Je ne devrais pas dire des choses pareilles parce qu'on assure que les Cheyennes sont maintenant les amis du Peuple.

Le monde avait changé, il en était encore éberlué. Quand il était jeune, un Ute se devait de tuer les Cheyennes, les Apaches et les Navajos, de voler leurs chevaux et leurs femmes. Désormais, les tribus tenaient des *powwow* communs et dansaient ensemble. Sans parler de Charlie Moon, dont le meilleur ami était un *matukach* au visage pâle !

Moon se pencha en avant.

— Grand-père... vous avez découvert qui avait volé le sifflet ?

La question fit sourire le vieil homme.

— Ha, j'avais presque oublié que tu étais flic. Tu aurais fouillé tout le monde pour savoir qui avait volé l'objet sacré.

Il pointa sa pipe sur la forme grisâtre du jeune Ute.

— Écoute-moi bien, Charlie Moon. Je vais te dire ceci : la vie est comme un cercle.

Il traça un cercle imaginaire avec le tuyau de sa pipe.

— Celui qui commet une mauvaise action verra une mauvaise action lui arriver. C'est comme ça dans ce monde... et dans le prochain.

Il marqua une pause, espérant que le jeune homme comprendrait cette importante leçon.

— Je crois que Blue Cup a quitté la réserve parce qu'il savait que Peter Frank le tuerait s'il restait à Ignacio. Blue Cup est d'abord parti dans le Montana, où il est allé dans une école d'hommes blancs. Ensuite, j'ai entendu dire qu'il avait tué des Japonais là-bas, dans le grand océan. Mais on dit aussi que c'est les Japonais qui l'ont abattu et que les médecins de l'armée lui ont extrait un tas de métal des fesses.

Un gloussement arrêta le vieil homme.

— Après la grande guerre, il est allé ailleurs, peut-être en Californie. Ensuite, je crois que c'était après que le planteur de cacahuètes[1] est devenu président des États-Unis, Blue Cup est allé au Wyoming.

Le vieil homme tapa sa pipe contre le fauteuil ; des brins de tabac tombèrent par terre et Myra lui fit les gros yeux.

— Peter Frank, lui, il est allé combattre les Allemands ; il a eu une commotion cérébrale à cause des gros canons. Il est rentré à Ignacio après la victoire, mais il n'a plus jamais dansé la Danse de l'Ours ni la Danse du Soleil. À part aller à l'église le dimanche, Peter Frank est resté à l'écart du Peuple. Mais il n'y a pas longtemps, après la mort de Peter Frank, son fils est venu me voir. Provo Frank voulait entendre l'histoire du cadeau sacré du Sioux Miniconjou... le sifflet sculpté dans l'os d'une aile d'aigle. Son père avait dû lui en parler ; je lui ai dit ce dont je me souvenais. À quoi ressemblait l'objet sacré, les rumeurs sur Blue Cup comme quoi il conservait un objet sacré caché dans une grotte non loin de chez lui au Wyoming, qu'il y allait tous les jours et qu'il détenait son pouvoir de l'objet en question. Je suis très vieux, je n'ai plus toute ma tête. Je croyais que le garçon voulait juste entendre de vieilles histoires. Je ne savais pas qu'il essaierait de voler le sifflet.

Le vieil homme tira sur sa pipe avant de poser la question capitale.

— Que vas-tu faire de l'objet sacré, Charlie Moon ?

Moon regarda la jolie jeune femme puis le vieil homme.

— À vous de décider, grand-père. Gardez-le, si vous voulez.

Marche-en-Dormant hésita.

— Non. Il ne m'appartient pas.

1. Il s'agit bien sûr de Jimmy Carter. *(N.d.T.)*

Ses yeux aveugles parurent regarder à travers Moon. Il lécha ses lèvres sèches et se plaignit d'avoir soif. Sa petite-fille alla lui chercher un Dr Pepper au réfrigérateur. Pendant l'absence de Myra, Marche-en-Dormant expliqua à Charlie Moon ce qu'il devrait faire du sifflet sacré.

Les remèdes

Une semaine passa, puis dix jours, et Sarah ne parlait toujours pas.

La fillette était assise en tailleur sur le linoléum de la cuisine ; elle coloriait un livre d'images que la psychologue avait apporté. La gentille *matukach* était venue trois fois à la caravane. Elle avait parlé, cajolé, parlé encore. Elle avait fait passer des tests à Sarah. La fillette avait obligeamment mis des billes dans des trous ronds et des cubes dans des trous carrés. Elle avait, en pointant, identifié les dessins de chat, de chien et d'éléphant. Elle avait fait preuve de patience quand la psychologue l'avait conduite à la clinique où on avait examiné sa gorge, ses oreilles et vérifié ses réflexes en lui tapotant le genou avec un petit marteau.

Bien sûr, cela n'avait rien changé.

La médecine de l'homme blanc ayant échoué à déterminer les causes de la maladie, la vieille chamane avait essayé d'anciens remèdes pour rendre la parole à l'enfant. Elle lui avait appliqué sur la gorge des onguents de grindelia, de capillaire et de langue-de-chien. Sans résultat. Elle avait répété les applications avec un cataplasme de myrte. Sans plus de succès. Elle lui avait fait boire un sang chaud, fait avec la racine que les Navajos appellent *bike tlool lichiigigii,* surtout utilisée pour les saignements de nez et la prévention des thromboses, mais elle était désespérée. Après une gorgée, Sarah avait fait la grimace et recraché le liquide.

La chamane essaya alors diverses sortes de tabac navajo. D'abord *hozhooji natoh*, « la belle fumée », ensuite *atsa azee,* « la fumée de l'aigle », enfin *dzil natoh*, « la fumée qui vient des montagnes ». Elle alluma le tabac dans la pipe en bruyère de son second mari, aspira une grande bouffée et souffla la fumée à la figure de la fillette. La fumée fit tousser Daisy et lui piqua les yeux. Le chat miaula, quitta même la pièce pour protester. La fumée ne gêna pas Sarah, mais elle resta muette.

En dernier recours, Daisy tenta une pincée du précieux *ajilee natoh*, celui que les Navajos appellent « fumée puissante ». Hélas, même ce remède faillit. C'était forcément un puissant charme qui avait emporté la voix de Sarah.

Daisy était assise sur les marches de son porche pour réfléchir au problème quand elle entendit une automobile approcher. Elle reconnut le bruit du vieux tacot de Louise Marie LaForte, et ne fut donc pas prise au dépourvu quand la voiture noire surgit soudain dans son allée. Elle battit néanmoins en retraite pour se mettre en sécurité.

Louise Marie s'extirpa de la voiture en ahanant et se dirigea vers la caravane d'une démarche titubante. Elle portait un sac en plastique jaune.

Encore des cosmétiques périmés, pensa Daisy. Eh bien, cette fois, je n'achèterai rien !

La petite bonne femme se planta en bas des marches, essoufflée par l'effort, et brandit son sac.

— J'ai acheté des glaces et des cookies, annonça-t-elle.

La chamane manifesta son approbation. Les glaces étaient une denrée rare.

— Sans sucre et sans matière grasse ? demanda-t-elle.

Louise Marie s'arrêta en haut des marches pour reprendre son souffle.

— Oh, malheureusement non, dit-elle, confuse.

— Tant mieux, ricana Daisy. Les machins de régime ont un goût de pâte à papier.

La Canadienne française, qui n'avait jamais mangé de pâte à papier et n'avait jamais songé à le faire, trouva l'observation bien étrange.

Daisy allait inviter Louise Marie à entrer quand Sarah sortit de la caravane, le chaton dans les bras.

— Ah! fit Louise Marie avec un sourire, *la jeune fille*[1]... Regarde, je t'ai apporté des glaces. Et des cookies.

Elle toucha le museau de Zigzag du bout du doigt.

— Ton petit *chat*[2] peut en avoir aussi.

La fillette leva les yeux sur la visiteuse.

— J'aime bien la glace. C'est au chocolat?

Daisy retint son souffle.

— Mais je croyais qu'elle ne... fit Louise Marie avec des yeux ronds.

— Elle ne parlait pas... jusqu'à maintenant.

La chamane posa une main sur la tête de l'enfant, des larmes dans les yeux. Ce devait être le *ajilee natoh*. Le tabac navajo était long à agir, mais c'était un remède puissant.

Une heure plus tard, Louise Marie repartit. Daisy et Sarah regardèrent le vieux tacot s'éloigner en crachant de la fumée. Daisy s'assit sur le porche. Sarah l'imita en mangeant avec appétit un cookie en demi-lune.

— Tante Daisy...?

— Oui, mon poussin?

— D'où viennent les glaces?

— De vaches à demi gelées qui vivent en Alaska.

— Et les cookies, tante Daisy?

— Enfin! Tout le monde le sait... de la grande pâtisserie, à Tarteville.

---

1. En français dans le texte. *(N.d.T.)*
2. *Idem.*

— Tarteville ?

— Bien sûr. C'est au Nouveau-Mexique, près de Socorro. On y fait aussi les tartes. Aux cerises, aux pommes, aux pêches, au citron... Ils font des tartes du lundi au vendredi, mais le samedi... Ah, le samedi, ils font des tonnes de cookies et les expédient dans toute l'Amérique.

— Oh !

Sarah examina son cookie puis reporta son regard sur la vieille femme qui savait tout. Il y avait une question vraiment difficile, qui faisait rire papa, et il tirait sur son col et disait : « Demande à ta maman, elle est bien plus vieille que moi, c'est des choses qu'elle connaît. » Mais la question faisait soupirer maman. « Pourquoi tu poses des questions pareilles, Sarah ? » Or la vieille femme savait tout, elle répondrait.

— Tante Daisy... d'où viennent les bébés ?

— Un jour... quand tu seras grande... nous en reparlerons.

On verra.

— Mais je veux savoir maintenant !

Daisy tapota la tête de l'enfant.

— Des fois, les gens posent des questions sur des choses qu'ils ne sont pas censés savoir. Surtout les jeunes.

Elle regarda vers l'embouchure du canyon et proposa :

— Parlons d'autre chose. Tu as peut-être envie de me dire ce qui s'est passé le jour de ton anniversaire... quand tu es partie vers le canyon de l'Esprit sur le joli petit poney.

Sarah réfléchit. Une ride plissa son front soucieux. C'était bien vrai. Des fois, les gens posaient des questions sur des choses qu'ils n'étaient pas censés savoir. Surtout les vieux. Sarah lécha les miettes de cookie collées sur ses lèvres et sourit d'un air innocent.

— Un jour... quand je serai grande... on en reparlera. On verra.

Sur la crête de Shellhammer

La pierre de granite a disparu depuis longtemps, emportée par un collectionneur, mais le cercle des douze pierres de basalte demeure inviolé. Le policier tasse la terre avec ses mains. Il a fait exactement comme Marche-en-Dormant le lui avait recommandé; il a enfoui l'objet sacré au centre du cercle. Il y restera, à l'endroit même où il avait été volé au Peuple. Peut-être... jusqu'à la fin des temps. Charlie Moon se relève et se frotte les mains.

Voilà, c'est terminé. Comme le sifflet sacré, les corps sont enterrés. Mary, des Tohono O'otam. Provo, du Peuple. Et, bien sûr, Blue Cup... Son âme est peut-être retournée dans le cercle du Peuple.

Ce soir, la boucle est bouclée.

Charlie Moon devrait avoir un sentiment de paix, mais il est partagé. Il sent la présence bourdonnante du sifflet en os d'aigle. C'est comme s'il l'avait encore dans la main. Et il sent la présence délicate de la jeune femme gracile. Il sent ses cheveux lui effleurer la joue, il sent sa main sur son bras. Bien sûr, elle ne s'est rendu compte de rien. Elle n'a aucune idée de ses pouvoirs.

Le policier qui s'appelle Laisse-pas-de-Traces se tourne vers le nord-ouest; la nuit crache de fines gouttelettes de pluie glacée sur son visage. Moon boutonne le col de sa veste doublée de mouton et enfonce son stetson sur son front. La Lune des Feuilles Mortes est descendue sur la mesa parsemée de pins pignons et sur les canyons; du temps passera avant la Lune de l'Herbe Grasse. Un homme a besoin qu'on lui tienne chaud quand les vents glacés secouent les fenêtres. Il a besoin qu'on lui murmure des mots tendres les nuits d'été. Sous la brise coupante, Charlie Moon imagine qu'il perçoit le léger arôme de son parfum.

Il regarde une dernière fois le cercle de pierres de basalte. Charlie Moon avait insisté auprès du vieil homme : était-ce bien ce qu'il fallait faire ? Enterrer l'objet sacré dans cet endroit désolé ? Si Marche-en-Dormant ne voulait pas du sifflet, ne valait-il pas mieux l'offrir au conseil des anciens afin qu'il soit conservé comme un vestige de l'histoire de la tribu ?

Marche-en-Dormant avait répété ses instructions — et promis au jeune homme qu'un présage descendrait des cieux... le signe qu'il avait en effet agi pour le bien du Peuple.

En plein jour, le policier est un homme rationnel. Mais cette nuit-là, le fils des Utes attendra le signe promis. Du moins un certain temps... jusqu'à ce que son penchant pour les anciennes superstitions s'épuise.

Le nuage de pluie s'est éloigné. Le ciel est limpide. Chaque étoile brille de tous ses feux... innombrables diamants qu'un extravagant Créateur a parsemés sur un châle de velours. En ce moment, le vent a cessé de soupirer ; un lourd silence s'abat sur le sommet rocheux de Shellhammer.

Le Ute sent quelque chose approcher. Il lève les yeux. Non... c'est un fantasme nébuleux créé par l'histoire de Marche-en-Dormant. La superstition du vieux te joue des tours... ses doigts glacés te tiennent et ne te lâcheront plus. Résiste ! Va-t'en tout de suite !

Une autre voix lui souffle : Attends... attends et tu verras !

Soudain, cela arrive. L'uniformité est brisée par le sifflement d'une étoile filante. Le missile cosmique pénètre le fin voile de l'atmosphère terrestre — il se mue en aiguille chauffée à blanc qui tire un fil argenté à travers le ciel de velours. Maintenant, la météorite éclate en une demi-douzaine de braises en fusion. Un fragment étincelle d'un bleu cobalt, un autre d'un jaune orangé, d'autres encore d'un rouge mat. Mais une à une, comme les six hommes qui se tenaient sur la crête des dizaines d'années auparavant... quatre Utes, un Sioux et un Cheyenne... les six flammes s'éteignent. C'est fini. Le cosmos retrouve sa sérénité imperturbable.

Maintenant, le Ute incline la tête. Il entend quelque chose... le vent qui souffle des montagnes ? Ou un chœur de voix lointaines... chantant une symphonie angélique ? Si ce sont les voix des âmes immortelles, elles ne parlent pas la langue des Utes... ni celle des *matukach*... ni celle d'aucun peuple. Et cependant leurs mots soupirent dans les pins ; ils lui caressent le visage.

Son esprit le met en garde : *C'est une illusion, un fantasme. Ce n'est que le vent... un essaim de molécules, poussé par la différence de pression. Rien de plus.*

Mais un autre murmure lui souffle à l'oreille : *Écoute... écoute les voix de ceux qui chantent le chant éternel.*

Le guerrier ute écoute... les voix chantent une vieille chanson. Elles chantent l'Aimée. Elles chantent le temps qui passe... et le temps à venir. Maintenant il entend à la fois le vent et les voix... les atomes et les esprits. Ils chantent ensemble, en parfait unisson, c'est une harmonie exquise.

L'espace d'un instant, il a une intuition... il comprend presque. Presque.

Les étoiles lui font un clin d'œil... comme si elles partageaient un doux secret avec lui.

Charlie Moon éclate de rire ; il leur renvoie le clin d'œil.

Cet ouvrage a été imprimé par

FIRMIN DIDOT
GROUPE CPI

Mesnil-sur-l'Estrée

*pour le compte des Éditions 10/18
en janvier 2003*

Imprimé en France
Dépôt légal : février 2003
N° d'édition : 3445 – N° d'impression : 62451